KB059136

누군가의 기척이 탈의실 쪽에서 느껴졌다.
뭔가 하고 미라가 샤워기의 물줄기를 멈춘 순간,
마침 욕실 문이 열렸다.
"좋은 아침."
그곳에는 졸린 듯 눈을 비비는
알몸 상태의 뱀이 있었다.

　로즈라인 공국의 수도 아이린. 미라와 전갈은 연금술사 요한과 약속한 대로 아내와 딸을 구해냈다. 남은 일은 당사자인 요한을 데리고 나오는 일뿐이었다. 하지만 마을 변두리에 위치한 저택에서 미라 일행이 보게 된 것은 몹시 어질러진 지하실이었다.

　그곳에서 요한의 것으로 추정되는 혈흔을 발견한 미라 일행은 그 후, 흩어져서 어질러진 서류를 적당히 정리해 확인한 결과, 멜빌 상회와의 거래에 관한 서류가 모두 사라져 있음을 알 수 있었다.

　"역시 움직이고 있다는 사실을 알아챘다고 봐야겠군."

　미라는 산더미처럼 쌓인 서류를 흘끔 쳐다보고는 부루퉁해져서 미간을 찌푸렸다.

　"하지만 어떻게? 사람의 감각뿐 아니라 최신예 마력 탐지기도 속일 정도의 은신 능력이 있으니, 어떤 술구로도 우리의 존재를 알아채거나 이야기를 훔쳐들을 수는 없었을 텐데."

　전갈은 워즈랑베르를 쳐다본 채 그 반칙 같은 기술을 떠올리며 말했다.

　정적의 정령의 힘은 흠 잡을 데가 없었다. 요한과의 접촉과 교섭은 신중에 신중을 기해서, 그를 완전은폐의 효과 범위 내로 들인 상태로 이루어졌다. 따라서 그 내용이 새어 나갈 리가 없었다.

　요한이 미라 일행을 배신하고 스스로 보고를 하지 않았을까도 싶었지만 그가 말한 바대로 안젤리크와 안네는 실제로 감금되어 있었다. 다시 말해서 요한의 말에는 거짓이 없었다. 그러니 있을 수 없는 일이다.

하지만 그럼에도 요한과 서류가 사라졌다는 것은 사실이었다.

"우선, 저택 안을 찾아보도록 하지. 뭔가 단서가 남아있을지도 모르니."

"응, 그래. 그게 좋겠어."

가능성은 적었지만 아무것도 하지 않는 것보다는 나으리라 생각한 미라 일행은 저택 안을 조사하기 시작했다.

보초가 없으니 딱히 눈치를 살필 필요는 없을 것 같아 무형술로 주변을 비추며 1층을 샅샅이 훑었다. 하지만 이렇다 할 단서는 발견되지 않았다. 안젤리크는 그런 저택을 그립다는 표정으로 살펴보고 있었다.

이어서 2층으로 올라간 미라 일행은 그대로 요한과 만났던 연구실로 향했다. 간단히 둘러본 인상을 말하자면, 미라 일행이 그곳을 떠났을 때와 변함이 없어 보였다. 요한은 그 이야기를 한 직후에 거래 서류를 정리하러 간 것이리라. 그리고 누군가의 습격을 받고 끌려간 것으로 추측되었다.

연구실을 조사해 보기는 했지만 역시나 이렇다 할 단서는 발견되지 않았다. 조사가 끝난 후, 안젤리크는 가족의 추억이 모여 있는 책장을 지그시 쳐다보며 눈물을 흘렸다. 미라는 그 옆에서 양을 본떠 만든 인형을 손에 든 채 찌부러뜨리듯 꾹꾹 눌러보고 있었다. 혹시라도 안에 뭐가 들어 있지 않을까 확인하기 위해서였다.

결과적으로 말하자면, 인형 안에 도청기 같은 술구는 들어있지 않았다.

연구실을 나선 미라 일행은 2층에 있는 또 하나의 방으로 향했다. 그러다 미라와 전갈은 그대로 문을 지나쳐 복도 막다른 길 앞에서 걸음을 멈췄다.

처음 저택을 찾았을 때, 그곳에는 어둠 속에 망령처럼 으스스한 분위기를 풍기는 갑옷이 서 있었다. 하지만 지금은 어찌 된 영문인지 그 모습이 홀연히 사라진 뒤였다.

"이곳에 있던 갑옷은 어디로 간 걸까……? 혹시 요한 씨를 데려간 건 여기 있던 갑옷……?"

전갈은 경직된 미소를 지은 채 태엽 인형 같은 동작으로 미라에게로 고개를 돌렸다. 그곳에는 분명 장식용 전신 갑주가 놓여 있었다. 그 사실을 약간의 공포와 함께 기억하는 전갈은 어쩐지 겁에 질린 듯 꼬리를 곧추세운 채 주변을 살피기 시작했다.

"글쎄, 어떨는지. ……뭐어, 어딘가로 가버린 것은 분명한 것 같다만."

미라는 그렇게 말하며 웅크려 앉아, 갑주가 서 있던 곳 주변을 자세히 관찰했다. 자세히 보니 그곳에는 먼지가 옅게 쌓여있는 가운데, 갑주의 발자국이 또렷하게 남아있었다.

"저기, 갑옷이라니……. 그런 게 여기 있었나요?"

안젤리크가 미라의 머리 위에서 고개를 내밀며 문득 그런 말을 입에 담았다.

이야기를 들어보니 아무래도 안젤리크 일행이 저택에 있었을 때에는 이곳에 장식용 갑주가 없었다는 모양이었다. 그 말인 즉, 요한이 처자식을 인질로 잡힌 이후에 비치된 것이라는 뜻이다.

"혹시 안에 뭔가 심어뒀던 것일지도 모르겠군."

"응, 그럴지도 모르겠어. 탐지 술법이 걸린 마스크도 있었으니, 감시용 술법이나 술구가 설치되어 있었던 걸지도 몰라."

갑옷이라면 그런 것을 얼마든지 안에 설치해둘 수 있다. 방법에 따라서는 쉬지 않고 감시를 시킬 수도 있었으리라. 정말로 주의를 기울여야 했던 것은 밖이 아니라 안이었던 것이다.

생각지 못한 복병의 존재에 얼굴을 찌푸리고 있던 미라 일행은 그대로 나머지 방을 재빨리 탐색했다.

그 후, 요한이 없어진 것은 예상치 못한 일이기는 했지만 일단은 안젤리크와 안네만이라도 숨기고자 미라는 남은 시간이 얼마 되지 않는 완전 은폐 능력을 사용하여 '임금님의 은신처'로 향했다.

미라 일행은 누군가에게 목격을 당하지도, 추적을 당하지도 않고 이바테스 상회 본점에 도착했다. 석조와 목조 양식이 융합된, 4층에 이르는 번듯한 점포였다.

번화가에 면한 점포 앞은 아직도 붐비었지만 가게 자체는 이미 닫혀 있고, 주정뱅이들이 처마 끄트머리에 널브러져 있을 뿐이었다. 자세히 보니 음식점을 제외한 나머지 가게 앞은 대부분 비슷한 형편이었다.

이바테스 상회의 부지는 실로 넓어서, 본점 좌우로 뻗은 빨간 벽돌벽은 한 변이 300미터는 될 법한 그 부지를 빙 둘러싸고 있었다.

미라 일행은 전갈의 안내를 받아가며 그 벽을 따라 뒤쪽으로 이어진 샛길로 들어갔다. 한참을 올려다봐야 할 정도로 높다란 벽을 곁눈질하며 얼마간 걷다보니 자그마한 뒷문이 나타났다.

"어디에 눈이 있을지 모르니 안젤리크 씨랑 안네는 이대로 숨겨두는 편이 좋으려나?"

"그게 좋겠구나. 숨어 있다는 사실을 아무도 모르면 추적자가 붙을 걱정도 없을 테니."

안젤리크 일행의 행방을 아는 자가 적을수록 정보가 새어 나갈 위험도 적어진다. 이대로 누구의 눈에도 띄지 않고 숨겨버리면 일단은 안전하다 할 수 있을 것이다. 미라와 전갈은 짧은 대화를 통해 그러한 뜻을 서로 확인하고는 둘이서만 완전 은폐의 효과 범위 밖으로 나왔다.

그대로 문을 두드린 전갈은 메달처럼 생긴 것을 보여주며, 문 안에서 나타난 문지기와 인사를 나눴다. 메달이 통행증 역할을 하는 것인지, 그것을 확인한 문지기는 "수고 많으십니다"라고만 하며 문을 열었다.

우선 워즈랑베르를 비롯한 은폐팀을 먼저 통과시키고 나서 전갈과 미라도 문을 지났다. 그때, 문지기가 무언가에 홀린 듯한 눈으로 윤기가 흐르는 미라의 은발 머리를 쳐다보았지만, 알아챈 사람은 아무도 없었다.

돌로 포장된 부지 내에는 조명이 같은 간격으로 밝혀져 있어 푸근한 불빛이 주변을 감싸고 있었다. 자세히 보니 그곳은 작은 마을 같았다. 마차와 사람이 나란히 설 만큼 넓은 통로의 좌우에는 일반적인 구조의 민가가 늘어서 있어서 밤중임에도 생활감이 또렷하게 느껴졌다. 전갈의 말에 의하면 종업원용 거처라는 모양이었다. 사원용 기숙사 같은 것이리라.

더욱 자세히 들여다보니 음식점 같은 건물도 보였다. 그곳에서는 값이 싸면서도 매우 맛있는 요리를 먹을 수 있다고 한다. 하지만 이용할 수 있는 사람은 종업원들뿐이라는 모양이었다. 말하자면 사원용 식당 같은 것이다.

그런 작은 마을 안, 밤의 어둠 속에서도 유독 존재감을 과시하고 있는 건조물이 둘 보였다. 그중 하나는 약과 술구를 다루는 점포였다. 그리고 나머지 하나는 그런 점포보다 더욱 규모가 큰 데다 전체가 석조로 되어 있어 실로 튼튼해 보이는 건조물이었다. 전갈이 안내할 곳도 이쪽인 듯했다.

그 건물은 창고를 겸한 사무소로 내부는 실로 단순한 구조로 되어 있었다.

현관 홀 같은 장소는 없고, 현관으로 들어서면 옆에 곧장 접수 카운터가 놓여 있었다. 정면에는 위층으로 이어진 계단이 있고 좌우로는 복도가 죽 이어져 있다. 그리고 군데군데 각 부서로 통하는 문이 있었다.

늦은 밤임에도 불구하고 저택 안은 밝았고 일하는 자들도 드문드문 보였다.

"안녕하세요, 레노스 씨."

전갈이 접수처를 향해 인사를 했다. 그곳에는 성격이 꼼꼼할 것 같은 한 남자가 앉아 있었다. 하지만 역시나, 라고 해야 할지 다소 졸려 보였다.

"어서 오십시오, 전갈 님!"

잠기운은 지루함에서 비롯된 것이었는지 남자는 어쩐지 신이 난 듯 자리에서 일어나서 기대로 가득한 눈으로 전갈과 미라를 바라보았다.

"또 방 좀 쓸게요. 그리고 얘는 미라. 저희 동료예요."

전갈은 접수처에서 메달을 제시하며 그렇게 말하더니 이어서 미라를 그런 식으로 소개했다.

"그렇다면 또 거대한 악과 싸우고 계시는 거군요! 정말 멋지십니다! ……아, 일단은 규칙이 있으니 신분증 같은 게 있다면 확인할 수 있을까요."

레노스는 간신히 자제심을 발휘하여 흥분한 듯 보였던 태도를 억눌러 차분하게, 죄송하다는 듯한 표정을 지어 보였다.

모험가 등록증이라도 상관없다기에 미라는 깜찍한 카드케이스를 꺼내어 거기서 모험가 등록증을 빼서 제시했다.

"오호, C랭크이신가요. 그렇게 귀엽고 아름다우시면서 무용까지 겸비하셨다니 참으로 멋지군요. 거대한 악과 맞서는 분들은 역시 뭐가 달라도 다르군요!"

레노스는 또다시 흥분을 감추지 않고 접수처에서 뛰쳐나와 미라의 손을 반강제로 잡고는 "응원하겠습니다!"라고 말했다. 실로 밝은 미소였다.

"무얼, 악과 맞서는 것은 당연한 일이다."

레노스의 적극적인 태도에 당황하기는 했지만 진심 어린 칭찬을 받은 미라는 곧장 신이 나서 자신만만하게 가슴을 편 채 말했다.

　그 후, 붙잡은 손을 실컷 위아래로 흔들어 만족한 레노스가 손을 떼고 보니 미라의 손에는 전갈이 가지고 있던 것과 같은 메달이 쥐어져 있었다.

　"그게 이바테스 상회의 특별 체재 허가증이니 부디 잃어버리지 마십시오. 뭐어, 잃어버린다 해도 소유자 판별 무형술이 걸려있으니 악용될 일은 없지만 말이죠."

　레노스는 별것 아니라는 투로 그렇게 말하며 접수처에 비치되어 있던 장부에 미라의 이름을 적었다. 아무래도 악수를 하면서 메달에 미라를 인식시키는 무형술을 걸었던 모양이었다.

　"편리하기도 하군그래."

　그 효과를 확인하고자 미라가 지닌 메달을 전갈에게 건네줘 보니 은색 메달은 눈 깜짝할 새 붉게 변색되었다. 그리고 미라가 집어 들자 다시 은색으로 돌아왔다. 미라는 무형술의 진보에 벌써 몇 번째인지 모를 감동을 느끼고 말았다.

　전갈 일행이 이바테스 상회에서 빌린 비밀기지는 이곳의 지하에 있는 긴급 피난용 셸터 같은 곳이라고 한다.

　접수처에서 수속을 마치고서 정면에 위치한 계단을 올랐다. 그러던 도중, 전갈이 웃음을 머금은 채 레노스에 관해 이야기 했다. 그의 풀네임은 레노스 이바테스. 현재 회장의 손자라는 모양이었다.

그는 영웅담을 무척 좋아한다고 한다. 삼신국의 '삼신장(將)'이며, 아틀란티스 왕국의 '이름 없는 사십팔 장군'에, 니르바나 황국의 '십이사도(使徒)'. 그리고 알카이트 왕국의 '아홉 현자' 등등.

그리고 이번에는 인류의 좋은 이웃인 정령들을 해치는 거대한 악, 키메라 클로젠과 맞서는 정의의 조직인 이스즈 연맹에 눈독을 들였는데, 새로운 영웅이 탄생하리라는 예감에 몹시 흥분한 상태라는 모양이었다.

쟁쟁한 영웅들과 함께 아홉 현자의 이름을 거론하자 미라도 썩 기분이 나쁘지 않기는 했지만, 시선을 옆으로 옮겨보니 창문에는 혼신의 힘을 다해 만들어낸 미소녀가 비춰져 있었다. 예전과 닮은 구석이라고는 찾아볼 수가 없는 지금의 모습을 보고 있자니 약간 씁쓸한 기분이 들어서 미라는 한숨을 내쉬었다.

그러한 이야기를 하며 계단을 올라, 3층 복도를 걸어 나아갔다. 그제야 미라의 뇌리에 문득 의문이 생겨났다.

"어째서 3층까지 온 게냐. 지하라고 하지 않았더냐?"

직원이 드문드문 보이는 3층 복도를 걸으며 미라는 전갈의 등을 본 채 그렇게 물었다.

"지하이기는 한데 살짝 특별한 방인 모양이야. 그곳에는 3층 끝에 있는 계단을 통해 내려가야만 갈 수 있도록 되어 있는 데다 입구도 숨겨져 있어. 살짝 귀찮기는 하지만 그만큼 누군가를 숨겨두기에는 딱이잖아?"

"오호라. 꽤나 엄중하게 되어 있군."

전갈의 설명을 듣고 납득한 미라는 실로 역사를 느끼지 않을 수 없는 내부 장식과 건조물 그 자체로 흥미의 대상을 옮겨 둘러보기 시작했다.

그러는 동안 3층 끄트머리에 있는 계단에 도착해, 아래로 걸음을 옮겼다. 돌로 된 건물이기는 했으나 내부 장식에서는 온기가 느껴졌고, 층계참에 놓인 집기품 등에서는 빼어난 감성을 엿볼 수 있었다.

지금은 멜빌 상회가 정점에 군림하고 있었지만 그것은 키메라 클로젠의 암약 등, 사람의 도리를 저버린 수단에 의한 결과에 불과했다. 실질적인 패자(覇者)는 역시 이바테스 상회구나, 라는 생각이 들게끔 하는 풍격이 곳곳에서 느껴졌다.

계단을 끝까지 내려가 1층에 도착해 보니 그곳에는 문이 하나만 있었다. 열고 안으로 들어가 보니, 이런저런 술구며 약품 등이 선반 가득 늘어서 있었다. 전갈의 말에 의하면 얼핏 봐서는 알아보기 어렵지만 이곳에 있는 물건들은 모두 시험작이거나 실패작이라는 모양이었다.

분위기만 보면 완전히 밤의 과학준비실 같아서 상당히 으스스해 보였다. 불안한 것인지 안젤리크는 안네를 업은 워즈랑베르에게 바싹 붙었다.

미라 일행은 어쩐지 미로처럼 늘어선 선반 사이를 누비고 지나갔다. 그렇게 구석에 도착하자 전갈은 그곳에 있는 한 선반 앞에서 멈춰 서서 미라에게 손짓을 했다.

"미라, 잘 봐."

미라가 옆으로 다가오자 전갈은 그렇게 말하더니, 실패작과 섞여 놓여 있던 상자를 열었다. 그리고 그대로 앞뒤를 뒤집듯 방향을 바꾸어 뚜껑을 닫고는 다시 한 번 방향을 바꿔놓았다.

전갈이 그런 이상한 행동을 취한 직후. 어디선가 작고 둔탁한 소리가 울리더니 선반이 멋대로 옆으로 밀려났다. 그리고 숨겨져 있던 문이 모습을 드러냈다.

"오오!"

마치 진짜 비밀기지 같다는 생각에 미라의 마음이 한껏 고조되었다. 천이 되었건 문이 되었건, 무언가로 가려진 것은 어째서 이토록 남자의 마음을 자극하는 것일까.

문을 열어보니 지하로 이어진 계단이 있었다. 미라는 냉큼 그리로 뛰어들었다. 모든 이가 들어가자 전갈이 문을 닫았고, 다시 조금 전에 들었던 둔탁한 소리가 들렸다. 표면에 위치한 선반이 원래 위치로 돌아가는 소리였다.

지하 특유의 서늘한 공기가 감돌고 있었다. 무기질적인 돌계단이 한참을 이어져 있었지만 점점이 은근한 조명이 밝혀져 있어서 그다지 어둡지는 않았다. 하지만 내려가기는 약간 불편했다. 계단의 높낮이가 제각각인 탓이리라. 전갈은 침입자에 대비하기 위한 것이라고 했다.

그렇게 100미터에 가까운 계단을 끝까지 내려간 미라 일행은 몹시 길쭉하게 이어진 지하 통로에 도착했다.

〈2〉

지하통로는 계단을 중심으로 좌우로 뻗어 있었다. 석재로 보강된 그곳에는 못 미더운 불빛이 드문드문, 도깨비불처럼 떠올라 있었다. 서늘한 공기가 피부에 들러붙는 듯한 가운데, 미라와 전갈의 발소리만이 멀리까지 울려 퍼졌다.

"여기까지 왔으니 이제 누군가가 볼 걱정은 없겠군. 고생 많았다. 느긋하게 쉬거라."

미라는 왔던 길과 좌우의 통로를 확인하고는 그렇게 말하며 워즈랑베르에게 완전 은폐를 해제시켰다. 안젤리크와 안네는 저택에서도 계속 숨은 채 움직였다. 그러니 미라 일행을 제하면 그녀들의 행방을 아는 사람은 없을 터였다.

"좀 더 마음껏 힘을 사용할 수 있으면 좋겠는데 말입니다."

능력을 해제한 워즈랑베르는 면목이 없다는 듯 눈꼬리를 늘어뜨렸다.

"괜찮다, 괜찮아. 완전 은폐가 아니라도 얼마든 얼버무릴 수 있지 않으냐? 그것만 해도 충분히 강력하니 말이다. 계약이 깊이 맺어질 때까지 서로 정진하자꾸나."

"네, 그러도록 하죠. 오래도록 잘 부탁드립니다."

워즈랑베르는 등에 업고 있던 안네를 안젤리크에게 돌려주며 미소를 지었다.

그 후, 워즈랑베르와 굳은 악수를 나눈 미라는 끝으로 당분간은 빈번하게 부를 테니 잘 부탁한다고 말하고는 송환했다.

"뭔가 좋다, 그런 관계."

인연이 중요한 소환술사 특유의 관계라 해야 할지. 미라와 워즈랑베르 사이에 있는, 어쩐지 특별해 보이는 관계성을 엿본 전갈은 넌지시 그런 말을 했다.

"그렇지? 소환술사가 되면 친구가 잔뜩 생긴다."

게임이 현실이 되어 계약한 상대가 명확한 의지를 지니게 되자 관계성이 보다 확연히 드러나게 되었다. 그것이 강해졌다는 사실을 특히나 기뻐하던 미라는 실로 자랑스럽게 가슴을 펴고서 그늘 없는 미소를 지어 보였다.

미라 일행은 실내를 가득 메운 무기질적인 정적을 발소리로 걷어내며 전갈을 선두로 지하통로를 걸어 나갔다.

"그러고 보니 전갈이여. 그대, 이런 곳은 괜찮은 모양이구나."

미라는 요한의 저택에서 갑주의 그림자를 보고 겁에 질렸던 전갈의 모습이 떠올라 그렇게 말했다. 탈출 경로가 한정된 공간, 끝이 보이지 않는 어스름한 곳, 메아리치는 발소리. 이곳은 호러 영화에 흔히 등장하는, 실로 그럴싸한 분위기가 풍기는 장소였다.

"이런 곳이라니, 어떤 곳?"

하지만 전갈은 조금도 신경 쓰지 않는 눈치였다. 저택에서는 겁쟁이 같은 일면을 보였지만 아무래도 현재 상황은 아무렇지도 않은 듯했다.

"왜, 저택에서 장식용 갑주를 보고 놀라지 않았더냐. 유령 같은 것을 무서워하는 줄 알았더니, 아니었던 게냐?"

미라가 그렇게 말하자 전갈은 앞뒤에 펼쳐진 통로로 시선을 옮겨가며 유심히 살펴보았다. 미라의 말을 계기로 불안감이 싹튼 모양이었다.

"그건 있잖아, 그게…… 왜. 그때는 이상한 사람 같은 그림자가 보였잖아……. 애초에 깜깜한 곳은 내 앞마당 같은 건데 무서울 리가 없지. 수상한 그림자가 보여서 경계했던 것뿐이야."

지하통로에 수상쩍은 그림자가 보이지 않는다는 사실을 확인한 전갈은 허리와 꼬리를 꼿꼿이 세운 채 허세를 부리듯 변명을 입에 담았다. 전갈의 공포심은 으스스해 보이는 장소가 아니라 정체를 알 수 없는 것이 눈에 비쳤을 때 발생하는 모양이었다.

"전갈이여, 모르는 게냐. 이렇듯 빛이 적고 폐쇄된 장소는 원령들이 좋아하는 거처라는 사실을. 그리고 정말로 무서운 원령은 먼 곳이 아니라 가까이서, 심지어 느닷없이 나타난다는 사실을."

그렇다면 어디 시험해볼까, 하고 미라는 그럴싸한 분위기가 될 만한 이야기를 전갈의 귓가에 대고 속삭였다. 아닌 게 아니라 정말 뭔가 사연이 있는 장소에서 그에 관한 이야기를 하는 듯한 기분이 들었다.

"무…… 무슨 소릴 하는 거야, 미라야. 놀라게 하려고 해봐야 소용없어. 내 눈은 어둠 속에서도 잘 보인다고. 그렇게 접근할 때까지 못 알아챌 리가 없어."

전갈은 마치 자기 자신을 설득하듯 수다스럽게 말했다. 눈에 보이지 않을 뿐, 그곳에 있다. 그와 같은 상태가 될 수 있는 완전

은폐를 체험한 탓인지 전갈은 진짜 있는지 어떤지도 모르는 정체 모를 상대를 경계하기 시작했다.

그런 전갈의 모습을 보고 장난기가 발동한 미라는 더욱 낮은 목소리로 전갈을 몰아붙였다.

"글쎄다. 녀석들은 보통 눈에 보이지 않는 존재가 아니냐. 다시 말해서 보이게 될 때에는 습격을 하는 순간──."

미라가 신이 나서 말하던 그 순간이었다. 느닷없이 미라 일행의 바로 옆에 있던 문이 열리더니 그곳에서 검붉은 피로 물든 흰 가운을 걸친 채 냉소를 짓고 있는 소녀가 두 사람의 코앞에 나타났다.

"누으와아아아~!!"

"후냐아아~~~!!"

순간, 미라와 전갈은 지하 통로가 쩌렁쩌렁하도록 비명을 지르며 사이좋게 후퇴했다. 그리고 그 반동으로 벽에 등을 세차게 부딪치고는 그 자리에 웅크려 앉았다. 미라 일행보다 약간 뒤쪽에 있던 안젤리크는 오히려 두 사람이 놀라는 모습을 보고 놀라서 표정이 굳어졌다.

"뭐 해?"

어지간히 아팠는지 미라와 전갈은 바닥에 널브러진 채 신음소리를 냈고, 안젤리크는 안네를 안은 채 쩔쩔맸다. 그런 가운데, 귀에 익은 담담한 목소리가 나지막하게 들려왔다.

미라와 전갈은 눈물 어린 눈으로 그 목소리가 들린 방향으로 고개를 돌렸다. 두 사람의 눈앞에는 어쩐지 어이가 없다는 눈으로 그녀들을 내려다보는 뱀의 모습이 있었다.

　뱀이 타이밍을 재기라도 한 듯 등장한 것은 반쯤 우연이었다. 뱀이 나온 방은 호텔에서 습격해 온 인원 중 한 명을 감금해둔 장소라는 모양이었다. 그곳에서 마침 심문을 마친 뱀이 미라 일행의 이야기 소리를 듣고 마중을 나온 것이 조금 전과 같은 결과로 이어진 것이다.

　그런 우연도 있을 수 있다고 얼버무리듯 웃던 미라와 전갈은 아무 일도 없었다는 듯이 마음을 다잡고 종종걸음으로 걸어 나갔다. 그 뒤쪽에서 처음 만난 뱀과 안젤리크는 서로 자기소개를 나눴다.

　안젤리크는 처음에 피투성이가 된 뱀의 모습을 보고 놀란 듯했지만 흰 가운을 벗은 뱀과 두세 마디를 나누다 보니 긴장이 풀린 모양이었다.

　사족이지만 뱀의 흰 가운은 심문용으로 색칠을 한 것으로, 협박을 할 때 매우 유용하다는 모양이었다.

　그렇게 지하통로의 가장 깊은 곳에 도착했다. 그곳에는 매우 튼튼해 보이는 철문이 있었다. 전갈의 말에 의하면 긴급 회피용 지하 주거 시설로 10년 전에 있었던 악마 습격과 같은 사안에 대비해 만들어진 장소라고 한다. 자세히 보니 분명 물리적 공격 이외의 요소에 대한 대비로 보이는 마법진을 비롯한 이런저런 장치들이 무수히 설치되어 있었다.

　"미라, 이것도 잘 봐둬."

전갈은 비밀문을 여는 선반의 장치를 작동시켰을 때처럼 한 마디를 하고서 열쇠구멍으로 보이는 곳에 손가락을 넣었다. 그러자 철문 전체가 빛나기 시작하더니 신비한 문양이 떠올랐다.

전갈은 미라에게 보여주듯 그것을 조작했다. 그렇게 약 10초 정도만에 문이 열렸다.

"이렇게 하면 돼. 안 그러면 안 열리니까 기억해 둬."

"아~ 음. 이것 참, 뭐라고 해야 할지······."

전갈이 꼼꼼히 설명해주기는 했지만 조작이 복잡한 탓에 중간부터 전혀 알아듣지 못한 탓에 미라는 쓴웃음을 지을 따름이었다.

뱀이 말하기를, 전갈은 이러한 일에 천재적인 재능을 지니고 있어 별것 아니라는 듯 말하지만 보통은 외우지 못한다는 모양이었다.

말하자면 이 철문은 여는 방법을 적은 것이 열쇠를 대신한다 해도 과언이 아니었다. 그리고 뱀이 그 조작 방법을 적어두었다기에 미라는 나중에 그것을 베끼기로 했다.

"이것 참, 꽤나 넓구먼······."

철문을 지나 짧은 복도를 건너자 그곳에는 나무 바닥으로 된 거실이 길게 펼쳐져 있었다. 다다미 서른 장(다다미 한 장의 너비는 보편적으로 1.65미터로 두 장이 대략 한 평에 해당) 너비는 될 법한 그곳은 단순하면서도 튼튼하게 생긴 테이블이 넷 늘어서 있고, 천장에 매달린 네 개의 구체가 각 테이블을 밝게 비추고 있었다.

"여차할 때 몇 년은 지낼 수 있도록 만든 거래. 폐쇄감이 어찌니 저쩌니 하던데……. 으음, 좁은 데 계속 있으면 사람들이 짜증을 낸다나 봐."

전갈은 미묘하게 애매한 설명을 입에 담더니 계속해서 지하실에 있는 시설을 안내하기 시작했다.

나라의 수장 자리를 놓고 겨룰 정도의 상회인 만큼 유사시에 대비하기 위한 자금도 윤택한 모양이었다. 지하실에는 생활에 필요한 모든 것이 갖춰져 있었다.

부엌에는 어지간한 조리도구가 다 갖춰져 있었고 물과 불도 특제 술구를 통해 불편함 없이 사용할 수 있었다. 그런 부엌 옆에 위치한 세 개의 문 중 둘은 각각 화장실과 목욕탕으로 연결되어 있고, 이 역시 문제없이 이용할 수 있는 상태라는 모양이었다.

그리고 남은 하나의 문 너머에는 거실보다 광대한 밭이 있었다. 지금은 아무것도 심어져 있지 않고 조명도 꺼져 있지만 작물을 키우면 확실히 몇 년은 살아갈 수 있을 듯한 환경이었다.

심지어 이러한 모든 기능을 지탱하는 술구는 모두 특수 제작된 물건으로 **충마**(充魔)가 가능하다고 한다. 다시 말해서 술사를 비롯한 마나 보유자가 있으면 술구에 마나를 충전할 수가 있어서 반영구적으로 활용할 수 있다는 뜻이다.

(살아있는 한은 영구기관인가. 여기에 사령실만 있으면 완벽하겠는데 말이지.)

미라는 전갈의 안내로 각 시설을 둘러보며 어린 시절에 동경했던 비밀기지를 떠올리고는 미소를 지었다.

다음으로 안내를 받은 곳은 거실 안쪽으로 이어진 복도로, 그곳에는 좌우에 문이 각각 다섯 개씩 늘어서 있었다. 그 방은 모두 다다미 여덟 장 정도의 너비였다. 거실과 마찬가지로 나무로 된 바닥에는 아무것도 놓여있지 않았다. 하지만 그중 두 개의 방에는 침대만 놓여 있었고, 그중 하나에 밀렌이 있었다. 모포를 끌어안은 채 잠든 그 모습은 꽤나 행복해 보였다.

그리고 안젤리크는 그런 밀렌의 얼굴을 그립다는 표정으로 쳐다본 후, 그 옆에 위치한 침대에 안네를 눕혔다.

지하실에 관한 설명을 대충 듣고서 거실로 돌아온 미라 일행은 테이블을 둘러싸고 자리에 앉았다. 그리고 그대로 보고회의를 시작했다.

우선은 뱀의 심문 결과부터 듣기로 했다.

추적자 두 사람은 요한의 저택을 감시하던 인원이라는 모양이었다. 그들은 멜빌 상회에 고용된 용병으로 내부 사정은 아무것도 모르는 외부인이라고 한다.

의뢰 내용은 요한을 저택에서 내보내지 않는 것. 그리고 제자인 밀렌이 예상외의 행동을 취했을 때, 그 내용을 확인하고 상황에 따라서는 붙잡는 것이라는 듯했다.

키메라 클로젠과의 접점이 있느냐고 심문해보니 그들은 전혀 알지 못한다 했고, 반응으로 미루어 보아 그것은 거짓이 아닐 것이라고 뱀은 말했다.

요컨대 포박된 두 사람뿐 아니라 그 자리에 있던 모두가 키메라 클로젠과는 무관한 자들이었다는 뜻이다.

"그렇구나~. 아쉬워라."

유력한 단서는 얻어내지 못했다는 보고를 들은 전갈은 한숨을 내쉬었다.

그들과 같은 용병을 쓴 것은 타당한 조치라 할 수 있으리라. 감시를 하면 감시자의 위치도 고정될 수밖에 없기 때문이다. 그 키메라 클로젠의 구성원이 그런 위험성을 짊어질 리가 없었다.

만약 요한에 관한 사정이 외부로 알려진다 해도 본인만 확보하면 키메라 클로젠에 관한 비밀은 지켜진다. 정보를 지니고 있지 않은 감시자들은 잘라내 버리면 그만이기 때문이다.

"흠, 정보를 얻기가 쉽지 않군."

"저들은 버리는 말."

유감스럽다는 투로 미라가 중얼거리자 뱀은 시시하다는 듯이 신랄한 말을 입에 담았다. 쓸만한 정보를 얻지 못한 것이 못 마땅한 것이리라.

그렇게 뱀의 보고가 일단락되었을 즈음── 미라는 늘어져라 하품을 하더니 찻잔을 비웠다. 하지만 그러고도 졸음이 오는지 눈을 끔벅거렸다.

"미라, 시간도 늦었으니 먼저 자도 돼. 이쪽 보고는 내가 해둘게."

눈을 반쯤 감은 채 멍하니 있던 미라의 어깨를 전갈이 살며시 흔들며 말했다. 두 사람은 행동을 함께 했던지라 보고할 내용도 같았고 뱀의 보고도 끝났으니 미라가 이곳에 없어도 딱히 문제될 것은 없었다.

"우음, 하지만 말이다. 나만 먼저 잘 수는……."

가끔씩이기는 했지만 성실한 태도를 보일 때도 있는 미라는 그렇게 말해 참가할 뜻을 밝히면서도 생리현상을 거스르지 못하고 두 번째 하품을 했다.

　"괜찮아, 괜찮아. 오늘은 간단하게만 보고하고 우리도 금방 잘 거야. 본격적인 회의는 내일 하자."

　"으음, 그러하냐. 그러면 미안하다만 먼저 자도록 할까……."

　잠기운을 떨쳐낼 수 있을 것 같지가 않다고 판단한 미라는 마지못해 그렇게 말하며 일어났다. 그리고 어쩐지 정중해 보이는 동작으로 의자를 밀어 넣고 "잘들 자거라~"라고 중얼거리고는 휘청휘청 현관을 향해 걸어갔다. 아무리 봐도 완전히 잠에 취한 듯 보였다.

　"그쪽 아니야, 미라."

　결과적으로 미라는 전갈의 품에 안겨 밀렌과 안네가 자는 방과는 다른 침실로 옮겨졌다. 그리고 전갈이 살며시 침대에 눕혀주자 그대로 꿈속으로 빠져들었다.

이바테스 상회 지하에 위치한 비밀의 방. 통칭 '임금님의 은신처'. 그 침실에서 눈을 뜬 미라는 정신이 멍한 상태로 일어나 실내를 둘러보았다.

지하인 탓에 당연히 창문이 없어, 바깥이 보이지 않았다. 위를 올려다보니 수면을 방해하지 않을 정도로 옅은 빛이 천장에 밝혀져 있었다. 팔찌형 단말기를 조작해서 현재 시각을 확인해보니 새벽을 조금 지난 시간임을 알 수 있었다.

문득 왼쪽으로 고개를 돌려보니 텅 빈 침대가 있었고, 더 안쪽으로 시선을 옮겨보니 반라 상태로 잠든 요염한 뱀의 모습이 있었다.

(좋구나, 좋아.)

미라는 눈을 뜨자마자 좋은 눈요기를 시켜준 뱀을 향해 연신 고개를 숙였다. 하지만 거기서 그치지 않았다. 모처럼의 기회니 더욱 가까이서 보기 위해 일어났다. 그때, 지금까지 자신이 잠들어 있던 침대의 머리맡에 자신이 옷이 걸려 있는 것을 발견했다. 벗은 기억은커녕 잠들기 전의 기억도 애매했던 미라는 그제야 자신도 반라 상태였음을 깨달았다.

(한 방에 반라 상태의 여자가 둘. 참으로 자극적인 상황이구나.)

아직 비몽사몽해서인지, 아침 특유의 고양감 탓인지 미라의 망상에는 거침이 없었다.

그 후, 미라는 원피스만 입고서 다시 한 번 뱀의 자태를 감상한 후에 침실을 뒤로 했다.

"좋은 아침이야, 미라."

"좋은 아침이에요, 미라 씨."

거실에는 이미 전갈과 안젤리크가 있었다. 전갈은 방구석에 위치한 작은 테이블에서 모종의 약을 조합하고 있는 듯했다. 안젤리크로 말하자면 아침 식사를 준비하는 중이었다. 과연 전문가(?)라고 해야 할지, 앞치마 차림이 잘 어울렸다. 게다가 능숙하게 몇 개의 요리를 동시에 진행하고 있었다.

실로 가정적인 아침 풍경이었다. 하지만 향긋한 요리 냄새에 수상쩍은 약품 냄새가 섞여들어 그다지 상쾌한 기분은 들지 않았다.

"음, 좋은 아침이다."

미라는 그렇게 대답하고는 즐거운 듯 부지런히 약을 제조하는 전갈을 흘끔 째려보고서 부엌을 지나쳐서 화장실에 들어가 볼일을 보았다.

"끄으응, 아침이구나."

화장실에서 나온 미라는 그 자리에서 입을 크게 벌려 하품을 하고는 몸을 풀 듯 기지개를 켰다. 그러고서 근처에 있던 의자에 앉아, 반쯤 감긴 눈을 하고서 입을 헤벌린 채 멍하니 있었다.

"자자, 샤워라도 하고 정신 차려."

전갈은 노망이 난 노인—— 퀭한 눈을 하고 있던 미라에게 수건을 건네주며 일으켜 세웠다. 그리고 미라의 두 어깨를 붙잡고 강제로 탈의실로 연행했다. 거기서 그치지 않고 미라의 옷을 벗겨 욕실로 밀어 넣기까지 했다.

아직 알고 지낸지 얼마 되지 않았지만 전갈은 아침의 미라를 어떻게 다뤄야 하는지, 상당 부분 파악이 된 듯했다.

욕실은 다다미 네 장 정도의 너비였다. 한 사람이 씻기에는 충분한 공간이다. 심지어 수도시설도 완비되어 있는 듯했고, 물을 덥히기 위한 술구도 갖춰져 있었다.

미라는 수도 레버를 조작해서 뜨끈한 물을 뒤집어썼다. 하얀 피부는 눈 깜짝할 새 물을 튕겨내면서도 반지르르하게 젖어들었고, 그렇게 젖은 머리카락이 몸에 달라붙었다. 그리고 뜨끈한 물은 강한 자극이 되어 미라의 몸을 타고 흘러내려, 하체를 통해 바닥에 떨어졌다.

"아~ 기분 좋구나."

미라는 뜨거운 물이 흘러내리는 간지러운 느낌에 몸을 꼼물거리며 잠기운이 날아가는 것을 느끼고 있었다.

그러다 문득 누군가의 기척이 탈의실 쪽에서 느껴졌다. 뭔가 하고 미라가 샤워기의 물줄기를 멈춘 순간, 마침 욕실 문이 열렸다.

"좋은 아침."

그곳에는 졸린 듯 눈을 비비는 알몸 상태의 뱀이 있었다.

일전에 보았던 탱크톱에 핫팬츠, 그리고 반라 모습. 양쪽 모두 실로 매혹적이었지만 역시 실오라기 하나 걸치지 않은 모습은 예술적인 동시에 폭발적인 매력을 내뿜고 있었다. 전갈의 건강미 넘치는 체형과는 달리 호리호리한 체형에 절묘하게 살이 붙어 여성 특유의 곡선미가 극대화 된, 근사한 몸매였다.

"으, 음. 좋은 아침이다."

미라는 그 모습에 충격을 받고 당황하여 다소 들뜬 목소리로 인사했다.

한 사람이 쓰기에는 충분하지만 둘이 쓰기에는 다소 좁게 느껴지는 욕실. 그런 욕실 안에서 알몸 상태의 뱀과 마주하게 된 미라는, 그 매력 넘치는 뱀의 몸에서 눈을 뗄 수가 없었다.

하지만 뱀은 그런 미라를 개의치 않고 샤워를 하기 시작했다. 그 옆에서 지인인 여성의 샤워 장면을 코앞에서 지켜보며 튀어나오는 물방울을 맞고 있자니 미라는 잠기운이 확 달아나는 것만 같았다.

또한, 나중에 물었더니 아무래도 대욕장이 아니라도 동성끼리는 곧잘 함께 목욕을 하기도 한다는 모양이었다. 그때, 불편하냐는 질문을 받은 미라는 미소를 지은 채 전혀 불편하지 않다고 답했다.

먼저 욕실을 나선 미라는 바닥에 널브러진 뱀의 속옷을 바라보며 애써 냉정하게 옷을 갈아입었다. 그리고 깨달음을 얻은 승려와도 같은 미소를 지은 채 거실로 돌아가서는 "앉아서 기다려주세요"라는 안젤리크의 말에 따라 테이블에 차려진 아침 식사에 홀린 듯 자리에 앉았다.

마치 가족처럼 화목한 아침 풍경 같다고 느끼던 미라는 문득 안젤리크를 보며 생각했다. 아무리 봐도 주부나 유부녀라 하기에는 다소 부족한 부분이 있는 것 같다고. 이유는 모르겠지만 유부녀라는 단어에 원숙하다는 인상을 가지고 있던 미라는 아무리 봐도 앳된 이미지가 엿보이는 안젤리크를 살며시 관찰했다. 척척 집안일을 해내는 좋은 아내라는 생각이 들기는 하지만 앳되어 보이는 이유가 무엇일까.

얼마간 관찰하던 끝에 미라는 알아챘다. 여성다운 기복이 적다는 것이 그 원인이라는 것을. 알아낸 것은 좋았지만 그로써 끝이었다. 굳이 그 사실을 들추어낼 정도로 눈치가 없지는 않기에. 그냥 새댁 같다는 생각을 할 따름이었다.

전갈은 조합을 마쳤는지 지금은 기구를 정리하고 있었다. 그 탓인지 약품 냄새는 거의 잦아들고 고기를 볶는 향신료의 향만이 콧구멍을 자극했다.

얼마쯤 지나 뱀도 탈의실에서 나와서는 속옷차림으로 미라를 따라 옆에 앉았다. 그 모습을 곁눈질한 미라는, 역시 속옷은 입고 있을 때 가장 빛이 난다는 확신을 품게 되었다.

"조금만 더 있으면 완성이에요."

"맛있겠어."

"그렇지?"

안젤리크가 능숙하게 식탁을 차리는 것을 지켜보던 미라는 믹스주스를 한 모금 마시며 꼬르륵 소리를 내는 뱀에게 대답했다.

"아, 또 그런 차림으로 있네. 가서 옷 좀 입고 와."

정리를 마친 전갈은 뱀의 모습을 봄과 동시에 갈아입을 옷이 있는 침실 쪽으로 쫓아냈다. 뱀이 실로 자연스러운 태도로 있기에 그것이 당연한 일인 줄만 알았던 미라는 역시 속옷 차림으로 있는 것은 상식적으로 보았을 때 칠칠치 못한 일임을 새삼 깨달았다.

(전갈 녀석, 쓸데없는 소릴 하다니.)

그런 생각을 하며 미라는 침실로 사라지는 뱀의 엉덩이를 응시했다.

그러자 교대라도 하듯 또 하나의 침실의 문이 열렸다.

"뭔가 그리운 냄새가 나요~."

고개를 내민 이는 요한의 제자, 밀렌이었다. 그녀는 아침 식사의 냄새라도 맡은 것인지, 코를 벌름거리며 방에서 나왔다.

"아, 저기, 미라 씨. 좋은 아침이에요~."

자리에 앉아 있는 미라를 본 밀렌은 인사를 입에 담으며 고개를 숙였다. 눈을 뜬지 얼마 되지 않았는지 옷은 흐트러져 있고 머리도 많이 뻗쳤다. 하지만 정신은 말짱한지 잠에 취한 낌새는 전혀 찾아볼 수가 없었다. 아무래도 밀렌은 기본적으로 몸가짐에 관한 의식이 낮은 듯했다.

"좋은 아침. 밀렌."

미라의 머리 너머에서 안젤리크의 다정한 목소리가 들려왔다. 동시에 밀렌이 퍼뜩 고개를 들었다. 그렇게 그녀는 부엌에 선 요한의 아내, 안젤리크를 발견했다.

"사, 사모님……. 사모님——!!"

밀렌은 그 즉시 눈물 어린 눈으로 미소를 지은 채 달려가서 그대로 안젤리크의 품으로 뛰어들었다. 그리고 잔뜩 잠긴 목소리로 "무사해서 다행이에요~!"라고 외치며 안젤리크의 앞치마를 눈물 콧물 범벅으로 만들었다.

안젤리크는 "걱정 끼쳐서 미안해"라고 말하며 밀렌을 친자식처

럼 보듬어 안았다. 밀렌에게도, 안젤리크에게도 5년 만의 재회인
탓에 감회가 남다른 것이리라.

그로부터 십여 초 후, 울음소리가 조금 진정됨과 동시에 밀렌
이 문득 고개를 들었다.

"혹시, 같은 방에서 자고 있던 그 여자애는……."

미라 일행이 지하 은신처를 찾았을 때, 밀렌은 꿈속에 있었다.
그 때문에 안젤리크가 밤중에 왔다는 사실을 알지 못했다. 밀렌
의 입장에서 말하자면 아침에 눈을 떠보니 옆 침대에 웬 여자애
가 잠들어 있어 당황스러웠을 것이다.

그리고 납치 당시, 요한의 딸인 안네는 아직 세 살이었지만 지
금은 여덟 살이다. 옆에서 자고 있던 여자애의 몸집이 그 정도 되
어 보이기에 밀렌은 혹시나 해서 물은 것이다.

"그래, 안네야."

"많이 컸네요~!"

안젤리크가 미소를 지은 채 그렇게 답하자 밀렌은 또다시 큰소
리로 울음을 터뜨렸다. 안젤리크는 역시나 그것을 다정하게 받아
주며 미소를 지었다.

간소한 의상으로 갈아입고 침실에서 나온 뱀은 그런 두 사람을
곁눈질하더니 아주 약간 기쁜 듯 미소를 지으며 자리에 앉았다.

안젤리크와 안네를 구출해내 다행이다. 그런 생각을 하며 얼굴
을 마주 본 미라와 전갈은 소란스럽기는 했지만 밀렌의 울음소리
가 썩 듣기 싫지는 않다고 생각했다.

밀렌이 진정되자 미라 일행은 식탁을 둘러싸고 아침 식사를 했다. 아침치고 다소 양이 많기는 했지만 다들 상당히 배가 고팠는지 접시를 깨끗하게 비워나갔다.

그리고 아침 식사 도중. 예상했던 대로 안젤리크와 안네는 멜빌 상회의 시설에 감금되어 있었다는 사실을 밀렌에게 설명했다.

그 말을 들은 밀렌은 두 사람을 구출해준 미라와 전갈에게 감사인사를 하고는 문득 주방을 둘러보더니 이어서 침실이 있는 복도로 고개를 돌렸다. 그리고 "스승님은, 아직 주무시나요?"라고 말했다.

감금되어 있던 안젤리크와 안네를 시설에서 구출해냈다는 사실은 언제고 들통 날 것이다. 그때, 키메라 클로젠과 멜빌 상회는 족쇄가 벗겨진 요한을 상대로 모종의 행동에 나설 것이 분명했다. 그렇기에 미라 일행은 두 사람을 구출해내자마자 요한의 안전을 확보하기 위해 저택으로 향했던 것이었다.

하지만 요한의 모습은 이미 저택에서 찾아볼 수 없었고, 멜빌 상회와의 거래 자료도 사라진 뒤였다.

현장에 남아 있던 흔적으로 미루어 요한은 납치당했을 가능성이 컸다. 미라는 그렇게 설명했다.

"그럴 수가. 스승님은 무사하실까요……."

"요한의 기술은 녀석들에게 중요한 것이니, 그 점은 걱정 안 해도 될 게다. 하지만 향후 어떻게 처우를 할지——."

미라가 거기까지 말을 한 순간.

"엄마~!"

당장에라도 울음을 터뜨릴 듯한 투로 안젤리크를 부르는 목소리가 들려왔다. 아무래도 안네가 눈을 뜬 모양이었다. 안네의 입장에서 보자면 자고 일어나 보니 전혀 모르는 장소에 혼자 있는 상태니 불안할 수밖에 없을 것이다.

"묻고 싶은 게 생기면 부를 테니 안네랑 같이 있어주세요."

"죄송해요. 그리고 고마워요."

전갈이 말하자 안젤리크는 벌떡 일어나서 고개를 숙이고는 침실로 달려갔다. 그 뒷모습을 바라보던 밀렌은 문득 식탁을 둘러싼 면면들에게로 시선을 옮겼다. 그곳에는 미라와 전갈, 그리고 뱀이 있었다. 밀렌을 소스라치게 놀라게 했던 두 사람과 생긴 것답지 않게 살벌한 수단을 사용하는 심문관이. 따라서 홀로 남겨진 밀렌은 정체 모를 공포감과 긴장감을 견디지 못하고 그 자리를 벗어나고자 자리에서 일어났다.

"그럼 저도 안네를 돌보러――."

"그대는 앉아 있어라. 묻고 싶은 게 남아있으니 말이다."

"네⋯⋯."

불쑥 입 밖으로 튀어나온 변명을 그대로 기각당한 밀렌은 고개를 푹 숙인 채 다시 자리에 앉았다.

대충 아침식사를 마친 미라 일행은 장소를 식탁에서 거실 한구석에 위치한 소파로 옮겨서 금속으로 된 테이블을 둘러싸고 본격적인 회의를 시작했다.

회의 내용은 향후의 행동에 관한 것으로, 최우선 사항은 요한을 구출해내는 것이라는 쪽으로 의견을 모았다.

　신병의 안전에 관해서는 흑무석을 가공하기 위해서는 그의 기술이 필요하니 목숨을 빼앗을 걱정은 없을 것이라고 미라는 추측했다. 그리고 요한이 일을 하면 할수록 키메라 클로젠의 무장이 갖춰져, 정령들의 피해가 확대되리라고도 판단했다.

　그렇기에 요한을 구출해내면 결과적으로 키메라 클로젠의 전력을 대폭 약화시킬 수 있었다. 그리고 그것은 언젠가 다가올 결전의 순간에 이스즈 연맹을 승리로 이끌 요인이 될 것이다.

　현재 요한은 그만큼 양측 진형 모두에게 중요한 인물이었다.

　하지만 미라 일행에게 있어 요한의 가치는 그뿐만이 아니었다. 그는 승리로 가기 위한 중요인물이기 이전에 안젤리크 일행의 소중한 가족이기도 했다. 어떻게든 다시 만나게 해주고 싶다 생각하는 것이 사람으로서의 도리라 할 수 있으리라.

　하지만 살아있을 것이라는 희망적인 관측과 그가 어디로 끌려갔느냐는 별개의 문제였다. 그토록 중요한 인재인 만큼 쉽게 발견할 수 있는 장소로 데려가지는 않았을 것이다.

　어쩌면 키메라 클로젠의 본거지로 끌고 갔을 지도 모를 일이다.

　하지만 그 이전에 한 가지 의문점이 있었다. 애초에 요한이 반항에 나섰다는 것을 어떻게 알아챘느냐 하는 것이다.

　"한데 밀렌이여. 저택 2층에 있던 장식용 갑주에 관해 뭔가 아는 것이 있느냐?"

　간결하게 현재 상황을 정리한 후, 미라는 그렇게 말하며 밀렌에게 시선을 옮겼다.

저택에 들어갈 때와 나올 때는 완전 은폐의 효과로 모든 감지 장치를 속이고 있었다. 요한과의 대화도 그를 은폐 효과 범위 내에 들인 채로 했기에 제3자가 엿들을 수 없었을 것이다.

하지만 실제로 요한은 납치를 당했다. 다시 말해서 미라는 저택 어딘가에 그를 감시하는 무언가가 있었던 것이 아닐까 의심하고 있었다.

그 중 제1후보가 요한, 그리고 감시자들과 함께 모습을 감춘 장식용 갑주였다. 안이 텅 비었다면 감시를 위한 술구를 얼마든 장치해둘 수 있었으리라 생각한 결과였다.

"2층에 있던 갑주요? 으음, 그건……."

밀렌은 놀란 표정을 짓더니 어쩐지 쩔쩔매며…… 아니, 어쩐지 쑥스러운 듯이 갑주에 관한 설명을 입에 담았다.

밀렌의 말에 의하면 갑주 자체는 밀렌이 만든 것이라고 한다. 아버지가 갑옷 장인이라 밀렌은 연금술로 그 기술에 어디까지 근접할 수 있을지 연구하고 있었다고 한다. 그리고 완성된 것이 그 갑주라는 모양이었다. 밀렌은 자랑스럽게 미소를 지은 채 아버지가 만든 갑옷에도 뒤지지 않는 최고 걸작이라고 말했다.

그리고 그 갑옷은 경량화와 강도만을 추구해 만든 것으로 특별한 술법은 걸려 있지 않으며, 전신 갑주임에도 불구하고 매우 사용하기 쉽다고 자랑을 늘어놓았다.

요한에게 보여줬을 때는 처음으로 칭찬을 받았고, 그리고서 며칠 후에 보니 어느샌가 2층 복도 구석에 장식되어 있었다는 모양이었다.

그것을 본 밀렌은 스승님이 드디어 자신을 어엿한 연금술사로 인정해준 것 같아 기뻤다고 한다. 하지만 그날 이후에도 대우는 여전했고, 수업도 혹독했다며 밀렌은 쓴웃음을 지었다.

속에 무엇이 들었느냐는 질문에 밀렌은 당연히 갑옷이니 텅 비어있었을 것이라 답했고, 장식된 날 이후로는 들여다본 적이 없다고 덧붙여 말했다.

"이상한 일이로군……."

"그러게 말이야."

판명된 것은 갑옷의 출처뿐이었다. 자기 자랑이나 다름없는 밀렌의 이야기를 끝까지 들은 미라와 전갈은 그렇게 말함과 동시에 한숨을 내쉬었다.

그런 이야기를 한 후, 왜 그 갑옷에 관해 묻느냐는 밀렌의 기대 섞인 질문에 미라는 눈에 띄기에 궁금했던 것뿐이라 말해 일소에 부쳤다.

그로부터 얼마간 밀렌은 먼눈을 한 채 "술사들은 보는 눈이 없어"라는 말은 연거푸 중얼거렸다.

4

"이렇게 말하자니 좀 그렇지만, 어째서 처음부터 요한 씨를 감금하지 않았던 걸까? 그러는 편이 저택 주변에 감시자를 둘 필요도 없고, 감시하기도 편했을 텐데 말이야."

전갈은 팔짱을 낀 채 고개를 갸웃하며 말했다.

"듣고 보니 그렇군. 근처에 두기에는 뭔가 좋지 않은 점이 있었던 것으로 볼 수도 있겠구나."

전갈의 말대로 요한의 상태는 비효율적으로 보였다. 모녀를 감금해둔다는 수단을 택해 목줄을 채워둘 것이 아니라 아예 가둬두는 편이 나았을 것이다. 하지만 실제로는 요한을 교외에 자리한 저택에 둔 채 외부에서 고용한 감시자를 붙여 감시를 했다. 거기에는 뭔가 이유가 있지 않을까. 그리고 '요한'하면 떠오르는 것은 역시 흑무석이었다.

그렇게 생각한 미라는 슬그머니 밀렌에게 시선을 옮겼다. 그와 동시에 코코아가 담긴 컵에 입을 대고 있던 밀렌은 허리를 꼿꼿이 폈다.

"밀렌이여. 흑무석을 가공하는 데 있어 특별히 주의해야 할 사항이 있다면 자세히 말해다오."

"주의사항이요? 으음…… 알겠어요."

미라가 묻자 밀렌은 망설이면서도 스승을 구해내기 위해서라면 별수 없다 생각했는지 극비 정보를 입에 담았다. 그리고 밀렌의 말은 요한에게 감시를 붙여 저택에 머무르게 한 이유를 납득시키고도 남음이 있었다.

들자하니 흑무석을 가공하기 전에는 정령무구와 같은 정령에 관한 물건을 멀리 할 필요가 있다고 한다. 그렇게 하지 않으면 정령무구를 못 쓰게 되기 때문이다.

또한 가공에는 제1부터 제5까지의 공정이 있으며 뒤로 갈수록 그 영향 범위도 커진다는 모양이었다.

"처음에는 2미터 정도지만 최종 공정 때에는 반경 1킬로미터까지 영향이 미친다는 모양이에요. 저는 제1공정까지밖에 못해서 자세히는 모르겠지만요……."

거기까지 설명한 밀렌은 컵에 남은 코코아를 단숨에 들이켜고는 후우, 하고 한숨을 내쉬었다. 조금은 긴장이 풀린 듯 보였다.

"역시 그러한가. 참으로 성가신 성질이로군."

다시 말해 흑무석을 가공할 때, 거기 담긴 저주가 모종의 작용을 일으키는 것이리라고 미라는 생각했다. 그로 인해 주변에 있는 정령무구 등의 근원인 정령력이 사라지는 것이리라.

키메라 클로젠은 정령을 납치해 그 힘을 이용하고 있다. 그렇다면 당연히 본거지에는 정령력이 넘쳐나고 있을 것이다. 그런 곳에서 가공을 했다가는 그야말로 대참사가 벌어질 것이다.

그래서 훨씬 감시하기가 쉽고 품도 적게 드는 본거지에 요한을 감금하지 않고 모녀를 볼모로 붙잡아 저택에 둔 것이리라.

"그런데 조금 전에, 그대는 제1공정까지는 할 수 있다고 했지? 만약 가능하다면 보여줄 수 있겠느냐?"

그렇게 말하며 미라는 전귀의 매장지에서 증거품 대신 회수해 온 흑무석을 아이템박스에서 꺼내서 밀렌의 앞에 내려놓았다.

"네……. 저기, 정 그러시다면 해볼게요."

밀렌은 그렇게 답하더니 거실 구석에 놓여 있던 가방을 가지고 왔다. 납치할 때 회수해 두었던 밀렌의 소지품이었다.

그 가방에서 몇 가지 기구를 끄집어낸 밀렌은 과학 실험이라도 준비하듯 척척 작업을 해나갔다. 요한에게서 받은 보물 같은 물건들이라 늘 가지고 다닌다는 모양이었다.

그리고 대충 준비가 끝나자 이번에는 가방에서 하얀 주머니를 끄집어냈다.

"정령무구 가진 것 없으시죠?"

주머니를 손에 든 채로 밀렌이 그렇게 물었다. 세 사람이 없다고 말하자 밀렌은 "그럼 괜찮겠네요"라고 말하며 주머니를 가방에 다시 집어넣고 의자에 앉았다.

"한데, 방금 꺼냈던 주머니는 무엇이냐?"

의미심장하게 밀렌이 꺼내들었던 주머니. 그것이 무엇인지 궁금해진 미라는 밀렌의 가방을 쳐다보며 그렇게 물었다.

"저 주머니는 전용 포장재인데, 가공시의 영향으로부터 정령무구 등을 보호할 수 있어요."

밀렌이 그렇게 설명하자 미라는 감탄한 듯 탄성을 흘리며 실험 기구가 늘어선 테이블로 다시 시선을 옮겼다.

"조금 전에도 말씀드렸지만 저는 가공의 초보 단계밖에 안 배워서, 보여드릴 수 있는 건 흑무석을 액체로 만드는 것까지예요.

그래도 괜찮으신가요?"

"음, 그래도 상관없다."

확인을 구하듯 밀렌이 묻자 미라는 살며시 고개를 끄덕이며 답했다.

견습이라고는 해도 프로 의식이 있는 것인지, 기구 앞에 앉은 밀렌의 표정은 지금까지와는 달리 상당히 차분하고 진지한 빛을 띠고 있었다.

그리고 밀렌의 가공이 시작되었다.

흑무석을 부수어 그 절반을 파편, 나머지 절반을 분말로 만들었다. 분말을 물에 녹여 가열해서 검은 물이 끓기 시작하자 거기에 파편을 투입하더니, 그대로 파편이 없어질 때까지 휘저었다.

여기까지가 밀렌이 할 수 있는 제1공정이라는 듯했다. 가공 자체는 4공정이 더 남아있었고, 다음 단계로 넘어가려면 이 상태로 하루를 둬서 안정시킬 필요가 있다는 모양이었다.

"뭔가, 기분 나쁜 물이네."

끈적하다고 해야 할지, 걸죽하다고 해야 할지 모를 그 검은 액체를 바라보며 전갈이 눈살을 찌푸렸다. 뱀도 기분 탓인지 표정을 찌푸리고 있는 듯 보였다.

보아하니 가공 자체는 실로 단순했다. 하지만 그러던 도중, 미라는 때때로 방의 구석에도 도달하지 못할 정도로 미약했지만, 희미하고 검은 파문 같은 것이 용기에서 퍼져나가는 모습을 보았다. 그리고 이것이 정령력을 소멸시키는 저주이리라고 직감했다.

"한 가지 궁금한 게 있다만, 조금 전에 보았던 주머니는 전용 포장재라 했지? 그렇다면 그 소재로 방을 뒤덮어버리면 어디서 든 가공할 수 있지 않으냐?"

실제 현상을 목격한 미라는 그와 동시에 떠오른 의문을 입에 담 으며 방구석에 놓인 가방으로 다시 시선을 던졌다.

"네. 그건 그렇게 하면 어디서든 가공할 수 있을 거예요. 포장 재를 만들기 위한 소재는 비싸지만, 그 키메라라는 나쁜 사람들 은 투자를 아끼지 않을 테니까요."

밀렌은 그렇게 말하며 일어나서 가방에서 작은 하얀 결정체와 코트를 손에 들고 돌아왔다.

"하지만 분명 그들은 이것의 존재 자체를 모를 거예요. 이건 스 승님이 독자적으로 만든 물건인 데다, 그렇게 나쁜 사람들에게 이런 게 있다는 걸 가르쳐줄 리가 없으니까요."

어지간히 요한을 믿는 것인지 밀렌은 똑바로 미라를 본 채 그 렇게 말하더니 손에 든 하얀 결정체를 검은 액체 안에 떨어뜨려 보였다.

그러자 놀랍게도 검은 액체가 갈수록 옅어져 회색이 되었다가 아예 하얗게 물들어버렸다. 그와 동시에 미라는 저주의 파문이 사라진 것을 알 수 있었다.

"방금 그거 뭐야? 뭘 넣은 거야?"

전갈이 용기를 응시하며 속사포처럼 말을 쏟아냈다. 기분 나쁜 액체가 맑은 순백색 액체로 변화했으니 놀랄 만도 했다.

"그게, 천수석(天壽石)의 조각이에요. 액체 상태일 때에 한해서 흑무석의 효과를 억제할 수 있어요. 그리고 포장재는, 이 천수석을 가공해서 만들어요."

그렇게 말한 밀렌은 용기를 휘젓던 손을 멈췄다. 그러자 액체였던 그것은 갈수록 응고되어 돌처럼 딱딱해졌다. 밀렌은 그것을 꺼내면서 "이 상태가 되면, 쓰레기랑 같이 버릴 수 있어요"라고 웃으며 말해 보였다.

"그리고, 이 코트는 정령무구지만 천수석을 사용한 특별한 용액에 담근 거라, 영향을 받지 않아요."

이어서 밀렌은 자랑을 하듯 코트를 내밀어 보였다. 요한에게 선물로 받았다던 정령무구 코트였다.

"그런 것도 할 수 있구나. 굉장해."

"응, 이건 중요할지도."

밀렌의 말은 저 지긋지긋한 키메라 클로젠의 무장에 대항할 방법이 있을지도 모른다는 가능성을 시사하고 있었다.

정령들의 편에 서서 보호하는 조직, 이스즈 연맹. 그 멤버 중 대부분은 정령무구를 소지하고 있었다. 당연히 양(陽)의 정령무구였다. 하지만 그렇기에 키메라 클로젠이 사용하는 검은 무기는 늘 골칫거리였다.

하지만 이번 이야기로 광명이 보이기 시작한 것이다. 전갈과 뱀의 표정은 실로 밝기만 했다.

"흐음~ 그렇구먼."

미라는 소파에 깊이 몸을 묻고 앉아 턱 끝에 손가락을 댄 채 납득했다는 듯 고개를 끄덕이고는 요점을 정리했다.

흑무석은 정령의 힘이 주변에 없는 상태에서 가공해야만 한다.

그리고 키메라 클로젠의 본거지에 그러한 장소는 없을 것이다.

그것을 해결할 소재는 요한이 독자적으로 개발한 것이며 키메라 클로젠에게는 그 존재가 알려지지 않았다.

다시 말해서 요한이 끌려간 장소는 키메라 클로젠의 본부가 아니라 주변에 정령의 힘을 이용한 물건이 전혀 없는 장소일 가능성이 높다.

"일단은 정령의 힘을 이용하지 않고 있는 멜빌 상회 관련 시설 같은 데를 찾아보는 게 좋으려나."

"그게 좋겠군. 우선은 그러는 수밖에 없겠어."

얻어진 정보를 취합해 결론을 내리자 전갈이 앞으로의 대략적인 방침을 제시했고 미라도 그에 동의했다.

키메라 클로젠의 본거지에 비하면 난이도는 상당히 떨어질 테지만, 멜빌 상회는 로즈라인 공국에서 현재 가장 급격한 성장세를 보이고 있는 곳이다. 건조 중인 것을 비롯해서 곳곳에 무수히 많은 시설이 있을 것이다. 조사할 장소의 범위는 실로 광대했다.

그렇다고 포기할 세 사람이 아니었다. 지금 할 수 있는 일이 차근차근 조사해서 포위망을 좁혀 나가는 것이라면 그것을 철저하게 해나가면 그만인 것이다.

"남은 일은, 흑무석을 가공하는지 감시하는 것뿐인가. 반경 1킬로미터에까지 영향을 미친다고 한 걸 보면, 그 검은 파문은 벽을 통과하는 성질을 지닌 것일 테지? 그것을 밖에서 확인하면 단숨에 알아챌 수 있을 것 같군. 문제는 감금된 요한이 언제 가공을——."

"잠깐만, 미라야. 잠깐 멈춰봐."

미라가 떠오른 생각을 그대로 입에 담던 도중, 전갈이 당황스러운 표정으로 말을 가로막았다.

"음, 무어냐?"

"여러모로 이해가 안 가서 그러는데, 방금 말한 검은 파문이라는 건 무슨 소리야? 흑무석을 가공하는 거랑 무슨 상관인데?"

주변을 둘러보니 뱀과 밀렌도 전갈의 말에 동의하듯 의아한 표정이었다. 미라는 그런 세 사람을 둘러보고는 그 질문이 무슨 뜻인가 싶어 고개를 갸웃했다. 흑무석 가공 제1공정의 시범을 보일 때 보지 못했다는 말인가.

"무슨 소리기는. 왜, 밀렌이 가공을 했을 때 거기서 나오지 않았더냐."

미라는 밀렌이 만든 하얀 덩어리를 가리키더니 몸짓발짓을 섞어가며 그때의 일을 설명했다.

분말을 녹인 검은 액체에 파편을 넣은 순간부터 옅은 검은색을 띤 파문이 맥동하듯 주변에 퍼지기 시작했다고. 그리고 그것은 천수석 조각을 넣자마자 수그러들어, 지금은 보이지 않는다고.

나아가 상황과 생김새로 미루어, 그 검은 파문이 정령력을 없애는 원흉으로 보인다고. 방 밖에도 영향이 미친다면 공정이 진행되어 범위가 넓어질수록 밖에서도 관측하기 쉬워질 것이라고. 그것을 관측하면 요한이 어디에 있는지 짐작할 수 있을 것이라고. 미라는 그렇게 말했다.

"그런 건 안 보였는데……."

"안 보였어."

"저기, 저도요."

전갈과 뱀, 그리고 밀렌은 셋이서 얼굴을 마주본 뒤, 미라를 다시 쳐다보며 그렇게 말했다. 아무래도 정말로 미라가 말한 것이 무엇인지 모르는 모양이었다.

"허어⋯⋯. 그럼, 이 몸에게만 보였다는 게야?"

그렇게 중얼거린 미라는 한 차례 한숨을 내쉬고서 팔짱을 낀 채 의자에 기대어 천장을 올려다보았다. 그리고 세 사람에게는 보이지 않았다지만, 자신에게는 보였던 것이 사실인지라 자신이 감시 역할을 맡는 것이 좋겠다고 결론을 내렸다.

이어서 미라는 어째서 자신에게만 보인 것일지를 생각하다가 커다란 차이점이 하나 있음을 생각해냈다.

(흐음~. 혹시 정령왕의 가호의 영향인가.)

정령왕의 가호와 성검 상크티아를 사용하면 오니의 저주를 정화할 수 있다고 했다. 그렇다면 그 가호에 저주를 지각할 수 있게 하는 힘이 있어도 이상할 것이 없을 것이다.

어렴풋이 그런 생각을 하던 미라는 정령왕의 가호가 몸에 익기 시작한 것인가 싶어 허공을 본 채 빙긋 웃었다. 정령왕의 가호는 미라도 아직 잘 모르는 미지의 힘인지라 도무지 기대를 억누를 수가 없었다.

참고로 정령의 가호를 몸에 익게 하는 방법은 크게 보았을 때 두 가지가 있었다. 그 정령이 관장하는 장소에 머물거나 그 정령이 관장하는 속성을 행사하거나.

그리고 정령의 가호가 익숙해지면 익숙해질수록 영향력이 강해진다.

미라는 모처럼 얻은 힘이니 정령왕의 가호가 몸에 익도록 여러모로 노력을 하고 있었다. 말은 거창해도 방법은 간단했는데, 시간이 날 때마다 정령왕과 가장 관계가 깊을 듯한 성검 상크티아로 논…… 훈련을 한 것뿐이었다.

"뭐어, 그런고로 이 몸이 감시하도록 하지. 분명 가공이 시작되면 알 수 있을 게야."

훈련의 효과로 오니의 저주의 파동을 볼 수 있게 된 것이리라. 그렇게 적당히 이유를 붙여 납득한 미라는 자신만만하게 자신의 역할을 정했다.

"알겠어. 그러면 감시는 미라한테 맡기기로 하고, 나랑 뱀은 가공 작업이 금방은 시작되지 않을 때를 대비해서 멜빌 상회의 시설을 한 군데씩 살펴보도록 할까 하는데, 어때?"

"그러는 편이 확실할 거야."

"음, 그렇구나. 그러는 것이 좋겠어."

전갈이 향후의 방침을 정리해 제시하자 뱀과 미라가 그에 동의했고, 그렇게 당분간의 방향성이 정해졌다.

"오오, 참. 한데 밀렌이여. 뭣 좀 물어도 되겠느냐?"

행동을 개시하기 위해 준비를 시작하던 중, 도시 아이린의 지도를 바라보던 미라는 문득 무슨 생각이 났는지 고개를 들어 말했다.

"뭔데요?"

연금술 기구를 정리하던 밀렌은 동작을 멈추고 뒤를 돌아보았다.

"그대가 쓰고 있던 그 마스크 말이다만, 그것의 출처는 아느냐?"

마스크. 그것은 탐지 술법이 걸린, 수상쩍은 디자인의 마스크를 뜻했다. 섣불리 가지고 다닐 수도 없어서 여관에 그대로 두고 온 참이었다.

"출처요? 그게, 멜빌 상회의 시설에 들어가기 위한 통행증 같은 거라며 스승님이 주셨는데, 출처까지는…….'"

"흠, 모른다 이거군. 다시 말해서 요한이 만든 것은 아니라는 게지?"

기억을 되짚어보듯 허공을 바라본 채 밀렌이 말하자 미라는 다음 질문을 입에 담았다. 마스크에는 멜빌 상회의 시설에 있는 마력 감지장치의 반응을 무효화 할 수 있는 기능이 들어 있었다. 그렇기에 통행증이라 한 것이리라.

"스승님은 연금술만 연구해서, 술구에 관해서는 전혀 모르세요."

요한은 술구를 만들 수 없다는 모양이었다. 비슷한 것 같지만 분야가 전혀 다르니 당연한 일이라 할 수 있었다.

"그럼 그것을 만들 수 있을 법한 자로 짚이는 자는 있느냐?"

납득한 미라는 그렇게 말을 이었다. 마스크가 누군가의 손에 의해 만들어진 것이라면 그 출처를 통해 의뢰주를 조사해보면 뭔든 단서를 잡을 수 있을지도 모른다고 생각한 것이다.

그리고 전갈과 뱀도 두 사람의 대화가 신경 쓰였는지 걸음을 멈춘 채 밀렌에게 시선을 보냈다.

"만들 수 있을 것 같은 사람이요……? 으음…… 그게…….'"

밀렌은 팔짱을 끼고 눈을 감은 채 혼잣말을 하며 눈살을 찌푸렸다. 그리고 이어서 오만상을 다 쓰다가 문득 "아!" 하고 소리를 쳤다.

"그러고 보니…… 상자가……. 그게, 상자째로 받아서……. 하얀 상자였는데……. 뭐였더라……. 무슨 공방이라고……."

뭔가 기억 속에서 의심되는 물건을 발견한 모양이었다. 당시의 움직임을 재연하는 것인지, 밀렌은 요상한 몸짓발짓을 반복하며 뭐라뭐라 중얼거리기 시작했다.

"저기, 죄송해요. 아이가 배가 고프다고 해서……."

미라 일행이 마른침을 삼키며 지켜보던 가운데, 문득 안쪽 문이 열리더니 겸연쩍다는 표정을 지은 안젤리크가 고개를 내밀었다. 그 옆에는 다소 당황한 듯 보이는 안네의 모습이 보였다.

그때였다.

"아, 생각났다! 플랫(flat) 아웃 공방!"

안젤리크의 모습을 본 직후, 밀렌은 갑자기 눈을 반짝반짝 빛내며 그렇게 외쳤다. 이것이 흔히 말하는 연상 작용이라는 걸까. 좌우간 밀렌은 실로 개운한 표정을 짓고 있었다. 하지만 그 시선 끝에 선 안젤리크의 표정은 순식간에 얼어붙었다.

"저기, 밀렌 씨? 어째서 나를 보고 그게, 플랫 아웃 공방이라는 이름을 떠올린 걸까?"

순식간에 일어난 일이었다. 조용히 타오르는 불꽃을 눈동자에 머금은 안젤리크가 눈 깜짝할 새 밀렌의 코앞까지 다가간 것은.

"저기, 사모님, 그게, 있잖아요……."

밀렌은 꾸물꾸물 말을 어물거리며 안젤리크의 가슴께를 흘끔 쳐다보았다. 그것이 결정타가 되었는지 밀렌의 주변에는 갑자기 먹구름이 끼기 시작했다. 그리고 그녀는 조용히 울려 퍼지는 천둥소리에 몸을 한껏 움츠려야만 했다.

태풍이 지나간 후, 가벼운 아침 식사를 만든 안젤리크는 "실례 많았어요"라고 말하고는 다시 방으로 돌아갔다. 밀렌은 그 뒷모습을 직립부동 자세로 배웅하고서 결국 테이블에 엎어졌다. 밀렌이 말하기를, 안젤리크는 평소 다정다감하지만 특정 부분에 관해 언급하면 이렇게 된다는 모양이었다.

미라는 뱀을 흘끔 쳐다보며 두 사람이 욕실에서 맞닥뜨리지 않기를 진심으로 기도했다.

그런 사소한 소동이 지나간 뒤, 일행은 다시 마스크의 제조원에 관한 이야기로 돌아갔다.

하지만 그 물건의 주인이었던 밀렌은 그 플랫 아웃 공방이 어떠한 공방인지 모른다는 모양이었다.

그 대신 뱀이 알고 있었다. 뱀은 이 도시에 온 뒤로 멜빌 상회의 주변 관계에 관해 조사하고 있었는데, 그중에 플랫 아웃 공방이라는 이름이 있었다고 한다.

그러나 뱀의 말에 의하면 그 공방은 아직 멜빌의 산하 기관이 아니라는 모양이었다. 권유를 받고는 있지만 지금은 거절하고 있는 상황이라고 한다.

그 공방의 업무 내용으로 말하자면, 아무래도 이런저런 술구를 전문적으로 제작하고 있다는 듯했다.

"흠, 술구 전문점이라 이건가. 권유를 받고 있다는 것은 그만큼 실력도 훌륭하다는 뜻일 테지."

뱀의 이야기를 끝까지 듣고서 그렇게 중얼거리던 미라의 머릿속을 어떠한 가능성이 스쳤다. 멜빌 상회의 시설에 있던 마력 감지기는 플렛 아웃 공방에서 만든 물건이 아닐까 하는 것이었다.

"그런데 미라야. 그 마스크가 뭐 어쨌기에?"

술구였다고는 하나 그리 위협적인 술법이 걸려 있었던 것도 아니건만, 어째서 행동을 개시하기 직전에 그 사실을 언급하는 것인지 궁금해진 전갈이 물었다.

"아니 무얼, 대단한 이유는 없다. 그 마스크가 만들어진 물건이라면, 그것을 만든 것은 어떠한 자일까 싶어서 말이다."

미라는 그렇게 말하며 마스크에 걸린 탐지 술법과 더불어 마력 감지를 무력화하는 장치에 관해 언급했다.

창고 거리에서 탈출할 때 보았던 마력 감지 장치의 성능은 경비망의 요점이라 할 정도로 탁월했다. 그런 경비를 통과하기 위한 장치를 장착할 수 있는 것으로 미루어 마력감지 장치 자체도 그 공방이 개발한 것으로 추측되었다.

그렇다면 장치의 규모상 정기적인 관리며 고장이 났을 경우의 대응 등도 필요할 것이다. 그러한 이유에서 공방 측에는 장치가 설치된 장소 등에 관한, 말하자면 고객 정보가 보관되어 있을 확률이 높았고 그것을 조사하면 외부에서는 확인할 수 없는 멜빌 상회의 중요 시설 등을 발견할 수 있을지도 모를 일이다.

경우에 따라서는 키메라와 직접적으로 관련된 시설이며 요한의 감금 장소에 관한 단서를 입수할 수 있을 가능성도 있었다.

"여기까지가 내 추측이다만. 이런 건 신뢰가 무엇보다도 중요하니 말이다. 보여 달라고 부탁한들 보여주지 않을 테지."

예상대로 잘 풀리기만 하면 수많은 정보를 얻을 기회이기는 했지만 그 점이 문제였다.

공방이 멜빌 상회와 연관이 있다고는 하나 그 업무 내용은 지극히 정상적인 것이었다. 게다가 뱀이 조사한 바에 의하면 이용자 수도 많고 사회적 신망도 있는 공방이라고 한다. 키메라 클로젠이 상대라면 얼마든지 강압적인 수단을 취할 수 있겠지만, 상대는 평범한 상인이니 당연히 그럴 수는 없는 노릇이었다.

"그렇다면 역시 잠입하는 수밖에 없겠네."

"그러하겠지?"

일반 시민에게 민폐를 끼칠 수는 없다. 그렇다고 솔직하게 말해서 보여 달라고 할 수 있는 것도 아니다. 이유를 전부 털어놓아 양심을 자극하는 방법도 있겠지만 멜빌 상회에게 들통 날 우려가 큰 데다 애초에 가책을 받을 만한 양심을 가지고 있기는 할지 어떨지 모를 일이다.

하지만 정보는 필요하다. 그렇다면 아무에게도 들키지 않고 정보만을 빼내는 수밖에 없다.

"뭐어, 이로써 방법은 딱 세 개가 나왔네."

전갈은 그렇게 말하고는 일행을 죽 둘러보았다.

현재의 최우선 목표는 멜빌 상회와 키메라 클로젠의 관계를 증언해줄 수 있는 증인, 요한을 구출해내는 일이다.

그리고 의논한 결과, 어디로 끌려갔는지 알 수 없는 그를 찾아내기 위한 작전이 세 종류 거론되었다.

첫 번째 작전은 흑무석을 가공할 시에 발생되는 특수한 파문을 포착하는 것. 하지만 이것을 관측할 수 있는 것은 미라뿐이다.

두 번째 작전은 그 파문으로 인한 영향권을 상정하여 수색하는 것이다. 흑무석을 가공할 때, 근처에 정령무구나 정령의 힘을 사용한 도구 등이 있을 경우, 그 힘을 소멸시키는 부작용이 발생한다. 따라서 가공할 수 있는 장소는 한정될 수밖에 없고, 이를 통해 어느 정도는 장소를 추측할 수 있다.

세 번째 작전은 플렛 아웃 공방에 보관되어 있을 것으로 추정되는 마력 감지기를 설치한 장소에 관한 고객 정보를 입수하는 것이다. 그 중에서 창고 거리 외의, 멜빌 상회 명의로 된 시설이 없는지 찾아보는 것이다. 만약 있다면 그곳에는 엄중한 경비 태세를 갖춰야 할 만한 무언가가 있다는 뜻이리라. 만약 그 장소 주변에 정령에 관련된 요소가 없다면 요한이 감금되어 있을 가능성이 높을 것이다.

"일단 공방은 내가 담당하는 게 좋으려나."

"나는, 정령과 무관해 보이는 시설을 찾겠어."

"이 몸은, 그냥 관측이나 해야겠구나."

세 사람은 각자의 역할을 입에 담고서 테이블에 놓여 있던 컵에 남은 코코아를 동시에 비웠다.

잠입 공작에 능한 전갈은 공방에 잠입하기로 했다. 술사이자 정령을 지각할 수 있는 뱀은 정령의 힘이 주변에 없는 시설을 수색하고, 미라는 흑무석이 가공될 때 발생되는 파문을 관측하기 위해 감시를 하기로 결정되었다.

하지만 요한이 흑무석 가공을 재개하려면 다소 시간이 걸릴 것이다. 저택의 상황으로 미루어 갑자기 끌려간 것으로 보이니, 필요한 기구 등이 갖춰져 있지 않을 것으로 예상되기 때문이다. 이점에 관해 밀렌에게 물어보니 흑무석을 가공하는 데는 특별한 기구가 여럿 필요하기에 하루아침에 준비할 수는 없을 것이라 했다.

다시 말해 관측을 맡기로 한 미라에게는 약간의 유예시간이 있었다.

그렇게 다음에 집합할 일시를 정한 세 사람은, 안젤리크와 밀렌에게 요한은 자신들이 구출해내겠다고 약속을 하고서 지하실을 뒤로 했다.

이바테스 상회 사무동의 1층 창고. 비밀문이 닫히는 것을 보고 있던 미라는 전갈에게 다시 한 번 여는 방법을 물어본 뒤, 아이템 박스에 있던 적당한 종이에 그것을 적었다. 퍼즐 같은 것을 잘 기억하지 못하기 때문이었다.

어슴푸레한 창고 안은 술구며 서류가 너저분하게 널려 있었다. 전갈에게 메모한 내용이 맞는지 확인을 받은 후, 아이템 박스에 종이와 비싸 보이는 만년필을 다시 넣었다. 그때, 문득 한 가지 서류가 미라의 눈에 들어왔다.

"아참, 그랬지. 깜박했었다."

미라는 그렇게 중얼거리고는 서류를 끄집어냈다. 그것은 수십 장에 이르는 종이다발이었다.

"아, 그건……."

전갈도 기억이 난 모양이었다. 하지만 뱀은 그것을 받을 때 옆에 없었던 뱀은 당연히 알지 못해서 미라가 손에 든 것을 들여다보며 "이건?" 하고 물었다.

"요한에게서 받은 흑무석에 관한 자료다."

미라는 무형술로 조명을 만들어 서류의 표지를 넘겨 보였다. 그리고 얼마간 세 사람은 얼굴을 맞댄 채 그 내용을 훑어보았다.

그곳에는 흑무석을 가공하는 방법이며 다른 물질과의 결합법, 수많은 연구 성과에 일정한 조합으로 발현되는 특성 등이 기재되어 있었다.

그리고 가장 주목할 것은 후반 페이지에 적혀 있었다. 거기에는 흑무석의 온갖 가공품을 상대할 때의 대항 수단 등이 상세히 적혀 있었다.

아내와 딸을 위해 지시에 따르면서도 결코 굴하지 않겠다는, 그리고 비인도적인 물질을 만든 자신을 단죄하는 듯한 요한의 기백이 그 자료에서 느껴졌다.

또한 기술된 내용 중에는 '오니'에 관한 항목도 있었다. 오니와 정령의 관계. 아는 자가 얼마 되지 않는 희소한 정보였다.

따라서 이 정보의 신빙성은 매우 높다고 할 수 있었다. 그리고 이 자료를 맡긴 요한의 심정 또한 확실하게 미라 일행에게 전달되었다.

"아무래도 전황을 좌우할 듯한 정보 같구나. 일찌감치 그 아이…… 우즈메에게 전달하는 것이 좋겠어."

대충 내용을 다 읽은 미라는 턱 끝에 손가락을 가져다댄 채 생각했던 것 이상으로 중대했던 내용을 곱씹으며 쓴웃음을 지었다.

"응, 그러게. 본부에는 장인분들도 많으니 빨리 전달할수록 여기 적혀 있던 대항수단을 잔뜩 재현할 수 있을 거야."

"최우선 사항."

전갈과 뱀 역시 동의하는지 그런 말을 했다. 대항수단으로 적힌 내용에는 품이 드는 것들이 많았다. 자료를 잘 해석해서 소재를 모아 가공하려면 그만한 시간이 필요할 것이다.

세 사람은 전투에 대비해 조금이라도 빨리 준비를 시작하는 편이 좋을 것이라는 방향으로 의견을 모았다.

"그럼 이 몸이 전달하고 오도록 하지. 흑무석의 가공이 재개되려면 며칠은 걸릴 테니 말이야. 가공 절차를 순서대로 밟으면 근시일 내에 외부에서 관측될 정도로 커다란 현상은 일어나지 않을 테고."

페가수스를 타고 왕복하면 2, 3일 안에 다녀올 수 있다고 생각한 미라는 배달을 책임지겠다고 나섰다.

흑무석을 가공할 때 발생되는 검은 파문은 가공이 진행될수록 범위가 넓어진다고 한다. 설령 근시일 내에 설비를 갖추어 작업을 개시한다 해도 외부에서 그 영향을 관측할 수 있을 정도의 현상은 미라의 말대로 2, 3일 안에는 일어나지 않을 것이다. 충분히 시간 안에 돌아올 수 있을 듯 보였다.

"알겠어. 미라한테 맡길게. 근데, 그 정도 크기라면 더 좋은 방법이 있어!"

전갈은 제대로 생각도 하지 않고 동의한 후, 어쩐지 자랑이라도 하는 듯한 투로 그렇게 말했다. 그리고 이스즈 연맹에게는 특별한 배달 방법이 있다고 말을 잇더니 그 개요를 말했다.

그 방법이란 수많은 도시에 있는 이스즈 연맹의 지부에서 본부로 특급 배송을 요청하는 것이라고 한다.

긴급성이 높은 사안에 사용되는 수단으로 반나절만 있으면 본부에 도착한다는 모양이었다.

"이 도시에는 지부가 없어. 있는 곳은 세인트 폴리. 상업지구 남쪽 변두리."

전갈이 설명을 마치자 뱀이 지도를 꺼내 지부가 있다는 지점을 가리켜 보였다.

"음, 알겠다."

지도를 들여다보며 그 장소를 확인한 미라는 일전에 하늘에서 내려다보았던 세인트 폴리의 모습을 떠올리고는 그 근처구나, 하고 대략적인 위치를 짐작했다.

"그리고 암호. '숲에 빛, 정령에게 안식'이라고 지부장에게 말하면, 본부 직통 통신기를 쓸 수 있어. 그렇게 해서 요청해."

"흠, '숲에 빛, 정령에게 안식'이라. 알겠다."

미라는 그렇게 확인을 구하듯 말하며 다시금 종이와 만년필을 꺼내서 암호를 또박또박 적어나갔다.

5

로즈라인 공국을 떠난지 몇 시간 후. 마침 점심시간이라 음식점이 붐빌 즈음, 미라는 세인트 폴리 남쪽 지구를 걷고 있었다.

중심지인 상업구와는 달리 해안선에 가까운 도시 변두리에 위치한 그곳은 한산했다. 많은 수의 공장이며 창고 등이 늘어서 있는 것이 화려함과는 거리가 먼 장소였다.

(오, 이곳이로군.)

거의 공업지구라 해도 틀린 말이 아닐 듯한 그 장소에서 미라는 커다란 건축물들 사이에 오도카니 서 있는, 나무와 돌로 된 아담한 단층집을 발견했다.

그렇다. 그곳이 이스즈 연맹의 세인트 폴리 지부였다. 그 입지 조건에서 뭐라 말할 수 없는 악의를 느끼며 미라는 그 문을 열었다.

"네, 무슨 용무로 오셨나요?"

잠시 후 문이 열리더니 안에서 수수한 생김새의 여성이 얼굴을 내밀었다.

"으음, 길 잃었니?"

마치 회사원 같은 제복을 입고 검은 테 안경을 쓴 그 여성은 미라의 모습을 보자마자 그렇게 말하며 다정한 미소를 지었다.

이스즈 연맹의 지부는 위압적인 주변의 창고며 공장에 비해 소박하고 푸근한 외관을 지니고 있었다. 그 때문에 길을 잃은 아이들이 도움을 구하러 오는 일이 많았고, 그래서 미라를 보고 이번에도 그런 것이리라 생각한 것이다.

"길을 잃은 것이 아니다. 이곳 지부장에게 할 말이 있어서 왔다."

미아 취급을 당한 탓인지 미라는 약간 험악한 눈초리로 여성을 올려다보았다.

"내가 지부장인데, 무슨 볼일로 왔을까?"

여성은 눈높이를 맞추려는 것인지 웅크려 앉더니 지금까지와는 달리 진지해 보이는 표정으로 미라를 똑바로 쳐다보았다. 그 눈에는 차분하게 상대의 속을 들여다보고자 하는 날카로운 빛이 깃들어 있었다.

"그러했더냐. 그렇다니 잘 되었구나. '숲에 빛, 정령에 안식'이다."

"……알겠어. 들어와."

암호를 입에 담자 여성은 자세를 바로하고 주변을 둘러보고서 조용히 그렇게 말했다.

미라는 여성을 따라 지부에 발을 들였다.

"나는 지부장인 마티. 그래서, 네 이름은?"

자신을 마티라 소개한 여성은 몸을 돌리며 주변을 경계하듯 다시 한 번 밖을 확인하고서 문을 잠갔다. 그 동작이 꽤나 조심스러워 보였다.

"이 몸은, 미라다."

평소처럼 간결하게 답한 미라는 문득 실내를 둘러보며 "그나저나 지부인 것치고는 매우 평범하구나"라고 말을 이었다.

이스즈 연맹 세인트 폴리 지부. 그곳은 아무리 보아도 일반적인 민가와 다름이 없어 보였다. 현관 끝에 펼쳐진 거실에는 자그

마한 식탁과 조리장이 붙어있었다. 문은 네 개 있었는데 그중 두 개는 화장실과 욕실로 이어진 듯했다.

그곳은 보면 볼수록 조직의 지부, 혹은 사무소 같지가 않았다. 그야말로 평범한 민가 그 자체로 보여서, 밖에 간판만 없으면 아무도 특정 단체의 지부인 줄 모를 것이다.

"여기에는 나밖에 없거든. 그러니 뭐어, 일하기 쉽게 해놓고 쓰고 있는 거지."

이스즈 연맹의 지부는 다들 이런 걸까. 미라는 그렇게 생각했지만 아무래도 아닌 모양이었다.

마티의 말에 의하면 세인트 폴리 근방에는 본래부터 정령의 수가 적어서 이스즈 연맹의 활동 내용인 정령이 살 수 있는 환경을 확보하는 데 그리 큰 품이 들지 않는다고 한다.

그 때문에 지부를 유지하는 일은 혼자서도 충분히 할 수 있어서 주거를 겸하는 모양새가 되었다는 듯했다.

그렇다면 이 지부에서는 어떤 일을 하고 있느냐고 묻자, 주로 황야를 정령들이 살 수 있는 환경으로 정비할 수 있을지 실험하고 있다는 모양이었다.

마티는 본래 식물학자였는데 식물이 자라지 않는 황야에 숲을 만드는 것이 꿈이라고 한다. 그 열의를 이스즈 연맹이 높이 사서 지부장이 되었다는 듯했다.

황당무계한 소리처럼 들리는 꿈이었지만 실현되기만 하면 정령들의 보금자리 확대로 이어질 것이다. 그것은 곧 이스즈 연맹의 꿈이 실현되기도 한다는 뜻이었다.

당연히 지부의 존재 이유는 그뿐만이 아니라 실무 부대 간의 연락이며 정보 교환을 위한 거점으로도 이용되고 있다는 듯했다. 하지만 대륙 끄트머리에 위치한 탓에 멤버가 찾아오는 일은 그리 없다고 한다.

"그 암호는 분명 통신 요청이었지? 이쪽으로 와."

마티는 가끔씩 암호를 잊어버릴 것 같다며 너스레를 떤 뒤, 안쪽 방에 있던 문을 열었다. 겉보기에는 평범한 집이었지만 그곳은 역시나 이스즈 연맹의 지부였다. 그 방에는 지하로 이어진 비밀 계단이 있었다.

안내에 따라 내려가자 철문이 모습을 드러냈고 그 안에 위치한 방에는 통신기로 보이는 장치가 놓여있었다.

"그러면 나는 위에 있을게."

마티는 말이 끝나기 무섭게 문을 닫고 돌아갔다.

이스즈 연맹 실무 부대가 정보 교환과 통신을 하기 위해 마련된 비밀의 방. 벽과 소파, 테이블 등은 회색으로 통일되어 있었지만 통신기만은 검은색이었다.

(겉모습은 박물관에서 봤던 옛날 전화와 비슷하다만……. 흠, 그러고 보니 발신은 어떻게 하면 되는 게지?)

미라는 방의 가장 안쪽에 서서 그 전화와 비슷한 검은 통신기 앞에서 끙끙댔다. 통신기 자체는 솔로몬이 미라의 왜건에 몰래 설치해 둔 것과 거의 동일했다. 하지만 미라는 그러고 보니 통신을 받은 적은 있어도 걸어본 적은 없었음을 그제야 알아챘다.

"흐음~……."

미라는 몇 번째인지 모를 신음소리를 내며 시험 삼아 수화기를 들었다. 수화기를 들고서 번호판을 돌리는 것이 설치식 전화의 기본이기에.

"나 원……. 설명서까지는 아니더라도 버튼에 발신이라고 적어 두기라도 했어야지. 만든 녀석이 머리가 돌다 말았군."

미라는 통신기에 붙어있는 몇 개의 버튼을 노려보며 혼잣말을 했다.

"애초에 요즘 젊은이들은 디자인만 따지느라 기능성을 외면하기 십상이란 말이야."

원래 있었던 세계에서 속에 품어왔던 푸념까지 쏟아내기 시작했다. 미라는 중후한 분위기의 남성을 동경한 나머지 성격까지 약간 노인네 같은 면이 있었다.

그때였다.

『……저기…… 할아버지……. 이미 연결됐거든? 푸흡……! 그거 있지, 수화기를 들면, 자동적으로 연결되도록, 되어 있어! 푸후후.』

더는 못 참겠다는 듯한 카구라의 목소리가 수화기에서 들려왔다.

"뭐…… 뭣이라고……?!"

『그만해, 할아버지. 노망난 것 같잖아.』

카구라가 투덜대던 것을 처음부터 끝까지 다 들었음을 안 미라는 깜짝 놀랐다. 그에 반해 수화기 너머에 있는 카구라는 웃음이 멈추질 않는지, 웃음을 터뜨리는 소리가 수화기에서 자꾸만 들려왔다.

미라는 부루퉁해져서 입술을 비죽거리며 수화기를 내려놓아 통신을 끊었다.

얼마쯤 지나 통신기의 벨이 울렸다.

『미안해, 할아버지. 하지만 그건 반칙이잖아.』

수화기를 들자 약간 진정된 듯한 카구라의 목소리가 들렸다.

"받고나서 바로 그대가 뭐라 말을 했으면 되었을 것 아니냐. 나 원……."

미라가 아직도 토라져서 푸념을 입에 담았다. 하지만 거기에 분노의 감정은 조금도 담겨있지 않았다. 그것은 장난이라고 해야 할지, 친구끼리 주고받는 농담 같은 것이었다.

『글쎄 미안하대도. 후훗, 익숙지 않은 기계까지 써가며 연락을 한 이유는 뭐야?』

카구라도 거북해하지 않고 평소와 같은 말투로 말했다.

"흠. 특급 배송이라는 것을 요청하고 싶어서 말이다."

미라는 그렇게 말하고는 에카르라트 카리용에게 도움을 구했다는 사실을 비롯해 지금까지의 상황을 간략하게 설명했다.

『아하. 알겠어. 잘했어, 할아버지! 거기까지면 대략 대여섯 시간 걸리려나. 되도록 빨리 배달원을 보낼게.』

"음, 기다리마."

미라는 끝으로 그렇게 말을 주고받고서 수화기를 내려놓았다. 아무래도 특급 배송이라는 것은 요청이 있을 때마다 카구라가 접수해서 요원을 지부로 보내는 시스템인 듯했다.

(어디, 여기서 기다리자니 심심할 것 같군. 모처럼 여기까지 돌

아왔으니 아론과 셀로 일행에게도 보고해두도록 할까.)

그렇게 생각하며 위층으로 돌아간 미라는 대여섯 시간 후에 다시 돌아오겠다고 마티에게 말하고서 이스즈 연맹 세인트 폴리 지부를 뒤로 했다.

상업지구로 향한 미라는 떠들썩한 그곳에서 어떻게 할지를 고민했다. 여관 '식도락 삼매경'에 들러보기는 했지만 지인은 아무도 없었기 때문이다.

곰곰이 생각해보니 이제 막 점심시간을 지난 참이라 모두 다 정보수집에 여념이 없을 시간이기는 했다.

(뭐어, 급한 일도 아니니. 이왕 이렇게 된 거, 이 몸도 조사에 조금 협력해보기로 할까!)

재빨리 별 수 없는 일이라 판단한 미라는 누군가를 우연히 만날 수 있기를 기대하며 탐정이라도 된 기분으로 거리로 나섰다. 하지만 그렇다고 임무가 무엇인지 잊지는 않았다. 미라는 지나치게 들뜨지 않도록 주의하며 지극히 진지하게 탐정놀이를 즐겼다.

그렇게 몇몇 가게를 전전하다가 술구점에서 쇼핑…… 잠입을 하며 손님들의 대화를 훔쳐듣던 미라의 귀에 흥미로운 이야기가 들려왔다.

"슬슬 그 경매날이구만. 돈은 좀 모았어?"

"그래, 어찌어찌. 기다리느라 목 빠지겠구만."

덩치 큰 남자 둘이 작은 목소리로 그런 말을 하는 것을 미라는 으슥한 곳에 몸을 숨긴 채 듣고 있었다.

(호오, 경매라. 값비싼 물건이 모이는 곳에는 사람도 모이기 마련. 그렇다면 정보도 모여들 테지.)

단락…… 직감적으로 그렇게 생각한 미라는 경매에 관해 조사하기로 결정했다.

"이보거라, 좀 묻고 싶은 게 있다만."

미라는 일단 덩치 큰 남자 둘에게 말을 붙여, 조금 전 말했던 경매에 관해 물었다. 하지만 두 남자는 겸연쩍은 듯한 표정을 짓더니 무슨 소리인지 모르겠다며 시치미를 떼고는 종종걸음으로 떠나가고 말았다.

(어찌된 일이지? 이 몸이 귀여워서 긴장한 눈치는 아니었고. 흐음~ 공공연히 떠벌일 수 없는 이유라도 있는 겐가.)

요컨대 경매는 경매라도 앞에 '비밀'이라는 말이 붙는 경매가 아닐까. 남자들의 태도를 통해 그렇게 예상한 미라는 술구점의 한구석에서 의기양양하게 웃었다.

(비밀 경매. 실로 매혹적인 단어로구만!)

이거 수상하기 그지없다고 눈독을 들인 미라는 워즈랑베르를 소환해서 광학미채를 발동시켰다. 그리고 인상이 좋지 않은 인물을 독단과 편견으로 골라 그들의 대화를 몰래 엿들었다.

때로는 조사라는 명목으로 불법 침입을 해가며 비밀 경매에 관한 정보를 모으기를 대략 한 시간쯤 반복하자 여러 가지 사실이 판명되었다.

우선 개최일은 일주일 후였다. 그리고 이 비밀 경매의 출품자는 대부분이 모험가라고 한다.

던전이며 모험 중에 입수한, 공공연히 거래하기에는 다소 꺼려지는 아슬아슬한 물건을 금전으로 바꾸는 것이 경매의 목적이라는 모양이었다.

단, 개중에는 아슬아슬한 정도가 아니라 완전히 위법에 해당되는 물건이 섞여 있는 경우도 있다고 한다. 그 내용은 저주의 술구일 때도 있고, 성수로 분류되는 짐승의 소재며 금서, 사용이 금지된 독물 등 실로 다양했다.

하지만 운영진이 우수한 것인지 참가자가 천 명에 달하는 커다란 경매인 데다, 과거에 수십 차례가 개최되었지만 한 번도 적발된 적이 없다고 한다.

심지어 주최자의 정체는 아무도 모른다는 모양이다.

(수상쩍구먼. 이거 철저하게 조사할 필요가 있겠어.)

모험가들이 얽혀 있다는 사실이 판명되었으니 이번에는 그쪽을 중심으로 조사하기 위해 미라는 행동범위를 더욱 넓혔다.

수십 분 후, 드디어 회장이 어디인지까지 알아낸 미라는 광학미채를 활용하여 사유지에 당당히 발을 들인 것도 모자라 아주 깊숙한 곳까지 들어갔다. 사용시간이 얼마 남지 않은 완전 은폐를 아끼기 위해 광학미채를 선택한 것이었지만, 그래도 충분히 실용적이라서 아무에게도 들키지 않았는데 그 덕에 미라는 아주 우쭐해져 있었다.

도시 변두리에 늘어선 가건물 앞에서 미라는 멈춰 섰다. 그곳에는 네 사람 정도가 살 수 있을 듯한 크기의 가건물이 열 동 정도 늘어서 있었다.

보아하니 근처 창고를 지키는 자들의 휴식소 겸 주거인 듯했는데, 입수한 정보에 의하면 가장 서쪽에 있는 가건물에 광대한 지하실이 있고 그곳이 회장이라는 모양이었다.

주위를 둘러보니 그곳에는 창고 작업과는 인연이 없어 보이는 말끔한 차림새를 한 자들이 드문드문 보였다.

경매 운영에 연루된 자들이 아닐까. 그렇게 추측한 미라는 그중 가장 잘나 보이는, 풍채 좋은 남자의 뒤를 밟아 가건물에 잠입했다.

가건물의 내부는 지극히 평범한 원룸이었다. 하지만 남자가 벽에 달린 장식을 밀어 넣자 바닥에 비밀 계단이 나타났다. 그리고 남자가 내려가자마자 닫히고 말았다.

(흐음~. 요즘 들어 묘하게 비밀 뭐시기라는 것과 인연이 많은 것 같군그래······.)

곧바로 조작하면 앞서 간 남자에게 들킬지도 모른다고 생각한 미라는 남자의 기척이 멀어지기를 잠시 기다렸다가 '생체감지'로 확인을 해가며 비밀 계단을 내려갔다.

그렇게 도착한 지하실은 지하 '시설'이라 표현하는 것이 정확할 정도로 광대했다.

(오호······. 이건 정령의 빛이 아닌가.)

석재로 탄탄하게 지어진 통로는 바깥과 큰 차이가 없을 정도로 밝았다. 위를 올려다본 미라는 그곳에 자리한 조명에서 광정령의 힘을 느꼈다.

광정령을 이용한 조명구. 전귀의 매장지 입구에서 보았던 그것과 같은 것을 발견한 미라는 확신에 찬 표정을 지은 채 입꼬리를 씩 치올렸다.

(이거 아무래도, 제대로 찾아온 것 같구나.)

시설 내부에는 드문드문 사람이 다녀서 가끔씩 스쳐 지나갔다.

미라는 탐정이 된 듯한 기분을 잠시 접어두고 아무에게도 들키지 않도록, 도적처럼 슬금슬금 걸어 시설을 뒤지고 돌아다녔다.

어떤 방에는 경매에 출품될 물건이 모여 있었다. 개중에는 척 봐도 무엇인지 알 수 있는 것, 알 수 없는 것을 비롯해 완전히 불법적인 물건까지 섞여 있었다.

이어서 미라는 보다 정확한 정보를 얻기 위해 비밀 경매의 관계자로 보이는 자들의 대화에 기울이며 누구인지를 **조사해 나갔다**. 상대에게는 보이지 않으나 당당하게 정면에서 얼굴을 확인할 수 있기에 사용할 수 있는 방법이었다.

(음? 저 녀석은…….)

주의를 기울여가며 통로를 걸어 나아가던 중, 미라는 어디선가 본 듯한 남자의 모습을 발견하고는 멈춰 섰다.

어쩐지 재수 없어 보이는 미청년 같은 외모를 지닌 남자는 미라의 존재를 알아채지 못하고 지나쳐 갔다.

(아이작 마이어? ……그래, 분명 그때…….)

조사를 통해 알아낸 남자의 이름은 아이작 마이어. 그렇다. 안젤리크를 구출해서 멜빌 상회의 창고 거리에서 탈출할 때 스쳐 지나갔던 그 마술사였다.

6

곰곰이 생각해보니 아이작을 본 것은 어제 늦은밤, 로즈라인 공국의 수도 아이린에 위치한 멜빌 상회의 창고 거리였다. 세인트 폴리까지는 그럭저럭 거리가 있다.

페가수스를 타고 하늘을 날 수 있는 미라에게는 두세 시간 거리였지만 육로를 통해 오면 한나절은 더 걸릴 터다.

하지만 아이작은 지금 이곳에 있었다. 다시 말해 그 역시 페가수스에 필적하는 모종의 이동방법을 보유하고 있다는 뜻이리라.

(얕잡아볼 수 없는 녀석이로군. 하지만 오히려 잘 됐다.)

처음 만났던 곳이 어디였는지를 생각해 보면 아이작이 멜빌 상회의 관계자임은 쉽게 추측할 수 있었다. 요컨대 이곳에서 개최되려 하는 비밀 경매에는 멜빌 상회가 연루되어 있을 가능성이 높다는 뜻이다. 경우에 따라서는 정체불명으로 알려진 주최자 자체가 멜빌 상회일 수도 있을 것이다.

자세히 조사해보면 결정적인 정보도 얻어낼 수 있을지 모른다.

미라는 경계심을 끌어올리고서 유력한 단서가 될 수도 있겠다 생각하며 아이작의 뒤를 쫓았다.

아이작은 비밀 경매 관계자로 보이는 자들과 대화를 나누며 지하 시설을 돌아다녔다. 이야기의 내용 자체는 출품할 순서며 수수료와 같은 운영에 관한 것들로, 키메라 클로젠이며 멜빌 상회에 관한 유력한 정보는 없었다.

하지만 대화를 나누는 말투며 태도로 미루어 아이작은 운영진 가운데서도 상당히 높은 지위에 있으리라는 것을 알 수 있었다.

그렇게 약 한 시간 정도를 돌아다닌 참에 이번에는 계단을 따라 올라갔다.

그 끝에는 금속제 문이 있었고 아이작은 그 문을 열고 더 안쪽으로 걸어 나아갔다.

문은 황야에 위치한 바위 밭과 연결되어 있었다. 아무래도 지하 시설의 출입구는 이곳저곳에 존재하는 모양이었다. 현재 위치는 세인트 폴리의 북북동쪽에 위치한 바위산 지대로, 높이가 십에서 수십 미터에 이르는 바위산이 산맥처럼 연이어 펼쳐져 있었다.

아이작은 골짜기에 해당되는 길을 망설임 없이 나아갔다. 지형은 결코 좋다고 할 수가 없어서 미라는 발소리를 내서 들키지 않도록 20미터 정도 거리를 둔 채 미행했다.

한 시간 정도를 계속해서 걷자 숫자가 줄은 대신 높이는 높아진 바위산이 주변을 메우기 시작했을 즈음.

"거기 있다는 거 안다. 누구냐!"

아이작이 느닷없이 그렇게 외쳤다. 순간적으로 걸음을 멈춘 미라는 정면을 바라본 채 경계자세를 취했다. 제한시간이 있기에 모든 지각을 차단하는 완전 은폐는 아껴두고 있었다. 그 대신 시각을 차단하는 광학미채를 사용하고 있었는데, 감이 좋은 자라면 알아채도 이상할 것이 없었다.

(흠…… 일이 호락호락하게 풀리지만은 않군그래.)

들켜버린 것을 어쩌겠는가. 이렇게 된 이상 무력을 써서 정보를 캐내자.

미라가 그렇게 결심한 순간이었다.

"아무래도 들었던 바대로 잡병은 아니었던 모양이군."

그런 목소리와 함께 측면에 위치한 바위산에서 한 남자가 모습을 드러냈다. 그 남자는 큰 키와 호리호리한 체형에 자주색 긴 옷을 걸치고 있었다. 허리에는 세검과 크로스보우를 차고 있었다. 그리고 가늘고 긴 타원형 은테 안경과 회색 눈동자, 그리고 머리카락을 지녔다.

(저 녀석은…… 그때 그…….)

미라는 그 남자를 본 적이 있었다. 그렇다. 천칭의 성채에서 조우했던 하늘의 민족이었다.

"흥, 그만한 살기를 뿌려대는데 못 알아챌 리가 있나."

아이작은 몸을 돌려 바위산 위에 있는 남자를 노려보았다.

미행 사실을 들킨 것은 자신이 아닌 듯하다는 확신을 얻은 미라는 사태에 휘말려 들지 않도록 천천히, 슬금슬금 이동하기 시작했다.

"네게 묻고 싶은 게 있다. 묻는 말에 답해라."

"묻고 싶은 것? 내가 세인트 폴리 무역국 외교관 대표인 레이튼 녹스라는 것을 알고도 이러는 거냐?"

긴 옷을 입은 남자가 허리에 찬 크로스보우를 뽑아 겨누자, 아이작은 그것을 똑바로 노려본 채 여유로운 미소를 지으며 말했다.

(세인트 폴리 무역국의 외교관 대표 레이튼이라고? 누구를 말하는 게야?)

아이작의 이름은 분명 아이작이다. 레이튼 같은 것이 아니다. 미라는 어떻게 된 일인지 의아했지만 곧이어 그 답이 제시되었다.

"아니. 내가 볼일이 있는 것은 키메라 클로젠 개발부 부장인 아이작 마이어다."

긴 옷을 입은 남자가 그렇게 말하자 당황한 것인지 아이작의 눈썹 끝이 슬쩍 올라갔다.

"그렇다면 사람 잘못 봤군. 내 이름은 레이튼 녹스. 유감스럽지만 네가 말한 인물은 누군지 모르겠는걸."

하지만 그것은 잠시뿐이었고 그는 담담한 목소리로 부정했다.

그런 두 사람의 대화를 통해 미라는 우선 한 가지를 파악해냈다. 세인트 폴리 무역국 외교관 레이튼 녹스. 이쪽이 위장 신분이라는 사실을.

"시치미 떼봐야 소용없다. 네 부하 세 명에게 이미 증언을 들었다."

긴 옷을 입은 남자는 크로스보우에 이어 검까지 뽑더니 그 칼끝을 아이작에게 겨누며 희미한 미소를 지었다. 하지만 그것은 범인을 궁지에 몬 탐정의 그것이 아니라 상대를 죽일 정당성을 발견한 사람처럼 일그러진 미소였다.

"세 명……. 그렇군. 연락이 끊긴 건 네놈 짓이었나. 심지어 그 살의로 보아 이스즈 연맹은 아닌 것 같군. 지나치게 탁해. 대체 정체가 뭐냐?"

증언을 했다는 부하 셋이 누구인지 짚이는 바가 있는지, 아이작의 표정이 순식간에 바뀌었다. 그리고 그는 얼버무리기를 멈추고 허리에 차고 있던 짧은 지팡이를 뽑아 긴 옷을 입은 남자에게 겨누었다.

"너는 알 필요 없다."

한없이 냉혹하게, 냉철한 목소리로 그렇게 답한 긴 옷을 입은 남자는 말을 내뱉음과 동시에 방아쇠를 당겼다. 발사된 크로스보우의 화살은 일직선으로 아이작의 이마를 향해 날아갔다.

하지만 그 직전에 불꽃에 휩싸여 불타버렸다.

마술이다. 아이작의 짧은 지팡이에서 솟구친 화염이 날아드는 화살을 격추시킨 것이다. 그것은 마술사로서 상당한 기량을 갖추었음을 말해주는 일격이었고 미라는 적이지만 훌륭하다고 감탄하며 얼마간 사태를 관망하기로 했다.

아이작이 지체 없이 두 번째 불꽃을 내쏘자 이번에는 긴 옷을 입은 남자도 푸른 불길을 쏘았다. 퇴마의 창염이었다.

붉은 불꽃과 푸른 불꽃이 두 사람 사이에서 격돌하여 폭염을 흩뿌렸다.

그리고 그것을 신호 삼아 두 사람의 전투가 시작되었다.

긴 옷을 입은 남자와 아이작. 두 사람의 전투는 치열했다.

원거리에서는 마술사인 아이작이 다소 유리한 듯했다. 여러 가지 속성과 그 특성을 교묘히 이용해서 긴 옷을 입은 남자를 농락했다.

게다가 아이작은 흑무석을 이용한 무기도 소지하고 있었다. 그리고 이 흑무석에서 비롯된 무기는, 연금술사 요한에게 받은 자료에 의하면 정령을 좀먹는 것 말고도 가공 방법에 따라 특수한 효과가 발생하기도 한다고 한다.

아이작이 손에 들고 있는 것은 날이 나선형으로 꼬인 단검이었다. 한 번 휘두를 때마다 검은 안개가 발생되어, 그에 닿은 모든 공격이 긴 옷을 입은 남자에게 되돌아 갔다. 공격 반사. 그것이 나선 단검이 지닌 효과였다.

원거리에서의 공격은 모두 이 안개로 인해 반사되어 크로스보우는 완전히 무력화──된 듯 보였다.

크로스보우에서 화살이 발사되자 아이작은 익숙한 동작으로 나선 단검을 휘둘러 안개를 발생시켰다.

하지만 이번에는 화살이 안개에 닿은 순간, 물보라가 일어났다.

"이것은!"

희미하게 빛나는 그 물은 퇴마술의 촉매인 성수였다. 긴 옷을 입은 남자가, 성수가 내장된 크로스보우 화살을 반사되기 직전에 작렬시킨 것이다.

그렇다고는 해도 성수는 성수일뿐이다. 그 자체에 공격성은 없다. 하지만 술법의 촉매로 사용되면 이야기가 달라진다.

[퇴마신법 : 단죄의 창염]

긴 옷을 입은 남자가 퇴마술을 발동시켰다. 그와 동시에 성수가 마치 기름처럼 불타올라 아이작을 푸른 불꽃으로 휘감았다.

"젠장, 이런 잔재주를 부리다니!"

화염에 휘감긴 아이작은 불이 붙은 외투를 벗어던지고 그 자리에서 펄쩍 뛰어 물러났다.

그 직후, 세검의 칼끝이 아이작에게 육박했다. 긴 옷을 입은 남자가 찰나의 순간에 급접근한 것이다. 허를 찌르듯 날린 화염조차 눈속임에 불과했던 것이다.

세검이 아이작의 어깨를 노리고 날아들었다. 그리고 곧이어 날카로운 금속음이 울렸다.

"이것에 반응해낼 줄이야."

긴 옷을 입은 남자가 다소 감탄한 듯 중얼거렸다. 자세히 보니 칼날은 어깨에 꽂히지 않았고, 눈 깜짝할 새 끼어든 짧은 지팡이의 끄트머리를 갉아내는 데 그쳤다.

"흥, 아쉽게 되었군."

나선 단검으로 크로스보우를 제압한 채로 아이작은 지근거리에서 마술을 발동시켰다. 그것은 열풍을 일으키는 술법으로, 아이작은 긴 옷을 입은 남자와 함께 튕겨져 나가다시피 허공에 떠올랐다.

그리고 두 사람은 거의 동시에 착지했다. 위치는 전투를 시작했을 때와 거의 같았다. 하지만 그것은 아이작에게 유리한 원거리 전투의 범위임을 뜻했다.

마술은 순간 화력에 있어서는 모든 술법 중 최고였다. 한 방이라도 맞추면 중상을 입힐 수 있지만 이번에 아이작은 위력을 절묘하게 조절하여 자신에게 불리한 접근전을 회피하는 방향으로 사용하고 있었다. 자신의 역량을 숙지하고 있기에 택할 수 있는 전술이었다.

다시금 아이작의 마술이 노도와 같은 기세로 긴 옷을 입은 남자를 덮쳤다. 벼락이 떨어지고 돌멩이 크기의 우박이 쏟아지고, 폭풍이 몰아쳐 긴 옷을 입은 남자의 움직임이 제한되었다.

긴 옷을 입은 남자는 다시금 접근을 시도했지만 탄막이라고 해야 할 격렬한 마술의 응수에 방어 일변도로 맞설 수밖에 없었다.

하지만 긴 옷을 입은 남자의 얼굴에는 초조한 기색이 전혀 보이지 않았다. 가늘어진 그 눈은 화살과도 같은 눈빛을 아이작에게 날려대고 있었다. 그것은 그야말로 사냥꾼의 눈이었다.

그에 반해 아이작은 약간 초조한 눈치였다. 마술을 계속해서 쏘아대던 그의 마나가 슬슬 바닥을 보이기 시작했기 때문이다. 그런데 긴 옷을 입은 남자는 모든 공격을 번번이 피하고 있었다.

이대로 가면 좋지 않다. 아이작이 그렇게 의식한 순간, 그에게 기회가 찾아왔다.

직격하기 직전에 회피한 낙뢰가 긴 옷을 입은 남자가 서 있던 바닥을 분쇄한 것이다.

긴 옷을 입은 남자의 자세가 크게 무너졌다. 아이작은 그 틈을 놓치지 않고자 남은 마나를 몽땅 쏟아부어 무수히 많은 화염탄을 발사했다.

"뒈져라!"

화염탄이 마치 대포와도 같은 폭음을 내며 차례로 착탄되었다. 검은 연기가 피어오르고 대지가 조용히 진동했다.

그것은 마술의 진면목이라 할 수 있는 순간화력이었다. 상급 마물이라도 치명상을 면치 못할 정도의 화력이었다.

"이럴 수가……."

하지만 긴 옷을 입은 남자는 그 자리에 서 있었다. 자세히 보니 얇은 막 같은 것이 남자를 뒤덮고 있었다.

그것은 결계였다. 이번에 사용된 것은 [**결계술 : 화방진**(火防陣)]. 퇴마술 중 하나로 종류에 따라 여러 가지 효과를 발휘하는 방어술이었다.

하지만 아이작의 마술도 상당한 위력을 지니고 있었던 탓에 결계는 그 후, 금방 소멸되었다.

긴 옷을 입은 남자는 거의 멀쩡한 상태로 천천히 걸음을 옮겼다.

"젠장!"

아이작은 이미 한계였다. 긴 옷을 입은 남자의 발을 묶을 만한 마나는 남아있지 않았다. 하지만 화염탄을 능가하는 위력이 있으면 결계를 깰 수 있을 것이다. 그리 판단한 그는 짧은 지팡이를 버리고 품속에서 꺼낸 비장의 수를 망설임 없이 내리쳤다.

그것은 단검이었다. 하지만 평범한 단검은 아니었다. 정령의 힘이 깃든 단검이다.

순간, 화염의 폭풍이 발생했다. 대지가 송두리째 흔들릴 듯한 굉음, 주변 일대가 증발되지는 않을까 싶을 정도의 열량, 그리고 포학하게 소용돌이치는 붉은 빛. 억지로 납치한 정령의 원통함이 원한이 되어, 화염이 되어 긴 옷을 입은 남자에게 덮쳐들었다.

『진정하소서.』

소각(燒却)만을 내포한 화염의 물결이. 사람의 몸으로는 거스를 수 없을 듯 보이는 압도적인 정령의 힘이. 긴 옷을 입은 남자가 한 마디를 자아낸 그 순간, 미쳐 날뛰던 업화가 그야말로 마법처럼 흩어졌다.

"뭐야?!"

어지간히 자신이 있었던 것인지 아이작은 눈이 휘둥그레져서 멍하니 허공을 노려본 채 어깨를 파르르 떨었다. 그곳에 남은 것은 달궈진 공기뿐이었고, 그조차도 얼마 지나지 않아 소멸되었다.

그것은 말 그대로 필살의 일격이었다. 그것을 이해할 수 없는 무언가로 무력화시켰으니 동요하지 않을 수가 없었다. 그것이 아이작에게 결정적인 빈틈이 되었다.

당연히 계속해서 아이작을 주시하고 있던 긴 옷을 입은 남자의 눈이 그 빈틈을 놓칠 리가 없었다.

동요를 하기는 했지만 그 시간은 1초도 채 되지 않았을 것이다. 하지만 그 찰나의 순간은 화살이 아이작의 무릎을 꿰뚫는 데는 충분한 시간이었다.

아이작은 말로 형용치 못할 비명을 지르며 쓰러졌다. 뒤이어 두 번째 화살이 날아들어, 이번에는 팔꿈치를 꿰뚫었다. 그와 동시에 손에 쥐어져 있던 정령의 단검이 땅바닥을 나뒹굴었다.

"네놈의 패배다."

기동력을 봉하고 공격력을 봉했음에도 긴 옷을 입은 남자는 차분하게 다가가서 떨어진 단검을 세검으로 튕겨냈다. 아이작은 괴로운 표정으로 남자의 얼굴을 분한 듯 노려보았다.

직후, 아이작은 얼마 되지 않는 마나로 '화염'을 발동시켰다.

초보적인 마술이라고는 하나 숙련자가 사용하면 얕잡아볼 수 없는 위력을 지니도록 되어 있었다. 긴 옷을 입은 남자는 코앞에서 발사된 화염탄을 베어냈다.

　그러고도 발버둥은 끝나지 않았다. 아이작은 이어서 나머지 한쪽 손에 들고 있던 나선 단검을 집어던졌다.

　희미하게 일렁이는 화염 뒤에 숨기듯 날린 단검을, 긴 옷을 입은 남자는 미리 보기라도 한 듯 크로스보우를 휘둘러 튕겨내고는 나머지 한쪽 팔꿈치를 조준해 쐈았다. 아이작의 고통으로 가득한 비명소리가 울려 퍼졌다.

　그것은, 옆에서 누군가가 조언을 하고 있는 것이 아닐까 의심하고 싶을 정도로 압도적인 반응속도였다.

　"그럼 대답해라. 네 동료 중 젤 쉐다르라는 남자가 있을 거다. 그 녀석은 지금, 어디에 있지?"

　긴 옷을 입은 남자는 크로스보우로 아이작의 이마를 조준한 채, 무섭도록 차가운 목소리로 그렇게 물었다.

7

"젤 쉐다르? 글쎄, 모르겠는데."

아이작은 시선을 하늘로 옮기더니 있는 대로 허세를 부리며 답했다. 하지만 그 직후, 아이작이 비통한 비명을 지르며 괴로워했다. 자세히 보니 유일하게 무사했던 나머지 한쪽 무릎에도 크로스보우의 화살이 박혀 있었다.

긴 옷을 입은 남자는 아이작을 바라본 채 담담히 크로스보우에 화살을 다시 메겼다. 그 동작에는 약간의 주저함도 없었다.

사지를 봉인당한 아이작은 불로 지지듯 묵직한 통증에 얼굴을 구긴 채 긴 옷을 입은 남자를 올려다보았다. 그리고 결국 긴 옷을 입은 남자의 눈동자 속에 심연에 가까운 증오가 깃들었음을 알아채고 몸을 떨었다.

그것은 사람을 바라보는 눈이 아니었기 때문이다.

"증언을 들었다고 말했을 텐데."

남자는 지독하게 냉철한 목소리로 그렇게 말하더니 이어서 검을 아이작의 다리에 꽂았다. 잠시 정적이 흐르더니 피가 배어나오고 말로 형용치 못할 비명소리가 울려 퍼졌다.

"알겠어……! 말하지…… 말하겠다고!"

조금 전까지 있는 대로 허세를 부리던 태도를 거둔 아이작의 눈에는 공포만이 떠올라 있었다.

(저 빛은, 혹시 '페이탈 페인'인가?)

자세히 보니 남자가 손에 든 검이 검붉은 빛을 발하고 있었다. 그것을 본 미라는 상황과 현상을 통해 문득 한 가지 술법의 이름을 떠올렸다.

페이탈 페인. 그것은 무형술로 분류되는 술법으로 고통을 증폭시켜 추가 대미지를 입힌다는 효과를 지녔다. 게임 시절에는 고통이라는 개념이 없었기에 확신을 할 수는 없었지만 아이작의 반응으로 보아 상당히 격심한 고통을 받은 모양이었다.

긴 옷을 입은 남자가 검을 뽑자 검붉은 빛도 수그러들더니, 그 자리를 메우듯 아이작의 무릎에서 붉은 피가 흘러나왔다.

"빨리 말해라. 젤 쉐다르는 지금 어디에 있지?"

긴 옷을 입은 남자는 반대쪽 다리에 세검의 칼끝을 들이댄 채 그렇게 말하며 품속에서 작은 병을 꺼내 보였다. 미라는 녹색 액체가 담긴 그 병을 본 적이 있었다. 디노아르 상회의 가게에서 판매되고 있던 회복약이었다. 심지어 상당히 비싼 부류에 속했다. 크로스보우의 화살이 관통한 네 군데와 세검으로 입은 상처를 모두 치유하고도 남을 정도의 일급품이었다.

아무래도 아이작도 그 사실을 아는 모양인지 약과 긴 옷을 입은 남자, 그리고 멀리 떨어져 있는 바위산을 번갈아 쳐다보았다. 그리고 다시 약으로 시선을 돌린 아이작은, 어쩐지 각오를 다진 듯한 표정을 짓더니 천천히 입을 열었다.

"그 남자는 지금——."

그때였다. 느닷없이, 어디선가 발사된 화살이 엄청난 속도로 날아들었다. 그리고 그것은 정확히 아이작의 목을 향해 날아가——

"뭐야?!"

직전에 느닷없이 출현한 하얀 타워실드에 격돌하여 튕겨져 나갔다. 금속음을 낸 타워실드가 소멸되었다. 놀란 듯 소리친 긴 옷을 입은 남자는 땅바닥에 떨어진 붉은 화살을 보고는 그 화살이 날아든 것으로 추측되는 방향을 순간적으로 추측해내 노려보았다.

긴 옷을 입은 남자의 대각선 전방에 있던 바위산의 한구석. 그곳에는 명중할 것이라 확신했던 화살이 이유도 없이 튕겨져 나와 분노한 남자의 모습이 있었다.

"젠장, 어떻게 된 거야!"

불그스름하게 퇴색된 망토를 걸치고 활을 들고 있는 그 남자는 그렇게 소리치며 두 번째 화살을 메겼다.

"입막음을 하게 둘 수는 없지."

"……! 누구냐──."

남자의 등 뒤에 미라가 서 있었다. 그리고 말을 붙임과 동시에 발을 구르며 뻔한 문답을 하기도 귀찮다는 듯 선술의 '충파'를 남자의 등에 내질렀다.

순수한 파괴의 격류가. 다짜고짜 내지른 충격파가 남자를 덮쳤다. 완벽한 기습이었다. 그리고 압도적인 마력으로 인해 발생된 그것은 가차 없이 남자의 온몸을 꿰뚫었다.

대형 동물에게 치이기라도 한 듯 남자는 허공을 날아 바위산을 굴러 떨어졌다. 남자는 그런 상태로도 움직여 보였다. 과연 암살자라고 해야 할지, 그 강인한 신체능력으로 자세를 바로잡고는 잽싸게 바위에서 뛰어올라 본래 있었던 장소를 향해 화살을 겨누었다.

"뭐야, 이거……."

직후, 남자는 눈이 휘둥그레져서 숨을 죽였다. 활을 겨눈 곳에서 하얀 타워실드를 든 채 육박해 오는 하얀 기사가 보였기 때문이다.

실드타워로 강하게 얻어맞은 남자는 둔탁한 소리를 내며 땅바닥으로 추락했다.

"흠, 역시 키메라의 일원이었던 것 같군."

다소 늦게 그 자리에 내려선 미라는 남자가 허리에 차고 있던 흑무석의 가공품으로 보이는 검은 단검을 찾아냈다. 남자는 정령무구의 가호가 강력했던 탓에 의식을 잃었을 뿐, 죽지는 않았다. 하지만 그렇기에 거의 위력을 줄이지 않은 미라의 공격을 맞게 되었으니 운이 좋았다고 해야 할지 불운했다고 해야 할지 알 수가 없었다.

대충 남자의 소지품을 뒤지던 미라는 마침 사두었던 포박포로 남자를 둘둘 말았다. 그리고 그것을 홀리나이트에게 짊어지게 하고는 긴 옷을 입은 남자를 향해 걸어갔다.

"너는 분명, 천칭의 성채에서……. 그래, 와 있었군."

긴 옷을 입은 남자는 당당히 다가오는 미라를 흘끔 쳐다보더니 그렇게 말하고는 경계를 풀고 다시 아이작에게 고개를 돌렸다. 미라가 이스즈 연맹측 사람이라는 것을 기억하는 모양이었다.

"이 몸도 정보가 필요해서 말이다. 미안하지만 잠시 참견을 했다. 그 남자를 죽게 둘 수는 없었거든."

미라는 우선 아이작을 내려다보고서 그렇게 말하며 고개를 들어 긴 옷을 입은 남자와 똑바로 마주보았다.

"……상관없다. 내 볼일이 끝나면 마음대로 해라."

"그거 고맙구나. 지난번에는 덕분에 건진 게 거의 없어서 말이다."

천칭의 성채에서는 그가 키메라의 멤버를 전멸시켜버린 탓에 정보를 거의 얻어내지 못했다. 미라가 그 일을 은근히 들추어내자 긴 옷을 입은 남자는 잠시 생각을 하는 듯하더니 협조하겠다는 뜻을 밝혔다.

천칭의 성채에서 벌어졌던 참상으로 미루어, 긴 옷을 입은 남자는 키메라 클로젠에게 상당한 원한을 품고 있는 것으로 보였다. 내버려 뒀다면 아이작까지 처리해 버렸을 것이다. 하지만 이번에도 지난번처럼 검을 들이대면 미라가 개입할 것이다. 긴 옷을 입은 남자는 그렇게 되면 불리할 것이라 판단한 듯했다.

그런 해프닝 끝에 긴 옷을 입은 남자가 아이작을 심문하기 시작했다.

심문 내용은 키메라 클로젠에 관해서가 아니라 그들의 간부 중한 명인 젤 쉐다르라는 인물에 관한 것이었다.

아이작이 대답한 바에 따르면 젤 쉐다르라는 남자는 무려 최고 간부 중 한 명으로, 정령에 정통한 자라고 한다. 추출된 정령력을 이용해서 여러 가지 도구를 만들어내고 있는 것도 그 남자로, 정령폭탄 역시 젤 쉐다르가 개발한 물건이었다.

그리고 핵심 질문인 현재 위치에 관한 질문에 아이작은 그가 세인트 폴리에서 동쪽에 있는 산맥의 산기슭에 위치한 작은 마을에 있다고 했다.

"작은 마을이라. 그곳에서 무얼 하고 있지?"

긴 옷을 입은 남자가 끝으로 그렇게 묻자 아이작은 정말로 모른다고 답했다. 다만 최고간부, 그리고 그에 가까운 자들만이 그곳에 무엇이 있는지를 안다는 모양이었다.

거기까지 정보를 캐낸 긴 옷을 입은 남자는 검을 집어넣고 더는 볼일이 없다는 듯 몸을 돌려 걸어 나갔다.

"무어냐, 혼자서 갈 셈이냐?"

한 걸음 떨어져서 그 대화를 지켜보던 미라는 그가 스쳐지나갈 즈음 그렇게 물었다.

"……아니, 얼마 전까지는 그럴 생각이었다만, 혼자는 아니다."

바로 옆에서 멈춰선 남자는 차가운 눈으로 미라를 내려다보며 아주 잠시, 알아보기 어려울 정도로 살며시 쓴웃음을 지은 채 답했다.

"호오, 그렇다면――."

"――하지만 너희는 아니다. 너희보다 성가신 녀석에게 붙잡혀 있는 것뿐이다. 지금은 별도 행동 중이다만, 아무리 봐도 도망칠 수가 없을 것 같은 맹수에게."

이스즈 연맹과 함께 싸울 마음이 든 거냐. 미라는 순간 그렇게 물으려 했지만 긴 옷을 입은 남자는 그 즉시 그 가능성을 부정했다. 그럼 무슨 뜻으로 한 말일까. 미라가 그렇게 이어서 물으려던 참에 남자는 "그건 아무래도 좋은 일이다"라고 일축했다.

(대답할 생각은 없어 보이는구먼.)

긴 옷을 입은 남자의 일행. 그것이 누구인지는 알 수 없었지만 지금 가장 큰 문제는 긴 옷을 입은 남자는 이후 아이작에게서 캐낸 정보를 토대로 그 작은 마을에 있는 젤이라는 최고간부를 노릴 것이 분명하다는 사실이다.

"결국은 멋대로 움직일 것이라는 뜻이로군?"

"그래, 맞다. 말릴 테냐?"

미라가 조용히 그렇게 묻자 남자 역시 담담한 투로 답했다.

최고간부라는 중요 인물을 섣불리 건드렸다가는 자신들의 작전에 지장이 생길지도 모른다. 순간 그런 생각을 하던 미라의 머릿속에, 오히려 기회가 될지도 모른다는 생각이 떠올랐다.

"그럴 생각은 없다. 그대가 날뛰면 그만큼 우리가 눈에 띄지 않게 될 테니 말이야."

하늘의 백성, 그리고 알지 못하는 또 한 사람으로 인해 피해가 확대되면 경계심은 증폭될지 몰라도 키메라 클로젠의 시선은 그곳으로 집중될 것이다. 은밀하게 움직이는 미라 일행에게는 오히려 좋은 일이라 할 수 있으리라.

"가능하다면 우리의 작전 결행 일시에 맞춰주면 양동이 되어 더욱 좋지 않을까 싶다만."

"그건 내 알 바 아니지. ……뭐어, 준비는 해야 하니. 녀석을 처리할 날은 열흘 후다. 맞추고 싶다면 너희가 맞춰라."

별다른 기대를 하지 않고 미라가 협력을 요청하자 긴 옷을 입은 남자는 조건부로 결행일을 제시했다. 그러고서 손에 든 회복약을 반쯤 떠밀다시피 미라에게 건네고는 다시 걸음을 옮겼다.

"한데, 젤 쉐다르라는 건 누구냐?"

하늘의 민족의 신관인 그가 집착하고 있는 키메라 클로젠의 간부. 그 정체가 궁금해진 미라는 고개를 돌려 긴 옷을 입은 남자의 등에 대고 그렇게 물었다.

그러자 남자는 등을 돌린 채 "배신자다"라고만 대답하고 떠나갔다.

미라는 회복약을 먹이기 전에 아이작의 사지에 꽂힌 크로스보우의 화살을 뽑았다. 그때마다 아이작은 고통 어린 신음소리를 흘렸지만 필요한 일이라는 것을 아는지 미라에게 불평을 하지는 않았다. 하지만 긴 옷을 입은 남자에게는 "저 자식은 사람도 아니야"라고 푸념을 늘어놓았다.

"그, 뭐냐. 덕분에 살았다……고 할 상황이 아니지. 그쪽도 내게 정보를 얻어내는 게 목적이었지?"

포박포로 구속한 후, 미라는 아이작에게 회복약을 먹였다. 고급품인 만큼 효과가 탁월해서 그 즉시 상처는 충분히 치유되었고, 그 덕에 아이작은 다소 여유를 되찾은 듯 보였다.

"음, 그렇다. 순순히 말할 생각은 있느냐?"

"그래, 물론이지. 뭘 알고 싶지? 아니, 그보다 갑자기 나타난 것처럼 보였는데, 당신은 누구지?"

체념의 극에 달했다고 해야 할지, 구속된 채 털썩 주저앉은 아이작은 어쩐지 뻔뻔스러운 태도로 되물었다.

"이스즈 연맹이라고 하면 알 테지?"

미라는 아이작의 태도는 개의치 않고 그렇게 답했다.

"과연. 그래, 벌써 여기까지 손을 뻗어왔다 이건가."

아이작은 깊은 한숨을 내쉬더니 납득했다는 듯 먼눈을 한 채 하늘을 올려다보았다. 진심으로 체념한 탓인지 키메라 클로젠의 최후가 보인다 생각하는 듯한, 그런 표정이었다.

"그래서 알고 싶은 게 뭔데. 그쪽도 누구 찾는 사람이라도 있어?"

아이작은 결심을 했다기보다는 무언가와 결별이라도 한 듯한 눈으로 다시 미라를 쳐다보며 말했다.

"글쎄다, 우선 첫 번째 질문이다만. 연금술사인 요한을 아느냐? 아니, 개발부인지 뭔지에 소속되어 있었으니 물론 알 테지. 아무래도 누군가에게 납치당한 것 같아서 말이다. 그대는, 어디로 끌려갔는지 아느냐?"

안젤리크와 안네를 구출해낸 후에 창고 거리에서 마주쳤던 것은 우연이 아니었다. 그렇게 생각한 미라는 떠보는 듯한 눈으로 아이작을 노려보았다.

"아아, 분명…… 이동시킨다는 이야기는 들었지만 그게 어디인지까지는 몰라. 그런, 뭐라고 해야 할지, 신병을 다루는 전문 부서? 같은 게 있어서 그 녀석들이 관리하니까. 그러니 그 이상의 정보는 몰라. 정말이야."

"호오, 만에 하나 거짓말일 경우 어떻게 될지 알고서 하는 발언이냐?"

"그래, 당연하지. 알고말고. 개발부 부장을 맡고는 있지만, 위에 있는 간부들이 뒤에서 뭘 하고 있는지에 관한 정보는 나한테 전혀 안 내려온다고."

"……흠, 그러하냐."

연기를 하는 듯한 낌새는 없었다. 확증은 없었지만 관찰한 결과 그렇게 느낀 미라는 우선 한 걸음 물러서서 다음 질문을 입에 담았다.

"그럼 키메라 클로젠의 두목이 있는 곳은 아느냐?"

두목, 다시 말해서 키메라 클로젠의 본거지는 어디에 있느냐. 질문의 취지를 이해한 아이작은──.

"아~…… 미안하지만, 그것도 몰라. 만약을 위해 말해두겠는데, 이것도 정말로 몰라. 애초에 나를 버린 것 같은데 비밀을 지킬 이유가 없잖아."

그런 소리를 하며 조금 낙담한 듯 어깨를 으쓱해 보였다.

"뭐라고 해야 할지, 말단을 붙잡은 기분이 드는구먼……."

"실컷 비웃으라고……. 본거지에 있는 일부 간부들에 비하면 나 같은 부장이니 뭐니 하는 지위에 있는 녀석들은 그야말로 얼마든 갈아치울 수 있는 장기짝이나 다름없어."

아이작은 약간 침울한 투로 그렇게 말하더니 "하지만 뭐어, 도움이 될지 어떨지는 모르겠지만" 하고 운을 떼고는 마치 꿈에서 깨어나기라도 한 듯 본거지에 관해 아는 것을 줄줄 불기 시작했다.

그것은 아이작의 직속상관이자 최고간부 중 한 명인 젤 쉐다르에게서 들은 이야기라고 한다.

우선 본거지는 거대하지만 평범하게 찾아서는 찾을 수 없는 장소에 있다는 모양이었다. 그리고 그곳에는 정령의 힘을 이용한 무기, 술구 등이 셀 수 없이 많이 비축되어 있다는 듯했다.

그런 본거지의 위치며 출입구는 상급 간부와 비밀 임무를 담당하는 일부 인간들밖에 모른다고 한다.

"그리고 당신이 잡은 남자 말인데——."

아이작은 거기까지 말하더니 문득 미라의 후방에서 대기 중인 홀리나이트가 짊어지고 있는 남자를 흘끔 쳐다보고는 약간 개인적인 감정을 섞어 설명하기 시작했다.

그 남자는 '이물(異物) 사냥꾼'이라 불리는 키메라 클로젠의 숙청 담당자로 상당한 실력을 지녔다는 모양이었다. 그 임무는 실로 단순한데, 최고간부들이 조직에 불이익을 끼칠 것이라 판단한 구성원을 처리하는 것이라고 한다.

그리고 조금 전, 적의 손에 넘어간 자신을 숙청하라는 지시가 내려온 것이리라고 말하며 아이작은 웃어 보였다. 더불어 그렇게 전투에 특화된 남자를 압도하는 모습을 보고서 미라에게는 거스르지 않기로 결심했노라고 아이작은 고백했다.

한 번 내려진 결정은 뒤집히지 않는다. 돌아가 봐야 무조건 살해당한다. 더는 돌아갈 곳이 없다. 그렇다면 하다못해 가치 있는 정보원으로서 이스즈 연맹의 보호를 받는 편이 낫다. 아이작은 그와 같은 자백을 끝으로 이야기를 매듭지었다.

"어째 꽤나 입이 가벼워졌다 싶었더니 그런 이유가 있었나."

"그래, 이렇게 된 거 될대로 되라지."

거짓말인지 참말인지를 판단할 만한 증거는 없었다. 하지만 미라는 아이작이 거짓말을 하고 있는 것 같지가 않았다. 그렇다고 완전히 믿은 것도 아니었지만.

"아아, 참참. 참고로 '이물 사냥꾼'인 저 남자는 본거지의 위치를 알고 있을 걸. 뭐어, 관계가 깊은 만큼 입도 무거울 테지만."

자신을 죽이려 한 상대인 탓인지 아이작은 복수라도 하듯 남자를 노려본 채 웃으며 말했다.

"호오, 그렇다는 말이지? 알고 보니 섶을 지고 불로 뛰어든 어리석은 남자였구나."

"긁어 부스럼을 만든 격이지."

얼마 되지 않는 본거지의 위치를 아는 자가 스스로 모습을 드러내 주었다는 사실에 미라는 매우 기뻐했다. 그리고 같은 조직에 있던 동료를 자기보신을 위해 주저 없이 팔아넘긴 아이작으로 말하자면, 매우 상쾌한 표정을 짓고 있었다.

"모처럼의 기회니 한 가지 더 묻도록 하마."

문득 생각이 나서 그렇게 말한 미라는 아이작의 앞에 웅크려 앉아 그의 얼굴을 들여다보며 말했다.

"그대는 분명 처음에 세인트 폴리의…… 외교 어쩌고인 레이튼이라고 했었지? 혹시 그대는, 이 나라의 정치에 관여하고 있는 게냐?"

그것은 핵심에 다가서는 질문 중 하나였다.

정확히는 세인트 폴리 무역국 외교관 대표 레이튼 녹스라 했는데, 말하자면 가명이었지만 나라의 요직인 이 역시 진짜 신분이라면 상당히 문제가 커질 듯했다.

나라의 정치에 키메라 클로젠이 관여하고 있었다는 뜻이니.

"아아, 그 미친놈이랑 한 얘기를 들었나 보군. 뭐어, 그 타이밍에 나타났으니 전부 들었어도 이상할 게 없지."

정말로 각오를 굳힌 것인지 아이작은 그렇게 중얼거린 후, 내부 사정을 털어놓았다. 관여하고 있노라고.

또한 아이작의 말에 의하면 세인트 폴리 무역국의 모든 상층부와 중층부의 절반 정도가 키메라 클로젠의 구성원이라고 한다.

그리고 애초에 세인트 폴리 무역국은 키메라 클로젠이 만든 나라라고 아이작은 말했다. 중간에 참가한 탓에 그는 그리 자세히 알지 못하는 모양이었지만 사람이 살 만한 환경이 아니었던 황무지를, 정령의 힘을 쏟아 부어 지형을 조작해서 사람이 살 수 있는 환경으로 변화시킨 것이라 들었다고 한다.

그리고 무역이 발달함으로 인해 나라가 거두어들인 세금은 그대로 키메라 클로젠의 활동자금이 되었다는 듯했다.

"그런고로 이 나라는 속이 아주 새까맣다고 할 수 있어. 그나저나 그 뭣이냐. 사회적으로는 레이튼 쪽이 더 유명할 줄 알았는데. 이래봬도 제법 열심히 했는데 말이지."

이야기를 마친 아이작은 약간 불만스러운 듯 쓴웃음을 짓는 그 얼굴에는 그늘이 져있었다.

"아 참. 자기보신을 위해 한 마디 더 해두지. 나를 감금할 장소 말인데, 절대로 조합이나 국영 시설은 사용하지 마."

만일의 경우를 대비하기 위해서인지. 아이작은 문득 고개를 들어 그렇게 덧붙여 말했다.

요컨대 조합과 나라의 시설에 포로로 넣어두면 아이작의 목숨이 위험하다는 뜻이다. 확실히 나라의 중역이 키메라 클로젠으로 채워져 있다면, 버리기로 결정된 아이작이 어슬렁어슬렁 시설로 굴러들어온 순간에 망설임 없이 처분하려 들 것이다.

"흠. 국영을 꺼리는 이유는 알겠다만 조합은 어째서 안 된다는 게냐? 분명 나라의 간섭을 받지 않는, 특별한 조직인 것으로 기억한다만."

미라의 말대로 대륙 각국에 지부를 두고 있는 모험가 종합 조합에는, 그 나라의 정치에 결코 관여하지 않는다는 조약이 있었다.

"뭐, 단순한 이유야. 조합 임원 중에 키메라가 심은 첩자가 몇 명 섞여 있거든."

아이작은 가볍게 어깨를 으쓱해 보이며 그 이유를 입에 담았다. 조합 내부에 숨은 키메라 클로젠의 멤버가 보고를 하거나 암살을 하려 들 테니 그곳에 있으면 자신은 죽은 목숨일 것이라는 뜻이다. 그리고 아이작은 도시에 있는 주요 조직에는 대부분 입김이 닿아있을 것이라고도 덧붙여 말했다.

"겉보기에는 상당히 현란하건만, 정말로 속은 새까맣군."

"새삼스럽지만 나도 그렇게 생각해."

두 사람은 그렇게 말하며 메마른 웃음을 주고받았다.

(흠, 생각외로 큰 수확을 얻었다만, 어찌할까.)

입이 무겁다면 뒷일은 전문가에게 맡기자고 생각한 미라는 두 사람을 포로로 끌고가기로 했다. 그리고 밀렌을 빼돌렸을 때와 같은 일이 다시 발생하면 큰일이라는 생각에, 그 일을 예로 들며 위치를 특정할 수 있는 술구를 가지고 있지 않느냐고 아이작에게 물었다.

"그런 술구가 있었나……. 글쎄……. 아아, 분명 의사당 통행증이라면서 이상한 판때기를 줬는데. 그건 어떨까."

"호오…… 수상쩍군그래. 지금 가지고 있느냐?"

"그래, 로브 속 허리 부근에 있는 주머니에 들었어."

아이작은 그렇게 말하며 힘겹게 몸을 굴리더니 "이 근처에 들어있어"라고 말을 이었다. 이 상황에 흉계를 꾸민들 아이작에게는 승산이 없을 듯했지만 미라는 신중하게 손을 뻗어 로브 안을 뒤졌다.

"뭐라고 해야 할지…… 조금 흥분되는걸."

아이작은 엉겁결에 코앞에 있는 미소녀가 자신의 로브 속에 손을 넣고 있다는 그 상황에 대한 솔직한 감상을 늘어놓았다.

"바보 같은 소리 마라."

직후, 미라가 주먹으로 꿀밤을 때리자 보기와는 다른 그 위력 탓에 아이작의 눈에는 눈물이 핑 돌았다.

"흠, 이건가."

주머니에는 확실히 이상한 문양이 새겨진 플레이트가 들어 있었다. 아이작은 그것을 바라보며 "그것 말고 받은 물건은 무구밖에 없어"라고 말했다.

미라는 만약을 위해 수상쩍은 플레이트와 아이작의 짧은 지팡이, 단검, 정령무구를 회수해 조금 떨어진 곳에 위치한 바위산에 숨겼다. 아이템 박스를 사용하지 않는 것은 탐지 술법의 위력이 어디까지 미칠지 알 수 없기 때문이었다.

그러고서 미라는 이물 사냥꾼의 소지품도 뒤져서 마찬가지로 발견된 플레이트와 함께 무구 전반과 수상쩍은 물건을 몽땅 다른 바위산에 숨겼다.

"문제는 운반방법과 행선지로군."

미라는 다시금 포획한 두 남자를 쳐다보았다. 그리고 어디로 데려가면 좋을지를 고민했다.

가장 좋은 것은 심문이 특기인 뱀이 있는 아이린의 은신처였지만 문제는 거리였다. 게다가 남자 둘을 운반하면 매우 눈에 띌 것이 뻔하니 우선 워즈랑베르의 힘으로 감출 필요가 있었다.

미라와 워즈랑베르. 그리고 두 남자. 이 인원을 페가수스로 나를 수는 없는 일이다. 여러 번 왕복한다 해도 셋이 타는 것은 무리일 것이다. 그렇다고 가루다는 너무 커서, 인연을 맺은지 얼마 안 되는 지금의 정적의 능력으로는 아직 전체를 가릴 수가 없을 듯했다.

(다들 쑥쑥 자라나고 있으니 말이지…….)

그밖에 미라가 소환할 수 있는, 하늘을 날 수 있는 소환체 역시 같은 이유에서 제외되었다.

"흠, 이럴 땐 역시 누군가에게 묻는 게 제일이려나."

이래저래 생각한 끝에, 이럴 때야말로 혼자서 결정할 것이 아니라 동료들에게 상담하는 것이 제일이리라는 결론에 도달한 미라는 홀리나이트에게 두 남자를 바위산의 산기슭까지 운반시키고 그대로 감시시켰다. 그리고 워드랑베르를 그 자리에 남겨 광학미채로 숨어 있으라고 부탁했다.

눈에 띄지 않는 바위산 구석. 그리고 광학미채. 그곳에 무언가가 있다는 사실을 알고 조사하지 않는 한은 쉽게 발견되지 않을 것이다.

고개를 돌려 은폐 상태를 확인하고서 만족한 미라는 페가수스에 올라타 세인트 폴리를 향해 날아올랐다.

마침 저녁시간이라 수십 개의 음식점이 임대 형식으로 가게를 낸 식도락 삼매경의 식당층은 당연히 혼잡했다.

온 대륙의 요리를 망라해 놓았다는 그곳에는 요리뿐 아니라 주류를 메인으로 하는 식당. 이른바 술집도 존재했다.

포로로 잡은 키메라 클로젠 관계자 두 사람을 어떻게 할지를 상담하기 위해 세인트 폴리의 상업지구로 돌아온 미라는 배고픈 손님들로 붐비는 식당층에서 그 술집을 둘러보고 있었다.

(오오, 이곳은 일본식 선술집 같구나.)

쇼윈도에 장식된 식품 샘플. 무수히 많은 술의 상표. 어쩐지 유명한 대중 일본 선술집 같은 분위기를 풍기는 겉모습을 보고 그렇게 판단한 미라는 곧장 포렴을 젖히고 들어갔다.

"어서 오십시오~. 몇 분이신가요~!"

점원이 기운찬 목소리로 미라를 맞이하자 안쪽에서 메아리라도 울리듯 점원들이 "어서 오십시오~!"라고 외쳤다.

정말로 기억속에 있는 일본 선술집 같았다. 그런 인상을 받기는 했지만 손님으로 찾은 것이 아닌지라 미라는 "아아, 미안하구나. 지인을 좀 찾고 있는데. 가게를 좀 둘러봐도 되겠느냐?"라고 약간 미안해하며 입을 열었다.

"네, 마음껏 둘러보십시오."

그러자 점원은 밝은 미소를 지은 채 그렇게 답하더니 들어가자마자 보이는 테이블석이며, 안쪽에 신발을 벗고 앉을 수 있는 좌석을 비롯한 모든 자리를 확인하기 쉽도록 둘러볼 순서까지 알려주었다.

미라는 친절한 대응에 감사인사를 하고서 가르쳐준 순서대로 가게 안을 확인해 나갔다.

그러는 동안에도 기운찬 인사 소리가 곳곳에서 들려왔다. 그리고 그에 뒤질 새라 손님들의 떠들썩한 목소리도 여기저기서 터져 나왔다.

일본식 선술집, 연회, 기꺼이, 라는 단어가 연상되는 분위기의 가게였다.(역주 – 실제로 일본의 모 기업 체인 선술집의 캐치 프레이즈이자 직원들의 응답으로 '네, 기꺼이'라는 단어를 사용하는 곳이 있었음)

"없는 모양이군. 실례 많았다."

가게 안을 한 바퀴 둘러본 미라는 입구에 있는 점원에게 그렇게 한 마디를 건네고서 가게를 뒤로 했다. 그러자 등 뒤에서 "또 방문해주십쇼!"라는 여전히 기운찬 목소리가 들려왔다.

그 말은 들은 미라는 살짝 기분이 좋아져서 다른 가게를 뒤지기 시작했다.

두 번째, 세 번째 가게에서도 허탕을 친 미라는 다음으로 발견한 네 번째 가게에 발을 들였다. 그 가게는 요리가 모두 꼬치 튀김이었고 일본식 내부 장식이 특징인 가게였다.

다다미방, 일본식 선술집, 뒷골목이라는 단어에서 연상되는, 숨은 명가 같은 분위기가 풍겼다. 뭐, 말이 그렇다는 것이지 손님의 수는 많았고 딱히 숨어 있지도 않았지만.

미라는 익숙하게 사람을 찾고 있다는 사실을 점원에게 알리고서 가게 안을 둘러보았다.

주방에서 튀김을 튀기는 소리가 들려왔다. 객석을 흘끔 쳐다보니 쿠시카츠(역주 – 돼지고기와 채소 등을 꼬챙이에 꽂아 튀겨내는 요리 전반을 뜻함)와 같은 고기 요리가 눈에 들어왔다. 누군가가 재료를 두껍게 자른 꼬치 튀김을 베어 물자 바삭, 하는 기분 좋은 소리가 새어나왔다.

새우에 오징어, 조개 같은 해산물도 풍부해서 과연 대단하다고 해야 할지, 메뉴판에 보이는 꼬치 튀김만 해도 백 종류는 넘었다. 케이크며 아이스크림 같은 별난 것까지 취급하는 모양이었다.

이대로 자리에 앉고파라. 그런 감정에 필사적으로 저항하며 미라는 눈물을 머금은 채 꼬치 튀김에서 시선을 떼었다.

"오오, 여기 있었군!"

그렇게 통산 네 번째 가게 안을 절반 정도 돌아본 참에 미라는 드디어 목적한 인물을 발견했다.

"응? 뭐야, 미라 아가씨잖아. 그런 소릴 하는 걸 보니 나를 찾고 있었나 보지?"

가게 안쪽에 자리한 테이블석에는 맥주잔을 한손에 쥔 채 산더미처럼 쌓인 꼬치 튀김을 먹고 있는 아론이 있었다.

"음, 하고 싶은 이야기가 좀 있어서 말이다."

"……그랬군. 그럼 방으로 돌아가도록 하지."

미라가 주변을 눈짓으로 가리키며 말하자 그 의도를 알아챈 아론은 고개를 끄덕이며 답하더니 잔에 남아있던 맥주를 단숨에 들이켰다.

아론이 자리에서 일어난 뒤에도 미라는 산더미처럼 쌓인 꼬치 튀김을 쳐다보고 있었다.

그래서 아론은 근처에 있던 점원에게 남은 꼬치 튀김을 포장해 달라고 부탁하고는 추가로 술을 한 병 구입해서 숙박 중인 방으로 향했다.

미라는 만면의 미소를 머금은 채 그 뒤를 따랐다.

식도락 삼매경의 5층. 방으로 돌아온 미라는 꼬치 튀김을 만끽하며 아론에게 현재의 상황을 설명했다.

전귀의 매장지와 멜빌 상회의 관계, 요한이라는 연금술사, 흑무석에 관한 자료와 그를 본부에 전달하기 위한 통신.

기다리는 시간에 발견한 비밀 옥션의 회장. 교외에서 붙잡은 키메라 클로젠의 아이작과 이물 사냥꾼. 그리고 아이작에게서 캐낸 세인트 폴리라는 나라의 실정에 관해서. 미라는 세세한 부분은 생략해가며 설명했다.

"오호라. 어째 이 나라가 얽혀 있는 것 같다 싶기는 했지만, 설마 나라 그 자체가 키메라였을 줄이야······."

짚이는 바가 있기는 했던 것인지 아론은 놀라면서도 진지한 표정으로 그렇게 중얼거리고는 세인트 폴리측의 조사 상황을 입에 담았다.

하지만 본격적으로 셀로 일행과 공동 조사를 펼친지 아직 하루 정도밖에 지나지 않은 상태인지라 그렇게 커다란 정보는 없었다. 다만, 주민들도 용도를 모르는 국영 시설이 몇 개나 있다는 모양이었다.

"만약을 위해 그 장소를 찾고는 있었는데, 미라 아가씨의 이야기를 듣고 나니 그쪽에 무게를 둬야 할 것 같군. 아가씨 말대로 생각하니 이 나라의 발전 속도도 납득이 가는 것 같으니 말이야."

본래는 사람이 살 수 없는 황야와 단애 절벽이었던 곳을, 불과 20년 만에 타국에 뒤지지 않을 수도로 발전시켰다. 그것은 대국의 국가 예산을 능가하고도 남을 자금과 전 세계가 지닌 기술의 정수를 모으면 아주 불가능한 일은 아니다. 게다가 이 세계에는 물리 법칙을 초월하는 **술법**이라는 힘이 있다. 사용하기에 따라서는 부족한 면을 상당 부분을 벌충할 수 있으리라.

"음, 확실히 그렇군. 저 장대한 광경이 정령들의 힘에 의한 산물이라면 납득이 가는구면."

하지만 나라의 중역이 모두 키메라 클로젠으로 구성되어 있다면 이야기가 달라진다. 막대한 자금이며 우수한 술사는 필요 없다. 정령의 힘을 조종하는 기술만 있으면 만사가 해결되니.

미라는 계단 형태로 정지작업이 이루어진 절벽을 떠올렸다. 그리고 그것이 무정하게 빼앗아간 정령들의 힘에 의해 만들어진 것이라 생각하니 뭐라 말할 수 없는 감정이 치솟아 살며시 눈을 감았다.

하지만 아직 이야기를 뒷받침할 만한 증거를 잡은 것은 아니니 그렇게 단정 지을 수는 없었다.

"자, 그래서 그 정보를 토해낸 임원과 암살자를 어떻게 할지가 문제라고 했지?"

하지만 아론은 그것이 바로 진실이리라 확신한 듯 투지가 가득한 눈을 한 채 말했다.

"음, 어디로 옮겨야 좋을지 모르겠구나."

나라나 조합의 시설로 옮기면 분명 암살당할 것이다. 그러니 로즈라인의 이바테스 상회에서 빌린 비밀방이 제일이 아닐까 싶다고 미라가 제안했다. 그리고 호송할 때 소환술이 눈에 띄지 않을까 걱정이 된다는 말도 덧붙였다.

"그런 이유라면 이스즈 연맹의 지부에 두는 게 제일 아닐까. 여차할 때를 위해 감금실도 준비되어 있을 테니."

"호오, 그러한 게냐? 꽤 아담해 보이는 단층집이었다만."

아론이 말한 이스즈 연맹의 지부는 남쪽 교외에 있는, 작은 단층집처럼 보이는 건물이었다. 미라는 기억을 되짚어 보았지만 땅속 깊이 지하실이 있기는 해도 감금실 같은 엄중한 장소는 보이지 않았던 것 같았다.

"그래, 겉에서 보면 대개 그렇게 생겼지. 나는 사용해본 적이 없지만, 통신 장치는 지하에 있었지? 들은 바에 의하면 그보다 더 안쪽에 감금실이 숨겨져 있다는 모양이더군."

"오호, 그런 게 있는 줄은 전혀 모르겠던데."

미라는 다시 통신실의 모습을 떠올려보고서 놀람과 동시에 실로 적절한 장소에 적절한 방이 있었다며 좋아했다.

"우즈메 아가씨의 특제 결계인지 뭔지로 감춰졌다나 뭐라나.

못 알아챌 만도 하지."

"결계라. 과연."

아론의 말에는 우즈메에 대한 절대적인 신뢰가 담겨 있었다. 어지간히 터무니없는 무언가를 목격하기라도 한 것일까. 그렇게 생각하면서도 미라는 진심으로 납득했다.

몇몇 부류의 기술에는 결계로 분류되는 술법이 있었다. 그중 가장 다채롭고 규모와 효과가 큰 것이 음양술에 의한 결계였다. 사족이지만 호수 바닥에 이스즈 연맹이 본거지를 두고 있을 수 있는 것도 이 결계의 힘 덕분이었다.

"쇠뿔도 단김에 빼라는 말이 있으니, 나는 지부로 가서 포로를 수용할 준비를 해두지. 미라 아가씨는 그 둘을 아무도 모르게, 그 정적의 힘이라는 걸 써서 데려와 줘."

아론은 빠른 말투로 그렇게 말하더니 자리에서 일어나, 술기운을 몰아내기 위해서인지 유리잔에 물을 따라 단숨에 들이켰다. 그리고 뺨을 철썩 두들겨 기합을 다시 넣었다.

"음, 알겠다. 나라의 중역을 짊어지고 다니면 아무리 그래도 눈에 띌 테니 말이다."

죄를 지은 자를 붙잡아 연행하는 광경은 이 세계에서 그렇게 보기 드문 것이 아닐 것이다. 하지만 그것이 나라의 중역이라면 이야기가 달라진다. 게다가 키메라 클로젠과의 관계성을 염두에 두자면 아무도 그들을 이송하는 모습을 목격하게 해서는 안 되었다.

당연히 그 사실을 아는 미라는 완전 은폐를 사용할 것도 고려

에 둔 채 야무진 얼굴을 하고서 꼬치 튀김을 몇 개 손에 들고 일
어났다. 배가 고파서는 싸울 수 없다고 속으로 외치며.

해가 저물어도 가로등이 밝혀져 대낮처럼 붐비는 세인트 폴리
의 거리. 그 광경은 수많은 정령들이 희생이 되어 만들어진 것이
다. 사정을 알고 나니 그것을 두고 예쁘다고 생각할 수가 없어서,
페가수스를 탄 미라는 그저 묵도를 하듯 눈을 지그시 감을 따름
이었다.

키메라 클로젠에서 두 사람을 찾고 있을 가능성이 있다고 생각
한 미라는 얼마쯤 거리를 두고 지상으로 내려와 주변을 경계하며
포로 두 사람을 숨겨둔 지점으로 돌아갔다.

"어떠냐, 문제없었느냐?"

잽싸게 광학미채의 효과 범위내로 들어간 미라가 그렇게 묻자
워즈랑베르는 수상한 인물이 한 명 오기는 했지만 들키지는 않았
다고 답했다. 그리고 "어디로 운반할지 결정났습니까?"라고 말을
이었다.

"음, 역시 상담은 하고 볼 일이더구나. 적절한 장소가 있었어."

미라는 그렇게 만족스러운 투로 말하고는 곧바로 홀리나이트
에게 명령해 포로 둘을 한꺼번에 짊어지게 했다. 흑기사보다는
그나마 나았지만 아무리 보아도 이송이라기보다는 유괴를 하는
듯한 분위기가 짙게 풍겼다.

하지만 그것은 누군가가 볼 경우의 이야기다. 미라와 워즈랑베
르가 앞장을 서고 아이작과 이물 사냥꾼을 어깨에 짊어진 홀리나

이트가 그 뒤를 따랐다. 일동은 광학미채로 완전히 모습을 감춘 채 밤의 바위산을 질주하여 세인트 폴리로 향했다.

그러고서 한 시간이 조금 지났을 즈음, 미라는 큰 길을 우회하여 도시 교외에서 직접 이스즈 연맹의 지부가 있는 남쪽 지구에 발을 들여놓았다.

그곳은 도시의 중심부와는 정반대로 몹시도 고요했다. 그렇다고 사람이 없는 것은 아니라 잔업을 마친 듯 보이는 작업원이며 순찰을 도는 경비병이 드문드문 보였다.

가로등은 적어서 어둠이 눈에 띄었고 그 때문에 발소리가 유독 크게 들렸다. 미라와 워즈랑베르의 것은 그나마 얼버무릴 수 있었지만 홀리나이트의 중후한 발소리는 사위가 어두운 가운데서는 매우 크게 들릴 것이다.

"이제 500미터 정도 남았나. 워즈랑베르여. 남은 완전 은폐의 제한시간은 얼마나 되느냐?"

나라의 중역이 모습을 감춘 그날, 남쪽 지구에서 정체불명의 발소리가 들렸다. 무언가를 짊어진 수상쩍은 인물을 보았다 등, 조금이라도 의심을 살 법한 소문이 일체 나지 않도록 미라는 남은 제한시간이 적은 완전 은폐를 사용하기로 결심했다.

"글쎄요……. 5분 정도는 버틸 듯합니다."

"흠, 그 정도면 충분하겠군."

남은 제한 시간에는 아직 여유가 있었다. 그렇게 판단한 미라는 곧장 완전 은폐를 발동하라 지시해서 이스즈 연맹의 지부까지 단숨에 달려갔다.

그리고 500미터를 1분 남짓 만에 달린 대가는 고스란히 포로 두 사람이 치르게 되었다. 짐짝처럼 어깨에 실린 채로 격렬하게 흔들렸으니 그 영향이 얼마나 지독했을지는 말할 필요도 없을 것이다.

이스즈 연맹의 세인트 폴리 지부 앞. 미라는 완전 은폐의 효과 범위에서 빠져나가 그 문을 두드렸다.

잠금쇠를 돌리는 듯한 소리가 자그마하게 나더니 포로 수용 준비를 위해 미리 와 있던 아론이 얼굴을 내밀었다.

"정말로 안 보이는군. 아니, 기척조차 안 느껴져."

경계하듯 주변을 살핀 후, 미라의 등 뒤를 쳐다 본 아론은 그곳에 있을 터인 포로 두 사람과 정령의 존재를 전혀 느낄 수 없다는 사실에 혀를 내둘렀다. 그러고는 "정말로 있는 건가?" 하고 지당한 의문을 입에 담았다.

"굉장하지 않으냐? 발소리가 너무 커서 말이다. 효과를 최대로 높였다."

미라는 의기양양한 미소를 지은 채 지부로 들어가, 일동이 모두 입실했음을 확인하고서 문을 닫았다. 그리고 "그만 되었다"라고 말해 완전 은폐를 해제시켰다.

"오오! 이거 굉장하군!"

느닷없이 워즈랑베르와 홀리나이트, 그리고 어깨에 실린 채 얼굴이 퍼렇게 질린 두 남자가 눈앞에 나타났다.

경험으로 인해 연마된 감도 그 존재를 포착하지 못해, 기척은 커녕 위화감조차 느끼지 못했던 것을 돌이켜보며 아론은 경악했다.

"미라 아가씨의 능력에 몇 번을 놀래는지 모르겠군그래."

상상을 초월하는 그 힘을 직접 본 아론은 진심으로 놀란 듯 말하며 어린애 같은 미소를 지었다.

장년기를 지났음에도 아론은 아직 현역이었다. 이해되지 않는 힘을 직접 봄으로 인해, 상위 실력자로 거론될 만큼의 실력을 지녔음에도 계속해서 더 높은 경지에 오르고자 하는 그 의지에 불이 붙은 모양이었다.

"놀라게 할 생각은 없었는데 말이다."

미라는 어쩐지 능청스러운 투로 그렇게 말하며 어깨를 으쓱해 보였다.

지부의 비밀문을 지나 지하에 위치한 통신실로 내려갔다.

회색으로 통일된 내부 장식에 검은 통신기. 한 번 온 적이 있는 그 실내의 안쪽. 그곳에는 낯선 철문이 있었다.

아론이 안내를 하듯 앞장서서 그 안으로 향했다. 아무래도 그곳이 비밀 감금실인 모양이었다.

"그러고 보니 특급 배송이 도착했더군."

철문에 손을 댄 채 아론은 문득 고개를 돌려 통신실 구석을 눈짓으로 가리켰다. 그곳으로 고개를 돌려보니 낯익은 모습과 이름의 붉은 새가 서 있었다.

"오오, 과연. 빠르다 할 만하군그래."

그 새의 신장은 1미터 정도 되었다. 온몸은 선명한 주홍빛 깃털로 뒤덮여 있었고 눈부시게 아름다운 금빛 꼬리털이 죽 뻗어 있었다. 그리고 얼굴 주변은 맑은 청색을 띠고 있어, 새인데도 늠름한 얼굴이라는 인상을 주었다.

그 이름은 피스케. 음양술의 아홉 현자, 카구라가 사역 중인 상위 식신으로 비행속도는 시속 200킬로미터를 족히 넘는 주작, 피스케였다.

자세히 보니 목에 띠가 달린 상자를 걸고 있었는데, 거기에는 깜찍한 고양이 마크와 특급 배송이라는 글씨가 적혀 있었다.(역주 – 일본의 야마토 운송이라는 택배회사는 검은 고양이 마크를 로고로 사용하고 있음)

그러한 것들을 본 미라는 특급 배송편이 분명하다고 납득했다.

"이쪽을 먼저 처리해두도록 할까."

심심한 듯 서 있는 피스케의 모습을 본 미라는 이 이상 기다리게 하는 것은 좀 그렇다 싶어 그렇게 중얼거리고는 배송을 먼저 부탁하겠다는 취지의 말을 아론에게 했다.

"그래, 알겠어."

고개를 끄덕이며 대답한 아론에게 포로 둘을 맡긴 미라는 홀리나이트에게 아론의 지시를 따르라고 명령했다. 그러자 홀리나이트는 미라의 곁을 떠나, 명령대로 아론을 따르듯 그의 뒤에 섰다.

"어째 기사단의 소대장이라도 된 기분이구만."

아론은 하나뿐인 하얀 대원을 바라본 채 그렇게 말하더니 어쩐지 신이 나서 홀리나이트를 데리고 안쪽 방으로 사라졌다.

"어디, 피스케여. 이 녀석을 부탁하마."

미라는 요한에게서 건네받은 서류 외에도 자신이 채취한 흑무석도 샘플로 피스케가 목에 건 상자에 넣었다. 그리고 상자 표면에 '위험물 재중(在中). 정령 근처에서의 개봉 엄금'이라고 큼지막하게 주의사항을 적어두었다.

(그래. 이왕 온 김에.)

필요한 것은 모두 다 넣었으니 남은 일은 보내는 것뿐이다. 거기까지 작업을 마친 미라는 최근 몇 시간 동안 극적인 진전을 거두었다는 사실을 전달하고자 통신기로 손을 뻗었다.

"이 몸이다~."

수화기를 들면 바로 저쪽과 연결된다. 그 사실을 똑똑히 학습한 미라는 쓸데없는 말은 접어두고 그렇게 한 마디만 했다.

"아아, 할아버지 이제야 왔네! 왜 이렇게 늦었어!"

통신실에 우즈메──카구라의 목소리가 울렸다. 동시에 미라는 멍한 표정으로 피스케를 쳐다보았다.

"한 시간이나 기다렸잖아!"

목소리는 통신실 전체에 울려 퍼지고 있었다. 그렇다. 그 목소리는 수화기가 아니라 피스케의 입에서 나오고 있었다.

"이것 참, 놀라 자빠지겠군."

피스케가 카구라의 목소리로 말했다. 게다가 조금 전에 무료하게 서 있었을 때와는 달리 다소 우스꽝스러워 보이는 동작으로 생생하게, 인간처럼 움직이고 있었다.

카구라의 동작을 흉내 내고 있는 것인지 피스케는 허리(?)에 손을 얹듯 날개 끄트머리를 댄 채 미라를 노려보았다.

"무어냐, 어떻게 된 것이야?"

식신인 피스케가 주인인 카구라의 목소리를 내고 비슷한 동작을 취한다. 그러한 현상은 전혀 본 적이 없어서, 미라는 그 즉시 그것이 신기능임을 깨달았다.

수화기를 놓고 피스케의 정면에 웅크려 앉은 미라는 실로 신이 난 표정으로 그런 피스케를 붙잡아서는 상하좌우로 뒤집어보기도 하며 흥미롭다는 눈으로 관찰했다.

"아, 잠깐, 난폭하게 다루지 마. 어지러워어~."

피스케는 그렇게 비명 같은 소리를 지르더니 미라의 품속에서 눈이 풀린 채로 축 늘어졌다.

신기능, 신개발. 미라──덤블프가 그러한 것에 사족을 못 쓴다는 사실을 기억해낸 카구라(지금은 피스케)는 어찌어찌 품안에서 빠져나와 눈을 반짝반짝 빛내며 정보 공개를 요구하는 미라를 보고 한숨을 내쉬며 설명을 하기 시작했다.

그 기능의 이름은 '의식동조'라는 듯했다. 마나로 생성한 종자에 한해 자신의 의식을 빙의시킬 수 있는 기능으로, 주로 시각과 청각을 공유하는 것인데 익숙해지면 동작까지 어느 정도 동조시킬 수 있다는 모양이었다.

하지만 동조 중에도 본체인 술사 자신의 감각이 차단되는 것은 아니라고 한다. 따라서 조금 전에 미라가 했던 것처럼 동조 상대가 심하게 흔들리면 자신의 감각과 격렬하게 움직이는 감각이 뒤섞여서 심한 멀미 증상이 밀려든다는 듯했다.

"마나로 생성한 종자라면, 혹시 무구정령 등에도 쓸 수 있는 게냐?!"

차분하게 설명을 듣던 미라는 다음 순간, 흥분해서 피스케에게 달려들었다.

"으음. 아마 사령술에도 조금은 유용할 수 있었으니 무구정령으로도 할 수 있을지도 모르겠네."

또 붙잡고 뒤집어대지는 않을까 싶었는지 피스케는 거리를 벌리며 그렇게 말했다.

식신은 온몸이 술사의 마나로 형성되어 있다. 요컨대 어떠한 식신과도 동조가 가능하다는 뜻이다. 그에 반해 소환술인 발키리며 아이젠파르드, 워즈랑베르 등은 마나로 문을 만들 뿐 몸을 형성하는 것은 아니다.

하지만 무구정령, 다시 말해서 사람의 손으로 만들어낸 물건에 깃드는 인공정령은 식신과 마찬가지로 모든 것이 마나로 구축된다. 그리고 이 사실은 현자 덤블프가 해명한 소환술의 기초 지식이기도 했다.

간단히 말하자면 인공정령은 소프트웨어뿐인 존재이고 하드웨어는 마나로 만들 필요가 있다는 뜻이다. 다만 어째서 인공정령이 이렇게까지 다른가에 관해서는 아직 연구 중이었다.

"흠, 그래, 그렇단 말이지. 그럼——."

"——그 얘기는 다음에 해. 그보다 할아버지! 할 말이 있어서 연락해온 거잖아? 그쪽 얘기부터 하자고."

이미 예상했다는 듯 미라의 말을 제지하듯 피스케가 말했다.

미라는 신기능, '의식동조'에 온통 마음을 빼앗긴 탓에 '가르쳐 다오'라는 말을 끝내 하지 못한 것이 아쉬운지 입술을 삐죽거렸다. 하지만 포로 두 명을 붙잡았다는 소식을 전달하는 것도 분명 중요한 일이었다. 그렇게 생각한 미라는 피눈물을 삼키며 지금 당장 정보를 입수하기를 포기하고 상황이 진전되었음을 전달했다.

"그런고로. 지금부터 암살자 같은 또 한 녀석에게 이런저런 정보를 캐내려던 참이다."

비밀 경매에 관한 것부터 긴 옷을 입은 남자가 열흘 후에 작전을 결행하겠다고 했다는 것, 그리고 포로로 잡은 아이작이 토로한 세인트 폴리라는 나라의 실태에 관해 이야기한 미라는 끝으로 그렇게 이야기를 매듭지었다.

"할아버지, 잘했어!"

가만히 듣고 있던 피스케는 말이 끝나자마자 힘차게 칭찬을 입에 담았다. 그리고 꽤나 기분이 좋아졌는지 미라의 어깨를 팡팡 두들기며 기쁨을 표했다.

"뭐어, 이 몸에게 걸리면 이 정도쯤이야. 해서, 연락해서 보고만 해두려고 했다만, 보고 듣고 이야기할 수 있다면 이대로 데려가는 편이 나을 것 같구나."

번거롭게 심문으로 캐낸 정보를 보고하기 보다는 '의식동조'한 상태의 카구라를 직접 데려가는 것이 더 나을 것 같다고 미라는 생각했다.

"심문이라면 내게 맡겨. 금방 그리로 갈게!"

하지만 카구라…… 아니, 피스케는 그런 말을 남기더니 마치 영혼이 빠져나간 듯 동작을 멈췄다.

"금방 오겠다고? 무슨 뜻이냐? 지금 이곳에 있지 않았더냐."

멈춰 선 피스케에게 그렇게 말하던 미라는 어째 조금 전과는 달리 반응이 없기에 고개를 갸웃했다.

혹시 '의식동조'를 끊은 것일까. 참관할 것이라면 그대로 따라와도 되지 않았을까. 그런 생각을 하며 미라는 전혀 반응이 없는 피스케의 상태를 확인하고자 안아 올려 흔들어보거나 귓가(?)에 대고 이름을 불러보았다.

"이봐라~ 어찌된 것이야~. 대답하거라~."

힘차게 흔들어도, 높이 들어올려 뒤집어도 피스케는 반응을 보이지 않았고 미라는 역시 동조를 끊은 것이리라고 판단했다. 그리고 끝으로 말한 '금방 그리로 가겠다'는 말이 무슨 뜻이었을지를 생각했다.

그때였다. 미라가 손에 들고 있던 피스케가 갑자기 빛을 내기 시작하더니 다음 순간, 그 모습이 사라지고 대신 카구라 본인이 나타난 것이다.

"뭣?!"

"어라?"

카구라가 미라의 머리 위에 느닷없이 나타났다. 심지어 피스케와 같은 상태…… 요컨대 머리가 아래로 간 상태로.

그 결과는 말할 필요도 없었다. 미라에게 사람 한 사람을 지탱

할 만한 근력은 없었고 카구라는 그대로 거꾸로 낙하했다. 당연히 그 아래 있던 미라도 무사할 수 없었고, 두 사람은 부딪혀서 무너져 내리듯 뒤엉켜 쓰러졌다.

"아……야아~! 왜 바닥이 위에 있는 거야……."

"무어냐. 대체 이게 어떻게 된 게야……."

우연에 우연이 겹쳐 미라와 카구라는 서로 뒤엉킨 채로 바닥에 쓰러진 상태였다.

설명도 하지 않고 동조를 끊은 카구라, 보기와 달리 가벼운 피스케, 그것을 거꾸로 뒤집어 들어 올린 미라. 그러한 요인들이 뒤섞인 결과, 마치 만화 같은 두근두근 이벤트, 통칭 럭키 색골 이벤트가 발생한 것이다. 한 가지 다른 점이 있다면 양쪽 모두 소녀(?)라는 것이겠지만.

"이봐~ 미라 아가씨. 큰소리가 났는데, 무슨, 일……이야?"

두 사람이 요란하게 쓰러지는 바람에 그 소리와 진동이 전달된 것인지 확인을 하러 온 아론은 밖으로 고개를 내밀자마자 그 광경 앞에서 할 말을 잃었다.

바닥을 등진 미라, 그 미라의 몸을 뒤덮듯 쓰러진 카구라. 하지만 머리의 방향은 서로 정반대라, 말하자면 서로의 다리 사이에 고개를 파묻는 듯한 자세로 뒤엉켜 있었다.

카구라의 옷은 얼핏 보면 일본 신도(神道)의 신관이 입는 하얀 옷 같았지만, 이래저래 개조가 이루어진 데다 고양이와 고양이 발바닥 문양이 잔뜩 박힌 무녀용 겉옷, 치하야를 걸치고 있었다. 그리고 당연하다는 듯 하의인 하카마는 무릎길이의 스커트로 대체했다. 마법소녀풍으로 분류해도 이상할 것이 없는 차림새였다.

"어머, 아론 씨? 안녕."

약간 머리를 부딪힌 것인지, 들춰 올라간 미라의 스커트를 바로잡아주던 카구라는 이마를 문지르며 약간 몽롱한 얼굴로 아론을 쳐다보았다.

"인사는 나중에 하거라……."

그 가랑이 아래서 엉덩이를 강하게 찧은 미라는 카구라의 스커트 속에서 고개를 내밀며 얼른 비키라고 꿍얼거렸다.

"어~ 음……. 그게, 뭐이냐. ……어째서 우즈메 아가씨가 여기 있는 거지?"

아론은 잠시 동안 조용히 생각하다가 두 사람의 현재 상태는 그냥 못 본 척 하기로 하고 카구라…… 이스즈 연맹의 총수 우즈메가 어째서 이곳에 있는 것이냐는 점만을 언급했다.

"그런고로 심문을 하러 왔어."

"그렇다는 모양이로구나. 이 몸은 거기에 휘말려 들어서 그 꼴이 된 것이고. 민폐가 이만저만 아니군."

미라와 우즈메는 아무 일도 없었다는 듯 자세를 바로했다. 우즈메는 포로 두 사람을 직접 심문하기 위해 특별한 음양술을 사용해서 피스케와 위치를 바꾸었다고 설명했다. 이어서 미라가 그 피스케를 들어 올린 상태였던 탓에 느닷없이 뒤바뀐 우즈메의 아래에 깔린 것이라고 덧붙여 말했다.

"그런 술법이 있다니, 역시 우즈메 아가씨로구만. 그렇다면 잘 되었어. 준비는 다 되었으니 심문을 시작해 줘."

아론은 변명은 흘려 넘기기로 하고 그렇게 이야기를 진행시켜, 곧장 몸을 돌려서 재촉이라도 하듯 철문 안으로 돌아갔다.

"그나저나 할아버지. 그 팬티는 너무 화려한 것 같은데."

"그대야 말로 뒤에 고양이 무늬가 새겨진 것을 입다니, 대체 본인이 몇 살인 줄 아는 게냐."

아론이 자리를 뜨자마자 두 사람은 그렇게 말하며 눈싸움을 벌였다. 하지만 그것은 그리 오래 이어지지 않았다. 카구라가 "변태"라고 말하자 미라는 깜짝 놀란 후, 말없이 고개를 푹 숙인 채 패배를 인정하는 수밖에 없었기 때문이다.

9

이스즈 연맹의 총수, 우즈메가 느닷없이 등장하자 지부장인 마티는 눈에 띄게 당황했다. 그런 그녀를 내버려 둔 채 이루어진 우즈메의 심문은 실로 훌륭하다 평할 수 있었다.

그것은 우즈메가 독자적으로 개발했다는 특수한 음양술로, 대상을 최면상태로 만드는 것이었다.

당연하다고 해야 할지, 우즈메이자 음양술사의 정점인 아홉 현자 카구라의 술법에 저항할 수 있을 리가 없는 두 사람은, 자신이 아는 것을 모조리 다 털어놓을 수밖에 없었다.

그 정보에는 국가기관이며 나라의 이면과 같은 암부(暗部)에 관한 것까지 포함되어 있어서 아론과 마티뿐 아니라 미라와 우즈메까지 놀라게 했다.

참고로 아이작에게서는 미라가 얻어낸 것 이상의 정보를 얻을 수 없었다. 다시 말해, 이미 전부 자백했던 것이다. 그렇게 그의 정보가 사실임이 증명되자, 듣던 이들은 정말이지 솔직하게도 털어놓았다는 생각을 할 수밖에 없었다.

그리고 남자 이물 사냥꾼. 그의 이름은 자말. 활을 다뤘지만 클래스는 강마술사였다. 술법을 통해 생성한 독으로 암살을 한다는 모양이었다. 심지어 이쪽은 상당히 중심세력과 가까웠는지, 유력한 정보를 여럿 알고 있었다. 국가 기관이며 암부 등에 관한 정보는 전부 이 남자에게서 알아낸 것이었다.

그중에서도 키메라 클로젠 본거지의 위치를 알아낸 것은 최고의 수확이라 할 수 있을 것이다.

그 정보를 캐내자마자 우즈메는 엄청나게 기뻐했고, 마치 사랑해 마지않는 고양이를 귀여워하듯 미라를 끌어안고서 최대한의 애정표현을 하기에 이르렀다.

하지만 유감스럽게도 자말은 암살 전문이라 요한이 감금되어 있는 장소는커녕 요한이라는 인물 자체를 몰라서, 그에 관한 정보는 얻어낼 수 없었다.

"그나저나 이것 참, 정말 쳐들어가기 어려운 곳에 만들어놨군 그래……."

"하늘에서 찾았을 때 안 보이기에 예상은 했지만 말이야. 아아~. 이러면 공중 폭격은 못 할 것 같네."

마음을 다잡은 두 사람은 그렇게 말했다. 특히 우즈메는 강경수단을 취할 수 없을 것 같아 아쉽다는, 뒤숭숭한 소리를 입에 담았다. 그만큼 용서할 수 없는 상대라는 뜻이리라.

이렇게 본거지의 소재는 판명되었지만 두 사람이 말했듯이 문제는 그 위치였다. 세인트 폴리 동쪽에 위치한 커다란 바위산의 지하 깊숙한 곳에 있다는 듯했기 때문이다. 그곳은 아무리 아홉 현자라 해도 쉽게는 돌파할 수 있을 것 같지가 않았다.

게다가 밖에는 입구라 할 것이 없고, 본거지와 각지에 점재한 관련시설을 잇는 전용 통로가 유일한 길이라고 한다.

하지만 그 통로로 이어진 입구는 모두 숨겨져 있어서 일부 인원들만이 파악하고 있다는 모양이었다. 또한 통로는 기본적으로 외길이라 길을 헤맬 일은 없다는 듯했다.

그리고 그 입구가 숨겨진 시설 중 하나가 아이작과 긴 옷을 입은 남자가 싸웠던 바위산 부근에 있다는 모양이었다. 그 시설 자체는 아는 멤버도 많다는 듯했지만 최심부에 비밀 통로가 있다는 사실은 자말을 비롯한 몇 명만이 안다고 했다.

하지만 자말의 말에 의하면 그가 아는 세 곳의 입구는 이미 봉쇄되어 있을 것이고 한다.

과연 경계심이 강한 키메라 클로젠이라고 해야 할지, 본거지에 들어갈 자격이 있는 중역이라도 백 개는 될 비밀 통로 중 최대 세 개까지만 알려주게끔 되어 있다는 모양이었다. 이번과 같이 입구의 위치를 아는 자가 대항 세력의 손에 넘어갔을 때, 신속하게 봉쇄하기 위한 조치라 한다.

참고로 나머지 두 곳의 위치를 물어보니 아무래도 멀리 떨어진 황야에 하나, 세인트 폴리 국무청 관련 시설에 하나가 있다는 듯했다.

그리고 양쪽 모두 지금은 봉쇄되어 있을 테지만 그것은 상당히 유익한 정보이기도 했다.

"국무청 관련 시설이라. 그거라면 이 도시에 몇 개나 있지. 그렇다면 입구가 하나뿐이라는 보장은 없겠어."

아직 이 도시에 온지 며칠 되지 않았지만 주요 시설은 이미 파악을 해두었는지, 아론은 그렇게 말하며 확신에 찬 미소를 지어 보였다.

키메라 클로젠의 손에 의해 만들어진 세인트 폴리라는 도시. 그 국무청과 관련된 시설에 입구가 있다는 것은, 그밖의 국무와 관련된 시설에도 있을 가능성이 매우 높음을 뜻했다.

그에 관해 물어보니 남자는 자신에게 가르쳐준 적은 없지만 틀림없이 있을 것이라 답했고, 이는 곧장 유력한 단서가 되었다.

입구만 발견해내면 그대로 정공법으로 본거지에 쳐들어 갈 수 있을 것이다.

"남은 일은 그 입구를 어떻게 찾아내느냐 하는 것이로군."

"그러게. 가장 빠른 길은 나랑 미라가 이 나라의 중역을 납치하는 거지만."

입구는 특별한 술구로 감춰져 있어, 장소를 모른 채로 찾아내기는 어려울 것이라고 한다. 그렇다면 가장 확실한 방법은 중역에게서 신속하게 장소를 알아내 봉쇄할 새도 주지 않고 단숨에 돌입하는 것이다.

"흠. 확실히 나쁜 방법은 아니로군."

미라는 그렇게 말해 긍정의 뜻을 밝혔다. 미라의 소환술로 워즈랑베르에 의한 광학미채만 사용해도 충분히 은밀성을 확보할 수 있는 데다 온갖 사태에 대응할 수 있었다. 그리고 우즈메의 소환술이 있으면 일체의 저항을 허락지 않고 모든 정보를 끌어낼 수 있다.

더불어 지금은 세인트 폴리 무역국의 중역이 키메라 클로젠의 간부라는 사실을 아는 상태라, 대상을 특정하기도 쉬웠다. 국무에 관여하고 있는 이상 자신의 위치를 비밀로 하고 다니지는 않을 것이기 때문이다. 장소를 특정하는 것만이라면 그리 어려운 일이 아닐 터다.

하지만 국가와 연관이 있는 인물인 만큼 경비도 엄중할 것이다. 그러나 국가 최고 전력인 술사 두 사람이 표적으로 삼는다면 그 경비는 없는 것이나 다름없는 것으로 돌변하여, 그야말로 동정의 여지마저 생겨날 지경이 될 것이다.

요컨대 우즈메가 제안한 작전은 상당히 과격하기는 해도 두 사람이 손을 잡으면 비교적 간단히 실현이 가능한 초강경책이라 할 수 있었다.

"나 원, 둘 다 터무니없는 소리를 쉽게도 하는군."

보통은 무모하다고 해야 할 작전이었다. 하지만 이상하게도 미라와 우즈메가 그 작전을 입에 담자 성공하는 미래밖에 보이지 않아, 아론은 그저 그렇게 말하며 쓴웃음만 지을 따름이었다.

"아니, 그건 소용없을걸."

그때, 아이작이 대화에 끼어들었다.

"확실히 나는 세인트 폴리의 중역은 모두 다 키메라 클로젠의 간부라고 했지. 하지만 그건 이 도시에 있는 중역 녀석들을 말한 게 아니야."

아이작은 이어서 어쩐지 의기양양한 투로 중역들에 관한 상세한 이야기를 털어놓기 시작했다. 그 내용은 그야말로 키메라 클로젠 답다고 할 수 있는 것이었다.

우선 세인트 폴리 국민과 타국 등에 알려져 있는 수상과 각 대신들은 모두 다 대리인이라는 모양이었다. 키메라 클로젠의 중역들은 그들, 대리인들의 뒤에서 나라를 움직이고 있어서 본인들은 한 번도 외부에 모습을 드러낸 적이 없다는 듯했다. 그 때문에 진짜 지배자인 키메라 클로젠 간부의 얼굴을 아는 자는 없다고 한다.

요컨대 수상실에 있는 수상을 납치하는 데 성공한다 해도 그것은 대리인에 불과해서 비밀 통로의 위치는커녕 지시를 내리고 있는 자가 키메라 클로젠이라는 사실조차 모를 것이라는 뜻이다.

게다가 대리인들에게는 대륙의 물류 유통을 보다 활성화시키기 위해 어느 나라의 귀족의 힘을 빌려 운영하고 있다는 식으로 설명해두었다는 모양이었다. 그 때문에 본거지에 틀어박혀 모습을 드러내지 않는 키메라 클로젠의 간부들을, 황야를 개척하는 선구자로서 영웅시하고 있는 경향이 있다고 한다. 그 때문에 그들을 회유하여 지시를 내리고 있는 자들의 정체를 캐내려 한들 소용이 없으리라는 것이다. 또한 진실을 이야기 해준들 들은 채도 안 할 것이라고도 했다.

"뭐어, 전부 상관한테 들은 이야기지만. 그래서 소용이 없을 거라는 거야. 몇 명은 나처럼 도시에 있을지도 모르지만, 잘 해야 나와 같은 중간 간부겠지. 본거지로 통하는 비밀 통로의 위치 같은 건 모를 걸."

연달아 국가기밀을 냉큼 폭로한 아이작은 어쩐지 상을 받기를 기다리는 개 같은 눈으로 미라와 우즈메를 쳐다보았다.

우즈메는 그런 아이작의 이마에 부적을 붙였다. 그리고 주문 같은 말을 읊조렸지만 딱히 눈에 띄는 변화는 일어나지 않았다.

"헤에~ 거짓말은 아닌 것 같네. 미라한테 했던 말도 그렇고 이번에 한 말도 그렇고 전부 솔직하게 털어놓다니, 키메라 주제에 꽤나 기특한걸?"

아무래도 진위를 확인하기 위한 술법이었던 모양이었다. 최면 효과는 질문에 대답할 때만 나타나서, 이번에는 아이작이 자발적으로 털어놓은 것이기에 확인할 필요가 있었던 모양이었다. 그 결과, 아이작은 거짓말을 하지 않았다는 사실이 증명되었지만 우즈메는 차가운 말투로 그렇게 말하더니 "뭐어, 용서는 안 해줄 거지만"이라고 냉담한 한 마디를 덧붙였다.

우즈메의 술법으로는 속마음도 꿰뚫어볼 수 있었는데, 아이작의 발언에는 정보 제공에 의한 감형을 기대하는 속마음이 숨어있었기 때문이다.

그리고 아이작으로 말하자면 자신의 꿍꿍이속을 완전히 간파당했음을 알아채고는 그저 쓴웃음을 지을 따름이었다.

"뭐어, 그 뭣이냐. 이 몸이 조금은 선처하도록 귀띔을 해줄 테니 한 가지만 더 대답해다오."

본거지에 관한 정보를 대충 캐낸 후, 미라는 계속 궁금했던 긴 옷을 입은 남자가 물었던 인물과 장소에 관해 상세히 물었다.

천칭의 성채에서 만났을 때는, 정령을 신앙하는 마을의 신관이기에 키메라 클로젠을 용서할 수가 없는 것이리라고 생각했다. 하지만 조금 전 태도로 미루어 보았을 때, 긴 옷을 입은 남자의 목적은 이스즈 연맹과 다소 다른 듯 했다. 키메라 클로젠에 대한 그의 증오는 그 인물에게 집약되어 있는 듯 보였기 때문이다.

부루퉁해져 있던 아이작은 이 질문에 기꺼이 답했다. 선처하도록 귀띔을 하겠다는 미라의 말이 먹혀든 것이리라. 심지어 그로 인해 생각지도 못했던 유력한 정보를 얻어냈다.

우선 남자의 이름은 젤 쉐다르. 그는 정령에 관해 이상하리만 치 정통한 듯했고, 그 지식과 키메라 클로젠이 모아들인 막대한 정령력을 이용해서 병기를 비롯한 수많은 술구들을 개발하고 있는 천재라고 했다.

그리고 위치는―― 얼핏 보기에는 작은 마을이지만 그곳에는 젤 쉐다르의 대공방이 있다는 모양이었다. 대개는 그곳에 틀어박혀 무언가를 만들고 있다나 뭐라나.

아이작이 아는 젤 쉐다르라는 남자에 관한 정보는 여기까지 였다.

하지만 정보 폭로는 거기에서 끝나지 않았다. 선처하도록 귀띔 하겠다는 미라의 말에 기대를 품은 남자가 또 한 명 있었기 때문 이다. 그렇다. 유력한 정보란 바로 자말이 알고 있던 젤 쉐다르의 또 하나의 역할에 관한 것이었다.

"정령력 조율장치. 그게, 그 남자의 최대의 공적이다."

자말은 우즈메와 아론의 차가운 시선을 받아가면서도 그 말을 입에 담았다.

정령력 조율. 이를 개발하여 젤 쉐다르는 최고간부라는 지위를 손에 넣었다는 듯했다. 그리고 그것은 키메라 클로젠을 극적으로 진화시킨 요인이기도 하다는 모양이었다.

이 장치의 기능은 여럿이었지만 그중 하나가 본거지의 온갖 기 능들을 정상적으로 유지하는 것이라고 한다.

그리고 이 장치는 무슨 이유에서인지 본거지가 아니라 젤 쉐다르의 대공방. 정확히 말하자면 그 지하에 위치한 제어기지에 설치되어 있다고 한다. 그 이유란 영맥인지 뭔지 때문이라고 들은 적이 있을 뿐, 자세히는 모른다는 모양이었다.

하지만 한 가지 확실한 것은, 이곳을 치면 본거지의 방어에 관한 기능이 완전히 정지되어 침입이 쉬워진다는 것이라고 자말은 말했다.

오히려 이곳을 제압하지 않으면 정령병기에 의한 치열한 반격을 받아 본거지에 도달한다 해도 도중에 후퇴하거나 전멸할 수밖에 없을 것이라고 한다. 그것은 수천 명의 힘에 달하는 정령의 힘과 정면으로 맞서는 것이나 다름이 없는 상황이기 때문이라고도 했다.

다시 말해서 본거지를 함락할 생각이라면 반드시 이 제어기지를 공략할 필요가 있다는 것이다.

"흠, 과연……. 생각했던 것보다 중요한 장소로군그래. 만전을 기하자면 그 남자에게 아주 맡겨둘 것이 아니라 인원을 보내는 것이 좋을 것 같구나."

직접 보았기에 긴 옷을 입은 남자가 상당한 실력자임은 짐작할 수 있었다. 하지만 그만큼 중요한 기지라면 당연히 경비도 엄중하고 실력자도 모여 있을 것이다.

긴 옷을 입은 남자가 뜻을 이루지 못하고 쓰러질 수도 있다. 복수를 위해 싸운 끝에 맞은 결과라면 그렇게 될 운명이었다며 기도나 해주고 말겠지만, 반드시 기지를 함락시킬 필요가 생긴 이상 그대로 둘 수는 없는 일이었다. 그보다 늦게 작전에 나서면 경계도가 오를 우려가 있기 때문이다.

"그리고. 아까 그 녀석이 작은 마을이라고 했는데, 그건 표면적인 이야기에 불과하다. 정확히 말하자면 그건 마을처럼 위장된 요새다. 그곳에 있는 시설, 그리고 마을 사람은 모두 제어기지를 지키기 위한 전투원이다. 섣불리 접근하지 않는 게 좋을걸."

자말은 끝으로 그렇게 덧붙여 말하고는 더 이상은 모른다며 입을 다물었다.

"그거 말고 또 말해두고 싶은 건 없어?"

우즈메는 그렇게 말하며 아이작과 자말을 지그시 노려보았다. 그것은 마치 유언은 없느냐고 묻는 듯한, 무자비한 목소리였다.

"아~ 뭐냐. 무슨 얘기를 하면 될까? 뒷거래에 연관된 자들의 이름? 어떤 정보가 필요해? 말만 해, 무슨 질문에든 다 답할 테니."

"그래. 질문을 정리해서 해주면 고맙겠군."

아이작과 자말은 적극적으로 답했다. 고분고분한 태도를 보이는 목적은 당연히 감형일 것이다. 하지만 우즈메의 술법에 걸리면 고분고분하게 굴건 아니건 결과는 같다. 하지만 우즈메의 말에 의하면 관련정보를 더 끌어낼 때는 자발적인 사람 쪽이 더 결과를 얻기가 쉽다는 모양이었다. 융통성 있게 답을 하기 때문이라고 한다.

"그렇다면 대답해라. 본거지의 상주전력은 어느 정도지?"

아론은 그런 두 사람을 본 채 그렇게 물었다. 사전에 상대의 전력을 알아두는 것은 싸움에서 승리하는 데 매우 중요한 요소였다.

그 물음에 아이작은 떨떠름한 표정으로 고개를 가로저었다. 본거지의 위치는커녕 입구도 알지 못했으니 별수 없는 일이리라. 그에 반해 자말은 본거지에 자주 들락거려 내부 구조까지 모두 파악하고 있었다. 하지만 그의 입에서 흘러나온 답변은 아론을 당황시켰다.

그는 정확히는 모른다고 했다. 본거지에서는 수령과 최고간부를 비롯한 다섯 명을 제외하면 상주전력이라 할 만한 전투요원을 한 번도 본 적이 없다는 것이다. 전투용으로 개조한 스톨워트 돌이 배치되어 있는 것이 전부라고 한다.

"스톨워트 돌…… 분명 마나로 움직인다는 기분 나쁜 인형이었지."

"그래, 맞다. 여러 무구로 무장시킨 그 녀석들이 커다란 홀에 늘어서 있었다. 보아하니 천, 이천은 가볍게 넘을 것 같았지만 움직이는 모습을 본 적은 없군. 그러니 그것이 얼마나 큰 전력이 될지는 모른다. 다만 무장은 모두 정령무구였지. 중급 마물 정도는 능가할 거다."

스톨워트 돌이라 하면 나라에 따라서는 국경경비며 마물 토벌 등에 이용될 정도의 성능을 보유하고 있었다. 그것이 이천 이상은 배치되어 있다는 것이다. 그것들이 모두 움직이면 어지간한 국군에 필적하는 전력이 될 것으로 예상되었다.

"수가 이천 이상은 되고 정령무구까지…… 이거 성가시게 됐구먼."

아론에게는 일대일이라면 결코 지지 않을 자신이 있었다. 하지만 한꺼번에 수십 대에게 포위되면 반드시 이길 것이라 장담할 수가 없었다. 아론은 쓴웃음을 지으며 문득 미라와 우즈메를 쳐다보았다. 그리고 전혀 동요하는 낌새가 없는 두 사람의 모습을 보고 실로 믿음직스럽기 그지없다며 미소를 지었다.

그때, 자말이 말을 이었다.

"아아, 그리고 한 가지 더. 기술자에게 들은 이야기지만, 이 인형은 독자적으로 판단해서 행동한다더군. 다시 말해서 아까 말한 제어기지를 정지시켜도 움직일 수 있다 이거야. 뭐어, 내가 아는 건 이 정도다."

자말은 끝으로 그렇게 덧붙여 말해 이야기를 매듭지었다.

그가 말한 내용은 우즈메가 이마에 붙인 식부가 반응하지 않는 것으로 미루어 거짓말이 아닌 듯했다. 요컨대 본거지를 공략하려면 그 인형들과의 전투를 피할 수 없다는 뜻이다.

아론은 곧장 그 공략법을 고찰하기 시작했다.

그에 반해 미라는 오히려 안심한 듯한 눈치였다.

(흠, 인형이 이천 대라. 그렇다면 봐줄 필요는 없을 것 같군. 이거 잘 됐구나.)

아무리 키메라 클로젠의 멤버라고는 해도 많은 인간을 살상하는 것에 대한 저항감은 있었다. 그런데 본거지에 있는 병력이 무인병기라니. 어정쩡하게 사람이 있는 것보다는 차라리 제어하기 쉬운 상황이라는 생각이 들었다.

우즈메로 말하자면 시종일관 표정이 변하지 않았다. 그저 자말의 말을 조용히 듣고만 있었다.

참고로 아이작에 이르러서는 어쩐지 남의 일이라는 듯 "헤에~. 그랬구만"이라고 중얼거리고 있었다.

이렇게 대략적인 정보를 캐낸 미라 일행은 포로인 아이작과 자말을 지부장인 마티에게 맡겨두고 이스즈 연맹 세인트 폴리 지부를 뒤로 했다. 그리고 세 사람은 정보를 공유를 하기 위해 셀로 일행이 기다리는 여관으로 향했다.

10

밤이 늦은 시간. 보고회의 개시를 몇 분 앞두었을 즈음. 주요 멤버가 모인 셀로의 방에 급히 돌아온 미라 일행이 합류했다.

"다들 모여 있었나 보군. 마침 잘 됐어. 회의를 시작하기 전에 소개 먼저 해두지."

방에 들어오자마자 아론은 주목하라는 듯이 뒤이어 들어온 인물에게 눈짓을 했다. 그곳에는 무릎길이 스커트로 된 무녀풍 의상 위에 고양이 무늬가 박힌 치하야를 걸친 우즈메가 있었다. 그녀도 보고회의에 게스트로 참가한 것이다.

"만나서 반가워요, 에카르라트 카리용 여러분. 저는 우즈메. 이스즈 연맹의 창시자, 같은 거예요."

우즈메는 일동의 시선이 집중된 가운데 조용히, 하지만 당당한 태도로 그렇게 말했다. 그리고 이어서 천천히 고개를 숙이고 나서 "이번 일에 협력해주셔서 진심으로 고마워요"라고 감사인사를 읊었다.

동시에 에메라 일행이 술렁이기 시작했다. 이스즈 연맹의 수장이 보고회의에 훌쩍 나타났으니 당연한 반응이라 할 수 있으리라.

"저는 에카르라트 카리용의 단장, 셀로라고 합니다. 저희야말로 만나 뵙게 되어 영광입니다. 키메라 클로젠 건은 인류 전체의 문제이니 당연히 협력해야지요."

우즈메의 인사에 태연하게 그렇게 답한 것은 에카르라트 카리용의 단장인 셀로였다. 그와 동시에 침착함을 되찾은 에메라 일행도 그 말에 거짓이 없다는 듯 나란히 고개를 끄덕였다.

이렇게 쌍방의 수장이 인사를 나눈 후, 에메라 일행이 각자 자기소개를 하기 시작했다. 그것이 끝나자 드디어 회의가 시작되었다.

"그럼 우선은 이 몸부터 보고하도록 하지."

보고회의의 첫 번째 차례를 맡은 미라는 전귀의 매장지를 조사하기 위해 로즈라인으로 날아간 뒤로 이 자리에 오기까지 있었던 일들에 관해 이야기했다.

전귀의 매장지는 멜빌 상회의 시설 내에 있었다는 것, 그리고 흑무석과 그것을 가공할 수 있는 연금술사 요한, 유괴당했던 그의 아내와 딸을 구출했다는 이야기를 요약해서 설명했다.

그리고 끝으로 세인트 폴리로 돌아와, 바위산에서 있었던 일에 구속한 포로 중 한 명인 아이작의 정체와 세인트 폴리라는 나라의 실정까지 이야기하고서 보고를 마쳤다.

"그럴 수가……. 말도 안 돼."

"뭐야 그거, 진짜야?"

에메라와 아스발이 그렇게 말했다. 지금 있는 나라가 키메라 클로젠이 만든 나라였다니. 그런 반응을 보일 만도 했다. 다른 면면들도 전체적으로 놀라움을 감추지 못하는 눈치였지만 짚이는 바, 라기보다는 뭔가 이상하다 느낀 점이 있어서인지 그럭저럭 납득한 듯한 표정이었다.

"오호. 어째 부정한 일에 손을 물들인 관리들이 많다 싶었더니만 그런 사정이 있었군."

제프가 어이가 없다는 듯 웃으며 그런 소리를 했다. 세인트 폴리에 만연한 암거래 등을 조사하던 그는 곳곳에서 국무에 연관된 자들의 모습을 발견한 터였다. 뇌물에 횡령 등의 비리 사례는 아이작과 같은 중간 정도의 관료들에게서 특히나 많이 발견되었다고 한다.

"정령의 기척이 짙어서 정령에게 사랑받는 땅인 줄 알았는데. 설마 그런 사정이 있었을 줄이야……."

이어서 플리카가 유감이라는 듯 중얼거렸다.

인류의 좋은 이웃인 정령들은 때때로 사람이 사는 땅에 축복을 내리는 일이 있었다. 그것은 토지에 정령의 힘이 스며드는 형태로 발현되어, 풍작을 비롯해 수많은 은혜를 가져다주고는 했다. 그 유명한 삼신국 역시 정령의 축복을 받은 땅이었는데 플리카는 그와 비슷한 기운을 세인트 폴리에서 느꼈던 것이다.

술사는 기본적으로 정령을 볼 수 있었고 정령의 힘이 어디까지 보이는가 하는 것이 술사의 실력을 가늠하는 척도가 되기도 했다. 하지만 플리카는 그 어느 쪽도 아닌 감각. 한정적이기는 해도 정령의 기척을 느끼는 능력이 있었다. 그를 통해 세인트 폴리는 삼신국에 비해 정령의 기척이 불규칙적임을 알아챈 것이다. 그리고 이번 정보 덕에 그 위화감의 정체가 판명되었다.

세인트 폴리의 실정은 정반대였던 것이다. 축복 같은 것이 아니라 키메라 클로젠에 의해 묶여 있었던 것이다.

플리카는 어쩐지 배신이라도 당한 듯한 심정이 들었지만 납득한 듯한 표정으로 주먹을 꽉 움켜쥐었다.

"국영 시설 근처에 멜빌 상회의 시설이 많기에 신경이 쓰였는데, 이제야 납득이 가는군요."

셀로는 일찌감치 나라의 시설에 눈독을 들이고는 그 주변을 조사하고 있었다.

그리고 세인트 폴리와 키메라 클로젠, 멜빌 상회가 모두 미라의 보고로 인해 연결됨으로 인해 무언가를 확신한 눈치였다.

세인트 폴리에서는 범죄를 예방한다는 명목으로 특별한 허가가 없으면 국영 시설 부근에 건축을 하기는커녕 출입조차 할 수가 없었다. 그 허가를 얻기 위한 심사도 상당히 엄격한 모양이었지만, 주의를 기울여 조사해보니 멜빌 상회의 시설이 특히나 많았다고 한다.

지금까지 얻어진 정보를 종합해보니 그 이유도 짐작이 되었다.

이렇듯 미라의 정보는 셀로 일행의 조사 결과와도 일치했다. 이로 인해 보다 선명하게 적의 정체가 밝혀지게 되었음은 말할 것도 없었다.

미라에 이어 이번에는 우즈메가 입을 열었다.

"미리 말씀드리자면, 제게는 거짓말을 할 수가 없어요."

그녀는 우선 음양술의 힘에 관해 말하는 데서부터 발언을 시작했다. 최면술을 건 대상은 묻는 말에 결코 거짓말을 할 수가 없게 된다고.

그러한 사실을 전제로 우즈메는 포로 둘에게서 캐낸 나머지 정보에 관해 이야기했다.

현재 공적인 자리에 나와있는 세인트 폴리의 중역들은 모두 대리인으로 강경책을 사용할 수가 없다. 그리고 주요 인물인 간부는 거의 본거지에서 나오지 않아, 그들의 악행을 백일하에 드러내려면 직접 쳐들어가는 수밖에 없다.

본거지와 통하는 입구는 여럿 있는 모양이었지만 하나같이 은폐되어 있어, 우선은 그것을 아는 자를 찾아낼 필요가 있다. 또한 그 입구를 발견하더라도 침입사실이 발각되면 중간에 길을 봉쇄해 버릴 우려가 있다.

"일이 이렇게 된 이상, 천천히 확실하게 공략하고 싶기는 하지만……."

대략 설명을 마친 우즈메는 끝으로 그렇게 중얼거리며 미라에게 시선을 보냈다. 미라는 그에 고개를 끄덕이고는 말을 받듯 현재의 상황을 입에 담았다.

"아까 이 몸이 이야기 했던 하늘의 민족 말이다만. 녀석은 열흘 후, 본거지의 온갖 기능을 제어하고 있다는 기지로 쳐 들어갈 예정이다. 이것이 성공하면 성가신 방어설비를 무효화 할 수 있다더구나. 하지만 뭐어, 이 남자에게는 사정이 좀 있어서 말이다. 적은 같아도 목적은 다른지 협력은 바랄 수가 없을 것 같았다. 그러니 우리가 맞추는 수밖에. 그를 위해 앞으로 열흘 후, 현재 시각으로부터 실질적으로 여드레 안에 입구를 찾아내야만 한다."

미라는 거기까지 말하고서 난감하게 됐다는 듯 쓴웃음을 짓더니 "아무래도 증오스러운 자가 그곳에 있는 모양이라 설득은 무리일 것 같더구나"라고 덧붙여 말해 이야기를 매듭지었다.

"8일이라……."

몇 년 동안 결코 바깥세상에는 모습을 보이지 않았던 키메라 클로젠의 본거지에 관한 정보. 그 입구를 앞으로 8일 안에 발견해내야 한다. 그렇게 하지 않으면 하늘의 민족이 성공하건 실패하건 제어기지의 방어망과 본거지의 경계가 강화될 것이다. 경우에 따라서는 완전히 폐쇄되어 아무것도 못하게 될 가능성도 있었다.

그 때문에 결행일은 바꿀 수가 없는 것이다.

하지만 그러한 상황임에도 셀로는 잠시 생각한 뒤, 무리라 말하지 않고 어떻게든 될 것이라 말했다. 듣자하니 아무래도 이번에 미라 일행이 가져온 정보로 인해 입구의 위치로 짚이는 곳이 몇 군데 떠올랐다는 모양이었다.

미라와 우스메의 보고가 끝나자 이번에는 아론이 본거지의 상주전력, 스톨워트 돌이 지닌 최소한의 전투능력과 주의점에 관해 해설했다. 일반적인 스톨워트 돌은 경계경비 등에 쓰이기에 범법을 저지르지 않는 한은 싸울 일이 없는 상대였다. 그 때문에 모종의 시합 등에서 싸울 때, 의외로 농락당하는 실력자가 많다는 듯했다.

그는 어쩌면 본거지 말고도 입구가 있을 법한 중요한 장소에 숨어있을지도 모른다는 취지에서, 만약을 위해 해설을 한 것이다.

"휘유······ 고통을 모르는 병사라. 무진장 싸우기 껄끄럽겠구만."

전투에서 마물의 급소를 노리는 전술을 주로 사용하는 제프에게 약점다운 약점이 없는 스톨워트 돌은 매우 싸우기 번거로운 상대일 것이다. 그래서인지 그는 실로 귀찮게 되었다는 듯한 표정을 짓고 있었다.

그 후 에메라 일행이 각자의 성과를 보고 한 뒤, 향후 방침에 관한 회의가 이루어졌다.

아론과 셀로 일행은 인력을 총동원해서 키메라 클로젠의 입구가 있을 법한 장소를 닥치는 대로 뒤져보기로 했다.

미라는 세인트 폴리에 관한 일을 아론 일행에게 맡겨두고 다시 요한을 구출하러 나서기로 했다.

그리고 우즈메는 이스즈 연맹 본부로 돌아가서 미라에게 받은 자료를 토대로 대책을 강구해 보겠다고 한다. 우선은 이곳에 있는 인원이 쓸 분량만큼만이라도 흑무석에 대한 대비책을 준비해 두겠다는 것이다.

"그나저나 이 몸이 말하려니 좀 그렇다만, 늦지 않겠느냐? 자료를 대충 훑어보기는 했다만, 전문적인 이야기가 되어놔서 통 알아먹을 수가 없었다만."

흑무석은 지금까지 세계에 알려지지 않은 신소재였다. 아무리 자료가 있다지만 아예 새로운 지식을 쌓아올려야만 하는 상태다. 불과 8일 만에 대항책을 준비할 수준까지 연구를 진행시킬 수 있을지가 미라는 걱정이었다.

하지만 그런 미라의 말을 들은 우즈메는 자신만만한 미소를 지은 채,

"그 점은 문제없을 거야. 우리 쪽에는 여러 분야의, 우수한 전문가들이 모여 있으니까. 자료를 해명하는 데 하루, 그걸 고려해서 무구를 제작하는 것도, 여기 있는 인원수 정도를 마련하는 데 이틀이면 충분하지 않을까."

──라고 가슴을 편 채 말해 보였다.

"호오. 그것참 굉장하군그래."

신소재에 관한 자료를 불과 하루 만에 해명할 수 있다니. 우즈메로 하여금 그렇게 장담할 수 있게끔 하는 자가 이스즈 연맹에 있는 모양이었다. 심지어 그것을 응용해서 무구를 제작할 수 있는 전문가까지 있는 듯했다. 미라는 그 인맥의 혀를 내두르는 동시에 진심으로 감탄한 듯한 투로 말했다.

"그렇지~? 연금술 분야에는 무려 마그누스류(流) 연금술의 시조이자 역대 제일이라 칭송받는 알바티누스 씨가 있거든. 그 사람, 진짜 실력 좋아."

일찍이 함께 싸웠던 미라가 동료를 칭찬하자 기분이 좋아졌는지 우즈메는 한층 더 짙은 미소를 지은 채 말을 받았다.

그때. 우즈메의 말에 민감한 반응을 보이는 자가 있었다.

"마그누스류의 알바티누스라니, 정말로 그 알바티누스 말인가요?!"

그것은 플리카였다. 그녀는 매우 놀란 듯한 우즈메에게 달려들

었다. 미라 이외의 사람에게 달려드는 것은 매우 드문 일이었다. 하지만 그럴 만도 한 것이, 마그누스류 연금술의 시조 알바티누스라 하면 그 방면에서는 모르는 자가 없을 정도로 유명한 인물이기 때문이다. 심지어 흡혈귀 일족이기에 터무니없이 수명이 길어, 천년이 지났는데도 살아있는, 말 그대로 살아있는 전설이었다.

그런 만큼 성격도 무척 괴팍하여 그를 진영에 끌어들일 때 고생이 이만저만 아니었다는 것 역시 유명한 이야기였다.

"응, 은거 중인 걸 찾아내서 부탁했어. 흔쾌히 승낙해주더라고."

하지만 우즈메는 태연하게 그렇게 말하더니 "이것도 알바티누스가 만들어준 거야"라고 하며 품에서 펜던트를 꺼내 보여주었다. 보는 각도에 따라 검은색이 내포된 극채색으로 빛나는 그것은 알바티누스가 생성법을 확립시킨 것들 중 가장 대표적인 물건으로, 희소한 마법물질인 '에테나노라이트'로 되어 있었다.

"오오~ 레어 아이템이로군그래!"

고개를 내밀어 펜던트를 흘끔 쳐다본 미라는 순간, 아주 살짝 부럽다는 듯이 달려들었다. 연금술이라는 기술에는 조예가 없었지만 에테나노라이트라는 것이 매우 희귀한 소재라는 사실은 알고 있었기 때문이다. 특히 미라가 지닌 생산기능, '정련'과 궁극적으로 상성이 좋기도 했다.

"부럽지~?"

우즈메는 자랑이라도 하듯 미라의 앞에 펜던트를 내밀어 보였다. 미라로 말하자면 흔들리는 펜던트를 노려보며 크으으, 하고 입술을 비죽거렸다.

동시에 플리카가 평소처럼 미라를 노리려 들었다. 그리고 행동에 나서기 직전에 에메라가 그것을 제압했다.

아론 일행은 그 모습을 어이가 없다는 듯 바라보았다. 펜던트 하나에 10억 리프는 족히 되는 그것이 얼마나 굉장한 물건인지 모르는 것은 미라와 주인인 우즈메뿐인 듯했다.

셀로로 말하자면 그런 희소품을 아무렇지도 않게 꺼내 보이는 우즈메의 배후에 얼마나 거대한 조직이 버티고 있는지가 실감되어 새삼 감탄했다. 그리고 목적, 재력, 인재가 두루 갖추어져 있는 이스즈 연맹이라면 키메라 클로젠을 타도할 수 있겠다는 확신을 품게 되었다.

"그런고로 소재 제작은 문제가 없을 거야. 남은 문제는…… 어떤 형태로 만들까 하는 건데. 으음, 아론 씨는 도끼, 미라는…… 긴 지팡이면 되겠지? 그러면 다른 사람들이 잘 다루는 무기를 좀 가르쳐줄 수 있을까?"

어디선가 꺼낸 메모장을 손에든 채 우즈메가 그렇게 말했다. 흑무석제 무구에 대응하기 위한 장비를 각 인원에게 맞춰 준비할 모양이었다. 미지의 소재를 며칠 만에 완벽하게 다룰 수는 있을지 불안하기는 했지만 우즈메가 저토록 아무렇지도 않게 말하는 것을 보면, 그 방면에도 분명 터무니없이 대단한 장인이 있는 것이리라. 아론은 담담하게 고개를 끄덕였고 미라도 그거면 됐다고 승낙했다.

그 후 에메라가 검, 아스발이 망치, 제프가 단검, 플리카는 짧은 지팡이, 셀로는 장검이라고 답했다.

"응, 알겠어. 그럼 일단 그렇게 만들어달라고 할게."

각자의 무기 종류를 메모장에 적은 우즈메는 끝으로 키가 얼마나 되는지를 묻고서 메모장을 덮었다.

"자, 그러면 나는 일단 돌아갈게. 무슨 일 있으면 피스케한테 말해."

볼일은 끝났다는 듯이 그렇게 말한 우즈메가 다음 순간, 빛에 휩싸였다. 그리고 눈 깜짝할 새에 주작인 피스케로 변했다. 아니, 이 경우에는 '바뀌었다'라고 표현하는 것이 옳을 테지만.

"어라?! 우즈메 씨가 새로 변했어?!"

그 광경에 에메라가 놀라서 탄성을 질렀다. 확실히 모르는 사람에게는 그렇게 보일 것이다. 결과적으로 미라는 설명을 빼먹은 우즈메를 대신해서, 그녀가 식신과 술사의 위치를 바꾸는 술법을 사용한 것이라고 해설했다.

그리고 지금은 멀리 떨어져있는 이스즈 연맹의 본거지로 돌아갔을 것이라고도 말했다.

"설명해줘서 고마워! 그런고로 조만간 또 교대해서 그쪽으로 갈게요. 그때까지 피스케는 미라한테 맡겨둘 테니 무슨 일 있으면 말씀해주세요."

미라가 설명을 마친 직후, 피스케가 우즈메의 목소리로 그렇게 말했다. 그것을 들은 에메라 일행은 무척 놀랐지만 거리와 무관하게 서로의 위치를 바꾸는 터무니없는 술법을 보고 난 후인 탓인지 그 사실은 비교적 쉽게 받아들인 모양이었다.

그에 반해 미라로 말하자면 멋대로 피스케를 떠맡기는 바람에 뚱한 표정을 짓고 있었다.

"그러면 다음에 봐요~."

놀라움이 채 가시기도 전에 가볍기만 한 우즈메의 목소리가 울리더니 갑자기 피스케가 빛을 내뿜었다. 그러더니 이번에는 점점 작아져, 몇 초 후에는 손바닥에 얹을 수 있을 정도의 크기가 되었다. 꼭 둥글둥글한 주황색 참새처럼 변한 것이다.

"오오, 참 작아졌구만."

작아진 피스케는 열심히 날갯짓을 해서 날아오르더니 보란 듯이 미라의 머리 위에 착지했다.

"아아, 귀여워!"

가장 먼저 그렇게 외친 것은 플리카였다. 둥글둥글 통통한 피스케는 실로 귀여워서 에메라 일행도 동의하는 바였지만 플리카의 말에 담긴 뜻은 그것이 아니었다. 피스케가 미라의 귀여움을 한층 더 높은 경지로 끌어올렸다는 뜻이었다.

미소녀와 작은 동물의 조합은 역시 어디서나 통하는 것이었다.

그 후, 회의는 세부 내용을 조정하는 방향으로 흘러갔다.

셀로가 키메라 클로젠 본거지의 입구가 있을 법한 장소와 시설을 나열했다. 그리고 그것을 어떻게 조사하고 판단하면 좋을지에 관해 상의했다.

그때 미라는 멜빌 상회의 창고 거리에 있던 마력 감지기에 관해 설명하며, 어쩌면 입구 부근에 설치되어 있을지도 모른다고 경고했다. 그러면서 중요시설이라는 증거로 볼 수도 있겠다는 말도 덧붙였다.

시각이 늦은 밤으로 접어들었을 즈음. 누가 어디를 맡을지 분담을 정한 뒤에 일동은 해산하기로 했다.

각자 자리에서 일어나던 가운데, 미라가 크게 하품을 하며 "목욕이나 하고서 자도록 할까"라는 소리를 하자 플리카가 덤벼들었고, 거기에 에메라가 끼어들어 함께 입욕 시간을 가지게 되었다.

미라 일행이 떠들썩한 소리를 내며 대욕장으로 향하자, 그를 배웅하던 남자들도 영향이라도 받은 듯이 어깨를 나란히 한 채 사이좋게 그 뒤를 따랐다.

11

생각지 못한 정보원의 확보와 우즈메의 등장이 있었던 날의 다음날. 미라는 아침 식사를 한 후, 페가수스를 타고 점심시간이 지났을 즈음 다시 로즈라인 공국의 수도 아이린으로 돌아왔다.

"흐음~ 보아하니 별다른 이상은 없는 것 같군."

아이린의 상공에서 미라는 주변을 주시하여 이렇다 할 변화가 없는 도시 풍경을 살폈다. 머리 위에 오도카니 앉은 피스케는 미라의 말에 답하듯 "피요" 하고 울었다.

요한이 납치를 당하고서 그리 많은 시간이 지나지는 않았다. 흑무석 가공에 필요한 기재를 새로 마련할 필요가 있을 것으로 추측되므로 작업을 재개하려면 며칠은 더 걸릴 터다. 그래서인지 미라의 눈에만 보였던 검은 파문은 흔적도 찾아볼 수가 없었다.

(앞으로 여드레 남았었지. 언제 보일지도 모를 것을 계속 기다리려니 답답하구나.)

그렇다고 요한을 찾으려 한들 어디를 어떻게 찾으면 좋을지 짐작도 되지 않았다. 애초에 지금은 그쪽 방면의 프로인 전갈과 뱀이 조사 중이었다. 섣불리 손을 댔다가는 오히려 방해가 될 지도 모를 일이다.

그러니 지금 할 수 있는 일은 감시하는 것뿐이다. 미라가 그렇게 결론을 내린 순간이었다. 이곳저곳을 방황하던 미라의 시야에 교외에서도 가장자리라 할 수 있는 곳에 우두커니 세워진 요한의 저택이 들어왔다.

"……흠, 이곳에 있는 것보다는 나을 것 같군."

미라는 문득 생각했다. 기구를 새로 마련하는 것은 힘들겠지만 지금까지 사용했던 기구를 그대로 운반해버리면 문제가 간단히 해결되지 않을까.

기억을 되짚어 보니 요한을 유괴하기로 한 것은 매우 갑작스럽게 결정된 일이었는지 기구들은 저택에 고스란히 남아 있었다. 그것을 사용하면 또 금방이라도 가공을 재개할 수 있을 것이다.

그렇게 생각한 미라는 서둘러 요한의 저택으로 향했다. 아무리 그래도 그대로 타고 갈 수는 없는 일이라 조금 거리를 둔 채 착륙한 미라는 페가수스를 송환하고, 대신 워즈랑베르를 소환했다. 최근 이래저래 활약할 기회가 많은 정적의 정령을.

광학미채만으로도 충분한 은폐효과를 얻을 수 있었기에 미라는 단숨에 주택지를 달려 요한의 저택에 숨어들었다.

예상대로 일이 진행되면 회수된 기구는 확실하게 요한에게 전달될 테니, 그 뒤를 밟아 요한이 있는 곳을 알아낸다. 잘만 하면 구출해낼 수도 있을 것이다.

하지만 당연히 회수를 하러 오지 않을 수도 있었다. 하지만 미라는 어차피 하루 이틀을 기다려야 한다면 이렇게 움직이는 편이 그나마 유익할 것이라 생각한 것뿐이었다.

"뭣이라……."

처음 요한과 만났던 방의 문을 열고 안으로 들어간 미라는 책상 위를 보고 할말을 잃었다.

그곳에는 흑무석 가공에 필요한 기구가 놓여 있었을 터였다. 하지만 지금은 모든 것이 말끔하게 사라져 있었다.

한 발 늦었다. 그렇게 생각한 미라였지만 금방 마음을 다잡았다. 기구를 회수했다면 당장에라도 가공을 재개할 것이다. 그렇다면 예상보다 빨리 검은 파문이 확인될 것이다.

(뭐어, 되었다. 그렇다면 당초의 계획대로 하면 될뿐이니.)

어찌 되었건 장소를 특정해낼 수는 있다. 미라는 약간 기분이 상하기는 했지만 저택을 뒤로 하고는 다시 페가수스를 타고 날아올라 아이린의 중심지까지 돌아왔다. 그 후, 가장 높은 건조물인 삼신교의 교회 지붕에 몰래 착륙해서 주변을 감시하기 시작했다. 당연히 광학미채로 눈에 띄지 않게 하는 것도 잊지 않았다.

과연 대륙 제일의 삼신교라 해야 할지, 페가수스의 등에서 본 광경에는 미치지 못했지만, 우뚝 솟은 교회의 지붕에서 보이는 풍경은 전방위에 걸쳐 근사했고, 사람들의 생명력으로 넘쳐나고 있었다.

감시를 시작하고서 시간이 흐르고 해도 저물어, 도시가 인공적인 빛으로 가득 찼을 즈음.

"흐음~. 오늘은 불발인 것 같군. 일단 돌아가도록 할까."

아무리 미라라도 밤의 어둠 속에서 검은 파문을 관측해내기란 어려울 것이다. 그렇게 판단한 미라는 기지개를 켜며 일어나, 워즈랑베르를 격려해주고 송환했다. 그리고 배가 고프다는 소리를 중얼거리며 화려한 번화가로 향했다.

(노점 요리를 먹으며 돌아다니는 것도 의외로 사치스러운 느낌이 드는 것이 좋구나.)

낮과 밤의 분위기가 전혀 다른 아이린의 대로에 수없이 늘어선 노점을 이리저리 오가며 배를 채운 미라는 실로 밝은 표정으로 후르츠 믹스 오레를 노점 주인장에게서 건네받았다.

후르츠 믹스 오레는 각 지역마다 사용되는 과실과 분량이 달랐다. 그것의 맛을 비교하는 것이 최근 미라의 낙이 되어 가고 있었다.

(음, 달콤한 맛과 새콤한 맛이 다소 강하군. 그런 맛이 우유 속에 적절하게 녹아들었어. 합격이다.)

그렇게 멋대로 평가를 하며 미라는 곧장 이바테스 상회의 본점을 찾았다. 본점이라 한들 점포 쪽이 아니라 통칭 '임금님의 은신처'가 있는 뒤쪽이었다.

그곳에 있을 터인 전갈과 뱀에게 세인트 폴리에서 있었던 일을 보고하기 위해서였다.

메모장을 한 손에 들고 장치를 작동시켜 비밀문을 열고 긴 통로를 걸었다. 그리고 막다른길에 위치한 은신처의 문을, 또다시 메모를 참고해 열었다. 그러자 그곳에는──

"오오, 미라 씨. 아내와 딸을 구해줘서 정말로 고맙네! 이번 일은 아무리 감사인사를 해도 부족할 정도야."

진심 어린 미소를 지은 채 그렇게 말하는 요한의 모습이 있었다.

"어, 응~?"

"미라 씨? 왜 그러나?"

"아니…… 무사해서 다행이다."

조금 전까지 요한을 구출하기 위한 단서를 찾기 위해 하루 종일 주변을 감시하고 있었던 미라는 그 대상이 어째서 지금 이곳에 있는가 싶어 당황했다.

그런 미라를 보고 자랑이라도 하듯 의기양양한 표정을 짓고 있는 자가 한 명 있었다.

"깜짝 놀랐지? 보다시피 무려 요한 씨를 구출하는 데 성공했습니다~!"

전갈이었다. 그녀는 요한과 얼굴을 마주치자마자 넋이 나간 미라의 모습을 만족스러운 눈으로 바라본 후, 때는 지금이라는 듯 가슴을 편 채 말했다. 미라 탓에 놀라기만 하다가 드디어 놀라게 하는 쪽이 된 탓인지, 전갈은 실로 신이 난 듯 보였다.

"이렇게 빨리 목적을 달성하다니, 과연 훌륭하다는 말밖에 나오지 않는구나."

어찌 되었건 결과적으로 가장 큰 걱정거리였던 요한의 신병을 무사히 확보한 것은 매우 바람직한 일이었다. 너무도 갑작스러운 탓에 미라는 어안이 벙벙했지만, 카구라의 부하가 얼마나 우수한지를 새삼 실감하고는 혀를 내두를 따름이었다.

그렇게 생각지도 못한 재회를 한 후, 미라 일행은 보고회의를 하기 시작했다. 참고로 안젤리크와 안네는 다른 방에서 대기 중이었다.

우선 입이 근질근질하다는 표정을 짓고 있던 전갈이 입을 열었다. 그 내용은 요한 구출 작전을 개시한 후에 관한 것이었다.

과연 전갈이라고 해야 할지. 플랫 아웃 공방에는 수많은 방범 장치들을 피해 어렵지 않게 침입할 수 있었다고 한다.

그리고 목적한 자료를 입수했다는 모양이었다. 마력 감지기의 설치 장소와 다음 점검일시 등이 기입되어 있던 그곳에는 합계 25개의 장소가 기재되어 있었다. 문제는 어떤 것이 멜빌 상회와 연관이 있는 것인지 모른다는 점이었다. 책임자의 이름밖에 적혀 있지 않았기 때문이다.

거기까지 말한 전갈은 뱀이 거둔 성과 덕에 다음 단계로 넘어갈 수 있었다고 하고서 보고를 이어갔다.

뱀이 담당했던 임무의 내용은 주변에 정령에 관련된 물품이 존재하지 않는 멜빌 상회의 시설을 조사하는 것이었다.

그 후 여러 가지 수법을 사용해 조사를 한 결과 발견된 곳은 총 다섯 곳. 교외에 세 곳과 인접한 류시온 대하(大河)의 건너편과 이쪽에 가까운 강변에 하나씩이었다는 모양이었다.

이렇게 둘이서 조사한 결과를 취합해보니 교외에 있었던 시설 중 하나가 일치했다고 한다.

그곳은 다른 곳보다 경계가 엄중한 멜빌 상회 명의의 시설로, 주변에 정령에 관련된 술구가 없어 흑무석을 가공할 수 있는 환경이라 할 수 있었다. 다시 말해 요한을 감금하고 작업을 시키기에 적절한 장소였던 것이다.

그리고 오늘. 두 사람은 정찰을 위해 시설에 잠입했다. 그리고 그러던 도중, 어느 방에서 맥없이 요한을 발견했다. 하지만 감시자가 있어서 데리고 나오기는 어려울 듯했다.

그래서 계책을 생각해 냈다는 모양이다.

우선 요한에게 자신들이 왔다는 사실을 알려 어떻게든 감시자를 멀리 보낼 수 없을지를 물었다.

그러자 요한은 그곳에 있던 자에게 저택에 있는 기구가 있으면 당장에라도 작업을 재개할 수 있을 것이라 말했다. 그들도 한 시라도 빨리 작업을 시작해줬으면 했는지, 그 말을 너무도 쉽게 받아들였다.

공공연히 알려져서는 안 되는 시설이었던 덕분인지 인원수는 적어서 감시자들 중 몇 명이 저택으로 향했다고 한다.

이렇게 파고들 틈이 생겨나, 그대로 요한을 보호해서 탈출. 아무에게도 들키지 않은 채 무사히 귀환했고, 요한과 아내인 안젤리크, 딸 안네는 5년 만에 재회를 하게 됐다. 그러고 나서 얼마 지나지 않아 미라가 왔다는 모양이었다.

"지금쯤 분명 엄청 허둥대고 있을 거야."

끝으로 전갈은 그렇게 말하고는 유쾌하게 웃었다. 뱀도 표정에는 드러내지 않았지만 어쩐지 기분이 좋아 보였다.

"둘 다 정말 잘했어!"

전갈이 말을 마친 직후, 이곳에는 없을 터인 인물의 목소리가 들렸다. 그렇다. 우즈메가 미라의 머리 위에 앉아있던 피스케를 통해 말한 것이다. 아무래도 전갈 일행의 이야기를 처음부터 듣고 있었던 모양이었다.

그리고 다음 순간, 피스케와 교대한 우즈메 본인이 나타났다.

"이럴 수가, 새가 사람으로?!"

그 광경에 요한은 눈이 휘둥그레졌다. 그에 반해 전갈과 뱀은 놀란 낌새가 없었다. 이미 알고 있었던 모양이었다. 미라의 머리에 있는 것은 피스케이고 우즈메와 위치를 뒤바꿀 수 있다는 사실을. 그렇게 생각하자 전갈이 어쩐지 의기양양한 태도로 이야기를 하던 것도 납득이 되었다. 요컨대, 미라에게뿐 아니라 우즈메에게도 보고하고 있었던 것이리라.

"당신이 요한 씨군요? 만나서 반가워요. 우즈메라고 해요. 이 아이들의 상관, 같은 입장에 있는 사람이죠. 그런고로 부디 키메라 클로젠을 타도하기 위해 저희에게 그 지식과 기술을 빌려주실 수 있을까요?"

우즈메는 인사를 하더니 곧장 오른손을 내밀었다. 이스즈 연맹의 본부에서는 요한에게 건네받은 자료의 해석이 진행 중이다. 하지만 애초에 그것을 적은 본인이 있으면 압도적으로 효율이 높아질 것이다. 당연히 협력을 구해야 하지 않겠는가.

그에 반해 요한은 아직도 놀란 가슴이 진정이 안 되는지 우즈메가 내민 손을 보더니 이어서 미라와 전갈, 뱀을 천천히 둘러보았다.

"물론입니다. 미라 씨, 전갈 씨, 뱀 씨께서는 저뿐 아니라 아내와 딸까지 구해주신 은인이니까요. 기꺼이 협력하도록 하겠습니다."

요한은 힘껏 고개를 끄덕이더니 우즈메의 손을 잡았다. 똑바로 우즈메를 쳐다보는 요한의 눈에는 술법을 사용하지 않아도 거짓이 없다는 것을 알 수 있을 정도로 명확한 각오와 의지가 깃들어 있었다.

우즈메는 의심할 여지가 조금도 없는 요한의 표정에 다소 놀란 듯 보였지만 곧장 그늘 없는 미소를 지은 채 "고맙습니다"라고 말하며 고개를 숙였다.

그 후, 미라가 세인트 폴리에서 있었던 일을 이야기하자 전갈은 "미라는 역시 대단해"라고 말하며 쓴웃음을 지었다. 자료를 특급 우편으로 전달하러 갔던 사람이 하루 만에 세인트 폴리라는 나라의 숨겨진 얼굴을 파헤치고 왔으니 달리 할 말이 없었던 것이리라.

이렇게 보고회의가 끝나자, 이번에는 요한 일행의 이송에 관한 회의가 시작되었다. 키메라 클로젠의 피해자며 표적이 되고 있는 자들 중 대부분은 이스즈 연맹의 본부에서 보호하고 있으니, 일이 끝나는 대로 요한과 안젤리크, 안네, 밀렌까지 네 사람을 그곳으로 옮기기로 했다.

안네는 답답한 지하실보다는 편안하게 지낼 수 있을 것이라 생각해 우즈메가 배려를 한 것이었다.

그리고 그 수순도 그리 어렵지 않게 결정되었다.

방법은 단순했다. 이스즈 연맹측에서 마중을 보낼 테니 요한 일행을 소정의 장소까지 광학미채를 사용해서 미라가 데리고 가는 것이다.

거기까지 이야기한 우즈메는 요한을 수용할 준비를 하겠다며 다시 피스케와 교대해서 돌아갔다. 생각한 것은 곧바로 행동으로 옮긴다. 실로 정신없기는 했지만 그런 면은 전혀 변하지 않았다 생각하며 미라는 미소를 지었다.

"자아, 이걸로 문제가 하나는 해결된 셈이다만. 그럼 이제 멜빌 상회 녀석들을 처리할 수 있으려나?"

로즈라인 공국에서의 목적은 키메라 클로젠과의 관계를 공표해서 멜빌 상회와 키메라 클로젠을 모두 단죄하는 것이다. 그를 위해 양쪽의 관계를 입증할 증거를 준비할 필요가 있었다.

현재 미라 일행의 수중에 있는 패는 살아있는 증인인 요한뿐이다. 오랜 세월에 걸쳐 양측에 관여해온 만큼, 그의 증언에는 상당한 효력이 있을 터였다. 하지만──.

"어려울 걸세. 아내와 딸을 구해준 답례로 자네들에게 건네줄 예정이었던 상회와의 거래 자료가 있었다면 어떻게든 되었을지도 모르지만……."

요한 본인이 결정적인 한 방이 부족하다고 말했다. 상회와의 거래 자료가 분실된 지금, 요한의 증언만으로는 삼대 상회에 육박할 정도로 힘을 키운 멜빌 상회에 대적하기란 어려울 듯했다.

"역시 확실한 증거가 필요할 것 같군그래."

미라는 어쩌면 좋을지 생각하기 시작했다. 하지만 그때 요한이 "내게 짚이는 바가 있네"라고 말했다. 듣자하니 납치를 당한 후, 어느 시설에 일시적으로 머물렀다고 한다. 그리고 그곳에는 흑무 석으로 만든 수많은 무구들이 있었다는 모양이었다.

잠시 머물렀다는 것은 다시 말해, 그곳에서 또 다른 장소로……전갈과 뱀이 발견한 시설로 옮겨진 것임을 뜻했다.

그 상황으로 미루어 요한은 새삼 납치 자체가 갑작스럽게 결정된 일이었던지라 어디로 연행할지에 대한 지시가 내려오지 않았던 것이 아닐까, 그 때문에 임시 시설로 끌고 간 것이 아닐까, 라는 생각에 다다르게 되었다고 한다.

"흑무석을 이용한 무구를 사용하고 있는 건 지금까지는 키메라에 속한 자들뿐이네. 내가 끌려갔던 그 시설이, 만약 멜빌 상회의 관련 시설이라면 상회와 키메라의 관계를 결정지을 물적 증거가 될 지도 몰라."

잠시 생각을 하던 요한은 그러한 가능성을 제시했다. 키메라 클로젠이 사용하는 전용 무구가 멜빌 상회의 시설 내에서 대량으로 발견된다면. 설령 결정타가 되지 않는다 해도 요한의 증언이 곁들여지면 발뺌을 하기가 거의 불가능해질 것이다.

"흠, 조사해볼 가치는 있을 것 같군."

"응, 만약 그렇다면 유력한 증거가 될지도 몰라."

확실한 가능성을 발견한 미라 일행은 한껏 들떴다. 하지만 문제는 그 시설의 위치였다. 요한은 한밤중에 갑자기 정신을 잃은 상태로 끌려가서 어떠한 길로 지나갔는지 전혀 알지 못한다는 모양이었다. 눈을 떠보니 검은 무구가 보관된 시설에 있었다는 것이다.

하지만 그 시설에서 구출된 시설이 있는 곳까지 그리 멀지는 않을 것이라고 했다.

"내 기억이 맞다면, 빠른 걸음 정도의 속도로 30분 정도의 거리였을 걸세."

요한은 기억을 되짚어 그렇게 말하더니 한숨 섞인 투로 "이럴 줄 알았다면 좀 더 자세히 봐둘 걸 그랬군"이라고 중얼거렸다.

"괜찮아, 괜찮아. 그만큼 알려준 것만으로 충분해. 요한 씨가 걱정할 필요는 없어."

완전하지는 않다지만 그래도 상당히 범위는 한정할 수 있었다. 전갈은 지금이 자신이 활약할 순간이라는 듯 의욕적으로 주변 지도를 펼쳤다.

지도에는 두 사람이 조사한 것으로 보이는 멜빌 상회의 관련 시설을 나타내는 표시가 새겨져 있었다. 그 중 하나인, 요한을 구출해낸 장소를 붉은색으로 둥그렇게 표시하자 자연스럽게 수상쩍은 장소가 눈에 들어왔다.

가까운 곳에 위치한 시설은 셋. 하지만 미라 일행은 망설임 없이 한 군데를 지목했다. 그곳은 요한을 구출한 지점과 저택 중간에 위치한 창고였다.

12

요한을 구출해낸 다음 날 아침. 미라 일행은 날이 밝음과 동시에 행동을 개시했다.

전갈과 뱀은 요한이 어느 시설에서 봤다는 대량의 흑무석제 무구를 확인하기 위해 조사에 나섰다.

미라는 약속했던 대로 요한의 가족과 밀렌을 데리고 하염없이 황야를 달리고 있었다. 인원수는 많았지만 미라가 마나를 다소 많이 사용하기만 하면 완전은폐보다 넓은 범위를 광학미채로 은폐할 수 있는 데다 다른 소환술과 조합해서 운송하면 문제될 것이 없었다.

회색 곰, '가디언 애시'의 등에 요한의 가족과 밀렌이 타고, 미라와 워즈랑베르를 태운 페가수스가 그 옆에서 나란히 달렸다.

시속은 40킬로미터에 가까웠지만 상당한 속도로 땅을 박차고 달리는 대형 곰과 날개를 지닌 말은 광학미채로 인해 그 누구의 눈에도 띄지 않고 황야를 질주했다.

도중에 안네는 곰과 페가수스를 보고 몹시 흥분해서 페가수스에 타고 싶다는 소리를 하기도 했다.

그러자 요한과 안젤리크가 쩔쩔맸지만 미라는 흔쾌히 승낙했다. 안네에게는 몇 년 만의 외출일 테니 상관없다며.

그렇게 몇 시간 후. 미라 일행은 어쩐지 피크닉이라도 나온 듯한 분위기를 풍기며 우즈메와 합류하기로 한 지점에 도착했다.

십여 분을 기다렸을 즈음. 그것은 하늘에서 다가왔다.

"오오, 굉장하군……. 처음 보았어."

"바깥세상이 이렇게까지 변했군요. 꼭 하늘에서 마중을 온 것 같아요……."

요한과 안젤리크는 하늘을 올려다본 채 놀라움에 감탄사를 입에 담았다. 하늘 높은 곳에서 전체 길이가 30미터는 될 목조선이 내려 왔으니 놀라지 않을 수가 없었으리라.

"최근 며칠 동안 계속 꿈속에 있는 것 같네……."

"엄청 커!"

밀렌은 심적 피로가 쌓인 탓인지 하늘을 나는 배를 보고는 불안해 보이는 쓴웃음을 지었다. 그에 반해 안네는 다시 흥분에 불이 붙었는지 매우 신이 나 보였다.

"호오……! 혹시 이게 비공선(飛空船)인 겐가?"

미라는 예전에 셀로에게 이야기를 들은 덕에 그 존재만은 알고 있었다. 하지만 역시 실물이 지닌 박력은 차원이 달라서, 판타지의 정석이라 할 수 있는 탈것의 등장에 마음이 들뜰 수밖에 없었다.

"바로 맞혔어! 우리 이스즈 연맹이 자랑하는 정령 비공선이야!"

미라가 눈을 빛내며 하늘을 올려다보고 있자, 그 머리 위에 올라타 있던 작은 피스케에게서 의기양양한 카구라의 목소리가 들려왔다. 그리고 아직 아무것도 묻지 않았건만 "왜 정령이라는 말이 붙었냐 하면——" 하고 역시나 의기양양하게 설명을 하기 시작했다.

카구라가 말하기를, 마도공학의 정수를 모아 만들어진 일반적인 비공선은 마동석과 특별하게 정련된 연료를 함께 사용해 하늘을 나는 물건이라는 모양이었다. 하지만 이스즈 연맹에서 독자적으로 개발한 정령 비공선의 동력 기관은 정령의 힘만으로 작동한다고 한다.

"사람과 정령이 보다 깊은 단계에서 협력했기에 비로소 실현된 배. 이거야 말로 이스즈 연맹이 목표로 하는 미래의 상징이라 해도 과언이 아닐 거야."

도중에 피스케와 교대한 카구라는 끝으로 그렇게 말하며 착륙하는 정령 비공선을 올려다보았다. 실로 자랑스러워하는 듯 보이기는 했지만 카구라의 눈에는 우려가 섞여 있었다. 누군가를 그리는 듯한 그 눈은 비공선 너머에 자리한 먼 하늘을 바라보고 있었다.

"미라 씨. 여러모로 고맙네."

"정말 고마웠다고 그 두 분께도 전해주세요."

요한과 안젤리크는 그렇게 감사인사를 하고서 비공선에 올라탔다. 도중에 "언니, 바이바이"라고 말하며 손을 흔드는 안네에게 마찬가지로 손을 흔들어 인사를 해주며 미라는 다정한 미소를 지은 채 네 사람을 배웅했다.

"그러면 요한 씨네 가족은 본부에서 잘 보호하고 있을 테니까 할아버지는 열심히 본거지를 찾아줘."

미라의 정면에서 카구라는 정령 비공선을 등진 채 그렇게 말했다.

"음, 알다마다. 그대들 쪽 준비도 차질 없이 진행되고 있는 게 냐?"

"우리 쪽은 언제 결전의 순간이 와도 괜찮도록 준비하고 있었 거든. 몇몇 부대는 이미 출발했어. 문제는 흑무석 대책 무구인데, 그건 분명 요한 씨가 도착하면 해결될 테니 남은 일은 온힘을 다 해 결전에 임하는 것뿐이야."

"그렇군. 그렇다니 다행이구나. 그럼 결전 당일에 보자꾸나."

"응. 결전 당일에 봐."

헤어지며 두 사람은 주먹을 내밀며 "승리를 거머쥐자"라고 동 시에 말했다. 그것은 일찍이 아홉 현자들이 전쟁 전날에 한해 주 고받았던 작별 인사였다.

말하자면 독자적인 필승 기원 같은 것이다. 하지만 발안자가 소울하울인지라 다소 닭살 돋는 뉘앙스를 풍긴다는 것은 부정할 수가 없었다.

둘이서만 필승 기원 인사를 한 것은 처음인 데다 다른 사람이 없으니 어째 허전하다는 생각이 들어 누가 먼저랄 것 없이 웃음 을 터뜨리고는 그대로 각자의 목적지를 향해 걸어 나갔다.

잠시 후, 뒤쪽에서 번쩍 빛이 나더니 다시 돌아온 작은 피스케 가 미라의 머리에 폭, 하고 올라탔다.

"전갈, 뱀. 뒷일을 부탁하마."

로즈라인 공국의 수도, 아이린 상공.

페가수스를 탄 미라는 어딘가에 있을 두 사람을 향해 그렇게 중얼거리고는 세인트 폴리로 진로를 잡았다.

키메라 클로젠과 멜빌 상회를 연결 지을 증거를 발견하는 것은 히든 두 사람에게 주어진 임무였다. 그래서 이 이상 미라를 번거롭게 하고 싶지는 않았던 것인지, 신병 인도가 끝나면 세인트 폴리에 있는 본거지를 찾는 일에 집중해달라고 전갈과 뱀이 부탁을 했었다.

요한을 구출해낸 것을 통해서도 알 수 있듯, 두 사람의 실력은 충분히 신뢰할 만 했다. 그렇기에 미라는 안심하고 뒷일을 맡길 수가 있었다.

이렇게 세인트 폴리로 돌아온 미라는 동료들과 힘을 합쳐 키메라 클로젠의 본거지와 연결된 입구를 찾는 일에 매진했다.

그로부터 이틀 후. 조사가 단숨에 진전되었다. 결정적인 공을 세운 것은 제프였다.

제프는 국영 시설에 근무하는 관리 한 명과 접촉하여 매일 고생이 이만저만이 아니라는 관리에게 술을 사주는 등의 호의를 베풀어 친해져서 시설의 내부 사정 등을 캐내었다.

그중 하나가 관리를 괴롭히는 원인이었는데, 바로 신출귀몰하는 관리의 비서라는 모양이었다. 비서가 불시에 사찰이라도 하듯 어느샌가 시설 내에 있는 경우가 있어서 한시도 긴장을 풀 수 없다는 것이다.

공공연히 활동하고 있는 세인트 폴리의 관료는 누구 할 것 없이 대역이다. 그 대역은 키메라 클로젠과의 관계를 전혀 알지 못했고, 그저 나라를 위한 것인 줄 알고 일을 하고 있어 해를 가할 수가 없다. 당연히 미라 일행이 찾는 입구에 관해서도 모를 것이다.

하지만 이 이야기를 들은 제프는 수상하다고 생각했다.

어느샌가 시설 내에 있다. 그것은 시설 내부 어딘가에 있는 비밀 출입구에서 나왔기 때문이 아닐까.

그런 의문이 떠오름과 동시에 제프는 답을 발견해냈다. 입구가 국영 시설 내부에 있는 상황에서 의심을 사지 않고 시설을 출입할 수 있는 자로는 어떠한 인물이 있을지. 그리고 어떠한 시간에 있어도 책망을 받지 않고 출입이 금지되어 있을 일부 구역에 어렵지 않게 출입할 수 있는 존재에는 누가 있을지.

다시 말해서 입구를 알고 있는 인물은 관료만큼은 아니더라도 그럭저럭 높은 지위에 있을 것으로 추측되었다. 예를 들자면 관료의 비서처럼.

그리고 제프는 그 비서의 이름도 알아냈다.

그 이름은 토마스. 세인트 폴리 무역국의 재무대신 오즈월드의 비서였다.

토마스는 키메라 클로젠의 본거지와 이어진 입구를 알고 있을 가능성이 높다. 그래서 다음 날부터 제프와 미라가 콤비를 이루어 토마스의 발자취를 쫓았다. 그리고 이날, 드디어 키메라 클로젠의 본거지와 이어진 입구가 있는 장소를 알아내는 데 성공했다.

미라는 완전 은폐 기능은 아껴두고 우수한 광학미채 성능을 구사해서 어느 국영 시설 내부에서 목표 인물을 발견했다.

그자는 척 보아도 성실한 샐러리맨처럼 생겼지만 음의 정령무구를 여러 개 소지하고 있었고, 미라의 눈이 그것을 간파해냈다. 이로 인해 키메라 클로젠의 관계자임이 거의 확실시 되었다.

그리고 늦은 밤. 미라 일행의 감시 속에서 그 남자는 출입금지 구획에 들어가, 특수한 장치로 교묘하게 감춰진 비밀문을 열고 그 안으로 사라졌다.

미라는 드디어 발견한 입구 앞에서 떨떠름한 투로 "또 비밀 뭐시기인가"라고 말하며 쓴웃음을 지었다.

다음 날. 미라 일행은 아침부터 결전에 대비해 회의를 열었다. 피스케와 위치를 바꾼 우즈메도 함께였다.

사안은 둘. 돌입부대와 별동대 선별이었다.

우선 본거지에 놀입할 부대는 소수 최정예라 할 수 있는 미라, 우즈메, 그리고 셀로까지 세 명으로 정해졌다. 이는 기동력을 반영한 결과였다. 키메라 클로젠의 본거지가 있다는 커다란 바위산은 세인트 폴리에서 동쪽으로 30킬로미터는 족히 떨어져 있어, 이 거리를 단시간에 주파할 필요가 있었기 때문이다.

그러한 면에서 보면 미라에게는 페가수스가 있고 우즈메도 고속이동에 사용할 수 있는 식신을 거느리고 있었다. 그리고 셀로로 말하자면 속도를 중시해서 단련을 쌓아 30킬로미터를 30분에 주파할 수 있다고 한다.

하지만 역시 가장 큰 기준은 전투력이었다.

일찍이 셀로는 자신보다도 미라가 한 수 위라고 말했다. 그리고 미라는 자신과 우즈메가 동급이라 밝혔다.

현재는 셀로에게도 까마득히 미치지 못하는 에메라 일행은 이 세 사람이 제 실력을 발휘하면 따라붙기는커녕 아마도 발목을 붙잡고 말 것이다.

그러한 판단에 의해 별동대는 아론과 에메라 일행으로 편성되었다. 이에 관해 불평을 입에 담는 사람은 없었지만, 플리카는 미라와 한 팀이 아니라는 점이 진심으로 분한 모양이었다.

그리고 이 별동대의 임무는 제어기지를 제압하는 것이다. 또한 별동대에는 이스즈 연맹의 벨레로폰 부대의 대장인 미자르, 참모인 아리오트, 멀티 컬러즈 부대 총대장인 콘고가 부대를 이끌고 제1진으로 참가할 예정이다.

자말에 말에 의하면 제어기지는 키메라 클로젠에게 중요한 시설인지라 상당한 상주전력이 있다고 한다. 더불어 제어기지의 책임자인 최고간부의 일원, 젤 쉐다르는 최근 몇 개월 동안 지하에서 무언가를 개발하고 있었다고 한다. 개발주임인 젤은 지금까지 수많은 정령병기를 생산해냈으니 어쩌면 또 강력한 병기를 개발했을지도 모른다는 모양이었다.

그 때문에 여차할 때에 대비해 별동대는 2진으로 나누어 구성할 예정이었다.

또한 우즈메는 이스즈 연맹 소속의 전투원 중 절반을 이 공략전에 쏟아 붓겠다고 했다. 그 절반은 미라를 비롯한 돌입부대의 뒤를 따라 입구를 통해 침입하여 본거지를 구석구석, 확실하게 제압하기 위한 인원이라고 한다.

회의에서는 이러한 대략적인 정보를 토대로 각 부대의 작전이

상세하게 논의되었다. 하지만 미라와 우즈메, 셀로로 이루어진 돌입부대는 임기응변으로 맞선다는 데면데면한 작전만을 세워두었다. 하지만 멤버의 구성원이 구성원인 만큼 그것이 가장 적절한 작전일지도 모른다.

그에 반해 별동대는 시간을 들여 꼼꼼히 작전을 짰다. 아닌 게 아니라 강력한 조직의 중요한 기지를 습격하는 것이니 본래는 면밀하게 의논을 해야 마땅할 것이다.

하늘의 백성이라는 어떻게 움직일지 알 수가 없는 존재에, 포로인 자말은 기지 내부에 무엇이 있는 지까지는 모르는 데다 조율장치까지의 경로는 밝혀진 바가 없다. 그 때문에 온갖 상황에 대응하기 위해서는 보다 치밀한 작전이 필요했다.

이스즈 연맹의 최정예로 이루어진 제1진과 에메라를 대장으로 한 별동대의 임무는 제어기지를 제압해서 본거지의 방어기구를 무력화하는 것이다. 이것이 실패로 돌아가면 본거지의 경계도가 최대로 치솟아 공략에 더욱 시간이 걸릴 것이다.

그 때면 미라 일행이 한창 소란을 피우고 있을 것이다. 키메라 클로젠의 최고간부들은 신중에 신중을 기울여 움직이고 있다. 압도적인 전력이 닥쳐왔을 때 불리하다고 판단되면 종적을 감춰버릴 우려가 있었다. 경우에 따라서는 자폭이라는 흉흉한 수단을 택할 수도 있으리라.

단숨에 궁지로 몰기 위해서라도 제어기지 공략은 본거지 공략에 뒤지지 않을 만큼 중요한 임무였다.

이렇게 몇 시간에 걸친 회의가 대략 끝나갈 즈음.

"자아, 결전을 위한 작전도 세워졌겠다. 작전을 수행하는 데 도움이 될 만한 무기를 건네드릴게요!"

때는 지금이라는 듯 일어난 우즈메가 아이템 박스에서 커다란 케이스를 꺼내어 테이블 위에 텅, 하고 올려놓았다.

"그건, 설마!"

그 케이스를 보고 가장 먼저 반응한 것은 역시나 에메라였다. 며칠 전, 우즈메는 흑무석제 무기에 대항하기 위한 수단으로 특제 무기를 준비하겠다고 했다. 도검류라면 사죽을 못 쓰는 에메라는 그날부터 계속 그 무기를 기다리고 있었던 눈치였다.

"일단 여기 있는 인원의 몫이 완성되어서 가져왔어요. 키메라의 무기에 대항하기 위한 거지만, 어지간한 무구에도 뒤지지 않을 정도의 완성도로 만들어졌어요!"

우즈메는 동료 자랑을 늘어놓으며 자신만만하게 가슴을 편 채 케이스를 열었다. 거기에는 분명 인원수만큼의 순백색 무기가 들어있었다.

"우왓, 굉장해……."

다른 사람들에게 뒤질 새라 몸을 앞으로 내밀고 있던 에메라는 우선 그 아름다운 모습에 마음을 빼앗겼다.

"뭔가 특별해 보이는군."

제프는 황홀한 표정을 지은 에메라보다 먼저 손을 뻗어 천사의 무기라 이름을 붙여도 위화감이 없을 듯한 단검을 바라보며 그렇게 중얼거렸다.

각자가 무기를 집어들자 끝으로 정신을 차린 에메라가 검을 집었다.

"이만한 물건을 불과 며칠 만에 준비하다니. 우즈메 씨네 조직에는 실력 좋은 대장장이분들이 잔뜩 있나 보네요."

에메라가 황홀하다는 듯 눈을 가늘게 뜨고 병적인 미소를 지은 채 도신을 쳐다보았다.

우즈메가 준비한 무기는 하나같이 수준이 다르다는 것을 한눈에 알 수 있을 정도로 근사한 완성도를 뽐내고 있었다. 하나하나가 일류 장인의 최고걸작이라 해도 과언이 아닐 정도라, 무기로서의 본질을 갖추었음은 물론이거니와 세련된 그 조형미는 순백색과 어우러져 예술의 경지에 달했다 할 수 있었다.

에메라의 말처럼 이만한 물건을 짧은 시간에 만들어내려면 정력적으로 일하는 일류 상인이 여럿 필요할 것이다.

하지만 우즈메는 또다시 의기양양한 미소를 지은 채 "이 무기들을 제작하는 데 관여한 건, 무려 단 두 사람뿐이에요!"라고 큰소리로 단언했다.

"그거 굉장하군."

아스발이 감탄한 듯 그렇게 말한 직후.

"둘이서 이걸?! 어떻게?! 그 둘은 대체 정체가 뭐야?!"

아무래도 에메라의 온몸에 불이 붙고 만 모양이었다. 그러는 것도 당연하다 할 수 있으리라. 여러 명의 일류 장인이 아니고서는 이 정도 무기를 모두 만들지는 못할 것이다. 하지만 그러한 작업을 단 둘이서 해냈다면, 그 사람들은 초일류 장인일 것이 분명했기 때문이다.

"그 두 사람의 이름은?! 특기 분야는?! 미스릴파?! 아다만파?!"

순백색 검을 통해 그 실력을 엿본 에메라는 맹렬한 기세로 우즈메에게 달려들었다.

"얘기할 테니까 좀 놔줘어~~!"

에메라의 성격을 모른 채 지뢰를 밟은 우즈메는 그 마물이나 마수와는 다른, 정체 모를 기백에 압도되어 움츠러들었다.

그 후, 우즈메는 플리카가 진정시킨 에메라를 경계하며 두 사람의 이름을 입에 담았다. 하지만 한 사람의 이름은 이미 모두가 아는 것이었다.

"미라랑 플리카 씨의 지팡이를 제작한 건, 아시다시피 알바티누스 씨예요."

살아있는 전설이 된 연금술사 알바티누스. 그는 소재의 정제뿐 아니라 술법용 지팡이와 술구류를 제작하는 데도 탁월한 기술을 지녔다는 모양이었다.

"그리고 도검류를 제작하신 건——."

우즈메가 그렇게 말한 순간, 초월급 존재에 필적하는 기척이 에메라에게서 뿜어져 나왔다. 우즈메는 살짝 뺨을 씰룩거리면서도 가슴을 편 채 그의 이름을 입에 담았다.

"드워프 대장장이, 드발린 씨예요!"

직후였다. 에메라가 괴상한 소리를 내더니 그대로 졸도해버린 것이다. 우즈메는 어안이 벙벙해졌다. 미라 역시 멍한 얼굴로 플리카가 안아 일으키고 있는 에메라를 쳐다보았다.

그 에메라로 말하자면, 이 세상의 모든 축복을 한 몸에 받은 듯한 미소를 짓고 있었는데, 그 미소는 마치 보살과도 같은 평안함으로 가득했다.

미라는 말없이 합장을 했다.

에메라의 반응을 통해서도 알 수 있듯이 드워프족의 대장장이 드발린은 초일류 장인이었다. 아닌 게 아니라 그 역시 오랜 세월에 걸쳐 대장장이들의 정점에 군림해온, 살아있는 전설이었다.

이에는 셀로와 아스발도 에메라 만큼은 아니었지만 놀라움을 감추지 못했다. 하지만 그것은 드발린이라는 거물이 관여했다는 점 때문만은 아니었다. 살아있는 전설을 둘이나 산하에 두고 있는 이스즈 연맹이라는 조직에 대한 놀라움이 더욱 컸던 것이다.

"그게……. 칼집까지 만들지는 못했지만, 다들 아이템박스를 쓸 수 있으니 괜찮겠지? 그러면 곧장 설명을 시작할게요. 뭐 알바티누스 씨랑 드발린 씨한테 들은 걸 전달할 뿐이지만요."

우즈메는 졸도한 에메라는 가만히 두기로 하고 나중에 그녀에게도 전달해달라고 부탁한 뒤, 흑무석 대책 무기 '백은멸귀(白銀滅鬼)' 시리즈의 취급 방법에 관해 설명하기 시작했다.

13

결전을 위한 치밀한 작전을 짠 다음날 아침. 아론과 에메라 일행으로 이루어진 별동대의 면면들은 제어기지가 있다는 작은 마을을 향해 일찌감치 출발했다.

이 별동대에는 백호의 식신, 가우타가 동행했다. 카구라가 독자적으로 개발한 연락용 술법으로 서로 정보를 공유하기 위해서였다.

또한 이 가우타는 얼마 전까지 먼 곳에서 활동 중이던 다른 부대와 함께 있었다. 그것을 이번 결전을 앞두고 불러들여 연락요원으로 각 부대에 배치한 것이다. 이미 제어기지를 공략할 제1진에는 뇨로조가 동행하고 있다는 모양이었다.

"그나저나 그 에카르라트 카리용의 마스터가 플레이어 출신자였다니. 뭐, 덕분에 납득이 되기는 했지만."

카구라는 셀로의 온몸을 구석구석 쳐다보며 어쩐지 감회 깊다는 투로 중얼거렸다.

플레이어 출신자 중에는 전반적으로 실력자가 많다는 것이 어떻게 보면 이 세계에서는 상식이었다. 당연히 그렇지 않은 경우도 있었지만 눈에 띄는 힘을 지니고 있을수록 플레이어 출신자일 가능성이 높았다.

"저도 놀랐습니다. 설마 환경보호단체 이스즈 연맹이 키메라 클로젠의 대항 조직이었고, 그 창시자가 그 아홉 현자의 일원인 카구라 씨였다니."

셀로는 카구라와 마주본 채, 게임이었던 시절에 용병으로 아홉 현자 '초상의 플로네'의 부대에 들어갔을 때, 카구라를 본 적이 있다고 말을 이었다. 그리고 미라 다음으로 만난 플레이어 출신자도 엄청난 거물이라 놀라울 따름이라고 기쁜 듯이 웃으며 말했다.

셀로는 우즈메가 카구라라는 사실을 한눈에 알아보았다는 모양이었다. 유명인인 데다 모습도 바뀌지 않았으니 면식이 있는 자가 있어도 이상할 것은 없었다. 더불어 아홉 현자 덤블프의 제자를 자칭하고 있는 미라와 함께 나타났다는 것이 그러한 생각을 뒷받침해주었다 해도 과언이 아닐 것이다.

돌입부대인 미라와 카구라, 그리고 셀로는 그런 담소를 나누며 도시에서 다소 떨어진 임식지대에서 마물과 싸우고 있었다. 결전 때 잘 싸울 수 있도록 서로의 실력을 파악하기 위해서였다.

"거기 둘, 자알 보고 있어라!"

타고 온 페가수스를 그대로 공격하게 하거나 다크나이트와 홀리나이트를 무수히 소환해서 가장 먼저 소환술의 위광을 뽐내고 있던 미라는 두 사람이 태평하게 대화를 나누자 울컥해서 고개를 돌리며 호통을 쳤다.

"그래그래 보고 있어. 똑똑히 보고 있다고~."

카구라가 팔랑팔랑 손을 흔들며 답했다. 애초에 아홉 현자 동료인 카구라는 미라의 실력을 보지 않아도 충분히 잘 알고 있었다. 아닌 게 아니라 연계 방법이며 전투시 취할 진형도 이미 구축된 상태다. 따라서 이번 훈련의 주된 목적은 셀로가 두 사람의 전투 스타일을 파악하게 하는 것과 셀로의 실력을 가늠하는 것이었다.

당사자인 셀로로 말하자면 카구라와 달리 대화를 하면서도 꼼꼼히 보고 있었는지 다크나이트와 홀리나이트의 연계를 두고 실로 훌륭했다고 미라를 칭찬하는 말을 입에 담았다.

그런 말에 기분이 좋아진 미라는 "이건 신기술이다!"라고 소리치며 바위 갑옷을 걸친 멧돼지 같은 마물의 돌진을 부분소환한 타워실드로 막고, 마찬가지로 부분소환한 흑검으로 몸통을 갈가리 찢어 보였다.

여섯 자루의 검이 눈 깜짝할 새 나타나 멧돼지를 내리쳤다. 기습도 가능한 데다 위력도 충분한 그 성능에 셀로는 혀를 내둘렀다.

"응응, 전갈이랑 모의전 치를 때 썼던 거네. 이만큼 동시에 발동시킬 수 있었구나. 멋져멋져."

부분소환은 게임이 현실이 되어 시스템의 제한이 사라진 탓에 가능해진 소환술의 새로운 기능이었다. 이에 관해서는 카구라도 인정하고 있는 듯했지만 아무래도 서로의 수법을 모조리 아는 사이라서인지 덜 놀라는 듯 보였다. 미라라면 저 정도는 당연하다. 그러한 선입견이 있기 때문이다.

하지만 미라는 뭔가 부족한 듯한 기분이었다. 그래서인지 끝으로 '눈에 띄어서 소환을 삼가고 있는 황룡이 있다. 여차하면 산을 통째로 날려버려 본거지를 잿더미로 만들어줄 테다'라는 소리를 불만스러운 투로 입에 담고는 술법 시범을 마무리 지었다.

"그럼 내 차례지?"

입술을 삐죽거리며 돌아온 미라와 교대하듯 카구라가 품속에서 식부를 한 장을 꺼내들고 한 걸음 앞으로 나섰다. 맞은편에서는 새로운 마물 세 마리가 돌진해 오고 있었다.

미라가 처치한 바위 멧돼지 ──록 보어보다는 작았지만 마찬가지로 바위 같은 피부로 둘러싸였으며 속도는 배는 될 듯한 도마뱀처럼 생긴 마물이었다.

마물들은 눈 깜짝할 새 거리를 좁혀왔다. 그에 반해 카구라는 작은 소리로 뭐라 중얼거리며 식부를 날렸다.

'미타마(御靈) 신기'라는 음양술사의 특수한 기능으로 인해 식부는 자유자재로 하늘을 날아 그대로 마물들에게 날아갔다. 그리고 직전에서 폭발한 그 순간. 대지가 넓은 범위에 걸쳐 크게 함몰되더니 세 마리의 마물이 수십 미터 아래로 떨어졌다. 그야말로 보고도 믿기지 않을 정도의 규모와 속도의 지각변동으로, 아홉 현자라는 존재가 얼마나 터무니없는 실력을 지녔는지를 알 수 있는 좋은 견본이 되었다.

하지만 거기에서 그쳐서는 아홉 현자라 할 수 없었다. 대책의 대책도 가정해서 이중, 삼중으로 대비를 해두어야 마땅하다.

높은 곳에서 곤두박질쳤음에도 부상을 입지는 않았는지 마물은 그 즉시 자세를 바로잡고 달리기 시작했다. 카구라는 그들을 향해 두 번째 식부를 날렸다.

그것은 함몰된 대지로 빨려들었다. 그리고 이번에도 역시 눈이 의심될 정도로 급격한 변화가 일어났다. 나무와 바위로만 되어 있던 대지에서 녹음이 솟구쳐 함몰지대를 눈 깜짝할 새 가득 메웠다.

"아홉 현자 분들의 술법은, 정말이지 차원이 다르군요."

음양술사의 정점이 펼치는 술법은 그야말로 차원이 달랐다. 지금까지 아무것도 없었던 눈앞에 지금은 밀림이 펼쳐져 있었다. 셀로는 감탄한 듯한, 하지만 즐거운 듯한 표정으로 그 광경을 바라보았다.

음양술 중 나무를 만들어내는 [목지일식 : 수목림]이라는 술법이 있다. 이는 술자의 의지에 따라 탄력적으로 제어할 수가 있어서 필드 제어의 대표격이라 할 수 있는 술법이었다.

통상적으로 이 술법은 도주를 보조하거나 원격공격에 대한 차폐물, 혹은 기동력이 높은 동료를 살리기 위해서 행사하는 등, 보조적인 목적으로 사용되는 경우가 많았다. 하지만 그밖에도 위력적인 사용방법이 있었다.

"남은 일은 뭐어, 불을 붙이는 것뿐이지만. 아무리 그래도 이 규모로 불을 내면 눈에 띄겠지?"

불을 붙인다. 요컨대 삼림화재를 발생시키는 것이다.

목화상생(木火相生). 음양술로 발생시킨 나무는 자연적인 것에 비해 음양술로 발생시킨 불에 잘 탄다는 특성이 있었다. 폭 수백 미터, 깊이 수십 미터로 함몰된 대지에 한정적으로 펼쳐진 밀림에 아홉 현자인 카구라가 불을 지르면 어떻게 될까. 그야말로 불을 보듯 뻔한 결과만이 기다리고 있을 것이다.

"뭐어, 이 정도가 평소 실력이야. 나는 여기까지 할게."

며칠 후로 다가온 결전에 대비해 너무 눈에 띄는 짓은 하고 싶지 않다는 것이 카구라의 생각이었기에 불바다가 펼쳐지는 사태는 벌어지지 않았다. 그 대신 숲이 의지를 지닌 듯 꿈틀대기 시작하더니 그곳에서 서성이던 세 마리의 마물을 집어삼키듯 무너져 내렸다.

그로부터 몇 분 후, 녹음이 무성했던 그 자리는 마물의 시체만을 남긴 채 본래의 암석지대로 돌아갔다.

카구라의 실력은 전혀 녹슬지 않았다. 그 사실을 확인한 미라는 "그저 그렇군"이라는 말만 입에 담았다.

다음으로 기술을 보일 예정인 셀로로 말하자면 쓴웃음을 지은 채 "난감하게 됐군요"라고 중얼거리면서도 실로 우아하게 검을 뽑으며 정면을 바라본 채 자세를 낮췄다.

그때 바위 같은 갑옷을 두른 원숭이형 마물의 무리가 무수히 많은 암석을 가볍게 뛰어넘어 모습을 드러냈다. 주변 일대에 출현하는 마물들 중에서도 톱클래스의 강적, 아머 에이프였다. 신장은 기본적으로 2미터를 넘었고, 개중에서 가장 관록이 있는 개체는 4미터에 달할 정도로 거대했다.

아머 에이프의 무리는 미라 일행을 발견함과 동시에 적의를 드러내더니 일제히 고함을 쳤다. 그것은 위협이나 경고 같은 것이 아니었는지, 아머 에이프는 앞을 다투어 셀로에게 덤벼들었다.

아머 에이프는 험한 지형도 개의치 않고 암석지대를 유유히 달려, 눈 깜짝할 새 미라 일행에게 육박했다.

그 다음 순간이었다. 셀로의 몸이 잔상처럼 일렁임과 동시에 한 마리의 아머드 에이프가 비명을 질렀다. 자세히 보니 가슴팍에 커다란 상처가 나서 피가 흘러나오고 있었다.

그 옆에는 피에 젖은 검을 손에 든 셀로의 모습이 있었다.

상당한 속도였다. 미라와 카구라는 감탄스럽다는 눈으로 그 모습을 바라보았다. 그런 가운데, 아머 에이프가 가슴에 입은 상처는 아랑곳 않고 분노로 가득한 고함을 지르며 셀로를 향해 팔을 휘둘렀다.

하지만 이미 셀로는 그곳을 벗어난 뒤라 팔은 허무하게 허공을 가를 뿐이었다.

잠시 후, 마물들의 비명소리가 차례차례 울려 퍼지기 시작했다. 정신이 들어보니 모든 마물들이 가슴에 커다란 부상을 입은 상태였다. 하지만 모두 다 치명상에 이르지는 못했는지 아머 에이프는 자신들에게 고통을 안겨준 셀로를 증오스럽다는 듯 노려보고 있었다.

셀로는 적진 한복판에서 적의를 한 몸에 받으며 검에 묻은 피를 털어내더니 그대로 칼집에 집어넣었다. 부상은 입었지만 아머 에이프는 모두 건재해서 아직 전투가 끝났다 할 수 없음에도 불구하고. 하지만 셀로는 다 끝났다는 듯 미라 일행이 있는 쪽으로 걸음을 옮기기 시작했다.

가장 거대한 몸집을 지닌 아머 에이프가 전투 도중에 등을 돌린 셀로에게 덤벼들려 한, 그 직후. 모든 아머 에이프가 가슴에서 요란하게 피를 쏟으며 차례로 목숨을 잃었다.

"어떤가요. 걸리적거리지는 않으리라는 자신은 있습니다만."

겸손을 떨 듯 쓴웃음을 지은 채 돌아온 셀로는 눈치를 살피는 듯한 투로 그렇게 말했다.

"충분하고도 남을 것 같군그래."

"응, 전혀 부족한 점이 없어. 정말 믿음직해."

투기를 응축시켜 여러 가지 힘을 발현시키는 전사 클래스의 '발로(發露)'라는 기술과 그것들을 조합하여 기술로 만든 '투술'. 사람의 숫자만큼 '투술'이 있다 해도 과언이 아닐 정도로 그 조합에는 끝이 없었다. 따라서 판단 기준도 애매해질 수밖에 없었지만 셀로의 기술은 틀림없이 검격의 극치라 해도 과언이 아닐 정도의 것이라 미라와 카구라는 훌륭한 위력을 지닌 기술에 감탄하여 칭찬을 보냈다.

"두 분께서 그렇게 말씀해주시니 어쩐지 기쁜데요. 덕분에 자신감을 가질 수 있을 것 같네요."

셀로는 오랜 세월에 걸쳐 연마해온 검술의 한계를 가늠할 기준이 주변에 없었던지라, 아홉 현자라는 모든 이가 아는 최강의 기준에게 칭찬을 받았다는 사실을 순순히 기뻐했다.

이렇게 전력에 아무런 문제가 없음을 확인한 세 사람은 그날의 남은 시간을, '백은멸귀'의 사용법을 익히기 위한 수련에 투자했다.

다음 날 오후. 결전을 위해 꼼꼼히 준비를 하던 참에 전갈 일행이 피스케를 통해 연락을 해왔다.

그 내용은 흑무석을 사용한 대량의 무구를 멜빌 상회의 창고에서 발견했다는 것이었다. 또한 증거 압수를 위한 강제조사가 가능하도록 준비를 마쳤다고도 했다.

전갈의 보고에 의하면 이바테스 상회의 협력으로 삼신 교회의 월경법제관(越境法制官)을 아군으로 끌어들였다는 모양이었다.

이 월경법제관이라는 것은 삼신국 중 하나인 아리스파리우스 성국의 이름하에 대륙 전투의 계율을 수호하는 일을 일임받은, 말하자면 교회 소속 국제 수사관 같은 것이라 한다.

결전 개시와 동시에 전갈과 뱀이 월경법제관을 데리고 멜빌 상회의 시설을 강제 조사할 예정이라는 듯했다.

이로 인해 멜빌 상회는 키메라 클로젠 본거지가 습격을 받았다는 소식을 들어도 흑무석제 무구가 발각된 일에 대응하는 데 급급해서, 습격에 대한 대책을 마련할 여유가 없어질 것이다.

멜빌 상회의 미래는 이미 끝났다고 해도 과언이 아닌 상황이었다.

"만약을 위해 결행일 전날까지는 바로 움직일 준비를 해둬. 그리고 조금이라도 이상한 움직임이 보이면 연락하고."

카구라는 그렇게 지시를 내리고서 연락을 마쳤다.

"이로써 연루되어 있던 상회 쪽은 해결이 될 것 같네."

아직 마무리가 된 것은 아니니 방심은 할 수 없었지만, 부하인 전갈과 뱀을 믿어서인지 카구라는 확신에 찬 투로 그렇게 말했다.

그리고 그날 밤. 이번에는 별동대인 아론 일행에게서 연락이 왔다. 하지만 이쪽은 그다지 좋지 못한 소식을 전해왔다.

미리 현장에 도착해 대충 둘러보니 제어기지가 있다는 작은 마을은 정말로 얼핏 봐서는 평범한 마을처럼 보인다는 모양이었다.

기지를 지키는 전투원으로 보이는 마을 사람들은 완전히 마을 사람 같은 태도로 외부인을 대하고 있다는 듯했다. 밭에서 수확한 채소 등도 양심적인 가격에 판매하고 있다고 한다.

하지만 마을이 제어기지를 지키기 위한 요새라는 사실을 전제로 관찰해보면 확실히 감옥의 간수처럼 경계하는 시선이 느껴진다는 모양이었다.

게다가 플리카는 이상하리만치 곳곳에서 정령의 기척이 느껴진다는 보고를 덧붙였다. 그리고 가장 짙은 기척이 느껴지는 지하에 분명 무언가가 있을 것이라고 단언했다.

이렇게 아론 일행은 마을의 모습을 살피고 있었는데, 역시나 경비가 엄중해서 생각한 만큼 조사가 진척되지 않아 마을에 관해서는 더 보고할 것이 없다는 듯했다.

『마을과 그 주변을 둘러보기는 했지만, 숨어 있는 것인지 아직 오지 않은 것인지 모습이 보이지는 않더군.』

이어서 아론이 또 하나의 걱정거리인 남자 하늘의 민족에 관해 그렇게 보고했다. 아무래도 그와는 접촉하지 못한 모양이었다. 그 때문에 언제 어디서 전투가 시작될지 모를 일이라고. 또한 정말 와 있는지 어떤지도 알 수 없어 그를 믿고 양동작전을 펼치기에는 불안하다고 아론은 말했다.

회의 결과, 언제든 시작할 수 있도록 준비를 해두되 최악의 경우에는 없는 셈치고, 당일에 예정대로 작전을 결행하기로 결정했다.

　다음으로 연락을 해온 것은 이스즈 연맹의 제1진과 본거지 제
압 부대를 이끄는 부대장 콘고와 미자르였다. 정령의 힘을 빌려
고속 이동 중인 그들은, 규모가 수백 명에 달하다 보니 현장에 도
착하려면 한나절은 더 걸릴 것 같다고 했다.

　하지만 제1진과 제압부대는 최악의 경우, 당일에만 도착하면
어떻게든 된다. 카구라는 아론 일행과의 합류지점과 본거지와 통
하는 입구가 있는 시설의 장소, 불확실요소인 하늘의 백성 남자,
실제로 확인한 마을의 상황이며 지형 등을 고려해 수정한 작전안
을 전달했다.

　각 구성원들과의 연락을 마친 카구라는 녹색 리본을 꺼내서 가
만히 바라보았다. 그것은 일찍이 게임이 현실이 되어 망연자실해
있던 그녀를 격려해주었던 바람의 정령 리샤에게 답례로 건네주
고자 준비한 물건이었다.

　"얼마 안 남았어. 조금만 더 있으면……."

　카구라는 마치 기도라도 하듯 리본을 쥔 채 조용히 차오르는 눈
물을 떨쳐내고는 밤하늘을 올려다보았다. 지상에서 까마득히 멀
리 떨어져 있는 별들은 허무할 정도로 아름다웠지만 그날 리샤와
보았던 별하늘에는 미치지 못하는 것 같아서, 카구라는 가만히
눈을 감고서 그날을 추억했다.

14

결전을 하루 앞둔 날. 곧 다음 날짜로 넘어가려는 늦은 시간대의 밤이었다. 이스즈 연맹의 대부대는 키메라 클로젠의 제어기지가 있는 작은 마을이 멀리 보이는 언덕 위며 바위산, 작은 숲 등에 마을을 포위하듯 전개해 있었다. 은밀하게. 하지만 언제 전투가 시작되어도 대응할 수 있게끔. 우즈메의 지시대로 임전태세를 갖춘 채 대기 중이었다.

그곳에서 조금 더 떨어진 장소에서 작은 마을을 감시 중인 두 사람이 있었다.

전망 좋은 바위산의 동굴. 그곳에 환영의 결계가 쳐져 있었다. 밖에서 보면 동굴은커녕 그냥 평범한 바위로만 보일 그곳에는 미리 도착해 있던 그라드와 그에게 협력 중인 소녀, 메이메이가 있었다.

"정말로 저기에 엄청나게 강한 게 있냐해?"

메이메이는 눈을 반짝반짝 빛내며 흥분된 표정으로 작은 마을을 바라보고 있었다.

"그래, 틀림없어. 저 마을 아래에는 정령님들의 강력한 힘이 모여 있다. 요전의 싸웠던 덩치와 비교가 되지 않을 정도로 큰 힘이다."

그라드는 그렇게 말하며 메이메이와는 대조적으로 증오가 가득한 눈으로 마을을 노려보았다.

희생된 수많은 정령이 이 제어기지에 모여있었다. 정령을 신앙하는 하늘의 백성. 그 신관인 그라드는 특별한 눈을 지니고 있었다. 그렇기에 보이는 것이다. 작은 마을 지하에서 넘쳐 나오고 있는 **형태 없는** 정령의 힘이.

"위에서 싸우면 정말로 강한 게 나오냐해?"

메이메이는 그라드의 심정은 아랑곳 하지 않고 기대로 가득한 표정으로 그렇게 물었다. 메이메이의 머릿속은 지금 강한 상대와 싸울 생각으로 가득한 듯했다.

메이메이가 말하는 강한 것. 그것은 요전에 키메라 클로젠과 연관이 있는 시설에 잠입했을 때 조우했던 거대한 전투인형을 상회하는 존재를 말했다.

그라드는 사전조사를 통해 작은 마을의 지하에서 낯익은 전투인형과 같은 반응을 확인한 바였다. 하지만 그러면서도 내포된 정령력은 차원이 달라서, 그것이 터무니없는 괴물임을 꿰뚫어보았다.

그렇기에 그라드는 지금 메이메이라는 강력한 아군이 곁에 있다는 사실에 몰래 감사했다.

"나올 거다. 우선 내가 마을에 불을 놓지. 그러면 상당한 소란이 일어날 거다. 어쩌면 그걸 신호 삼아 녀석들과 적대 중인 조직이 움직일지도 모르지."

그라드는 그렇게 운을 떼고서 메이메이에게 부탁할 일을 간결하게 전달했다. 마을 전체에 불길이 오르고 몇몇 마을의 보초를 처리하고 나면 반드시 지하에서 증원군이 나올 것이다. 그 증원

군을 처리하는 데 성공하면 아마도 거대한 전투병기가 전장에 투입될 것이라고.

"아하. 알아들었다해!"

수많은 적을 쓰러뜨린 끝에 등장하는 두목. 실로 게임다운 흐름이라 생각했는지 메이메이는 곧장 알아들었다. 요컨대 전장에서 날뛰다 보면 목표가 멋대로 나올 것이라는 뜻이다.

"전부 쓰러뜨리고 완전 승리한다이거~!"

메이메이는 그렇게 의욕적으로 말했다. 야생적인 감각 때문이라 해야 할지, 아니면 보기 드문 감성 때문이라 해야 할지, 그녀는 예감하고 있었다. 이번 상대는 지금까지 여행을 하며 만났던 상대들 중에서도 상위에 속할 강적일 것이라고. 그렇기에 그녀는 있는 대로 신이 나 있었다.

"전부는 안 돼. 잘 들어라, 중간에 이스즈 연맹이라는 녀석들이 올지도 모른다. 그 녀석들은 일단 적이 아니니 공격하지 마라."

자칫 잘못하면 그 자리에 있는 모든 사람을 쓰러뜨려버릴 것 같았다. 의욕이 넘쳐나는 메이메이의 모습을 보고 있자니 그런 걱정이 들어서 그라드는 그렇게 못을 박아두었다. 그리고 이어서 "그중에 강한 녀석이 있어도 승부는 다 끝난 다음에 해라"라고 이어서 못을 박았다.

"이스즈 연맹? 알겠다해, 조심한다이거."

요즘 매일같이 식사를 얻어먹은 탓인지 메이메이는 그라드의 충고를 순순히 받아들였다.

"이스즈 연맹, 우리 편, 싸움은 나중에."

메이메이는 자기 자신을 타이르듯, 혹은 잊지 않도록 몇 번이나 그렇게 중얼거린 후 "기억했다해!"라고 말하며 활짝 웃었다.

자정이 넘었을 즈음. 작은 마을로 숨어드는 두 사람이 있었다. 그라드와 메이메이였다.

"시작한다."

자리를 잡은 그라드는 크로스보우로 전방 상공을 겨눈 채 메이메이의 상태를 살폈다. 그러자 메이메이는 "언제든 시작할 수 있다이거!"라고 답했다. 그와 동시에 그 눈에는 조금 전과는 전혀 다른, 맹수와 같은 광채가 깃들었다. 상대가 토끼라 해도 온힘을 다해 잡는다. 그런 인상을 풍기는 절대 강자의 눈이었다.

그라드는 제1단계 작전의 성공을 확신하며 크로스보우의 화살을 쐈다. 조용히 날아간 그 화살은 작은 마을의 거의 중앙에 해당되는 상공에 도달함과 동시에 푸른빛을 내뿜으며 작렬했다.

별이 가득한 밤하늘과 작은 마을에 밝혀진 희미한 불빛. 그러한 광경이 지금, 그라드의 화살로 인해 격변했다. 크로스보우의 화살에 담겨있던 성수. 그것이 그라드의 술법으로 인해 푸른 불꽃이 되어 작은 마을에 유성우처럼 쏟아지기 시작한 것이다.

"좋아, 우선은 보초들부터 처리하지."

"알겠다해."

그라드의 분노가 담긴 불꽃은 눈 깜짝할 새 옮겨붙어, 작은 마을을 불바다로 만들기 시작했다. 그리고 무슨 일인가 하고 허둥대던 보초를 그라드와 메이메이가 쏜살같이 습격했다.

그라드의 세검이 첫 번째 남자의 목을 꿰었다. 이어서 메이메이의 주먹이 화려하게 두 번째와 세 번째 남자의 의식을 앗아갔다.

완전히 허를 찌른 첫 공격 이후, 그라드와 메이메이는 숨지도 않고 당당하게 마을을 파괴하기 시작했다.

"이게 무슨 일이냐!"

오두막에서 한 남자가 허둥지둥 튀어나왔다. 하지만 다음 순간, 남자는 목을 베여 땅바닥에 쓰러졌다.

"뭐야, 무슨 일이야?!"

또 다른 남자가 오두막에서 얼굴을 내밀었다. 그리고 눈앞에 쓰러져 있는 남자와 그 정면에 선 그라드를 보고 얼굴이 새파랗게 질렸다.

"네놈은, 하늘의——."

하늘의 민족. 남자가 그렇게 말하려던 참에 그라드가 던진 성수병이 오두막 안에서 깨져 불꽃이 되었다. 푸른 불꽃은 눈 깜짝할 새 남자와 오두막 안에 남아있던 자들을 모조리 불태웠다.

"보이나, 보고 있나, 젤. 네놈의 미래가."

소용돌이치는 증오를 그 눈에 드리운 채 그라드는 모여들기 시작한 보초들을 향해 달려갔다.

마을 한복판에 위치한 커다란 광장. 불에 탈 것이 적은 탓에 불길이 약하기는 했지만 그래도 주변이 불바다가 된 탓에 그곳은 퍼런 불빛을 받아 환히 밝혀져 있었다.

메이메이는 그런 가장 눈에 띄는 장소에 있었다. 그렇게 하면 상대가 많이 몰려들 것이라 생각했기 때문이다.

"빨리 나와라해~. 안 내보내면 전멸한다해~."

혼잣말을 하는 듯한 투로 재촉을 하며 메이메이는 덤벼드는 적들을 모두 일격에 기절시켜 나갔다.

메이메이는 사전에 그라드에게서 들은 바가 있었다. 그녀가 딛고 서 있는 커다란 광장 아래에, 키메라 클로젠의 비장의 거대 전투 인형이 있다고. 그렇기에 언제 나타나도 상대할 수 있도록 이 자리에서 기다리고 있는 것이다.

그렇게 수많은 보초를 쓰러뜨린 참에 느닷없이 마을 외각에서 함성소리가 울려 퍼졌다.

"으음?! 강자의 기척이다이거!"

메이메이는 그 목소리와 느닷없이 부풀어오른 기척을 감지해냈다. 드디어 키메라 클로젠의 증원군이 나타난 걸까. 그러한 기대를 품은 채 달려 나가려던 순간, 메이메이를 제지하는 목소리가 들려왔다.

"갈 필요없어. 방금 전 건 아까 말한 이스즈 연맹이니. 그보다 주변이나 봐라."

그라드가 그렇게 말해서 메이메이를 만류하고는 주변 일대를 가리켰다.

"왕창 나왔다해!"

"일단은 조심해라. 전보다 상당히 강할 테니."

대체 어디서 솟아 나온 것인지. 메이메이가 둘러본 주변에는 작은 마을을 가득 메울 정도로 많은 전투인형들이 있었다. 거대 전투 병기가 아니기는 했지만 사람의 모습을 본떠 만들어진 그것은 하나같이 강력한 정령무구로 무장하고 있었다. 그리고 그라드는 거기에 담긴 정령력이 상당하다고 주의를 주었다.

요컨대 일전에 메이메이 일행이 싸웠던 전투인형보다 더욱 고성능이며 강력한 상대라는 뜻이다.

"준비운동에 딱이다이거!"

메이메이는 본격적인 싸움에 앞서 몸을 풀기에 적당한 상대라는 투로 말하더니, 투지를 불사르며 그 집단에 정면으로 뛰어들었다.

15

시간을 조금 거슬러 올라, 막 결전 당일이 된 한밤 중.

"할아버지, 일어나! 자, 빨리~!"

"우음……. 무어냐, 소란스럽게."

평소처럼 목욕을 하고 식사를 하고서 내일은 일찍 일어나야 할 것 같아 잠자리에 든 미라를, 얼마 지나지 않아 카구라가 갑자기 두들겨 깨웠다.

"전투가 시작됐어. 지금 당장 출진해야 해!"

"뭣이라고……?!"

카구라의 말에 의하면 조금 전에 제1진의 참모인 아리오트에게 서 누군가, 아마도 하늘의 민족으로 추측되는 남자가 갑자기 나타나 마을을 습격했다는 긴급 연락이 들어왔다는 모양이었다.

"나는 각 부대에게 지시를 내릴 테니까 할아버지는 빨리 이 사실을 셀로 씨한테 전달하고 와."

말이 끝나기 무섭게 카구라는 곧장 음양술을 써서 연락을 취하기 시작했다. 재촉을 받은 미라는 "알겠다"라고 한 마디만 하고서 방을 뛰쳐나가 셀로가 있는 곳으로 달려갔다.

"셀로~ 깨어있느냐~. 이 몸이다~."

스위트 클래스의 방이 늘어서 있어 어쩐지 고급감이 감도는 복도에서, 미라는 늦은 밤이라는 것도 아랑곳 않고 다급하게 문을 노크하며 외쳤다.

"무슨 일이 있었나 보군요. ……혹시 시작된 건가요?"

아직 잠들지 않았던 것인지 금방 문을 열고 얼굴을 내민 셀로는 미라의 모습을 보고 곧장 상황을 파악한 모양이었다.

"음, 바로 맞췄다. 저쪽에서——."

"저기, 그 전에 미라 씨. 그 차림새로 밖을 돌아다니는 건 좋지 않을 것 같은데요."

금세 이야기가 통했다. 미라가 카구라에게서 들은 내용을 입에 담으려던 순간, 셀로는 재빨리 망토를 꺼내서 미라의 어깨에 걸쳐주었다.

"음……? 오오! 내 정신 좀 보라지."

새삼 아래를 내려다보니, 막 잠에서 깬 미라는 속옷 바람이었다. 하지만 그 사실을 부끄러워하기는커녕 웃어넘기더니 그 자리에서 남자 하늘의 민족이 움직인 것 같다고 상황을 설명했다.

"알겠습니다. 서두르도록 하죠."

셀로는 이미 준비가 되어 있었는지 미라의 이야기가 끝나자마자 그대로 방을 뒤로 했다.

미라 일행이 돌아오자 마침 지시를 모두 내린 카구라가 고개를 돌려 미라를 쳐다보았다. 그러고는 곧장 눈살을 찌푸렸다.

"……꼴이 왜 그 모양이야."

카구라는 사이즈가 맞지 않는 망토를 걸친 미라를 노려보며 말했다. 틈새로 하얀 피부가 엿보여 쓸데없이 요염한 그 모습을.

"그대가 재촉을 하기에……."

"하아……. 일단 옷부터 갈아입자."

재촉 좀 했다고 속옷 바람으로 뛰쳐나가는 바보가 어디 있어. 카구라는 그런 말을 간신히 목구멍으로 넘기고서 침대 옆에 널브러진 옷가지를 주워 내밀었다.

미라는 풀이 죽어서 "음……" 하고 고개를 끄덕이고는 평소처럼 옷을 입기 시작했다. 셀로는 어느샌가 문 밖으로 나가 있었다.

미라가 옷을 다 갈아입고 셀로도 방으로 들어오자 그제야 카구라가 상황을 상세히 이야기하기 시작했다.

각 부대에서 올라온 보고에 의하면 예정대로 하늘의 민족으로 추정되는 남자의 습격으로 인해 기지는 혼란 상태에 빠졌다고 한다. 게다가 불확정 정보이기는 하지만 멀리서 확인한 바로는 남자와 한패로 보이는 인물 하나가 존재하는 것 같다는 모양이었다. 아직 정체는 알 수 없었지만 상당한 실력자로, 작전 수행에 좋은 쪽으로 작용할 것 같다는 듯했다.

그 두 사람의 습격은 효과적이어서, 그 혼란을 틈타 돌격을 하라는 명령을 조금 전에 제1진에게 내린 참이라고 카구라는 말했다.

(그때 성가신 녀석에게 붙잡혔다고 하더니만, 협력적이기는 한 모양이로군.)

미라는 일전에 만났던 남자 하늘의 민족이 자신에게 혼자가 아니라고 말했던 것을 떠올렸다. 모든 이를 거절하고 있는 듯한 분위기를 풍기던 남자가 동행을 허락한 누군가. 보고에 의하면 아직 상세한 정보는 알 수 없다는 모양이었지만, 미라는 그 인물에 관심이 생겼다.

"그런고로 우리도 출발하자. 미라, 잊은 물건은 없지?"

남자 하늘의 민족 협력자에 관해 이런저런 생각을 하던 중에 카구라의 목소리가 들렸다. 고개를 들어보니 어쩐지 어이가 없다는 표정을 짓고 있는 카구라의 모습이 있었다.

"음. 준비는 다 끝났다!"

필요한 물건은 모두 아이템박스에 들어있다. 미라는 끝으로 코트를 걸치고는 기운차게 답했다.

"좋았어. 그러면 가볼까."

카구라는 그렇게 말하며 고개를 끄덕이고는 힘차게 한 걸음을 내디뎠다. 미라는 그런 카구라에게 "셀로에게는 안 물어보는 게냐?"라고 말했다.

"옷 입는 것도 깜박하는 미라도 아니고, 셀로 씨라면 안 물어봐도 괜찮겠지."

"우음……."

미라는 아무 말도 못한 채 토라진 듯 입술을 삐죽거렸다. 셀로는 미소를 지은 채 그런 두 사람의 뒤를 따랐다.

여관에서 뛰쳐나온 세 사람은 질풍과도 같은 속도로 국영 시설로 향했다. 키메라 클로젠의 본거지로 이어진 통로의 입구를 발견한 장소로.

이번에는 워즈랑베르의 힘을 써서 경비를 통과할 필요가 없었다. 미라 일행은 당당히 정문을 지나 시설 내에 침입했다. 카구라는 복도를 질주하는 도중에 만난 모든 직원들에게 식부를 붙여 최면상태로 만들어서 무력화시켰다. 이후, 본거지 제압부대가 이곳을 통해 진입할 예정이기에 그들을 지원할 의도를 겸한 조치였다.

미라 일행은 그렇게 안쪽까지 전진하여 출입금지 구획에 들어섰다. 가장 안쪽에 있는 방 안에 비밀통로와 통하는 문이 있었다. 잠금장치는 구식 금고 같은 다이얼식이었고, 미라는 즉시 메모장을 끄집어내서 번호를 확인해가며 잠금장치를 풀었다.

신속하게 문을 지나고 나니 마치 홍수 대책용으로 굴착한 듯 거대한 터널이 있었다. 심지어 빛의 정령의 힘에 의한 것인지 광원이 보이지 않음에도 불구하고 까마득히 먼 곳까지 밝게 비추어져 있었다.

"이거, 꽤나 밝군요."

대낮처럼 밝은 빛에 셀로는 눈을 찡그렸다.

"광정령의 힘을 이용한 것일 테지. 나 원, 이러한 일에 사용하다니, 고얀 놈들 같으니."

미라는 터널 끝을 실로 증오스럽다는 눈으로 노려보았다. 카구라는 그런 미라를 '네가 할 소리냐'라고 말하고 싶은 듯한 표정으로 쳐다보았다.

본거지까지는 직선으로 약 30킬로미터. 다소 커브길이 있기는 하지만 터널 안에는 장애물도 없고 전체적으로 전망도 좋아서 미라를 비롯한 세 사람은 마음껏 그 기동력을 발휘할 수 있었다.

세 사람의 돌진은 그야말로 가열했다. 바깥에 있던 시설과 달리 터널 내부에는 키메라 클로젠과 무관한 자는 없었기에 강경수단을 취하기를 주저할 필요가 없었기 때문이다.

실제로 도중에 조우한 키메라 클로젠의 하수인으로 보이는 자는 몇 초…… 아니, 순식간에 입이 틀어 막힌 채 멍석말이를 당하는 사람 같은 꼴이 되어 터널 구석에 내동댕이쳐졌다. 하수인도 상당한 실력자일 터였지만 아홉 현자 두 사람과 톱랭크 길드의 단장에게는 상대가 안 되는 것은 물론이거니와 그 모습을 보지도 못한 듯 했다.

그렇게 두 사람 정도의 관계자를 더 포박한 세 사람은 드디어 터널의 종점인 키메라 클로젠의 본거지 입구에 도착했다.

그곳에는 터널의 입구에 비해 상당히 작은 문이 있었다. 아닌 게 아니라 일반 가정집의 문과 거의 비슷한 정도가 아닐까 싶었다.

순간 잘못 찾아왔나 싶을 정도의 광경이었지만 많은 인원이 지날 필요가 없기에 문을 이렇게 낸 것인 듯했다. 접점이 적으면 그만큼 폐쇄도 용이해지기 마련이니.

그리고 이 문은 포로인 자말의 말에 의하면 특수한 인증기능이 설정되어 있을지도 모른다는 모양이었다.

추정형으로 말한 것은 문을 지난 직후에 깜박하고 온 물건이 있음을 알아채고 발걸음을 돌렸다가 다시 돌아왔을 때, '왜 그런 행동을 한 것이냐'는 질문을 간부에게 들었기 때문이라고 한다.

훗날, 문을 지날 때 의식을 집중시켜 보니 뭔가가 자신의 몸을 훑는 듯한 희미한 혐오감이 느껴졌다고 한다. 모종의 장치가 설치되어 있을 확률은 높을 듯했다.

"어디, 안은 어떻게 되어 있을는지……."

"좀 있으면 전투가 시작된 지 한 시간이네. 연락이 없다는 건 별 일이 없다는 뜻이려나아."

"뭐어, 저쪽에는 믿음직한 동료들이 모여 있잖아요. 느긋하게 기다려 보시죠."

외부인이 문을 열면 무슨 일이 일어날지 모른다. 그렇게 결론을 내린 미라 일행은 문 앞에서 제어기지의 제압이 끝날 때까지 대기하기로 했다.

세인트 폴리의 동쪽. 커다란 바위산의 산기슭. 암석지대가 한복판에 몸을 숨긴 에메라 일행은 지하에 제어기지가 있다는 마을을 멀리서 감시하고 있었다.

"뭐야 저거! 무슨 일이 일어난 거야?!"

날짜가 바뀐 직후, 그 광경을 목격한 에메라는 눈이 휘둥그레졌다. 푸른 불꽃이 느닷없이 그 마을을 휘감았기 때문이다.

"가서 확인해 보면 알 수 있겠지."

제프가 언덕을 뛰어 내려가자 다른 면면들도 잽싸게 그 뒤를 따라 뛰쳐나갔다.

300미터 정도 되는 거리를 단숨에 내달려 마을 앞에 위치한 언덕 위에 몸을 숨긴 에메라 일행은 그 참상을 보고 숨을 죽였다.

마을 곳곳에서 치솟은 불길은 조용히, 하지만 격렬하게 타올라 그곳에 있던 모든 것들을 잿더미로 바꾸어 나갔다. 바람이 불 때마다 불꽃은 기분 나쁜 소리를 내며 일렁이며 무차별적으로 주변에 있던 것들을 불태워 나갔다.

"푸른 불꽃에 크로스보우 화살……. 녀석이 움직인 모양이군."

아론은 잿더미가 되어가는 남자의 시체를 보고 그것이 하늘의 민족의 짓임을 확신했다. 규모는 달랐지만 그 참상은 그 남자와 처음 조우했을 때 보았던 광경과 비슷해 보였기 때문이다.

"이게, 그 정령 신앙자의 짓이라고?"

키메라 클로젠에게는 일체의 자비도 베풀지 않는다. 에메라는 그런 설명을 아론에게서 듣기는 했지만 그 처참한 광경을 보고 있자니 그 남자는 정말로 종교에 몸을 두고 있는 자가 맞는지. 아니, 그 이전에 사람이 맞기는 한지 의심되어 절로 표정이 찌푸려졌다.

"틀림없어. 이 솜씨는 전에 본 것과 같아."

아론은 수없이 널브러진 시체들을 둘러보며 그렇게 단언해 보였다. 그리고 눈살을 찌푸린 채 "이런 짓을 할 동기가 있는 자도, 그 남자밖에 없을 테고"라고 덧붙여 말했다.

"아론. 혹시 이건, 일전에 말한 그 남자의 소행인가?"

이스즈 연맹의 전투 집단, 벨레로폰 부대를 비롯한 병사들은 다른 떨어진 장소에서 대기 중이었다. 아론 일행보다 다소 늦게 그곳으로 달려온 대장 미자르는 푸른빛으로 밝혀진 마을을 바라보며 그렇게 말했다.

"그래, 맞아. 설마 날짜가 바뀌자마자 시작할 줄은 몰랐지만,

뭐어, 문제될 건 없지."

"그렇군. 우즈메 님의 지시대로 준비는 완벽하게 해두었으니."

아론이 허리에 찬 하얀 도끼를 손에 들고 일어서자 미자르 역시 하얀 검을 뽑았고, 두 사람은 동시에 동료들을 향해 몸을 돌렸다.

"작전개시."

아론이 조용히 그렇게 말하자 에메라 일행은 살며시 고개를 끄덕이고는 마을 측면을 향해 이동을 개시했다.

그에 반해 별동대 제1진은.

"자아, 결전의 순간이다!"

미자르가 선언함과 동시에 수백으로 이루어진 이스즈 연맹의 정예부대는 "오오!" 하고 일제히 고함을 쳤다. 오랜 세월동안 계속되어온 키메라 클로젠과의 악연이, 이 전투로 끝난다. 그 자리에 있던 모든 이들이 애타게 기다려온 결전이었다. 때문에 그들의 사기는 매우 높았다.

아론 일행이 멀리서 지켜보는 가운데, 하늘에 울려 퍼진 목소리는 돌격 신호와 함께 벼락처럼 마을을 질주하며 어디선가 속속들이 솟구쳐 나온 키메라 클로젠의 전투원들을 처치해 나갔다.

얼핏 봤을 때 마을의 인구는 백 명 정도였다. 하지만 참모인 아리오트가 특별한 술법을 사용해 조사해 보니 지하에 위치한 제어기지에는 천 명에 가까운 전투원과 사람은 아니지만 사람의 모습을 한 무언가가 있다는 것이 판명되었다.

그 결과를 토대로 작전을 변경하였다. 어떠한 함정이 있을지 모르는 기지 내에서 싸우기보다는 최대한 밖으로 유인하자는 것이다.

그를 위해 본래 제어 기지로 돌입할 예정이었던 제1진은 최전선에서 눈에 띄도록 날뛰고 있었다. 그리고 경비가 허술해진 제어기지를 제압하는 역할은 제2진인 아론 일행에게 일임되었다.

마을을 크게 우회한 아론은 격전지의 반대편에서 대공방으로 침입했다.

보아하니 한 면이 100미터는 될 듯해서 공방이라고 하기에는 상당히 넓은 그곳에는 일부 용도를 알 수가 없는 물건들을 비롯해 무수히 많은 실험 기구들이 놓여 있었다.

"으아…… . 뭐야, 이게."

그중 하나인 사람의 팔이 든 병을 본 에메라의 눈이 휘둥그레졌다. 그리고 같은 것을 본 플리카가 "정령의 팔, 같네요"라고 노기 어린 목소리로 말했다.

"정령의? 정령은 술사가 아니면 안 보이는 거 아니었어?"

"그건, 병에 담긴 액체 때문이라더군."

에메라의 의문에 답한 것은 아론이었다. 아론은 일찍이 이스즈 연맹이 내린 임무 중에 비슷한 것을 본 적이 있다고 말하더니, 그것을 조사했던 연구원이 내린 결론을 입에 담았다.

"정령을 강제로 가시화하는 약이라…… . 뭐라고 해야 할지, 몸에 나쁠 것 같군."

그것은 말하자면 자연의 섭리를 거스르는 일이라 제프는 엉겁결에 뒷걸음질을 쳤다. 하지만 그 옆에 있던 플리카는 제프와는 반대로 앞으로 나아갔다. 그리고 병을 손에 들고서 그 뚜껑을 열었다. 순간, 병속에 들어있던 팔이 빛의 입자로 변해 뿜어져 나왔다. 그 빛은 마치 미쳐 날뛰듯 날아다니더니 공방 안을 닥치는 대로 파괴하기 시작했다.

"우오! 위험하잖아!"

"이거 어떻게 하면 돼?!"

빛의 입자가 종횡무진으로 날아다녔다. 그것이 뺨을 스치는 바람에 당황한 제프와 그 즉시 몸을 웅크린 에메라가 일제히 플리카를 노려보았다.

"화가 단단히 났군."

"그런 상태로 뒀으니 그럴 만도 하지."

어쩐지 닮은 구석이 있는 아스발과 아론은 그나마 냉정히, 주의 깊게 빛을 눈으로 쫓으며 앞으로 나아가기 위한 길을 찾았다.

하지만 그때, 빛은 갑자기 방향을 바꾸어 사방팔방에서 병을 손에 든 플리카에게 쇄도했다.

"플리카!"

섬광이 솟구치는 가운데, 에메라가 비명을 지르듯 외쳤다. 정령의 힘이란 것은 본래 인간이 다스릴 수 있는 것이 아니었다. 그런 힘을 맞으면 아마도 무사하지 못할 것이다.

하지만 쭈뼛거리며 살펴보니 플리카는 부상을 입기는커녕 성스러워 보일 정도의 광채에 둘러싸여 있었다.

"어떻게 된 거야?"

제프가 도통 어떻게 된 일인지 이해가 되지 않아 무심결에 얼빠진 목소리로 그렇게 말했다. 누가 보아도 플리카가 착취당하고 갇혀서 미친 듯이 화가 났던 정령에게 공격을 당하는 듯 보였다.

하지만 결과는 예상했던 것과 전혀 달랐다. 플리카와 그녀를 둘러싼 빛. 그것은 마치 서로를 의지하는 듯한, 정령과 인간의 이상적인 관계를 체현한 듯 보였기 때문이다.

일동이 숨을 죽인 채 지켜보는 가운데, 문득 빛이 엷어져 플리카의 왼손에 집속되었다.

"아무리 분노에 지배당한 상태라 해도, 우리에게 친애의 마음이 있으면 정령들은 반드시 이해해줘요. 그게 인류와 함께 이 세계를 살아온 정령들의 본질이니까요."

플리카는 붉은 문양이 떠오른 왼손을 바라보며 에메라 일행이 있는 쪽으로 몸을 돌렸다.

"이게, 제 마음을 정령이 이해해 줬다는 증거예요. 아주 오래 전부터 이어져온 정령과 사람의 관계죠."

그 손에 새겨진 문양은 정령의 가호에 의한 것이었다. 그것은 정령과 강한 인연으로 맺어졌다는 증거이기도 했지만 '바람을 맡길 때' 역시 가호가 되어 사람에게 깃들 곤 한다.

병에 갇혀 있던 정령의 분노가 플리카의 마음을 접한 결과, 다시 사람을 믿기에 이른 것이리라.

"그리고 정령이 제어기지의 중추가 있는 곳을 가르쳐줬어요. 가죠."

플리카는 왼손을 가슴에 안은 채 힘차게 그렇게 말했다. 정령이 플리카에게 맡긴 바람. 그것은 마찬가지로 갇혀 있는 동료들을 해방시키는 것이었다. 그것이 정령을 위하는 플리카의 목적의식과 공명한 것이다.

"알겠다. 안내를 부탁하지."

아론은 고개를 끄덕이고는 플리카를 지키듯 옆에 나란히 섰다.

사전 조사 결과, 제어기지 자체는 그렇게까지 규모가 크지 않다는 사실이 판명되었다. 하지만 그 중추의 위치는 아직 판명되지 않은 상태였다. 그것을 지금, 정령이 알려주었다. 그들이 나아갈 길을.

이렇게 정보를 얻은 일행은 결의를 새로이 다지며 제어기지에 쳐들어갔다.

돌로 된 벽에 돌로 된 바닥. 조명 같은 것은 보이지 않았지만 멀리까지 내다보일 정도로 밝은 통로를, 아론 일행은 플리카의 안내에 따라 달려 나갔다.

"역시 대단하다고 해야 할지, 이명(異名)을 가진 사람들은 역시 다르구만."

"응, 뭘 해볼 틈이 없네."

제프는 지시대로 움직이면서도 상대를 무구째로 분쇄하는 아론의 일격을 보고 허탈한 미소를 지었다. 에메라는 그 옆에서 하얀 검을 든 채 전위를 완전히 맡겨둬도 괜찮을까 하는 생각을 하며 쓴웃음을 짓고 있었다.

제어기지를 지키던 적의 전력은 밖에서 성대하게 날뛰고 있는 미자르 일행과 하늘의 백성의 활약 덕분에 태반이 지상에 집중되어 있었다. 하지만 그런 만큼 기지 내에는 엄선된 경비병이 완전무장 상태로 남아, 아론 일행의 앞길을 가로막았다.

여러 개의 정령무구와 흑무석 무기를 사용하는 그 자들은 확실히 강적이었다. 하지만 아론의 뛰어난 전투 기술과 전략으로 인해 한 사람, 또 한 사람 쓰러져 갔다.

"흠. 드발린 님이 만든 무기는 역시 훌륭하군."

몇 명째인지 모를 경비병을 전투불능 상태로 만든 아론은 손잡이 부분을 제외한 모든 부분이 하얀 도끼를 쳐다보며 진심으로 만족스러운 미소를 지었다.

대장장이의 신이라고까지 불리기도 하는 드워프족의 대장장이 드발린. 흑무석 대책용으로 _1가 작성한 '백은멸귀'는 평범한 무기로서의 성능도 특출하게 뛰어났다.

"기회가…… 활약할 기회 좀……!"

검의 매력에 매료된 에메라는 지나치게 믿음직한 아론의 등을 쳐다보며 괴로워했다. 모처럼 받은 검을 휘두를 기회가 없다면서.

그렇게 열 명의 경비병을 모조리 쓰러뜨린 아론 일행은 드디어 제어기지의 중추에 도착했다. 그곳은 돔 형태로 된 광대한 공간이었다.

"저거예요. 저게 조율장치예요."

플리카가 그곳의 중앙에 위치한, 척 보아도 이곳의 중추 같은 우둘투둘한 장치를 가리켰다.

"좋아! 잽싸게 끝내버리자고."

조율장치는 낮은 소리와 날카로운 소리를 거듭 자아내며 으스스한 분위기를 내뿜고 있었다. 주변에는 아무것도 없었다. 하지만 제프는 이런 장소일수록 무언가가 있는 법이라 생각하며 조심스럽게 걸음을 옮겼다.

"이건…… 결계인가."

아론이 미간을 찌푸리며 걸음을 멈췄다.

결국 아무런 함정에도 걸리지 않고 조율장치의 바로 앞까지는 올 수 있었다. 목적은 눈앞에 있는 장치를 정지, 혹은 파괴하는 것이다. 하지만 최대의 관문이 일행의 앞을 막아섰다. 멀리서 봐서는 알아보기 힘들었지만 그곳에는 마나로 구축된 벽이 높이 솟아있었다.

"이거나 먹어라!"

한 걸음 앞으로 나선 아스발이 기합을 내지르며 하얀 망치를 힘껏 내리쳤다. 아무리 강력한 결계라 해도 그것을 상회하는 힘을 가하면 물리력으로도 깰 수 있기 때문이다.

"꿈쩍도 않나."

하지만 그 결계는 그저 둔탁한 소리를 낼뿐, 끄덕도 없어 보였다. 그 사실로 미루어 얇고 투명하기는 해도 상당한 강도를 지녔음을 알 수 있었다.

"플리카. 정령에게 받은 지식에 이걸 해제하는 방법은 없었어?"

혼신의 힘을 다한 일격이 전혀 통하지 않자 아스발은 다소 낙담하며 고개를 돌렸다.

"아뇨, 이 결계에 관한 지식은 없었어요."

플리카는 고개를 가로저으며 그렇게 답하고는 조율장치를 노려보았다. 닿을 듯 닿지 않는, 답답한 거리가 눈앞에 놓여있었다.

"하지만 아마 이곳 관리자가 걸어둔 술법일 거예요——."

플리카는 그렇게 말을 이으며 조율장치 주변을 둘러보았다. 자세히 보니 그곳에는 작은 빛을 머금은 조각과 물방울이 무수히 흩어져 있었다.

"이건……. 퇴마술일 거예요."

바닥에 흩어져 있는 것. 그것을 성수와 성수병의 조각이라고 판단한 플리카는 그렇게 말하자마자 그곳에 움츠려 앉았다.

"어떻게 할 수 있을 것 같아?"

에메라는 플리카의 옆으로 다가와 복잡한 표정으로 바닥에 흩어진 파편을 노려보았다.

"하나씩 제 마력으로 덮어써 나가면 해제는 가능, 하지만……. 얼마나 시간이 걸릴지."

플리카는 그렇게 말하며 곧장 해제를 시도했다.

"퇴마술로 만든 결계가 이렇게까지 튼튼할 수도 있어?"

강렬한 아스발의 일격에도 꿈쩍하지 않는 결계라니. 제프는 어이가 없다는 듯 그렇게 말하고는 조금이라도 강도를 떨어뜨릴 수 있기를 기대하며 단검으로 결계를 세게 찔러 보았다.

"키메라 클로젠이기에 가능한 일이겠지. 녀석들은 독자적인 기술로 정령의 힘을 술법에 이용하니까."

가만히 있을 수가 없었던 것인지 아론도 최대급의 공격을 결계에 작렬시키며 답했다.

"정령의 힘이라……. 그렇다면 꿈쩍도 안 할 만하군. 나 원 참."

그에 뒤질세라 아론도 망치를 내리쳤지만, 마치 그들을 비웃기라도 하듯 둔탁한 소리가 울려 퍼지기만 해서 점차 화가 치밀어 올랐다.

그때였다.

"여기까지 쳐들어 왔었나!"

안쪽에서 경비병이 나타났다. 그리고 그 경비병은 아론 일행을 보자마자 망설임 없이 구체 같은 것을 바닥에 집어던졌다. 직후, 천장이 활짝 열렸다. 그리고 그곳에서 사람의 형태를 띤 무언가가 무수히 쏟아져 내렸다.

"맙소사, 이건 또 뭐야."

"이런이런, 꽤나 뜬금없이 활약할 기회가 온 것 같구만."

딱딱한 충돌음과 함께 쏟아진 그것은 정령무구로 무장한 전투 인형이었다. 제프는 넌더리가 난다는 표정을 지은 채 단검을 고쳐쥐었다. 아스발은 근처에 떨어진 그것을 망치로 박살내며 한숨을 내쉬었다.

"바라던 바야! 어디 한 번 해보자고!"

에메라는 드디어 시험 베기…… 아니, 전위로서 활약할 기회가 왔다며 패기 넘치는 목소리로 외쳤다.

"바로 그거다. 모험가라면 불리한 상황에 빠졌을 때 더욱 자신을 고무시킬 줄 알아야지."

아론으로 말하자면 방향성은 어찌 되었건 기운을 끌어올리기는 했으니 되었다고 생각했는지 미소를 지은 채 도끼를 휘둘러 쏟아지는 인형 몇 대를 한꺼번에 파괴했다.

"플리카는 그대로 해제를 해줘. 여기는, 제프가 사수할 거야!"

에메라는 말 떨어지기 무섭게 멋대로 방어를 제프에게 떠맡기고는 움직이기 시작한 인형에게 덤벼들었다.

"보통은 이럴 때 '여기는 내가 사수할게'라고 하지 않아?"

제프는 그렇게 중얼거리며 에메라 대신 플리카의 옆에 서서 경계자세를 취했다.

"신경 쓰면 지는 거예요. 그런고로 잘 부탁해요, 제프 씨."

"네에네, 그쪽으론 한 발짝도 못 가게 합죠."

플리카는 작업을 계속하며 평소와 같은 투로 말했다. 그 뒤에서 제프는 덤벼드는 전투 인형에게 하얀 단검을 꽂아 넣었다. 그러자 그 날은 매우 간단히 정령무구째로 전투인형을 관통했다.

"우왁, 뭐야 이 관통력은?!"

제프는 드발린이 만든 단검의 예리함에 놀람과 동시에 같은 사람이 만든 하얀 검을 든 채 의기양양하게 전투인형을 양단해 나가는 에메라의 뒷모습을 보며 허탈한 웃음을 지을 따름이었다.

16

작은 마을의 중앙. 메이메이는 몰려드는 전투인형과 키메라 클로젠의 전투원을 상대로 요란하게 날뛰고 있었다.

"이걸 쓰러뜨리면 나오냐해?"

메이메이는 적의 의식을 간단히 앗아가며 신이 난 목소리로 그라드에게 물었다.

"그래, 이제 의지할 만한 건 그것밖에 없을 테니까."

그에 반해 그라드는 가차 없이 적을 찌르며 답했다. 메이메이는 강자와의 싸움을 바라고 있었고, 거대 전투 인형이 그것을 이루어줄 수 있을 듯했다. 그라드가 포착한 것은 지하에 숨어있는 거대 전투 인형에 봉인된 정령의 힘이었다. 분명 그 막대한 에너지가 바로 비장의 수일 것이다. 눈앞에 있는 적을 모두 쓰러뜨리고 나면 분명 그것을 전장에 투입하는 수밖에 방법이 없을 것이라고 그라드는 예상했다.

"너희들은 나를 막지 못한다해~!"

그라드의 말을 듣고 더욱 의욕에 불이 붙은 메이메이는 키메라 클로젠의 전투원 집단을 향해 돌격하더니 눈 깜짝할 새에 격파하고 그 다음 집단에게 돌격했다.

"그럼, 뒷일은 맡기도록 할까."

적의 전투원이 일소되어 가는 가운데, 더는 거들 필요가 없을 것 같다고 판단한 그라드는 진짜 싸움에 대비해 마나를 온존하고 회복시키는 일에 집중하기 시작했다.

그때였다. 요란한 파괴음과 함께 후방에서 대량의 전투인형들이 날려온 것은. 그라드의 주변에 원형을 알아볼 수 없을 정도로 박살난 전투인형의 잔해가 쏟아졌다.

조용히 마나를 회복시키던 그라드는 심드렁한 표정을 지은 채 그것들이 날아온 방향으로 고개를 돌렸다. 그러자 그곳에서 하나같이 순백색 무기를 손에 든 부대가 쏟아져 들어왔다.

그자들의 복장에는 통일성이 없었다. 다만 어깨죽지에 고양이 발바닥 마크가 새겨진 천을 두르고 있을 뿐이었다. 약간 얼간이처럼 보이는 통일감이었지만 선두에 선 남자의 지휘 속에서 그 부대는 군대처럼 움직여 적을 착실하게 물리쳐 나갔다.

"그 차림새…… 귀공이 보고로 들었던 하늘의 민족인가 보군."

광장에 도착함과 동시에 주변을 소탕하기 시작한 부대를 지휘하던 남자, 미자르는 혼자 남아 그라드를 쳐다보았다.

"그래, 아마 그럴 걸."

누가 어떤 식으로 보고했는지는 모르겠지만 대충은 예상을 했던지라 그라드는 그렇게 짧게 답했다. 그리고 미자르와 그가 이끄는 대원들이 든 무기를 흘끔 쳐다보고는 "재미있는 물건을 가지고 있군"이라고 작은 소리로 중얼거렸다. 대원들이 순백색 무기를 휘두르자 키메라 클로젠의 전투원이 지닌 무기가 몹시도 쉽게 깨져 나갔다. 증오스러운 검은 무기를 압도하는 힘에 그라드는 약간 흥미가 생겼다.

"그런데 저 여자는 누구지? 보아하니 귀공의 동료인 듯하다만."

그렇게 묻는 미자르의 눈에는 대량의 전투인형을 차례로 쓸어버리고 있는 메이메이의 모습이 비춰져 있었다. 아직 어린 소녀처럼 보임에도 그 실력은 어지간한 호걸조차도 전율할 정도로 훌륭했다.

사전에 공유된 정보를 통해 일단은 협력자 비슷한 자가 있다고 들었다. 하지만 그 협력자가 이토록 압도적인 전력을 지니고 있을 줄은 예상치 못했던 것이다. 그러니 그 정체가 궁금할 만도 했다.

하지만 사실은 그라드 본인도 그다지 자세히 알지는 못해서, 누구냐고 물은들 답할 수 있을 리가 없었다.

"도중에 만난 협력자다. 메이메이라는 모양이다만 그 이상은 모른다."

그라드는 그렇게 대답하고서 침묵하더니 아무것도 묻지 말라는 듯 미자르를 노려보았다.

"그렇군……. 묘한 인연이로군."

뭔가 사연이 있는 것이리라. 그렇게 판단한 미자르는 더 캐묻지 않고 이곳은 그들에게 맡겨도 되겠느냐고 물었다. 메이메이는 얼핏 보아도 상당히 강력한 전력으로 보였고, 미자르는 그런 그녀의 근처에 있는 것보다는 거리를 두고 적을 섬멸해 나가는 편이 병력을 전개시킬 수도 있어 유리할 것이라고 판단한 것이다.

"글쎄. 마음대로 해라. 뒷일은 너희, 이스즈 연맹에게 맡기지."

그렇게 대답한 그라드는 미자르의 답변도 듣지 않고 걸음을 옮겼다. 미자르가 무슨 뜻이냐고 물어도 그라드는 답하지 않았다. 대신 메이메이를 향해 "그럼 또 보자"라는 말만 할 따름이었다.

"깔끔하게 끝내고 와라해!"

근처에 있던 적을 몽땅 날려버린 메이메이는 전투 도중 빈 시간에 그라드의 등을 탁, 하고 두드렸다. 마치 살며시 배웅을 하듯.

메이메이는 그라드의 목적이 무엇인지 들었다. 상세히는 아니고, 결코 용서할 수 없는 원수를 쫓고 있다는 설명뿐이었지만. 그 원수가 이곳에 있다. 그리고 겁 많은 원수는 이곳에서의 전투가 불리하다고 판단되면 분명 달아날 것이라는 것까지.

탈출구의 위치는 이미 파악해두었다. 그라드는 지금부터 그곳에서 매복을 하고 있다가 원수와 결판을 낼 것이다.

복수. 무인기질이 있는 메이메이는 그 역시 훌륭한 싸움이라며 그라드를 응원했다.

그라드는 매복 지점으로 향하기 위해 작은 마을을 뒤로했다. 메이메이는 그런 그를 배웅하고서 다시금 눈앞에 있는 적들에게 시선을 돌렸다.

"좀만 더 하면, 본격적으로 싸울 수 있을 거다이거."

이미 대부분의 키메라 클로젠의 전투원이 근처에 널브러져 있었다. 하지만 어디에 이토록 많이 수용되어 있었던 것인지, 전투인형은 아직도 건재했고 추가로 수십 대가 전방에서 차례로 솟구쳐 나오고 있었다. 심지어 조금 전까지와는 달리, 이번 전투인형은 정령무구를 장착한 특별한 개체인 듯했다.

정령무구에 감춰진 힘을 확인한 메이메이의 눈이 다음 순간, 은빛으로 물들었다. 선술사의 기능인 '천안(天眼)'을 발동시킨 것이다.

"이게 녀석들의 비장의 수인가? 이거 성가실 것 같군."

조금 전까지 싸웠던 전투인형과는 낌새가 다르다. 그 사실을 알아챈 미자르는 상황을 살피기 위해 부대를 물리고 혼자서 앞으로 나섰다. 다행히 나타난 전투인형의 수는 오십 전후. 자신과 메이메이가 있으면 어찌어찌 대처할 수 있을 것이라고 미자르는 생각했다.

하지만 사태는 그의 예상을 벗어나 멋대로 쑥쑥 앞으로 나아갔다.

"메이메이 공. 일단은 우리가——."

반씩 맡아 쓰러뜨리도록 하지. 미자르는 그렇게 말을 이으려 했지만 직후, 메이메이가 취한 행동 탓에 말을 멈출 수밖에 없었다.

"보스 등장까지 얼마 안 남았다해!"

전투인형이 뛰쳐나오려던 찰나, 메이메이는 그렇게 외침과 동시에 은빛 눈으로 전방에 위치한 모든 적을 노려보더니 오른손을 똑바로 내질렀다. 그리고 펼쳤던 손바닥을 힘껏 움켜쥐었다.

"이럴, 수가⋯⋯!"

미자르는, 그리고 그의 부하들 역시 그 이해가 되지 않는 광경 앞에서 할 말을 잃었다. 메이메이가 손바닥을 움켜쥔 순간, 모든 전투인형의 동작이 멈추었기 때문이다. 덤벼들려고 도약했던 개체, 땅을 질주하며 무기를 치켜들었던 개체. 그 모든 것들이, 그야말로 무언가에게 붙잡히기라도 한 듯 움직임을 멈춘 채 버둥대고 있었다.

손이 닿는 범위를 인식 가능한 범위까지 확장시키는 [선술기능 : 무수몽상(無手夢想)]이었다. 매우 혹독한 수행을 달성한 자만이 습득할 수 있다는 그 기술은 거리와 무관하게 대상을 **붙잡을** 수 있게끔 했다.

그리고 이 기술의 극에 달한 자는 그야말로 전장을 **장악**할 수 있게 된다.

"이런 걸로 나를 막을 수는 없다해."

무슨 일이 일어난 것인지 파악이 되지 않아 미자르 일행이 침묵한 가운데, 메이메이가 살며시 미소를 지은 순간, 전방에서 수많은 폭염이 발생하고 굉음이 울려 퍼짐과 동시에 폭풍이 휘몰아쳤다. 그 수는 전투인형의 수와 같았고, 아직도 푸른 불꽃이 남아 있는 마을을 붉게 밝힌 것도 모자라 별이 가득한 밤하늘까지 붉게 물들였다.

그것은 선술 '홍련일악'에 의한 것이었다. 근접 고화력 계열인 그 선술은 그 위력을 유감없이 발휘하여 그곳에 있던 전투인형을 모조리 폭쇄시켰다.

박살난 전투인형의 잔해가 불똥이 되어 쏟아졌다. 메이메이는 그 한복판에 선 채 마을 외각으로 시선을 돌렸다. 2주일 정도에 불과했지만 함께 시간을 보낸 동료의 건투를 기원하며.

짧은 시간동안 피어오른 붉은 폭염. 그것은 마치 자신의 길을 나아가는 그라드에게 선사하는 꽃다발 같았다.

느닷없이 일어난 대폭발. 그 위력도 위력이었지만 움직임을 구

속한 것뿐 아니라 영창도 없이 이만한 파괴력을 발생시키는 것은 아무나 할 수 있는 일이 아니었다.

그것은 상급 마술의 수준을 넘어서, 우즈메이자 아홉 현자인 '칠성의 카구라'에게도 필적할 만한 술법이었다. 우즈메의 정체를 아는 이들 중 하나인 미자르는 정말로 정체가 무엇일까 싶어 메이메이를 쳐다보았다. 그리고 경외심과 흥미가 반반씩 섞인 눈으로 관찰한 끝에 어떠한 가능성에 도달했다.

"……! 아니, 설마……."

매우 오래 전. 이스즈 연맹이 조직된 지 얼마 되지 않았을 무렵. 미자르는 딱 한 번 우즈메에게서 어떠한 이야기를 들은 적이 있었다. 그녀에게 비견할 수 있는 술사의 정점들에 관한 이야기를.

루나마리아를 제외한 나머지 인원이 사회에서 모습을 감추어 행방불명된 아홉 현자. 그 행방불명된 인원 중 한 명인 카구라는 이스즈 연맹의 수장으로서 이곳에 존재한다. 그렇다면 다른 아홉 현자 역시 어딘가에 있어도 이상할 것이 없으리라.

그렇게 생각하고서 메이메이를 자세히 보니, 우즈메에게서 들었던 특징이 하나하나 일치하는 것 같았다.

세련된 무술 실력. 독특한 억양과 말투. 겉모습은 소녀지만 매우 호전적인 선술사. 그녀 말고는 습득한 자가 없다는 '장악'의 오의(奧義).

감출 생각조차 없어 보이는 존재의 모든 것이, 메이메이가 바로 아홉 현자의 일원인 '장악의 메이린'이라고 말해주고 있었다.

대체 무슨 사연으로 아홉 현자라는 영웅이 이곳에 있는 것일까. 그것도 하늘의 민족의 협력자로서.

"닮기만 한 다른 사람……일 리는 없겠지."

너무도 갑작스러운 상황에 생각이 따라붙지를 못했다. 하지만 미자르는 우선, 그녀가 아군이라 다행이라 생각하기로 하고 자잘한 문제는 뒤로 미뤄두기로 했다.

그에 반해 메이메이로 말하자면 "분명 이제는 나올 거다해!"라면서 콧김을 몰아쉬며 발치에 주목했다. 이만큼 요란하게 실력을 보였으니 슬슬 비장의 수인 거대 전투인형을 내보낼 때가 된 것 같았기 때문이다.

그녀에게는 역시나 강자와의 싸움이 최우선 사항인 듯했다. 그녀는 미자르에게 정체가 들킨 줄은 꿈에도 모른 채, 이제나저제나 하고 지하에서 느껴지는 기척이 없는지를 살폈다.

그리고 그 순간.

"조금 물러나라이거!"

그렇게 소리침과 동시에 메이메이가 잽싸게 그 자리에서 물러났다. 그리고 미자르 역시 그 목소리에 반응하여 곧장 후퇴했다. 순간, 무언가가 지면을 뚫고 힘차게 밀려나왔다.

광장 중앙에 우뚝 솟은 거대한 그림자. 아직도 퍼렇게 타오르고 있는 불꽃에 비춰져 떠오른 그것은, 다리와 팔이 네 개씩 달린 이형(異形)의 인조물이었다. 일전에 키메라 클로젠의 시설에서 보았던 다각형 전투인형을 한층 더 크게 만든 괴물로, 인형이라기보다는 병기 그 자체에 가까웠다.

"과연…… 이 녀석이 비장의 수인가."

눈앞에 나타난 압도적이라 할 만한 위압감에 미자르는 숨을 죽이면서도 검을 겨눈 채 부하들에게 경계하라 명령했다.

그 전투병기를 움직이고 있는 것은 막대한 정령력인 탓에 전사 클래스인 미자르는 그것을 느낄 수 없었다. 하지만 오랜 경험으로 인해 배양된 감은 그 기운을 또렷하게 포착해내어 경고를 보냈다. 이건 괴물이라고.

하지만 거기에 공포심은 없었다. 미자르는 뒤로 물러나 방어태세를 갖춘 채, 자신의 예상이 맞다면 분명 들려올 말을 기다렸다.

기동. 다각형 전투병기에게서 구동음이 울려 퍼지기 시작한 그 순간, 메이메이가 미자르 일행에게로 고개를 돌려 발랄한 미소를 지은 채 그 말을 내뱉었다.

"저거, 나 혼자 싸우게 해줬음 한다해! 부탁이다이거!"

미자르가 기대했던 그 말이었다. 강적을 추구하는 메이린은 보기 드문 적을 만나면 반드시 이 말을 입에 담는다. 우즈메에게서 그렇게 들었던 미자르는 "알겠다. 그렇다면 맡기도록 하지" 라고 곧장 답했다.

"감사감사다해~!"

펄쩍펄쩍 뛰며 기쁨을 표하던 메이메이는 전투병기의 정면에 서서 그 첫 공격에 대비했다.

미자르가 공포를 느끼지 않았던 이유는 바로 이것이었다. 미자르는 이스즈 연맹의 수장인 우즈메이자 아홉 현자인 카구라의 역량이 어느 정도인지를 알았다.

그런 카구라에 필적하는 존재가 아군으로 코앞에 있는데, 대체 무엇을 두려워 한다는 말인가.

남에게 성가신 일을 떠민 듯해서 떨떠름하기는 했지만, 미자르는 그 무엇보다도 안전과 성공을 중시하는 기질이 있었다.

그렇다고 완전히 이 전장을 통째로 떠맡길 생각은 없었다. 일단은 만일의 경우나 누군가가 옆에서 끼어드는 사태에 대비하며 이 전투를 지켜볼 작정이었다.

미자르는 다른 장소에 있을 잔존 전력을 찾아내 섬멸하도록 부하들에게 지시를 내린 후, 다소 거리를 벌려 메이메이가 있는 주전장을 바라보았다.

17

마치 비명소리 같은 구동음이 울려 퍼졌다. 그 소리가 서서히 커지더니 최고조에 달한 순간, 순식간에 그 거구가 한쪽 팔을 내질렀다. 전투병기는 거대한 탓에 둔중해 보였으나 그 속에 숨겨진 방대한 정령의 힘 덕분인지 그 움직임은 소형의 그것보다 훨씬 빨랐다.

금속 팔이 포탄처럼 떨어져 땅바닥을 후벼 팠다. 그것은 직격하면 설령 메이메이라 해도 무사하지 못할 정도의 파괴력을 지닌 일격이었다. 하지만 그 팔이 메이메이를 맞추는 일은 없었다.

"속도도 무게감도 제법이다해."

언제 이동한 것인지 메이메이는 전투병기의 등 뒤에 서서 차분하게 적의 전력을 분석하기 시작했다.

그 순간이었다. 전투병기의 팔 하나가 메이메이를 겨누었다. 그 팔은 원통형이었는데, 아닌 게 아니라 포신 그 자체였다.

조준이 완료됨과 동시에 철로 된 팔에서 화염탄이 튀어나와 메이메이를 집어삼키다시피 작렬했다. 상당한 화력의 화염을 응축한 것인지 그것은 착탄과 동시에 화산이 폭발하듯 부풀어올라 주변에 흩날렸다.

겨우 진화되기 시작한 푸른 불꽃을, 새빨간 불꽃이 덧씌우자 모든 것을 불사를 듯한 열풍이 몰아쳤다.

그 화염 역시 직격하면 무사하지 못할 위력을 지니고 있었다.

하지만 메이메이는 그곳에 있었다. 그 자리에서 꼼짝도 않았다. 마치 무언가가 그녀를 보호하기라도 한 것처럼, 불꽃은 메이메이를 피해 펼쳐져 있었다.

그것을 확인한 전투병기는 몸을 틀며 그 금속팔을 휘둘렀다. 하지만 그 역시 메이메이를 맞추지 못하고, 마치 폭풍과도 같은 바람 가르는 소리를 내는 데 그쳤다. 하지만 전투병기의 공격은 멈추지 않았다. 가볍게 도약한 메이메이에게 또다시 포신을 겨눈 것이다.

"공격간의 연계도 훌륭하다이거."

태연하게 전투병기를 바라보고 있던 메이메이가 그렇게 칭찬의 말을 입에 담은 순간, 공중에서 그녀의 모습이 사라졌다. 직후, 그곳에서 두 번째 화염탄이 작렬했다.

똑바로 날아간 화염탄은 먼 곳에 위치한 빈집에 직격하여 또다시 불꽃을 흩뿌렸다. 그리고 한 박자 늦게 열풍이 휘몰아치는 가운데, 둔탁한 금속음이 나더니 전투인형의 거구가 휘청 기울어졌다.

"생각했던 것보다 훨씬 튼튼하다이거. 이 정도면 두 번이 좋을 것 같다해. 그리고 오른손만이라도 추가해두는 게 좋겠다이거."

또다시 전투병기의 등 뒤를 점한 메이메이는 그렇게 중얼거리며 살며시 두 손을 모은 채 집중했다. 그리고 전투병기가 반응하기 직전, 그녀 특유의 기능을 발동했다.

그것은 사슬 같았다. 메이메이의 몸에서 방출된 빛이 가느다란 사슬처럼 변화하더니 다시 메이메이의 몸으로 빨려 들어갔다.

"준비완료, 수련개시다해!"

그렇게 선언한 순간, 메이메이의 움직임이 격변했다. 조금 전까지의, 어쩐지 무언가를 시험해 보는 듯한 태도를 버리고, 사냥감을 몰아세우는 맹수처럼 전투병기에게 덤벼들었다.

그렇다. 메이메이에게는 지금부터가 본격적인 전투였다. 지금까지는 탐색전에 불과했다. 심지어 자신에게 얼마나 많은 족쇄를 채울지를 정하기 위한 시간이었다.

조금 전에 메이메이가 발동시킨 기능이 바로 그 족쇄였다. 선술사의 기능 중 하나인 [연기법(練氣法) : 수사족락(手捨足落)]. 자신에게 족쇄를 채움으로써 목적 달성 시, 보다 높은 성장 효과를 얻을 수 있는 그것을 메이메이는 즐겨 사용했다. 그 성장촉진 효과는 신체 능력에만 국한된 것이 아니었다. 술법의 습득 조건이 되기도 하는 것은 물론이고 다른 많은 부분에도 영향을 미쳤다.

이번에 메이메이가 자신에게 부과한 제약은 일부 능력치와 선술의 사용은 두 번까지만 가능. 그리고 공격에 이용해도 되는 것은 오른손뿐이라는 것이었다.

방대한 정령의 힘을 지닌 전투병기는 더 높은 경지를 목표로 하는 메이메이에게는 매우 좋은 상대였던 모양이었다. 본격적인 전투가 시작된 지로부터 10분 정도가 경과했을 즈음. 족쇄를 단 메이메이와 전투병기는 팽팽하게 맞서고 있었다.

과연 중요 거점인 제어기지에 배치되어 있던 전투병기라 해야 할까. 화염뿐 아니라 번개며 바람, 냉기 등을 교묘하게 다루는 전투병기의 전력은 어지간한 마수를 능가할 정도라, 일격일격이 직격하면 행동불능을 면하지 못할 위력을 지니고 있었다.

그런 괴물을 상대로 메이메이는 능력에 의존하지 않고 탁월한 움직임과 체술로 맹공을 피해가며 관절부와 같은 약한 부분을 정확하게 노려 공격했다.

족쇄로 인한 제한으로 메이메이의 공격은 본래의 위력보다 한참 약화된 상태였다. 그 때문에 전투병기의 장갑에 흠집 하나 낼 수 없었다. 하지만 약한 부분에는 다소의 손상을 입힐 수 있었다.

파괴하려면 상당히 많은 공격을 퍼부을 필요가 있을 것이다. 하지만 메이메이는 그런 승리를 목표로 기반을 조금씩 쌓아 올려 나가는, 그런 전투방식을 선호했다.

"저 상황에서 웃고 있을 수 있다니."

주전장에서 다소 떨어진 장소에서 부하들과 메이메이의 전투 상황을 지켜보던 미자르는 어이가 없다는 투로 그렇게 중얼거렸다.

격렬한 눈보라로 뒤덮인 가운데 불꽃과 번개가 쉴 새 없이 번쩍이는 주전장. 다른 차원에서 싸우고 있는 것이 아닐까 싶은 그 광경 속에서 흘끔 보인 메이메이의 표정은, 너무도 즐거워 보였다.

미자르는 생각했다. 만약 자신의 부대가 저 전투병기와 싸우게 되었다면 어떤 작전을 세웠을지.

"……아무리 생각해도 저런 접근전은 무리일 것 같군."

메이메이는 정말로 사람이 맞는 것인지 의심되는 움직임으로 전투병기를 농락하고 있었다. 그만한 움직임을 취하지 못하는 자가 싸웠다면 그대로 금속팔에 얻어맞아 치명상을 입고 말았으리라.

잠시 생각한 끝에 미자르는 자신의 고민을 걷어내어 준 메이메이의 존재에 감사하기로 했다.

그렇게 메이메이가 전투를 시작한 지로부터 20분이 경과했을 즈음. 드디어 그 순간이 찾아왔다. 거듭해서 내지르던 일격이 결국 전투병기의 오른쪽 다리 두 개를 동시에 부순 것이다.

전투병기의 중량을 지탱하고 있던 두 다리의 관절부분이 부러진 탓에 커다란 몸이 크게 기울어졌다. 그리고 이대로 쓰러지려나 싶을 정도로 균형을 잃은 순간이었다. 가장 기민하게 움직이던 팔 하나가 땅바닥을 짚어 쓰러지던 몸을 지탱했다.

"그걸, 기다렸다해."

직후, 메이메이의 눈에 맹수와 같은 빛이 깃들었다. 메이메이는 물 흐르는 듯한 매끄러운 동작으로 '축지'를 써서 그 팔에 접근하여 손을 가져다 대었다.

[선술 지(地) : 절충일촉(絶衝一觸)]

메이메이가 첫 번째 선술을 내질렀다. 손에 닿은 물체에 충격파를 전달하는 그 술법은, 일격으로 금속팔 하나를 간단히 박살냈다.

격렬한 충격음과 날카로운 금속음이 울림과 동시에 지탱점을 잃은 거구가 땅바닥에 쓰러졌다. 이렇게 전투병기는 기동력과 방어의 중심이었던 팔을 잃었지만 포기하거나 항복한다는 선택지는 모르는 모양이었다. 완전히 그 자리에 주저앉은 기동병기는 남은 두 개의 다리까지 써가며 메이메이에게 대응하기 시작했다.

"그 불굴의 자세, 나쁘지 않다이거. 하지만 끝이다해."

메이메이는 적이지만 훌륭하다고 칭찬을 하고서 조금 전보다 격렬하게 난무하는 불꽃과 번개를 뚫고 눈보라를 견디며 전투병기의 품속으로 파고들었다. 기민하게 움직이는 팔이 지키고 있던 그곳은 장갑이 가장 두꺼운 부분이었다. 때문에 메이메이라도 그것을 꿰뚫으려면 힘을 모을 필요가 있었는데, 그러자니 기민하게 움직이는 팔이 가장 큰 장해물이었던 것이다.

그런 방어 수단 중 하나가 사라진 지금, 최대의 기회가 찾아왔다.

단단하게 방어하고 있던 전투병기의 중앙, 복부에 해당하는 부분에 살며시 손을 댄 메이메이는 그 손등에 다시 주먹을 가져다 대는 독특한 자세를 취했다.

직후, 무언가를 감지한 것인지 전투병기의 대응이 무차별적으로 바뀌었다. 자신이 손상되어도 상관없다는 기세로 메이메이를 향해 화염탄이며 전격용 포신을 겨눈 것이다. 하지만 전투병기의 대응은 한 발 늦었다. 그 부자연스러운 동작으로 인해 자세가 약간 무너졌기 때문이다.

그 광경은 몹시도 장렬했다. 그 일격은 압도적인 힘의 차이를 과시하는 것만 같았다.

부하들을 살피던 미자르는 전투가 진행될수록 메이메이의 전투에서 눈을 뗄 수가 없게 되었다.

미자르는 도중에 알아챘다. 메이메이가 자신에게 제한을 걸었다는 사실을. 하지만 그러한 상태임에도 불구하고 메이메이는 대등하게 싸웠고, 심지어는 공격을 가할수록 기세가 불어나, 결국에는 적을 압도하기 시작했다.

　실전을 치르는 동안 적을 파악한 것이리라. 그 정도의 통찰력을 지녔다는 사실이 선뜻 믿기지는 않았지만 미자르는 메이메이의 전투를 보고 그렇게 확신했다.

　그리고 결국 메이메이는 전투인형의 다리를 부러뜨린 데 이어, 교묘하게 방어를 하던 팔도 부러뜨렸다. 이 시점에서 미자르는 현재 자신이 처한 상황도 잊은 채, 완전히 넋을 놓고 그 전투를 쳐다보고 말았다.

　그리고 드디어 마지막 순간이 찾아왔다. 그 순간은, 미자르가 지금껏 보아온 광경들 중에서도 손에 꼽을 정도로 신기했고, 말로 형용하기 어려울 정도로 경악스러웠다.

[선술 상전 : 제석앵화(帝釋櫻華)]

　우뚝 멈춰선 메이메이에게서 찰나의 순간동안 마나가 흘러넘쳤다. 그리고 그 직후――. 갑자기 전투병기의 몸통이 폭발해 산산조각 났다. 세세한 부분까지 놓치지 않고자 주목하고 있던 미자르도 그 순간 무슨 일이 일어났는지 알 수가 없어 어안이 벙벙해졌다.

　전장에서는 느닷없이 몸통을 잃고 무너져 내린 전투병기가 요란한 소리를 내며 흩어졌다. 공중으로 떠오른 금속파편은 새빨간 불꽃으로 물들어 마치 흩날리는 벚꽃잎 같았다.

"나의 승리다이거!"

전투병기가 더 이상 움직이지 않는다는 사실을 확인한 메이메이는 기쁜 듯이 두 손을 치켜들며 외쳤다.

"오랜만에 보람이 있는 전투를 했다해. 감사감사다이거."

그러고 나서 메이메이는 전투병기의 머리를 텅텅 두드리며 그의 건투를 칭찬했다. 그때, 멀리서 관전하고 있던 미자르가 합류했다.

"과연 최강의 무술가로 이름 높은 메이린 공. 소문으로 들었던 대로 멋진 전투였소!"

같은 무인으로서 어지간히 감명을 받은 것인지, 미자르는 잔뜩 흥분한 채 메이메이에게 달려갔다.

"에이, 쑥스럽다해. 나도 아직 수행 중인 몸——."

전투에 있어서는 철저하게 금욕적인 자세를 추구하는 메이메이였지만 칭찬을 받는 것은 그럭저럭 기쁜 모양이었다. 미자르의 절찬에 그녀는 순순히 기뻐했다. 하지만 그 직후, 뭔가를 알아챈 듯 급정지했다.

"흐음, 메이린이라니 누구 말이냐해? 나는 메이메이다해~. 분명 사람 잘못 본 거다이거~."

이름만 바꾸면 어떻게든 속일 수 있을 것이라 생각했던 것이리라. 당황한 메이메이는 시선을 이리저리 굴리며 빠른 말투로 말하더니 "아, 아직 중요한 일이 남아 있었다해"라고 얼버무리듯이 말을 잇고선 전투병기의 잔해 뒤로 돌아들었다.

"그렇군, 이거 실례."

메이메이의 마음을 헤아린 미자르는 그런 셈치고 고개를 숙이고는, 자신도 이제야 생각이 났다는 듯 부하들이 분투하고 있는 전장으로 달려갔다.

아직도 불길이 타오르고 있는 전장. 멀리서는 미자르 일행의 부대의 것인 듯한 목소리가 들려왔다. 하지만 전투를 치를 때의 소리와는 조금 다른, 상대를 한쪽으로 몰아가는 듯한 목소리였다. 아무래도 제어기지 제압전도 종반에 접어든 듯했다. 비장의 수인 전투병기가 어이없이 파괴되자 키메라 클로젠의 멤버들이 허둥지둥 도망치기 시작한 것이리라.

하지만 그것은 무리였다. 이미 이 마을은 이스즈 연맹에 의해 완전히 포위된 상태였으니.

"문제는 없을 것 같다해."

도망치는 반응과 그것을 제압하는 반응. 메이메이는 압도적인 탐사범위를 자랑하는 '생체감지'로 그러한 상황을 확인한 뒤, 남은 일은 모두 이스즈 연맹에게 맡기기로 했다.

다음으로 메이메이는 주변을 둘러보았다. 그러자 적의 시체 몇 구와 고철덩이가 되어 널브러져 있는 수많은 전투인형이 눈에 들어왔다.

"자아, 한다해."

메이메이는 그렇게 마음을 다잡고는 아이템박스에서 묵주를 꺼냈다. 투명한 초원에 부는 바람처럼 옅은 녹색을 띤 보석이 박혀있어, 어쩐지 신성함마저 느껴지는 물건이었다.

메이메이가 조금 전 입에 담았던, 중요한 일이 남아있다는 말은 그냥 변명이 아니라 사실이기도 했다.

메이메이는 그 묵주를 살며시 눈앞에 있는 전투병기를 향해 내밀었다. 그러자 놀랍게도 잔해가 희미한 빛을 내뿜기 시작했다.

"생각보다 간단했다해."

전투병기의 잔해에서 흘러나온 희미한 빛은 곧장 하늘로 올라 흩어졌다. 그것을 배웅하던 메이메이는 옆에 널브러진 전투인형에게도 다가가 차례차례 같은 일을 반복하고 다녔다.

메이메이가 손에 든 묵주는 그라드에게서 받은 것으로, 하늘의 민족이 의식을 치르는 데 빼놓을 수 없는 제구(祭具)였다. 하지만 지금은 그라드가 조작을 해둔 덕에 본래의 용도와는 다른 효과를 발휘하도록 되어 있었다.

그 효과란 탐지와 해방이었다. 키메라 클로젠의 손에 의해 강제적으로 속박되어 있는 정령의 힘과 그 영혼을 찾아내어, 그 그릇에서 해방시켜 자연으로 돌려보내는 것. 그것이 그라드의 또 하나의 바람이었다. 그리고 그라드는 그것을 성취하기 위해 소중한 제구에 손을 댔다.

바람을 형태로 빚은 것. 그것이 이 묵주였다.

그럼 어째서 그 소중한 묵주를 메이메이가 가지고 있는가. 그 이유는 단순했다. 그라드가 부탁했기 때문이다.

제어기지에 정령의 힘이 봉인된 인형이며 무구가 잔뜩 모여 있다는 사실은 사전 조사 단계에서부터 알고 있었다. 하지만 이 전투에서, 그라드에게는 그 이상으로 중요한 일이 있었다. 그리고 그것은 이곳에 있어서는 할 수 없는 일이었다.

그래서 그라드는 묵주를 메이메이에게 맡긴 것이다. 그 행위에 담긴 것이 기대일지 신뢰일지, 그도 아니면 다른 의도일지. 자세한 사정까지는 알 수 없었지만 메이메이는 그것을 흔쾌히 받아들였다. 그리고 이쪽은 신경 쓰지 말고 사명을 완수하라며 배웅했다.

"이쪽은 이걸로 끝났다이거."

근처에 널브러진 전투인형과 시체, 그리고 이스즈 연맹이 붙잡은 키메라 클로젠 멤버들이 지닌 정령무구. 메이메이는 그 신체 능력을 유감없이 발휘하여 불과 20분 정도만에 그 모든 것들에서 정령의 힘과 몇몇 영혼을 해방시키는 작업을 완료했다. 그리고 아무에게도 들키지 않고 살며시 제어기지를 뒤로 하여, 합류지점으로 정한 바위산의 동굴에서 그라드가 돌아오기를 기다렸다.

메이메이는 그라드의 전장으로 찾아갈 생각이 없었다. 그것은 그라드가 자신의 삶을 걸고 찾아간 전장이기도 했거니와 그에 대한 각오가 강하게 느껴졌기 때문이다.

"오늘은, 평소보다 별이 예쁘다해."

날이 밝도록 돌아오지 않으면……. 그라드의 말이 떠올랐다. 메이메이는 별하늘을 올려다보며 가만히 그가 돌아오기를 기다렸다.

18

메이메이가 거대병기를 타도한지로부터 얼마쯤 지났을 즈음. 이스즈 연맹의 주력 부대와 제어기지의 잔존 세력이 싸움을 벌이고 있는 전장으로부터 다소 떨어진 으슥한 바위밭. 별빛 속에서 그 일부가 천천히 옆으로 밀려나더니 그 안에서 커다란 가방을 어깨에 짊어진 로브 차림의 남자가 주변을 살피며 걸어 나왔다.

"젤. 역시 도망쳐 나왔군."

그 머리 위에서 그라드는 기다렸다는 듯이 로브를 입은 남자, 젤을 노려보았다.

"큭! 그라드 형⋯⋯. 저 불꽃을 보고 혹시나 싶었는데, 형이 누군가와 손을 잡을 줄이야."

잽싸게 거리를 벌려 몸을 돌린 젤은 그라드를 바라본 채 희미한 미소를 지어 보였다. 그 시선 끝에는 밤의 어둠을 배경으로 푸른 불꽃에 휩싸여 타오르는 작은 마을의 모습이 있었다. 떠오른 불똥은 아주 잠시 빛을 내뿜다가는 사라졌다. 마치 별이 바다에 녹아 없어지는 듯했다.

"글쎄, 대부분의 일은 저 녀석들이 멋대로 벌인 일이다."

푸른 불꽃으로 인해 사라져가는 마을을 등진 채로 그라드는 크로스보우를 젤에게 겨누었다. 그 목소리는 파리한 얼음보다 차가웠고, 그 얼굴에서는 증오 이외의 감정이 자취를 감춘지 오래였다.

"안 도망치나?"

"그때와는 달라. 그라드 형. 형 혼자뿐이라면 더는 내 적수가 못 된다고."

그라드의 말에 젤은 검은 검을 뽑으며 슬쩍 웃었다.

"그나저나 그 눈, 그 얼굴. 예전과는 많이도 달라졌네. 그렇게나 내가 미웠어?"

"당연하지. 네놈은 같은 신관이면서도 소중한 마을의 수호신인 아르티네아 님을 납치했으니까."

그렇게 말한 그라드의 눈동자 속에 더욱 깊고 어두운 감정이 떠올랐다. 그것은 살의로 물든 증오 그 자체였다.

하지만 그렇게 노골적인 적의 앞에 섰음에도 젤은 유쾌하다는 듯 입가를 일그러뜨려 미소를 지었다.

"납치를 하다니, 섭섭하네. 하다못해 사랑의 도피라고 해주었으면 좋겠는데. 우리는 서로 사랑하고 있었다고. 하지만 신심 깊은 마을의 신관과 마을신은 맺어질 수가 없어. 그래서 함께 마을을 나온 거야."

"거짓말 마라!"

그렇게 말하는 젤의 목소리는 어쩐지 연기를 하는 듯했고, 그 동작은 마치 연극을 하듯 과장스러웠다. 하지만 그라드는 그런 태도가 아니라 내용에 격노하여 목소리를 높였다.

"거짓말? 나랑 아르티네아는 서로를 사랑했어. 어째서 그게 거짓말이라는 거야?"

"…………."

젤은 무언가를 끌어안는 연기를 하며 그라드를 쳐다보더니 대담한 미소를 지었다.

정령과 사람의 사랑. 정령을 신앙하는 마을에서는 금기였지만 다른 땅에서는 그렇게까지 보기 드문 일도 아니었다. 그럼에도 그라드는 침묵한 채 날카롭게 쏘아보아 젤의 말을 부정했다. 그 가슴 속에는 강한 확증이 있었기 때문이다.

하지만 그라드는 그것을 입 밖에 내지 않고 조용히 검을 뽑았다. 그것은 답변의 거절, 혹은 더 이상 말이 필요 없음을 암시하는 바였다.

"그래, 말 못 하는구나? 그러면 내가 대신 말해줄게!"

그렇게 말한 직후, 지금까지 유쾌하기만 했던 젤의 얼굴에서 감정이 사라졌다. 그와 동시에 날아든 크로스보우의 화살을 손으로 튕겨내고는 한 걸음에 그라드의 코앞으로 육박했다.

"아르티네아는 그라드 형을 사랑했으니까! 그리고 그라드 형, 형도 그녀를 사랑했고! 내 말 맞지?!"

젤의 검은 검과 그라드의 세검이 교차하여 날카로운 소리가 울려 퍼졌다. 그것이 몇 번이나 반복되는 가운데, 젤의 목소리가 거기에 끼어들었다.

"내가 얼마나 마음을 털어놓아도 그녀는 답해주지 않았어. 그 미소도 눈물도 목소리도, 사랑도, 모두 형을 향하고 있었지! 같은 신관이고 형제인데, 대체 형과 내가 뭐가 다르기에!"

그 목소리는 진정 마음의 외침이었다. 오랜 세월동안 속에서 끓고 있던 감정이 그 대상과 마주함으로 인해 폭발한 것이다.

젤의 공격은 온몸에 두른 정령무구의 힘으로 인해 더욱 거세어져, 서서히 그라드를 압도하기 시작했다. 젤에게 모자란 면이 있었던 것은 아니었다. 같은 삶을 살며, 같은 신관으로서 그라드와 사이좋게 소임을 다하고 있었다. 하지만 금기라는 것을 알면서도 같은 대상을 사랑하게 되고, 똑같이 마음을 전한 시점에서 차이가 발생한 것이다.

그 차이는 결정적인 균열이 되어 젤의 마음 깊숙한 곳에 검은 구멍을 뚫어놓았다.

"…………."

"뭐라고 말 좀 해보시지! 아니면 나를 동정하기라도 하는 거야? 모든 걸 다 빼앗아간 주제에!"

젤의 검이 그라드의 뺨을 스쳤다. 상처를 입어가면서도 그라드는 답하지 않았다. 아니, 답할 수 없었다. 동생이었던 젤이 품고 있던 감정. 열등감. 그것의 존재를 알면서도 그라드의 마음에는 살의밖에 떠오르지 않았기 때문이다.

그러는 동안에도 두 사람의 검은 몇 번이나 맞부딪혔고, 그때마다 고함소리 같은 소리가 암석지대에 울려 퍼졌다. 젤이 손에 든 것은 잡다한 어두운 감정이 담긴 검은 검이었다. 하지만 나머지 한쪽인, 그라드의 날카롭게 벼려진 세검은 몹시도 순수한 살의로 물들어 있었다.

"누가, 빼앗아갔다고?"

검이 교차하는 짧은 찰나, 그라드가 검 너머에 있는 상대를 바라본 채 말했다. 그 목소리에서는 연민이나 동정 같은 것은 눈곱만큼도 찾아볼 수 없었다. 그저 냉담한 감정이 깔려 있을 뿐이었다.

"하하……. 그러고 보니 아르티네아만은 내 것이었지!"

그라드 역시 빼앗긴 측의 인간이었다. 그의 모습에서 과거의 자신의 모습을 발견한 젤은 유쾌하다는 듯 웃으며 큰소리로 주장했다.

그 직후. 소름 돋는 기운이 장중을 지배하더니 그라드의 검이 비상식적인 궤적을 그리며 젤에게 육박했다.

"뭐야, 이건……?! 크…… 오, 오오오오오오오오오!"

복잡하게 궤도를 바꾸는 검. 그것을 떨쳐내고 흘려 넘기던 젤은 이윽고 관성을 완전히 무시한 그 움직임을 따라갈 수가 없게 되어 가볍지 않은 참격을 맞았다. 하지만 간신히 성수를 뿌려 결계를 쳐서 아슬아슬하게 치명상만은 면했다.

"그건 [퇴마외법 : 조열성(操列聖)]이지? 금술에까지 손을 대다니. 그렇게까지 해서 나를…… 크큭, 영광인걸."

계속 성수를 뿌려 전방위에 결계를 친 젤은 그렇게 말하며 웃었다.

금술 '조열성'. 간단하게 말하자면 그것은 자신의 몸을 자유자재로 조종하는 술법이었다. 얼핏 들으면 별것 아닌 듯하지만 말그대로 제한이 없다는 것이 이 술법의 본질이었다. 하늘을 날고자 하면 끝없이 날 수 있다. 그라드가 조금 전에 보인 것과 같이 관성을 완전히 무시한 동작도 취할 수 있다.

"하지만 아쉬워서 어쩌나. 방금 그게 나를 죽일 유일한 기회였는데. 이로써 그라드 형에게는 가능성이 없어졌어. 그 금술은 오래 가야 1분이 한계지. 고작 1분 만에 이 강화된 결계를 깰 수 있

233

을까?"

결계 안에 틀어박혀 가방 안에서 약을 꺼내 단숨에 들이켠 젤은 온몸에 났던 상처가 치유되는 것을 확인하며 옅은 미소를 지었다.

젤의 말대로 술법의 효과 시간은 그리 길지 않았다. 게다가 그 술법은 육체에 미치는 부하가 심해서 움직이면 움직일수록 그 대가를 몸으로 치루게끔 되어 있었다. 그 때문에 금술로 여겨지는 것이다. 요컨대 술법이 끊기는 즉시 치명적인 부작용이 몸에 나타난다는 뜻이었다.

그 사실을 알고 있는 젤은 망설임 없이 방어를 굳히고 시간이 지나기를 기다릴 태세를 취했다. 그는 신관이었던 시절부터 결계를 다루는 실력에 있어서는 마을의 그 누구보다도 뛰어났으니, 시간을 버는 것이 목적이라면 이보다 좋은 작전은 없을 것이다.

"네놈은, 반드시 죽인다."

낮고 차가운 목소리로 선고를 입에 담은 그라드는 세검의 칼끝을 젤을 향해 수평으로 겨누었다.

그라드도 같은 신관이자 동생이기도 했던 젤의 결계에 관해서는 당연히 알고 있었다. 정령의 힘마저도 완전히 막아낼 정도의 강도를 자랑하는 결계였다. 전방위를 뒤덮는 그것은 확실히 철벽의 방어라 할 수 있을 것이다.

하지만 그라드 역시 결계의 취약성에 관해 알고 있었다.

일격. 그 동작을 눈으로 좇을 수 있는 자는 없으리라. 찰나의 순간에 내질러진 초고속 찌르기가 결계에 충돌하자 파쇄음이 울려 퍼졌다. 동시에 충격파가 주변에 전파되어 대기와 대지를 진동시켰다.

"역시, 그라드 형……."

힘을 점(点)에 집중시킨 일격. 그것이 젤이 사용하는 결계의 공통된 약점이었다. 그 허점을 정확히 노린 그라드의 세검은 결계를 뚫고 젤의 어깨를 꿰뚫었다. 하지만 그 역시 치명상이라고는 할 수가 없었고, 젤은 그 즉시 몸을 날려 검에서 달아나서 다시 약을 들이켰다.

그 직후. 굉음과 함께 무시무시한 속도로 결계를 뚫었던 칼날이, 순간적으로 몸을 튼 젤의 뺨을 스쳤다. 그라드가 두 번째 공격을 내지른 것이다.

"후우, 큰일 날 뻔했네."

점적인 공격이 온다는 것만 알면 눈으로 좇지는 못해도 회피 난이도는 떨어지기 마련이다. 눈 깜짝할 새 수복되어 가는 결계 속에서 젤은 물러나는 세검을 응시한 채 다음 공격에 대비해 검은 검을 두 손으로 쥐었다.

그라드가 경계 자세를 취한 그 순간, 갑자기 세검의 칼끝이 흔들리더니 음속에 가까운 찌르기가 간단히 결계를 관통했다.

한층 더 날카로워진 그 일격이, 아슬아슬하게 몸을 날린 젤의 옆구리를 스쳤다. 피보라가 튀고 젤이 표정을 찌푸린 그 순간. 검은 검이 세검의 날을 후리자 둔탁한 금속음이 울려 퍼졌다.

"이건……?!"

중간에서 뚝 부러져 날을 잃은 세검. 전투가 시작되고 나서 처음으로 그라드의 표정이 흔들렸다.

"어라, 검 좀 부러졌다고 동요하다니. 혹시 누군가의 유품이었어? 그거 미안하게 됐네, 그라드 형."

젤은 발치에 널브러진 칼날을 짓밟으며 입가를 치올렸다. 세검은 찌르기에 특화되어 있다. 그것이 부러진 지금, 일격으로 젤의 결계를 뚫기란 불가능했다.

하지만 직후, 또다시 결계에 충격이 퍼졌다. 심지어 그것은 한 번으로 그치지 않고 두 번, 세 번 계속되었고 그 결과 결계에도 서서히 균열이 가기 시작했다.

"그 발 치워라!"

결계의 한 부분에 몇 번이나 박히고 있는 그것은 크로스보우의 화살이었다. 그라드가 크로스보우의 화살을 쥔 채 분노로 가득한 표정으로 결계를 두들기고 있었던 것이다.

"어이쿠. 자세히 보니 이건 정령보검이네. 아르티네아에게 선택받은 마을의 수호자가 하사받는 비보잖아?"

연극이라도 하는 듯한 동작으로 발을 들어 올린 젤은 능청스럽게 그렇게 말하더니 세검의 칼날을 검은 검으로 내리쳤다. 그러자 부러졌던 칼날이 마치 유리 세공품처럼 깨져 나갔다.

"어라, 꽤나 약하네. 이거 모조품 아니야?"

젤은 땅바닥에 흩어진 조각을 발로 치우며 검은 검을 과시라도 하듯 겨누어 보였다.

"젤, 너 이 자식!"

그것은 슬픔으로 물든 분노였다. 그라드는 고함을 침과 동시에 크로스보우의 화살을 결계에 박았다. 하지만 금술로 극한까지 육체를 강화했다고는 하나 그 일격은 정령보검의 일격에는 미치지 못해 결계에 막혔다.

"이런이런, 질리지도 않나 보네. 그나저나 이미 술법이 끊어졌어도 이상할 게 없을 텐데……."

정령의 힘으로 인해 강화된 결계는 본래 쉽사리 뚫을 수 있는 것이 아니었다. '조열성'이라는 금술과 정령보검이 있었기에 가능했던 것이다. 따라서 크로스보우의 화살로는 역부족일 터였다.

하지만 반복적으로 연거푸, 정신적으로나 육체적으로나 한계를 넘어선 상태로 한 곳을 계속 노리자 미약하게나마 결계가 흔들렸다.

그리고 드디어 크로스보우의 화살이 결계를 관통했다. 하지만 그 화살촉은 젤에게 도달하지 못하고 수복되어 가는 결계에 끼인 듯 멈춰버렸다.

"금술이라고는 해도 보검도 없이 내 결계에 흠집을 내다니…… 제법이네, 그라드 형. 하지만 이게 한계지?"

그라드를 뒤덮고 있던 마나가 순식간에 흩어지기 시작했다. 젤은 결계 안에서 그 모습을 바라본 채 뭉툭해진 화살촉을 지분거리며 빙긋 웃었다. 드디어 금술의 효과가 끊겼구나, 생각하며.

하지만 그 다음 순간.

"오오오오오오오!"

그라드는 새된 기합성과 함께 남은 마나를 쥐어짜내어 억지로 몸을 움직였다. 상체를 비틀어 아직 손에 들고 있던 부러진 세검으로 크로스보우의 화살의 엉덩이를 정확히 가격했다.

그것은 혼신의 일격이었다. 강렬한 파열음과 함께 밀려나간 크로스보우의 화살은, 그야말로 탄환처럼 결계를 완전히 꿰뚫었다.

"후우, 큰일 날 뻔했네. 역시 끝까지 방심할 수가 없겠어."

그야말로 종이 한 장 차이였다. 젤은 순간적으로 사선에서 물러서서 그 일격을 피했다.

크로스보우의 화살은 젤의 뒤쪽에 위치한 결계에 충돌해서 튕겨져 나와, 힘없이 땅바닥을 나뒹굴었다. 기세를 잃은 그것을 내려다본 후, 젤은 힘없이 주저앉은 그라드를 주의 깊게 관찰했다. 금술은 풀린 데다 정상적으로 싸울 만큼의 여력도 남지 않은 듯 보였다. 하지만 그라드에 관해 잘 아는 젤은 결계를 유지한 채 또 무슨 공격을 해올까 하고, 그의 일거수 일투족에 신경을 집중시켰다.

"덤벼들지는, 않나……."

그렇게 말하며 고개를 들고서 천천히 일어난 그라드는 어느샌가 손에 들고 있던 단검을 집어넣더니, 그 대신 태양을 상징하는 성스러운 인장이 새겨진 은제 회중시계를 집어 들었다.

그것을 본 젤의 표정에 희미하게 긴장의 빛이 떠올랐다. 은제 회중시계. 그것이 어떠한 물건인지 알기 때문이다.

하지만 그것도 잠시뿐이었다. 젤은 가방 안에서 마나 회복약을 꺼내 들이켜고는 경계의 강도를 더욱 끌어올렸다.

"아르젠토 스티그마타……. 이제 와서 그런 걸 꺼내서 뭘 어쩌게? 이 결계의 강도는 몸소 확인했을 텐데? 그런데 금술보다 뒤떨어지는 상급 퇴마술의 촉매를 집어들다니……."

아무리 상급 퇴마술이 강력해도 정령의 힘으로 강화하여 완전한 상태로 펼친 결계를 깨기란 불가능할 것이다. 적어도 젤에게는 막아낼 자신이 있었다.

하지만 무의미해 보일지 몰라도 그라드가 하는 일에는 의미가있다. 그 사실을 너무도 잘 아는 젤은 주변을 최대한 경계하며 검은 검을 고쳐 쥐었다.

"젤. 너는 예전부터 적성이 높은 결계에만 의존해서, 다른 술법에 관한 지식이 부족했지."

그라드는 회중시계를 결계에 갖다 댄 채, 그 건너편에 있는 젤을 똑바로 바라보았다. 그러자 젤은 문득 입가를 일그러뜨려 미소를 지었다.

"그건 착각이야, 그라드 형. 퇴마술에 관한 지식은 모든 서적을훑어보고 익혔어. 이렇게 되리라는 건 예상했거든. 그래서 그 촉매로 사용할 수 있는 술법에 뭐가 있는 줄도 알아. 그리고 그 어느 것도 이 결계를 깰 수 없다는 것도."

그라드는 젤이 열등감을 품을 정도로 퇴마술사로서 뛰어난 재능을 가지고 있었다. 젤이 그런 그라드에게 유일하게 자랑할 수있는 것이 바로 결계술이었다.

그리고 지금, 금술을 쓴 반동으로 만신창이가 된 그라드 앞에서 젤은 승리를 확신했다. 퇴마술에 관한 모든 지식을 총동원해서 도출해낸, 굳건한 자신감이 가져다 준 확신이었다.

"아니, 이제는 깰 필요가 없다."

그라드가 그렇게 말한 순간, 뭐라 형용할 수 없는 한기가 젤의 등줄기를 타고 퍼졌다.

무언가를 놓친 것은 아닐까. 혹시 퇴마술에 이 상황을 타개할 수 있는 가능성이 남아있는 걸까. 보다 깊이 생각하기 시작한 젤은 문득 앞을 확인하고 할말을 잃었다.

그곳에 있는 그라드의 표정이, 무엇보다도 젤의 죽음을 원하는 칠흑빛 광기로 물들어 있었기 때문이다.

결계 안이라는 안전한 장소에 있음에도 젤은 상상을 초월하는 살의에 놀라 엉겁결에 뒷걸음질을 쳤다. 그 순간.

"으악!"

무언가를 밟은 젤은 그대로 자세가 무너져 엉덩방아를 찧었다. 크로스보우의 화살이 데구르르 소리를 내며 굴러 나왔다. 굵고 짧은 탓에 밟고 넘어진 것이다.

"망할!"

벌떡 일어난 젤은 우위에 서 있으면서도 공포를 느꼈다는 사실, 꼴사납게 넘어졌다는 사실이 굴욕적인지 욕지거리를 하며 크로스보우의 화살을 걷어차고서 그라드를 노려보았다.

그 직후. 그라드가 표정을 지우더니 낮고 냉담한 목소리를 내뱉기 시작했다.

『증오스러운 사자의 이름으로써 방황하는 죄인을 축복의 땅으로 인도하노라.』

그 영창이 무엇인지 기억하는 젤은 온몸을 긴장시켰다. 그것은 성스러운 인장이 아니라 성수를 매개로 한 상급 퇴마술의 영창이었기 때문이다.

보란 듯이 그라드가 꺼내든 성스러운 인장이 새겨진 은시계는 무언가를 감추기 위한 위장이었다. 젤은 뒤늦게 그 사실을 알아챘지만 어찌어찌 냉정함을 되찾았다. 설령 촉매가 다르다 해도 정령의 힘으로 강화한 결계를 퇴마술로 깨기란 불가능하다는 대전제가 있기 때문이었다.

『세상은 영원한 칠흑, 대지는 속박해두는 사슬, 단죄의 불꽃은 그 모든 것을 해방하여, 머나먼 하늘에 심판을 맡길지니.』

하지만 그라드는 그 사실에도 개의치 않았고, 젤은 어쩐지 궁지에 몰린 듯한 초조감을 참지 못하고 주변을 살피기 시작했다.

"이건 설마……."

젤은 그제야 알아챘다. 그라드가 했던 '깰 필요가 없다'는 말에 담긴 의미를. 젤은 그제야 알아챘다. 유일하게 결계 안에 있는 물건이 있음을.

젤의 표정에 공포가 차오를수록 그라드의 얼굴은 냉정함으로 물들어 갔다.

『그대, 멸각이야말로 최소한의 자비임을 알라.』

[퇴마신법 : 끝없는 푸른 파장(破葬)]

순식간에 고조된 마력이 마나를 조종하여 술법을 이루었다. 그 순간, 젤의 발치에서 굴러다니던 크로스보우의 화살이 폭발해, 그곳에 담겨있던 성수에서 푸른 불꽃이 솟구쳤다. 밀폐된 결계 안이 화염으로 가득 차자, 내부에서는 마치 지옥에 떨어진 망자 같은 비명소리가 울려 퍼졌다.

결계로 인해 달리 갈 곳이 없는 탓에 화염은 소용돌이치며 보다 퍼렇게 타올랐다. 하지만 그것은 아주 잠시뿐이었다. 결계가 해제되자마자 돌풍이 휘몰아쳤고, 그 안에 퍼졌던 푸른 불꽃은 눈 깜짝할 새 흩어졌다. 촉매였던 성수가 휩쓸려 나갔기 때문이다.

"설……마, 이런 방법으로……."

힘을 잃은 바람의 술구가 박살나자 젤은 그 자리에 무릎을 꿇고서 몸을 움츠렸다. 그 몸은 불에 타 짓물렀고, 온몸을 뒤덮고 있던 정령무구도 로브만을 남기고 반쯤 잿더미가 되었다.

"아직, 숨이 붙어 있나."

금술의 반동으로 온몸이 심하게 삐걱대서, 그라드는 거의 산송장 같은 꼴이 되어 있었다. 하지만 그 눈은 애처로우리만치 번뜩이며 젤을 바라보고 있었다.

그라드는 말없이 허리에 찬 단검을 뽑아, 젤의 급소를 찌르기 위해 다리를 절다시피 해서 다가갔다. 이제 조금 전까지의 기민함은 찾아볼 수 없었지만 중상을 입은 젤에게 그 발소리는 죽음으로의 초읽기처럼만 들렸다.

"젠……장……."

젤은 아직 간신히 움직이는 손을 필사적으로 움직여, 품속에 숨겨두었던 회복약을 입에 댔다. 하지만 입은 부상에 비해 약의 효력이 부족해서 일어나는 것이 고작이었다. 그러나 젤은 그런 몸을 억지로 움직여 불타버린 가방에서 굴러 나온 보따리를 주워 들었다. 그것은 정확히 사람의 머리 정도의 크기였다.

"이걸 쓰게 될 줄이야……. 하지만, 상대가 그라드 형이라면……
상관없으려나."

젤은 보따리에 손을 댄 채 그렇게 말하고는 기분 나쁜 미소를
지었다.

"우리의…… 사랑이 얼마나 강한지, 보여주겠어어어어!"

그 말과 동시에 젤의 손이 보따리의 천을 걷어냈다. 그리고 그
속에 든 것을 본 순간, 그라드가 외쳤다.

"젤, 너 이 자시이이이이이익!"

그라드가 지금까지 보였던 것 이상의 분노를 담아 대기를 진동
시켰다. 꾸러미 안에서 나타난 그것은, 투명한 용기였다. 문제는
그 내용물이었다. 그라드가 잘 아는…… 사랑하는 이의 머리가
그 안에 들어 있었다.

분노로 물든 눈으로 젤을 노려보던 그라드는 뜻대로 움직이지
않는 다리를 억지로 움직여 땅을 박차고 전진했다.

"히히힛. 이제 끝이야, 그라드 형."

젤은 그런 그라드를 비웃듯이 허리에 찬 벨트에서 은색 통을 끄
르더니 히죽히죽 웃으며 그것을 투명한 용기 안에 던져 넣었다.

직후, 폭염이 밤하늘을 찢더니 굉음과 격진이 주변 일대를 가
득 메웠다.

243

$\langle 19 \rangle$

정령폭탄. 결코 달아날 수 없는 파괴의 폭풍. 그 중심에 있었던 젤은 미쳐 날뛰는 불길 속에서 승리에 취해 있었다.

주변 일대를 불태우는 화염으로 변환된 정령의 힘. 하지만 그 것은 같은 종류의, 다시 말해서 아르티네아의 힘을 지닌 로브를 두른 젤에게는 영향을 미치지 않았다. 자신을 제외한 모든 것을 일소하는 궁극의, 그리고 비장의 패. 그것이 정령폭탄에 감춰진 진정한 힘이었다.

"잘 가, 아르티네아, 그리고 그라드 형! 내가 이겼어! 형보다 내 가 더 강하다고!"

그것은 진심 어린 외침이었다. 그라드에게 이기는 것은 젤의 최대의 목적인 동시에, 늘 뒤떨어진다는 소리를 하던 이들에게 그렇지 않다는 것을 증명하기 위한 수단이기도 했다.

실제로 싸워보니 형은 역시 강했다. 목표는 언제까지고 목표로 있어주었다. 그리고 드디어 그것을 뛰어넘어 승리를 거머쥐었다. 그 사실이 젤의 기분을 더더욱 고양시켰다.

"아니, 네가 졌다."

그렇기에 방심이 생겨났다. 사람이 감히 대적할 수 없는 정령 의 힘. 그것을 견뎌낼 수 있는 자는 없을 것이다. 그러한 믿음이 치명적인 빈틈이 된 것이다.

정령. 그것은 사람의 좋은 이웃이자 늘 서로 의지하듯 존재하며, 때로는 서로 돕고, 마음을 나누는, 다정한 자들. 그런 정령의 힘이었다. 소중한 인연은 결코 사라지지 않는다.

목소리와 함께 불길 속에서 그라드의 팔이 튀어나왔다. 그리고 다음 순간, 그 손에 쥐어진 단검이 젤의 목을 관통했다.

"컥…… 어억……."

젤은 구겨진 표정으로 말로 형용할 수 없는 신음소리를 내며, 공포로 물든 눈으로 그 원흉을 바라보았다.

젤의 목까지 뻗은 팔. 그 표면에 떠오른 복잡한 문양. 불길에도 뒤지지 않을 정도로 붉게 빛나고 있는 그것은, 그라드가 아르티네아에게 받았던 가호의 증표였다.

역류하는 불꽃을 물리치는 그 팔을 바라본 채, 젤은 이해했다. 아르티네아의 의지가 그라드를 지킨 것임을.

정령의 가호. 정령신앙의 세계에서 그것은 특별한 의미를 지닌다.

그라드와 젤. 두 사람은 마을을 대표하는 신관이 되었을 때, 그 가호를 받았다. 죽는 그 순간까지 늘 마을신과 함께 하며 보살피겠다는, 평생 동안 지켜내겠다는 증표로.

그 대신 마을신이 된 정령은 마을에 은혜를 가져다주었다. 하늘의 백성이 섬기는 아르티네아는 폭풍의 정령. 비바람에 의한 해를 물리치고, 기후를 안정하게 유지해준다. 그 덕에 작물은 언제나 풍작이었고 마을에서는 아르티네아뿐 아니라 신관 두 사람도 숭상의 대상이 되었다.

하지만 그렇기에 서서히 그 차이가 눈에 띄기 시작했다. 너무도 우수한 형과 평범한 동생. 주변 환경이 완전히 같았던 탓에 그 차이가 두드러지게 나타나고 말았다.

끝내는 같은 상대를 좋아하게 되어, 두 사람의 사이에 결정적인 균열이 발생했다.

뭔가가 하나라도 달랐다면 다른 미래가 펼쳐졌을 것이다. 하지만 비극은 찾아왔다.

키메라 클로젠이 마을신인 아르티네아를 노리고 습격해 온 것이다. 그때, 그녀를 지켜야 하는 입장에 있었던 동생, 젤이 마을을 배신했다. 형인 그라드와 결별하기 위해, 그리고 그라드가 가장 소중히 여기는 아르티네아를 빼앗기 위해.

그 후, 살아남은 자들의 설득을 물리치고 마을을 나선 그라드는, 사랑하는 사람을 되찾기 위해 다정함을 버렸다. 원수의 소문을 듣는 족족 달려가서 정보와 목숨을 빼앗았다.

그 몸은 이윽고 증오로 온통 물들었고, 그 귀에는 다정한 목소리가 들리지 않게 되었다. 눈에 비치는 모든 것은 잿빛을 띠고 있었고 적이냐 아니냐로만 매사를 식별하게 되었다. 마치 마물처럼 계속 적을 죽여댔다.

그런 나날들 속에서도 그라드의 마음속에 남아있던 것. 그것이 아르티네아에 대한 사랑이었다.

그렇기에 정령의 가호가 답한 것이다. 그라드가 위기에 처한 순간, 그라드 본인조차 인식하지 못하고 있었으나 늘 그곳에 있던 것이 빛을 내뿜은 것이다.

그에 반해 키메라 클로젠에 붙은 젤은 마을에서 배양한 방대한 정령에 대한 지식을 이용하여 아르티네아의 힘을 제 것으로 만들었다.

정령신앙의 마을에서는 정령과의 관계가 깊을수록 그 이해도도 깊어지기 마련이었다. 젤은 정령력이라는, 사람에게는 과분한 힘을 효율적으로 활용하는 기술을 개발했다. 키메라 클로젠이 개발한 것들 중 8할은 그의 공언에 의한 것이라 해도 과언이 아니었다.

이어서 그 기술을 병기에 유용했다. 전력 증강을 이루어냈다. 그렇다. 정령폭탄 역시 그가 만들어낸 물건이었다.

결과적으로 젤은 그 공적을 인정받아 키메라 클로젠의 최고간부의 지위까지 올라갔다.

게다가 키메라 클로젠의 구성원들이 잡아들인 정령들은 모두 젤에게로 보내져, 그 희생과 비례하는 모양새로 젤의 지식과 기술은 비약적으로 향상되었다.

정령에 관한 지식에 있어 젤을 능가할 인간은 없을 것이다. 하지만 지식만으로는 이해하지 못할 일들이 세상에는 넘쳐났다.

그것이 바로, 마음이다.

언젠가부터 젤에게 주어졌던 가호에서는 빛이 나지 않았다. 젤은 그 원인이 아르티네아의 의지가 소실되었기 때문이라고 생각했다.

하지만 지금, 이 순간. 그라드의 팔에서 눈부시게 빛나는 아르티네아의 가호 앞에서, 그 생각이 틀렸음을 알아챘다.

동일한 정령에서 비롯된 정령무구 이외에도, 정령폭탄을 막을 방법은 있었다. 그것은 정령을 이용해오기만 했던 키메라 클로젠으로서는 알아채려야 알아챌 수 없는 방법이었다. 사람과 정령 간의 유대의 증표. 정령의 가호.

버린 자와 버리지 않은 자. 두 사람의 싸움은 그런 유대로 인해 결판났다.

그 일대에 충만했던 정령의 힘이 고갈되자 불길은 환상처럼 사라졌다. 새빨갛게 빛나던 주변은 눈 깜짝할 새 밤의 어둠으로 뒤덮였고, 하늘의 별들이 광채를 되찾기 시작했다.

밤하늘 아래, 둔탁하고도 묵직한 소리가 희미하게 울렸다. 그것은 젤의 몸이 땅바닥에 널브러지는 소리였다. 목에서 피를 흘리며 하늘을 올려다보는 그 눈은 이미 허옇게 탁해져 있었다.

그라드는 피에 젖은 단검을 든 채, 그 옆에 서서 나직하게, 살며시 입술을 움직여 말을 입에 담았다. 그것은 누구의 귀에도 들리지 않을 정도의, 속삭임보다도 덧없고 기도보다도 허무한 말이었다. 바로 두 사람의 마을에서 읊조리던, 죽은 자를 위한 장송구였다.

분노도 증오도 기쁨도 슬픔도 느껴지지 않는 허무한 얼굴로 그라드는 젤의 가슴에 성수병을 떨어뜨렸다. 그리고 조금 남아있던 힘을 쏟아 푸른 불꽃을 만들어냈다.

그 불꽃은 불씨처럼 연기만 내뿜더니, 서서히 거세어졌다.

그라드는 그것을 등진 채 걸어 나갔다. 행선지는 아직도 푸르게 밝혀진 작은 마을 옆. 동료가 기다리는 장소였다.

하지만, 그의 바람은 이루어지지 않을 것이다.

별하늘 아래, 둔탁하고 묵직한 소리가 힘없이 울려 퍼졌다. 그것은 그라드의 몸이 땅바닥에 쓰러지는 소리였다.

"여기까지, 인가……."

그라드의 몸은 이미 한계였다. 본래 알려졌던 것보다 금술의 효과가 오랫동안 지속되었던 것은 생명을 불살랐기에 가능했던 일이었으며, 그 행위는 착실하게 그라드의 명을 재촉했다.

그라드는 이제는 거의 뜻대로 움직이지 않는 몸을 간신히 움직여 똑바로 드러누웠다.

"약속, 했는데……. 미안하다."

아직 만난 지는 얼마 되지 않았지만, 돌이켜보니 의외로 즐거웠다. 하지만 그런 그녀의 부탁이었던 강한 자와 싸우고 싶다는 약속은 이제 지킬 수 없을 것 같다 생각하며, 푸른 불꽃이 가물거리는 마을을 쳐다보았다. 그리고 분투해준 메이메이에게, 그라드는 감사의 기도를 올렸다.

"별은…… 이제, 보이지 않는군."

시선을 하늘로 옮긴 그라드는 아르티네아와 자주 보았던 별자리를 찾았다. 하지만 금이 무수하게 간 안경으로는 초점이 잘 맞지 않아서, 그대로 눈을 감았다.

아무것도 보이지 않는 가운데, 바람소리만이 귓가를 스쳤다. 몸은 납덩이처럼 무겁고, 의식은 마치 땅속에 묻히기라도 한 듯 까마득하기만 했다.

미련은 없다. 목적은 달성했다. 본래부터 각오가 되어 있던 그라드는 순리에 모든 것을 맡기고자 의식을 놓았다.

그때였다.

『———.』

문득 희미한 목소리가, 살랑살랑 그라드의 귓가에 들려왔다. 그것은 당장에라도 사그라질 듯 아련하고 애매한 목소리였다. 하지만 그것을 들은 순간 그라드는 눈을 부릅뜨고 흐려진 의식으로 연인의 자취를 찾았다. 잘못 들을 리가 없는, 아르티네아의 목소리를, 아르티네아의 모습을.

"아르티네아……. 드디어, 만났군."

그녀는 가호의 문양이 떠오른 팔의 옆에 있었다. 깨진 렌즈 너머로 보이는 일그러진 풍경 속에서도 그곳에 보이는 아르티네아의 모습은 기억에 있는 것과 같아서, 그라드는 안도하며 말했다.

"——그렇, 군……. 너는, 계속 함께, 있었던, 건가……."

아르티네아는 가만히 곁으로 다가와 미소를 지어주었다. 그라드는 그 얼굴을 바라본 채, 잃어버린 두 사람의 시간을 되찾으려는 듯 떠듬떠듬 말을 자아내기 시작했다.

"이렇게, 가까운 곳에…… 있었는데……. 못 알아, 채다니…….
——그래. 안경이, 안 맞아서…… 그런 걸지도 몰라."

희미한 미소를 지은 채 그라드는 더 이상 움직이지 않을 터인 팔을 움직여 망가진 안경을 벗었다. 그리고 맑아진 시야 속에 아르티네아를 둔 채 살며시 끄덕였다.

"——그래……. 망가져 버렸어. 모처럼, 네가 골라, 준 건데. 하지만, 그래서일까. 네가 다시, 보인 건. ——이제, 괜찮아. 네가, 있다는 걸, 알았으니. 이젠, 놓치지 않을 거야."

그라드는 떠듬떠듬 그렇게 말하고는 다소 흔들리는 눈빛으로 다시 아르티네아를 바라보며 말을 이었다.

"그러니까, 다시, 새 것을, 살 테니까……. 이번에도, 네가…… 골라……——."

그라드는 수줍은 미소를 지은 채 천천히 눈을 감았다.

모든 소리가 사라지고 그 몸에 정적이 찾아왔을 즈음. 사람의, 생명의, 그릇의 한계를 넘어선 그라드의 몸은 먼지가 되었고, 속삭이듯 흘러든 바람이 그를 싣고 떠올랐다. 그 자리에는 불탄 옷과 피로 물든 단검, 그리고 망가진 안경만 남았다.

이렇게 하나의 이야기의 막이 내렸다. 이윽고 마을을 뒤덮었던 푸른 불꽃도 꺼지고 어둠이 깊어졌을 즈음. 우연인지 필연인지. 바위밭에 불던 바람이 희미한 화음을 이루었다. 몹시도 다정한, 마치 자장가 같은 그 음색은 어딘가 장송곡 같은 슬픔을 머금은 채, 별이 반짝이는 밤하늘 아래에서 멀리멀리 퍼져 나갔다.

20

키메라 클로젠의 본거지와 연결된 비밀 통로. 그 종착점에서 대기 중이던 미라 일행에게, 별동대의 아론이 식신을 통해 연락을 해왔다.

그 내용은 제어기지를 제압하는 데 성공했으며 모든 기능이 정지되었음을 확인했다는 것이었다. 이로써 본거지 전체의 방어 장치가 고철덩이가 되었다.

하지만 플리카는 어쩐지 부자연스러운 느낌이 들었다고 덧붙여 말했다.

기지의 중추부를 지키듯 전개되었던 결계를 어떻게든 해제하고자 하던 참에, 공정의 절반도 진행하지 않았음에도 불구하고 느닷없이 소실되었다는 것이다.

두 가지 가능성 중 하나가 원인일 듯했는데, 바로 결계를 친 술사가 사망하거나 스스로 해제했을 경우였다. 전자라면 문제가 없겠지만 후자라면 어떠한 의도가 숨어있을지 모른다며 플리카는 주의를 환기시키는 말을 입에 담았다.

"알겠어, 조심할게. 그리고 임무수행하느라 수고했어. 뒷일은 우리한테 맡겨!"

카구라는 끝으로 그렇게 말하고서 통신을 끊더니 미라와 셀로에게 고개를 돌려 내용을 설명했다.

"흠. 드디어 준비가 되었다 이거로군."

땅바닥에 주저앉아 있던 미라는 영차, 하고 일어나서 한껏 기지개를 켰다.

"저희도 저쪽에 지지 않도록 분발해야겠군요."

몇 명째인지 모를 키메라 클로젠의 하수인을 포박포로 포박한 셀로는 본거지의 입구 옆에 그들을 내동댕이치며 기합을 다시 넣었다.

제어기지 습격이 상당히 큰 영향을 미친 것인지 비밀 통로도 상당히 소란스러워졌다. 하지만 그것도 잠시뿐이었다. 마치 몰이를 한 물고기 떼처럼 차례차례 미라 일행이 대기 중인 곳으로 몰려오기에 말 그대로 일망타진을 했던 것이다.

인원 중 태반이 붙잡힌 탓인지 지금은 비밀 통로 안도 상당히 조용해졌다.

"조금 더 있으면 이곳에도 우리 제압부대가 올 테니까 이 녀석들의 신병은 맡겨두기로 하고……."

카구라는 그렇게 말하며 산더미처럼 쌓인 하수인들을 향해 한 장의 식부를 던졌다. 그러고서 입구의 손잡이를 잡더니 단숨에 열어 젖혔다.

"우리 쪽은 돌입 개시!"

카구라는 소리 높여 그렇게 선언하고는 앞장서서 키메라 클로젠의 본거지로 뛰어들었다.

"자아, 지금부터가 진짜 싸움이로구나."

"그러네요. 분발하도록 하죠."

미라와 셀로는 고갯짓을 주고받고는 조금 뒤쳐져서 그 뒤를 따랐다.

　비밀통로의 문 너머에 위치한 키메라 클로젠의 본거지. 그곳에는 끝이 보이지 않을 정도로 광대한 지하공간이 펼쳐져 있는 가운데, 무수히 많은 거대 건조물이 질서 정연하게 늘어서 있었다.
　이곳에도 빛의 정령의 힘이 작용하고 있는 것인지 지하에 있음에도 대낮처럼 밝아서, 구석구석까지 잘 보였다. 그래서인지 도시가 통째로 들어 있는 듯한 공간 안쪽에, 그곳을 지키듯 우뚝 솟은 거대한 벽이 매우 부자연스러워 보였다.
　"단순히 생각을 하자면 저 중앙이 최종 보스가 있는 곳 같다만. 과연 어디에 숨어있을지."
　"아무리 그래도 방어기능이 정지되었다는 사실은 알아챘을 테니 엄중한 벽 안에 숨어있을 것 같기는 한데 말이죠……."
　거대 건조물은 수십 개에 이르렀고 그 한복판을 가로지르는 듯한 모양새로 한 줄기 길이 똑바로 나 있었다. 끄트머리에 위치한 것은 중앙 벽에 뚫린 문이었다. 침입자의 눈에는 그것이 마치 유인이라도 하는 듯한 광경으로 보였다.
　무방비한 척 안으로 끌어들이기 위한 계략인지, 아니면 절대적인 자신감을 품은 채 만반의 준비를 하고 기다리고 있는 것인지.
　키메라 클로젠은 유달리 경계심이 강했다. 그 최고간부들이니 어떠한 수단을 취해올지, 그야말로 미지수였다.
　어떻게 공략할까. 미라와 셀로는 처음 찾은 던전을 앞에 두었을 때와 같은 눈으로 광대한 공간을 바라보며 생각에 잠겼다.

하지만 그 옆에서 카구라가 망설임 없이 한 걸음을 내디뎠다.

"당연히 정면돌파해야지! 무슨 짓을 해오기 전에 뭉개버리면 그만이잖아!"

카구라는 말 떨어지기 무섭게 길 한복판을 내달렸다.

"나 원, 꽤나 공격적으로 변했군그래."

미라는 카구라를 쫓으며 중얼거렸다. 일찍이 아직 게임이었던 시절에도 카구라는 기회를 포착하면 가장 먼저 돌진을 하기도 했다. 그리고 이상하게도 그 행동은 모두 기회를 잡는 실마리가 되고는 했다.

선견지명이 있다고 해야 할지. 그런 생각을 하는 반면, 이번 경우에는 단순히 원수의 코앞까지 와서 마음이 급해져 돌격을 한 것일지도 모르겠다는 생각을 하며 미라는 카구라의 뒷모습을 바라보았다.

"확실히 생각하느라 멈춰서는 것보다는 단숨에 밀고 들어가는 것이 상책일지도 모르겠네요. 기능이 정지된 지 얼마 되지 않은 지금이라면 파고들 틈도 많을 것 같으니까요. 그리고 무엇보다도 이쪽에는 아홉 현자의 일원께서 계시잖아요? 그러나 이 경우에 한해서는 힘으로 밀어붙이는 게 효과적이지 않을까요."

음양술사의 정점에 군림하는 아홉 현자 카구라. 셀로는 그 뒷모습을 바라보다가 미라에게 시선을 보냈다.

소수정예 돌입부대. 그들에게는 어지간한 잔재주 정도는 아무렇지도 않게 물리칠 정도의 돌파력과 전력이 있었다. 게다가 돌발상황에 대한 대응력도 높으니 이 세 사람이라면 확실히 생각보다는 행동에 나서는 편이 나을 것이다.

"흠. 그렇군. 한 번 겨뤄본 바로는, 쓰러뜨리지 못할 상대는 아닌 듯 했으니 말이다. 정령의 힘에만 조심하면 지지는 않을 게야."

미라는 눈 깜짝할 새 가까워진 벽을 올려다보며 고대환문에서 싸웠던 키메라 클로젠의 간부, 그레고리우스를 떠올렸다. 정령폭탄에 정령무구, 검은 검. 모두 다 성가신 성능을 지녔지만 위협적으로 느껴지지는 않았다. 게다가 지금은 '백은멸귀'라는 대책도 있으니 그야말로 무서울 것이 없었다. 주의할 것이 있다면 정령의 힘을 이용한 키메라 클로젠 특유의 기술뿐이리라.

카구라는 실로 직감적으로 행동하기는 했지만 잘 생각해 보니 그 행동은 최선의 방법에 가까운 것도 같았다.

(뭐어, 거기까지는 생각을 하지 않았을 테지만.)

앞을 막아선 거대한 문을 요란하게 날려버리는 카구라의 모습을 본 미라는 한숨을 푹 쉬며 쓴웃음을 지었다. 조금만 더 조용히 행동했다면 기습을 할 수도 있었을 것이라 생각하며.

카구라보다 다소 늦게 파괴된 문을 지난 미라는 그곳에서 예상치 못했던…… 아니, 실로 반가운 상황과 맞닥뜨리고는 쓴웃음을 지었다.

문 안쪽은 성의 현관 같은 구조로 되어 있었다. 호사스럽다 할 정도는 아니었지만 그럭저럭 번듯한 공간. 카구라는 그런 곳에서 이채로운 분위기를 풍기는 세 사람과 대치하고 있었다.

"이런이런, 두 사람이 더 온 모양이오. 무슨 일인지 살피러 가려던 찰나에 나타난 침입자라. 예삿일이 아니구려."

카구라의 옆에 나란히 선 미라와 셀로를 보자마자 상대 중 한 명이 그렇게 말했다.

그 자는 옷을 껴입은 곰처럼 중무장을 하고 있었다. 그 상태로 용케 움직인다는 생각이 들 정도로 커다란 갑주를 두르고 전투도끼 같은 핼버드를 들고 있었다. 당연히 모두 다 강력한 정령무구였다.

"방어기능이 모두 정지된 이 상황은, 이 녀석들 탓이라 봐도 될까?"

그렇게 말한 것은 짧은 검붉은색 머리를 지닌 꽤나 젊은 남자였다. 허리에 검과 소형 방패를 차고, 경갑옷 위에 망토를 두른 그 남자는 거만하게 팔짱을 낀 채 어쩐지 값이라도 매기는 듯한 눈으로 미라 일행을 쏘아보았다.

"아니, 그런 것치고는 너무 빨라. 제어구획은 다른 부대에게 함락되었다고 봐야겠지."

세 번째 인물이 그렇게 말했다. 술사인지 칠흑빛 로브를 두르고, 검은 지팡이를 손에 든 중년의 남자였는데, 그는 어째서인지 미라의 모습을 보자마자 얼굴을 찌푸렸다.

보아하니 세 사람 모두 과하다 싶을 정도로 많은 정령무구로 온몸을 감싸고 있는 듯했다.

그렇다면 상황상 이들이 최고간부 중 세 사람이 틀림없으리라. 시작부터 다섯 명 중 세 사람과 조우하다니. 갑작스럽게 돌입한 결과치고는 것치고는 충분하고도 남을 정도로 만족스러운 결과였다.

"당신들이 키메라의 최고간부들이지?"

"바로 보았소!"

"그럼 얌전히 당해."

이미 임전태세였던 카구라는 담담한 투로 선고했다. 키메라 클로젠은 인간의 좋은 이웃인 정령을 해하는 적이다. 하지만 카구라의 목소리에는 그 이상의, 마치 가족을 빼앗긴 자와 같은 감정이 섞여 있었다.

"아무래도 이거, 일이 성가셔질 것 같소."

"아니, 문제될 게 뭐 있어? 기생오라비에 계집 둘. 이곳까지 쳐들어온 걸 보면 실력은 제법인 모양이지만, 무구는 그냥저냥 평범해. 그에 반해 우리는 완전 무장을 했고. 질 만한 요소가 어디에도 없잖아."

감정에 따라 사람은 때때로 평소 이상의 힘을 발휘하기도 하는 법이다. 중무장을 한 남자는 그를 경계하듯 말했다. 그에 반해 검붉은 머리의 남자는 미라 일행을 관찰하듯 둘러보고서 반대되는 말을 입에 담았다.

검붉은 머리의 남자의 말대로 최고간부 세 사람이 장비한 정령무구는 지금까지 보았던 정령무구를 능가할 정도로 심상치 않은 정령력을 지니고 있었다.

그 무구 하나에 얼마나 많은 정령들이 희생되었을지에 관한 생각. 그리고 그것을 과시하는 듯한 남자의 발언. 그러한 것들이 카구라의 역린을 조용히 건드렸다.

"일단 바짝 긴장하는 게 좋을걸. 내가 정령왕의 힘을 빼앗는 데 실패한 원흉은 저 은발 계집이니까."

로브 차림의 남자는 두 간부의 말을 받는 모양새로 말하며 날카로운 눈빛으로 미라를 바라보았다. 그렇다. 그가 바로 고대환문에서 미라와 전투를 벌였던 간부 중 한 명이었다.

"오호, 저 소녀가……."

"헤에……. 방심하다 당해서 엉뚱한 거짓말로 변명을 한 건줄 알았더니만, 정말로 있었구나. 그나저나 흠, 방심할 만했는걸."

간부들의 시선이 미라에게 쏟아졌다. 로브 차림을 한 남자의 말에는 작전이 실패한 데에 따른 원한도 담겨 있었지만, 그 한 마디를 계기로 명백하게 경계도가 올라간 것 역시 사실이었다.

"어디서 들어본 목소리다 싶었더니만, 역시 그대였나. 분명 이름이…… 그레고……리우스였던가?"

처음 만났을 때는 전신갑주 차림이었던 탓에 상대의 맨얼굴을 몰랐지만, 그 목소리는 어렴풋이 기억에 남아 있었다. 이름은 살짝 기억이 안 났지만 맨얼굴을 드러내고 있어서 주시하면 알 수 있었다. 그는 분명 대장장이 그레고르의 아들, 그레고리우스였다.

"그건, 먼 옛날에 버린 이름이다. 지금은 이름 없는 3대 간부 중 한 명일 뿐, 그 이상도 그 이하도 아니다."

그레고리우스는 그렇게 단언하더니 미라를 흘끔 쳐다본 후, 셀로에게로 시선을 옮겼다.

"그리고 나머지 한 명인 빨간 머리는 에카르라트 카리용의 단장, 셀로다. 은발 계집과 마찬가지로 주의하는 게 좋을걸."

"그 자원봉사 길드 말씀이시구려. 오호라, 과연."

"여기까지 온 것도 그 자원봉사의 일환이라 이건가? 고생을 사서 하는군."

곤경에 처한 사람을 돕고 싶다. 그런 사상 하에 일어선 길드, 에카르라트 카리용. 그들은 사회적으로 큰 공헌을 하고 있어, 온 대륙에 그 이름이 알려져 있었다. 그곳의 단장정도 되다 보니 제법 지명도가 높은 모양이었다. 그레고리우스가 충고하자 간부 두 사람도 납득했다는 듯 고개를 끄덕이더니 희미한 미소를 지어 보였다. 유명하면 유명할수록 그 수법은 널리 알려지기 마련이다. 한 번밖에 겨뤄본 적이 없는 미라보다는 싸우기 쉬우리라 생각한 것이리라.

"유명하군그래."

"저들이 안다고 해서 딱히 기쁘지는 않은데요."

두 간부의 태도에는 속마음이 훤히 드러나 있는 것 같아서, 그러한 모습을 본 미라가 그렇게 말하자 셀로는 쓴웃음을 지으며 답했다. 그리고 그들이 표방하고 있는 주의 탓인지 적대하는 상대들 중에는 때때로 이러한 반응을 보이는 자도 있다며 일소에 부쳤다.

"이봐들. 이해는 하지만 방심하지 마라. 흉성(凶星)의 은발과 대 길드의 단장. 아무리 그래도 둘이나 모인 이상 만만치 않을 테니까."

어떤 수법을 사용하는지 안다고는 해도 결코 방심할 수 있는 상대가 아니다. 그레고리우스는 다시 한 번 주의를 환기시키고는 미라와 셀로를 경계심이 가득한 눈으로 쳐다보았다.

"실패하고 돌아오더니 꽤나 신중해졌네."

"확실히 그렇구려. 당신답지 않소."

자신감에 걸맞은 실력도 있는 모양인지 간부 두 사람은 그렇게 말하면서도 경계를 늦추지 않은 채 미라 일행의 움직임을 관찰하고 있었다.

"그건 싸워보면 알게 될 거다. 하지만 지금은 확실하게 이길 필요가 있다. ……키메라를 움직이도록 하지."

"오오? 그렇다면 드디어 그 작전을 실행할 때라는 말씀이시구려?"

그레고리우스가 어쩐지 각오를 굳힌 듯한 투로 말했다. 그 말을 들은 중무장을 한 남자가 약간 고양된 투로 말을 받았다.

"그래. 첫 출진의 상대로 부족함이 없어 보이니 말이다."

"그분께서 허락을 해주실지."

"해주시겠지. 어차피 이 장소가 들통 난 이상, 더는 감출 수 없을 걸."

그렇게 말하자마자 그레고리우스와 중무장을 한 남자가 발걸음을 돌려 달려나갔다. 카구리가 그 등을 향해 반사적으로 식부를 날렸고, 미라 역시 '충파'를 내질렀다.

하지만 그 사이에 재빨리 끼어들어 두 사람의 술법을 막아낸 것은 젊은 붉으스름한 머리의 간부였다.

"순식간에 한 공격치고는 위력이 제법인데? 하지만 내가 있는한 앞으로는 못 가."

그는 손에 든 방패에 새겨진 흠집을 확인하더니 입가를 일그러뜨리고 웃었다.

"여긴 나한테 맡기고 둘은 준비나 잘 하라고!"

"8분만 막으시오. 지나면 후퇴해도 좋소~!"

계단 위에서 커다란 답변 소리가 들려왔다. 이미 사정권 밖인지라 미라 일행은 더 이상 움직이지 않고 눈앞에 있는 한 사람에게 주목했다.

검붉은 머리의 남자는 그런 미라 일행을 노려본 채 천천히 물러서며 "뭐어, 이 정도 위력이라면 얼마든 막아낼 수 있을 것 같지만 말이야"라고 중얼거렸다.

검붉은 머리의 남자가 나무 바닥을 발로 깨부쉈다. 그러자 갑자기 땅이 융기하더니 거대한 바위벽이 솟구쳤다.

"어라? 방어기능이 살아있어?"

바위벽이 천장까지 도달해 빈틈없이 미라 일행의 앞길을 가로막았다. 상당히 압박감이 강해진 방 안에서 카구라는 남자의 발치를 살펴보며 말했다.

"수동으로는 기동시킬 수 있다는 겐가."

"바로 맞췄어. 이곳의 방어기능은 정지해 버렸지만, 아예 움직이지 않는 건 아니라고."

검붉은 머리의 남자는 의기양양하게 대답하며 발치에 있던 파편을 주워 들더니, 그것을 미라 일행의 등 뒤로 집어던졌다.

무언가가 깨지는 소리가 울림과 동시에 이번에는 입구가 닫혀 퇴로가 끊겼다. 앞으로도 뒤로도 나아갈 수가 없는 상황이 되었다.

"자아, 준비 끝. 이제 댁들은 도망치지도 못하게 됐어. 그에 반해 내게는 이 무구와 막대한 양의 정령력이 있지. 뭐어, 흉성의 은발과 단장을 쓰러뜨릴 수 있다고 큰소리를 칠 정도는 안 될지 몰라도 그것의 준비가 끝날 때까지 발을 묶어두는 일이라면 얼마든지 할 수 있겠지. 하지만, 쓰러뜨려 버려도 딱히 상관은 없겠지?"

남자는 어쩐지 자아도취적인 발언을 내뱉더니 품속에서 병 하나를 꺼내서는 그 옅은 빛을 내뿜는 액체를 들이켰다. 그러자 남자의 몸에서 막대한 마나가 흘러넘쳤다. 정령력을 이용한 도핑 약물인 모양이었다.

검붉은 머리의 남자는 힘이 차오르는 것을 느끼며 의기양양한 동작으로 검을 뽑았다.

그다음 순간. 귀를 찢을 듯한 굉음이 울려 퍼짐과 동시에 바위벽에 검붉은 머리의 남자가 처박혔다. 정령무구 갑옷은 고철덩이가 되고 검은 부러지고 방패는 산산히 박살나서, 그 모습이 비참하기 그지없었다.

"말이 길어!"

모든 이가 생각했던 그 말을 외친 것은 카구라였다. 키메라 클로젠이 마치 영웅이나 되는 양 '여긴 내게 맡겨' 따위의 말을 하지를 않나, 그것도 모자라 '쓰러뜨려 버려도 상관없지' 같은 소릴 느긋하게 입에 담자, 카구라의 인내심이 한계치를 넘기고 만 것이다. 그 결과, 거의 반사적으로 행사된 카구라의 술법은 가차 없이 검붉은 머리의 남자에게 직격하게 되었다.

"어……라……. 뭐야, 이거……?"

도핑 덕분인지 정령무구의 성능 덕분인지, 검붉은 머리의 남자는 즉사를 면했다. 하지만 더 이상 싸울 수 있는 몸이 아니라 땅바닥에 널브러져 시선만을 이리저리 굴렸다.

그리고 다시 그 후. 미라가 손을 대자마자 바위벽이 가루가 되어 날아가 버렸다. 자신의 시야 속에 펼쳐진 그 광경을 본 검붉은 머리의 남자는 결국 말을 잃었다.

"흠, 이 정도로 이 몸들을 8분이나 묶어두는 건 무리다. 그대는, 대체 누구를 적으로 돌렸는지 모르는 모양이로구나."

말하면서 미라는 눈을 마안으로 변화시켜 남자의 신경을 침식해 나갔다.

"아…… 아아…… 사, 살려…….'"

밤의 어둠에 떠오른 흉월(凶月). 금빛 눈동자에 사로잡힌 남자는 공포로 일그러진 얼굴로 입술을 파르르 떨었다. 남자는 알지 못했다. 자신이 큰소리를 쳤던 상대가 술사 최강이라 일컬어지는 아홉 현자였다는 사실을. 강력한 무구를 몸에 걸친 것만으로 도달할 수 있는 경지가 아니었다는 사실을.

아무것도 모르는 남자는 온몸이 마비되는 바람에 목숨구걸조차 하지 못했고, 이윽고 의식을 잃기에 이르렀다.

"그나저나 뭐어, 죽이지도 살리지도 않은 걸 보니 절묘하게도 힘 조절을 했군그래."

생사의 갈림길에 놓이기는 했지만 검붉은 머리의 남자는 아직

죽지 않았다. 셀로의 손에 의해 포박포로 멍석말이를 당하는 죄인처럼 되어 가는 그 처참한 모습을 보며 미라가 무심결에 중얼거렸다.

"멋대로 죽이면 교회가 시끄럽게 굴거든. 특히나 이런 간부급은 증언을 받고 조서도 작성시켜서, 다른 관련 조직에 관한 정보를 토해내게 해야 한다나……? 아리오트가 그런 소릴 했던 것 같아."

복수를 하기보다는 관계자를 모두 잡아들이는 것이 우선이다. 그리고 두 번 다시 정령들이 피해를 입지 않도록 관계자의 증언을 토대로 정령을 지키는 법을 정비하는 것이 이스즈 연맹의 진정한 최종목표라고 카구라는 말했다.

시간은 걸리겠지만 이것은 분명 그를 위한 첫 걸음이 될 것이다.

"두 분 다 굉장하시군요. 저도 꿈을 가지고는 있지만, 좀처럼 손이 닿질 않아서 말입니다."

모든 곤경에 처한 사람들에게 도움의 손길을 내밀고 싶다. 그런 목적으로 생겨난 길드, 에카르라트 카리용. 그 단장인 셀로는 새삼 아홉 현자는 어떠한 존재인가를 실감하며 여유마저 느껴지는 두 사람을 선망 어린 눈으로 바라보았다. 본인들의 근본이 어떻건, 다른 사람들의 눈에는 역시 특별해 보이는 모양이었다.

21

세 사람은 바위벽의 잔해를 넘어 안쪽에 위치한 계단을 뛰어 올라갔다. 그렇게 도달한 곳은 폭 5미터, 길이 10미터 정도의 방이었다.

"오호! 꽤나 빨리 오셨구려. 나 원, 시간벌기도 못 할 줄이야!"

전장치고는 좁은 그 방 안쪽에 중무장을 한 남자가 있었다. 미라 일행의 접근을 알아챈 남자는 거대한 철문을 미는 손에 더욱 힘을 줘서 문을 닫았다. 그리고 어쩐지 허둥대는 듯한 동작으로 문을 잠그더니, 아무 일도 없었다는 듯 몸을 돌려 핼버드를 겨누었다.

"뭐어, 별수 없지요. 녀석은 우리들 중에서도 가장 약했으니."

남자가 그렇게 말한 직후. 미라가 '축지'로 그 품안으로 뛰어들었다.

"이런! **발동** 순간이 보이지 않다니!"

중무장을 한 남자는 순식간에 눈앞에 나타난 미라의 모습에 놀라기는 했지만 그 즉시 핼버드를 휘둘렀다. 그 일격은 둔중해 보이는 겉모습과는 달리 날카롭게 바람을 갈라, 맹렬한 폭풍을 발생시켰다.

방 전체가 묵직하게 진동했다. 상당한 위력을 지닌 듯한 일격이었지만 그것은 결국 아무것도 맞추지 못했다.

"오호라. 확실히 저 애송이를 보고 가장 약하다 할 정도는 되는구나. 예상했던 것 이상의 반응이야."

순식간에 원래의 위치로 돌아온 미라는 "하지만 덩치가 커놔서 제 손바닥 안은 잘 못 보는 모양이로군"이라고 말하며 손에 들고 있는 물건을 보란 듯이 내밀었다.

"이런이런, 이럴 수가! 대체 언제!"

미라가 손에 들고 있는 물건. 그것은 철문의 열쇠였다. 접근했을 때 그대로 빼앗아 온 것이다. 중무장을 한 남자는 비어있는 한 손을 보더니 진심으로 놀란 듯 말했다. 하지만 어쩐지 멍청한 분위기를 풍기던 것도 잠시 뿐이었다. 남자는 대담하게 큭큭, 하고 웃더니 핼버드를 두 손으로 움켜쥐었다.

"열쇠를 빼앗았다 한들 어차피 소인. 개왕(鎧王)이 있는 한 안으로는 들어갈 수 없소. 조금만 더 있으면 준비도 끝날 터이니, 이곳은 사수하고야 말겠소이다."

철문 앞에 당당히 떡 버티고 선 중무장을 한 남자. 자칭 개왕. 하지만 아주 허세는 아니었는지 그 쇳덩이를 연상케 하는 모습에서는 그야말로 수문장 같은 박력이 느껴졌다.

"저 갑옷도 녀석들이 만든 정령무구로군. 그렇다면 중급 이하는 완전 무효. 상급이라 해도 통하기는 할지 어떨지 모를 일이겠어."

문을 지키는 것을 최우선 임무로 여기고 있는지 개왕은 먼저 공격해 오지 않았다. 요격만을 할 셈인 듯했다. 그런 상대를 바라보며 미라는 그의 내구력을 추측해 보았다. 고대환문에서 싸울 때 보았던 것보다 훨씬 두꺼운 저 갑옷은 거의 절대방어에 가깝지 않을까 싶을 정도의 중장갑일 것이라고.

"헤에~. 저딴 걸 만들려고 그랬단 말이지……."

게임이었던 시절에 존재했다면 완전히 치트 아이템이라는 꼬리표가 붙었을 물건을 만드는 데 얼마나 많은 정령의 희생되었을까. 카구라는 척 보아도 험악한 분위기를 뿜어내기 시작했다.

"저 부자연스러운 힘은 키메라의 상징이라 해도 과언이 아니겠군요."

셀로는 개왕을 바라보며 중얼거리더니 임전태세에 돌입한 카구라보다 한 걸음 더 앞으로 나섰다.

"이미 열쇠는 이쪽에 있으니 미라 씨와 카구라 씨는 먼저 가주십시오. 저들이 말하는 '그것'이라는 것도 신경 쓰이니까요. 그러니 부디 이곳은 제게 맡겨주시죠."

간부들의 말투로 미루어 준비하고 있는 무언가에 상당한 자신이 있는 모양이었다. 상황에 따라서는 전황을 뒤집을 만큼의 비장의 수가 나올 가능성도 있었다. 그것을 경계한 것인지, 아니면 냉정함을 잃은…… 아니, 그다지 힘 조절을 해줄 것 같지 않은 카구라의 낌새 탓인지. 어찌 되었건 주변에 미칠 피해가 심상치 않으리라 생각한 셀로는 솔선해서 자신이 상대하겠다고 말하고는 안쪽에 있는 철문을 가리켰다.

조금 전, 간부 중 한 명이 봉변을 당하는 모습을 본 셀로의 머릿속에 과거의 전장에서 보았던 참상이 떠올랐다. 고명한 길드, 에카르라트 카리용의 단장도 온 힘을 다한 아홉 현자의 전투에는 말려들고 싶지 않은 듯했다.

"흠, 조금 전과는 달리 이 방어를 무너뜨리기는 귀찮을 것 같군. 이 몸도 '그것'이라는 말이 신경 쓰이던 참이었으니, 서두르는 것이 좋을 것 같구먼."

"뭐어, 듣고 보니 그러네. 녀석들 자체는 별것 아니라 해도 사용하고 있는 힘은 정령의 것이니 방심할 수가 없어."

미라와 카구라는 그렇게 말하더니 셀로에게서 떨어져 방의 중앙을 우회하여 안쪽으로 향했다. 그때.

"어이쿠, 그렇게는 안 되오!"

개왕이 핼버드를 크게 후렸다. 그러자 폭풍이 방 안에 휘몰아쳐 미라 일행을 벽 근처까지 날려버렸다.

"오호라. 이 방을 좁게 만든 것은 그런 이유에서였나."

"첫 번째 사람과는 달리 꽤나 머리를 썼군요."

"걸리적거리게스리."

미라는 허공을 발판 삼아 몸을 날려 자세를 바로 잡았다. 셀로는 날렵한 동작으로 벽에 착지한 후, 바닥에 내려섰다. 나뭇가지로 짜여진 그물 안에서 땅바닥에 내려선 카구라의 얼굴에는 냉소가 걸려 있었다.

세 사람 모두 표면상으로는 그야말로 별 것 아니라는 투로 좁고 긴 방의 안쪽에 선 남자를 바라보았다.

"이것 참. 이렇게 쉽게 버텨내니 자신이 없어질 것 같구려."

개왕은 그렇게 말하면서도 전혀 체념하지 않고 자세를 바꾸어 보였다. 남자가 손에 든 것은 바람의 힘을 지닌 정령무구였다. 그래서 한 번 휘두를 때마다 폭풍이 일어난 것이다. 살상력으로는 다른 속성보다 뒤떨어질 듯했지만 사용하기에 따라서는 여러 가지 용도로 이용할 수 있을 듯했다. 시간벌기에 한해서는 그 힘을 십분 발휘할 수 있을 것이다.

실력에 큰 차이가 없는 자가 상대일 경우, 라는 조건하에.

"그럼 제가 저분의 무기를 봉할테니 두 분은 그 틈에 가십시오."

셀로는 천천히 검을 뽑더니 한 걸음, 또 한 걸음 개왕을 향해 걸어 나갔다.

"무슨 짓을 하건, 앞으로는 못 지나가오!"

한 번 휘두르기만 해도 폭풍을 일으켜 방 전체를 지배하는 핼버드. 개왕은 셀로가 방의 중앙을 넘어선 순간, 그 자루를 힘껏 움켜쥐고서 치켜들었다.

순간, 한 줄기 바람이 조용히 질주하더니 명백하게 이질적이고도 묵직한 금속음이 울려 퍼졌다.

셀로였다. 질풍처럼 개왕에게 달려들어 그가 내려치려던 핼버드를 검으로 막은 것이다.

그것은 짧은 거리이기는 했지만 미라의 '축지'를 방불케 하는 속도였던 데다 순수하게 달리기로만 이뤄낸 결과였던지라 인간이지닌 능력의 한계는 어디까지인가 하는 의문을 절로 들게 했다.

"과연 판타지라고 해야 할지. 몇 번을 보아도 놀랍군그래."

"그러게~. 육체의 한계를 능가한다는 건 판타지에서나 가능한 일이니까."

아주 잠시 감탄스럽다는 눈으로 셀로의 뒷모습을 바라보던 미라와 카구라는 동시에 달려 나갔다.

"그럼 부탁하마, 셀로."

"여긴 맡길게!"

두 사람은 그가 있는 곳을 지나치며 그렇게 말했다.

"그렇게는 안 되오!"

그들의 작전을 알아챈 개왕은 억지로 핼버드를 치켜들어, 미라 일행을 향해 내리쳤다.

"네에, 맡겨만 주십시오."

하지만 핼버드는 꿈쩍도 하지 않았다. 그 자루에 닿은 셀로의 칼날이 그 움직임을 제지했기 때문이다.

"이놈, 건방지다!"

개왕은 기합성을 내지르며 힘을 주었다. 순간, 핼버드가 세차게 휘둘러져, 미쳐 날뛰는 바람이 방 안을 질주했다.

하지만 그 바람은 아무도 없는 곳으로 날아갔다. 셀로의 검에 의해 방향이 틀어진 핼버드는 완전히 무의미한 장소를 가르는 데 그쳤다.

그 사이 미라 일행은 철문을 열고 냉큼 안으로 뛰어 들어갔다.

"으음, 고명한 길드의 단장쯤 되니 역시 호락호락하지 않구려."

그 묵직한 거구에 어울리지 않게 날쌘 동작으로 거리를 벌린 개왕은 활짝 열린 문을 분하다는 눈으로 노려보며 한숨을 내쉰 후, 다시 셀로 쪽을 쳐다보며 대담한 미소를 지었다.

"허나 가장 강력한 전력인 당신의 발을 묶어놓았으니 맡은 소임은 충분히 다 했다 할 수 있을 것이오."

개왕은 그렇게 말을 잇더니 의기양양한 발걸음으로 문 앞을 가로막고 서서 다시 핼버드를 겨누었다.

셀로가 단장을 맡고 있는 길드, 에카르라트 카리용. 어느 어둠의 조직을 괴멸시켰다느니, 재해급 마수를 토벌했다느니 하는 일화는 끝이 없었고, 그 활약상은 온 대륙을 들썩이게 했다. 혹자는 악을 멸하는 빛이라고도 했고, 뒤가 구린 자들은 마주치고 싶지 않은 상대로 반드시 그들의 이름을 거론할 정도였다.

또한 그만큼 이름을 떨칠 정도로 규모도 상당하여 대륙 곳곳에 멤버가 퍼져 있었다. 그리고 그들을 각지에서 통솔하고 있는 것이 부단장이었다.

에메라 역시 부단장이었는데, 에카르라트 카리용은 이 부단장이 여럿 있었다. 그리고 각지를 담당하는 그들, 그녀들은 전체적으로 뛰어난 실력자이기도 해서, 에카르라트 카리용의 활약상에는 이 부단장들의 활약상도 잔뜩 포함되어 있었다.

그리고 그런 강자들을 통솔하는 존재가 바로 셀로였다. 사회의 악으로 인지되어 숨어 지내는 키메라 클로젠이 셀로를 경계하는 것은 당연한 일이라 할 수 있었다.

"뭔가 착각을 하고 계신 것 같군요. 제가 이곳에 남은 것은, 당신의 상대는 저로 충분하다고 판단했기 때문입니다. 저분들을 번거롭게 할 것 없이 말이죠."

최대한의 주의가 필요한, 그 에카르라트 카리용의 단장의 발을 묶었다. 그로써 충분하다. 셀로는 그런 말을 입에 담은 남자를 보고 희미한 미소를 지어 보였다.

"으음……. 무슨 뜻이오? 꼭 당신이 저 계집 둘보다 못하다는 듯 들리오만."

"그런 듯한 게 아니라 실제로 그렇다는 겁니다. 저는 아무리 애를 써도 저 두 분에게는 못 당합니다."

셀로가 입에 담은 말을 듣고 의문을 느꼈던 개왕은 얼마간 침묵한 후, 놀란 듯한 표정을 지어 보였다.

"이런…… 진심, 인 듯 하구려. 당신 같은 남자가 그렇게까지 말할 정도라니……. 으음~. 상황을 잘못 판단한 것 같소. 당신의 움직임에만 주의했던 소인의 실책이오."

셀로의 말에는 거짓이 없었다. 어쩐지 선망의 감정조차 느껴지는 그 말투, 그리고 태도를 통해 개왕은 그것이 진실임을 알아챈 것이다.

우선 미라의 실력은 그레고리우스를 물리쳤다는 점에서 경계할 만했지만, 들은 바에 따르면 셀로만큼의 실력자는 아닌 듯하다고 생각했다. 카구라에 이르러서는 아는 것이 전혀 없었고, 셀로라는 눈에 띄는 존재가 있었기에 개왕은 무의식적으로 셀로가 최고의 실력을 지녔을 것이라고 서열을 정하고 만 것이다. 그 때문에 미라와 카구라에 대한 대응이 늦어졌다.

개왕은 자신이 실수를 범했다는 사실에 분통해 했다. 그러자 셀로가 그런 그에게 말했다.

"신경 쓰실 것 없습니다. 어차피 이렇게 할 생각이었으니, 이 상황은 당신이 어떻게 발버둥을 쳐도 바뀌지 않았을 거예요."

설령 미라와 카구라를 최대의 위협으로 여겼다 해도 자신과 일대일로 대치한다는 상황이 뒤집혔을 리는 없다. 셀로는 진실을 말하듯 담담한 투로 단언하고는 대담한 미소를 띤 채 검을 겨누었다.

"참으로 대단한 자신감이시구려. 뭐어, 이렇게 된 이상 당신을 빨리 쓰러뜨리고 합류하도록 하겠소이다!"

말 떨어지기 무섭게 개왕이 핼버드를 휘둘렀다. 웅웅거리는 창 부리가 주변의 공기를 빨아들여 폭풍을 발생시켰다.

하지만 이미 폭풍이 몰아치는 그 자리에 셀로의 모습은 없었다.

직후, 한 줄기 빛이 남자의 팔로 빨려들 듯 번뜩이더니 날카로운 소리가 두 번 울려 퍼졌다. 동시에 개왕이 주춤주춤 뒷걸음질을 쳤다.

"들은 바대로 상당히 튼튼하군요. 그 정령무구는."

셀로는 검을 휘두른 자세를 곧장 바로잡았다. 장갑이 가장 얇은 팔의 관절부를 노렸음에도 불구하고 효과가 있었던 것은 검으로 가한 충격뿐이었다. 하지만 그것도 개왕을 다소 물러나게 했을 뿐, 타격을 주기에는 턱없이 부족했다. 간부가 다루는 정령무구가 얼마나 성가신 것인지를 미리 들었던 셀로는 감탄스럽다는 눈으로 개왕의 갑옷을 바라보았다.

"오호라, 과연. 역시 차원이 다른 실력이구려. 이 갑옷이 아니었다면 지금 것으로 승부가 났을 것이오. 하지만 이 갑옷이 있는 한, 당신의 검…… 아니, 모든 공격은 통하지 않을 것이오."

"통하지 않을 거라. 그렇게 말씀하시니 시험해보고 싶어지는걸요."

상당히 자신이 있는 것인지, 개왕은 방어자세도 취하지 않고 핼버드로 정면을 찌르듯 겨누었다. 그에 맞서는 셀로 역시 완벽한 공격 자세였다.

　이렇게 에카르라트 카리용의 단장 셀로와 키메라 클로젠 최고 간부의 일원인 개왕의 전투가 시작되었다.

22

핼버드를 휘두를 때마다 미쳐 날뛰는 폭풍이 발생했다. 셀로는 그것을 민첩한 몸놀림으로 피해가며 날카롭게 검을 그었다. 두 번, 세 번, 네 번…… 쉴 새 없이 이어진 검격의 충돌음은 폭풍의 여파에 지워지기는 했지만 갈수록 날카로워졌다. 그리고 드디어 격렬한 파열음이 울려 퍼졌다. 셀로가 서서히 공격에 싣는 힘을 늘려나가다, 마지막에 혼신의 힘을 다한 일격을 날린 것이다.

"크으……!"

셀로의 검격에 의한 충격만으로 개왕의 몸이 훌쩍 공중에 떠올랐다. 하지만 그것도 잠시 뿐, 상당히 멀리 밀려나기는 했으나 개왕은 두 다리로 묵직하게 착지하더니 갑옷의 어깻죽지에 난 얕은 흠집을 보고 웃었다.

"방금 전 것은 제법이었소. 이 갑옷에 흠집을 내다니. 에카르라트 카리용의 단장, 예상했던 것 이상이시구려……. 하지만 그래도 소인이 승리하리라는 것에는 변함이 없소이다."

개왕이 자신감을 보이는 이유는 그가 말하는 동안 갑옷에 난 흠집이 흔적도 없이 사라진 것에 있었다.

"자동수복이라니, 밸런스 브레이커가 따로 없군요."

최강이라고도 할 수 있는 방어력에 파손이 자연적으로 수복되는 효과. 만약 게임이었던 시절에 존재했다면 전투 밸런스를 무너뜨리고도 남았을 성능이었다.

"당신도 이해한 모양이시구려. 이 압도적인 힘을. 앞으로 세계를 견인할 것은, 상상을 까마득히 초월한 힘을 만들어내는 우리의 기술력이라는 사실을."

정령의 힘을 이용하는 키메라 클로젠의 기술. 개왕도 말했듯이 그것은 확실히 세계를 뒤집어 놓을 만큼의 잠재성을 가지고 있었다.

다만 그것은 결코 용납할 수 있는 것이 아니었다.

"아니, 이해 못 하겠군요. 누군가에게 희생을 강요하는 기술 같은 건, 앞으로 영원히 필요 없습니다."

셀로는 개왕의 말을 딱 잘라 부정하고는 손에 든 검의 칼날로 남자의 어깨를 가리켰다. 그 순간, 날카로운 금속음이 울려 퍼지더니 개왕이 또다시 공중에 떠올랐다.

"크으으!"

자세가 무너진 채로 간신히 착지한 개왕은 감탄스럽다는 눈으로 갑옷의 어깻죽지를 쳐다보았다. 그곳에는 조금 전보다도 깊은 흠집이 나 있었다. 하지만 이미 수복은 시작된 상태였고 얼마쯤 지나자 새것이나 다름없는 광채를 되찾았다.

"오호라, 과연. 이것이 그 유명한 '추인(追刃)'. '추인의 셀로'라 불리는 당신의 주특기구려. 옳거니, 과연. 이 눈으로 보고서야 알겠소이다. 백문이 불여일견이라는 말은 이런 경우를 뜻하는 것일 게요. 하지만 아쉽게 되었소."

셀로의 필살기이자 세간에 널리 알려진 '추인'. 그것조차도 다소의 흠집을 낸 데서 그쳤다는 사실에 개왕은 보란 듯이 소리 높여 웃었다.

전사 클래스만이 사용할 수 있는 '발로'는, 투기를 응축시킴으로 인해 행사할 수 있는 힘의 총칭이다. 그중 하나에 '추격'이라는 것이 있다. 내지른 공격에 추가타를 가한 듯, 보이지 않는 공격이 한 번 더 발생하는 효과였다.

그것은 초급 중반 정도의 '발로'로, 한 번의 공격으로 두 번 분량의 대미지를 기대할 수 있기에 초보 전사 클래스라면 모두가 사용해본 적이 있을 정도로 일반적인 기술이었다.

하지만 이 '추격'은 시차를 두고 같은 장소에 발생하기에 움직임이 빠른 적에게는 잘 맞지 않았고, 상급으로 넘어갈 즈음에는 그밖에도 유용한 '발로'가 많기에 점차 사용하지 않게 된다.

하지만 이 넓은 세계에는 '추격'을 계속해서 사용하는 자도 있었다. 그것이 셀로였다.

셀로는 '추격'을 철저하게 연구하고 연마하여 필살의 영역으로 끌어올리는 데 성공했다. '추격'이 발생하는 시차를 자유자재로 조절할 수 있으며 위력도 증폭시킬 수 있는 데다, 발생 위치도 검으로 타격한 곳을 기점으로 지정할 수 있는 경지에 이른 것이다.

그가 사용하는 '추인'은 초급의 영역을 훌쩍 벗어나, 이미 달인의 영역에까지 올라 있었다. 그 모든 것이 수십 년에 이르는 연구의 성과였다.

그런 달인급의 셀로가 내지른 필살의 일격을, 개왕은 막아냈다. 그가 걸친 갑주는 미라와 싸웠던 그레고리우스가 장착했던 정령무구를 까마득히 상회하는 것으로, 방어 특화라는 영역의 도달점으로 삼아도 될 정도의 물건이었다. 그리고 지금 그 강도가 셀로라는 거물을 상대로 증명되었다. 그가 우쭐한 태도를 보이는 것도 무리는 아닐 것이다.

"자아, 어디까지 버틸 수 있을는지 봅시다."

승리를 확신한 개왕은 천장의 일부를 찔러 무너뜨리더니 이로써 끝내겠다는 듯이 핼버드를 휘둘렀다. 그러자 바람이 웅웅거리며 휘몰아쳤고, 작은 파편들이 셀로를 향해 탄환처럼 날아들었다.

"이거 성가시게 됐군요."

바람으로 인해 움직임이 제한되었음에도 불구하고 셀로는 난무하는 그것을 베어내고 회피하며 유유히 질주했다.

"오오, 이걸 버텨내다니!"

개왕은 요격하듯 두 번, 세 번 천장을 무너뜨려 잔해를 내쏘았다. 그러자 제 아무리 셀로라도 정령의 힘으로 인해 발생된 폭풍은 정면으로 거스르지 못하겠는지, 바람을 옆으로 가로지르듯 달려 나갔다. 그리고 바람이 끊기는 타이밍을 틈타 앞으로 돌진했다.

"이번엔 제 차례군요."

폭풍권을 돌파해 핼버드의 사정권 안으로 들어가자마자 셀로는 손에 든 검을 날카롭게 그었다.

"크으윽! 역시 빠르시구려. 눈으로 좇을 수가 없소."

사선 베기, 후리기, 베어 올리기. 셀로의 참격이 노도와 같은 기세로 휘몰아쳤다. 그것은 개왕의 장갑과 충돌할 때마다 치열한 금속음과 불꽃을 튀기며 갑옷에 수십 개의 흠집을 내었다.

개왕은 셀로의 움직임을 완전히는 눈으로 좇지 못하여 농락을 당하듯 휘청거리며 핼버드를 휘둘렀지만 초조한 기색은 없었다. 흠집이 나는 족족 자기수복이 시작되는 갑옷의 압도적인 방어력이 일체의 고통과 날아드는 칼날에 대한 공포심을 거두어주었기 때문이다.

그 말은 즉, 방어에 신경을 쓸 필요가 없음을 뜻했다. 개왕은 모든 힘을 공격에 쏟을 수가 있는 것이다.

"하지만 이건 못 피할 것이오!"

개왕은 사방팔방에서 날아드는 참격을 받으면서도 전혀 개의 치 않고 핼버드를 크게 휘둘러댔다. 그러자 지금까지는 한 방향으로만 불었던 폭풍이 호를 그리기 시작했고, 이윽고 원을 그리듯 주변을 맴돌기 시작했다.

좁은 실내에 몰아치는 그것은 분명 소용돌이었다. 남자와 셀로를 중심으로 이리저리 난무했던 잔해를 몽땅 머금은 포학한 바람이 소용돌이를 이루어 모든 퇴로를 차단한 것이다.

"꼭 바람으로 된 감옥 같군요."

머리, 팔, 몸통, 허리, 다리. 셀로는 남자의 온몸을 계속해서 구석구석 베며 주변을 살폈다. 자세히 보니 소용돌이의 반경이 서서히 줄어들고 있었다. 맹렬하게 날아다니고 있는 잔해의 양은 방대하기만 해서, 휘말려들기라도 하는 날에는 치명상을 면치 못할 듯했다.

"그렇소. 당신처럼 날쌘 자를 잡기 위해 고안해낸 필승의 기술이오."

자신까지 휘말려들게 하여 모든 것을 파괴하는 바람의 감옥.

개왕은 맞지 않더라도 계속 핼버드를 휘둘러대며 자랑스럽게 웃었다.

정령의 힘으로 인해 발생된 바람에 견딜 수 있는 자는 그리 많지 않다. 하지만 철벽같은 갑옷을 몸에 걸친 남자에게 그것은 산들바람이나 다름없었다. 그렇기에 그런 기술을 사용할 수 있는 것이다.

"확실히 그 방어력에 이 위력. 무너뜨리기가 쉽지 않겠군요."

휘몰아치는 폭풍 속에서 셀로는 계속해서 날카롭게 검을 그었다. 바람이 일으킨 굉음을 비집고 들려오는 음색은 갈수록 격해지기만 했다.

갑옷에 새겨지는 흠집도 갈수록 깊어졌다. 검격에 의한 충격이 쉴 새 없이 온몸을 강타하자 드디어 개왕도 성가시다는 듯 눈살을 찌푸렸다.

"끈질기시오!"

개왕이 기합을 내지름과 동시에 그렇게 외치자 핼버드의 궤적이 갑자기 가속했다. 그 날의 속도는 지금까지의 몇 배에 이를 정도였고 정확히 셀로를 노리고 있었다. 좁아지고 있는 소용돌이의 힘이 핼버드의 움직임을 보조해주고 있는 것이다.

셀로는 그 즉시 검을 물러 닥쳐드는 창날을 흘려 넘겼다. 강렬한 충격으로 벌건 불꽃이 튀더니 바람에 휘말려들어 사라졌다.

개왕은 핼버드를 고쳐들며 빙긋 웃었다.

"무시무시한 검이오. 이토록 강하다니, 놀라울 따름이오."

실로 노도와 같은 검격이었다. 셀로는 개왕이 초조해 할 정도의 속도로 갑옷을 깎아나갔다. 하지만 그 검을 방어에 사용하는 짧은 시간동안 갑옷은 다시 새것처럼 수복되었다.

"하지만 부질없는 짓으로 끝났구려."

잠깐이라도 셀로의 공격을 멈추게 하면 갑옷이 파괴될 가능성은 완전히 사라진다. 마무리는 소용돌이가 해줄 테니 그는 기다리기만 하면 된다. 필승의 조건이 모두 갖추어졌다 생각하는지 개왕의 목소리에 희색이 감돌았다.

"제가 경험한 바로는, 그렇게 머리로 승리를 확신한 순간 가장 큰 방심이 생겨나더군요."

셀로는 그런 개왕을 향해 웃어 보였다. 심지어 그 말투는 궁지에 몰린 자의 태도라 생각할 수 없을 정도로 온화했다.

"이 상황에 농담이 나오시오?"

그 충고를 순순히 받아들이기는 싫었지만 상대는 그 에카르라트 카리용의 단장, 셀로였다. 개왕은 빈틈없는 경계 자세를 취한 채 셀로를 똑바로 바라보았다.

저렇게 말하는 것을 보면 뭔가 책략이 남아있는 것은 아닐까. 그러한 생각이 개왕의 머리를 스쳤지만 보아하니 셀로의 상태는 조금 전까지와 달라진 것이 없었다. 낌새, 기백, 태도, 호흡, 그 모든 것에 변화가 없었던 것이다.

"무엇을 숨기고 있는지는 모르겠소만, 이 바람이 **닫히는** 그때가 당신의 마지막 순간이 될 것이오. 그것만은 변함이 없소."

바람의 벽의 반경은 이미 3미터 이하. 지금도 계속해서 좁아지고 있어, 앞으로 1분도 채 되지 않아 안전권이 사라질 것이다. 주변에서 몰아치고 있는 바람은 마치 경쟁이라도 하듯 굉음을 내고 있었다. 그럼에도 셀로는 표정 하나 바꾸지 않고 그저 냉소를 띤 채 손에 든 검을 개왕에게 겨누고 있었다.

"바람이 닫히는 순간이라. 확실히 그 무렵에는 결판이 나 있겠죠. 당신이 패배하는 쪽으로."

"꽤나 자신이 있으시구려. 하지만 이런 상황에서는 어찌할 방도가 없을 터. 당신의 '추인'은 이 갑옷으로 충분히 대처가 가능하오. 자랑거리인 민첩성도 폭풍 안에서는 만족스럽게 발휘할 수 없소."

셀로가 여유로운 표정으로 담담히 말하자 개왕은 어쩐지 확인을 하는 듯한 투로 반박했다. 다소 흠집을 낼 수 있다고는 하나 방어에 특화된 갑옷이 검 한 자루에 질 리가 없다고.

"어찌할 방도가 없다기 보다는, 더 이상 무언가를 할 필요가 없다고 해야 맞겠죠. 준비는 이미 끝났으니까요."

"뭣, 이라고요……?!"

사실인지 어떤지 판단이 서지 않았다. 하지만 이 시점에서 이미 개왕은 셀로의 말에 넘어간 상태였다.

수많은 강적을 무찔러온 역전의 정령무구. 그것을 장착하고 있기에 여유를 부릴 수 있었다. 갑옷의 성능 덕에 지금도 압도적으로 우위를 점하고 있다는 사실에는 변함이 없었다.

하지만 승리의 조건이 갖춰진 현재 상황에서 상대는 전혀 초조한 기색이 없는 것도 모자라 승리를 확신하는 듯한 태도를 보였다. 개왕은 그러한 자를 상대한 적은 처음이라 마음이 흔들렸다.

그러자 행운인지 불행인지 자만심이 사라졌고, 동시에 셀로가 입에 담은 준비라는 단어에 담긴 의미가 무엇인지 알아챌 수 있었다.

"설마…… 일격이라는 것이……."

개왕이 중얼거린 그 말은 지독하게 애매해서 전혀 알아들을 수가 없었다. 하지만 개왕은 명확하게 셀로의 의도를 파악한 상태였다.

직후, 셀로의 눈빛이 더욱 날카로워졌다. 셀로는 개왕이 약간 동요한 그 짧은 순간에 달려들어 검을 찔러 넣었다.

"맞습니다. 아직 '추인'은 한 번도 발동하지 않았습니다."

개왕의 어깻죽지에 칼날을 박아 넣기는 했지만 절대방어의 갑옷은 그 이상 칼날의 침입을 허하지 않고 막아냈다.

하지만 다음 순간, 셀로의 검이 그렸던 그 모든 궤적이 다시금 번뜩였다.

[종인(終刃)·은령백야(銀靈白夜)]

그것은 그야말로 찰나의 섬광이었다. 수백에 이르는 보이지 않는 참격이 일제히 발현되어 개왕을 덮쳤다.

철벽의 갑옷에 흠집을 내었던 셀로의 일격. 그 모든 것이 '추인'이 되어 동시에 갑옷을 꿰었다. 한 순간에 집약된 참격은 방대한 힘이 되어 수없이 이어지고 서로 간섭하여 하얀 빛을 발생시켰다.

직후, 무언가가 분쇄된 듯 날카로운 소리가 울려 퍼졌다. 절대방어를 자랑하던 갑옷이 삐걱대는가 싶더니 터져나가듯 박살난 것이다.

"크으윽……!"

개왕은 고통에 찬 신음소리를 내며 핼버드를 떨어뜨렸다. 그 어깻죽지에 셀로의 검이 깊숙이 박혀, 팔이 완전히 제 기능을 잃은 것이다.

"이로써 끝이군요."

갑옷이 거의 모든 '추인'을 받아낸 덕분인지, 개왕에게는 아직 숨이 붙어있었지만 엎어지듯 땅바닥에 쓰러지는 그 몸은 더 이상 싸울 수 있는 상태가 아니었다. 셀로는 개왕을 내려다본 채 그렇게 말하더니 핼버드를 주워 들어 휘둘렀다. 그러자 눈 깜짝할 새 바람이 그치고 와르르 소리를 내며 파편들이 바닥에 흩어졌다.

"이러한, 기술이…… 있다는 이야기는…… 못 들었는데……."

원망을 늘어놓듯 중얼거린 개왕은 떨리는 팔로 몸을 일으키려 했지만 다시 힘없이 쓰러졌다.

에카르라트 카리용의 단장 셀로. 그의 전투 스타일을 비롯한 정보는 그 이름만큼이나 널리 알려져 있었다. '발로'의 하나인 '추격'의 극에 달한 자라고.

추인의 셀로. 그 검을 본 혹자는 바람보다도 빠르고 번개보다도 격렬한 **일격**으로써 적을 찢어 놓았다고 말했다. 다른 증언자 역시 너무도 날카로운 **일격**이었다고 말했다.

그렇다. 일격이었다. 셀로가 온 힘을 다해 검을 그었을 때, 비로소 그 '추인'은 일격필살의 위력을 발휘하였다. 그래서 사람들이 입에 올리는 셀로의 무용은 하나같이 일격이라는 단어로 집약되어 있었다.

하지만 사실 모든 이야기에 등장하는 일격은 셀로의 검의 일부분에 지나지 않았다.

"보통 이걸 사람들 앞에서 선보일 일은 없었으니까요. 어지간히 궁지에 몰렸거나 위력이 필요할 때만 사용하거든요."

"어쩐지…… 모를 만도 했구려. 이것이…… 무구로는 초월할 수 없는 힘, 이라는 것이구려."

남자는 숨을 헐떡이며 웃더니 벌렁 드러누웠다.

"그럼 증언이니 뭐니 하는 사정이 있는 모양이니, 포박하도록 하겠습니다."

셀로는 그렇게 말하며 핼버드를 벽에 기대어 놓고는 빈손으로 팔찌형 단말을 조작하여 아이템박스를 열었다. 거기에 수납해둔 포박포를 꺼내기 위해서였다.

그 순간이었다.

"흐읍!"

남자가 아직 움직이는 팔을 크게 휘둘러 봉 형태의 검은 물체를 셀로에게 던졌다. 그러자 그것은 손에서 떨어진 순간, 형상이 변화하여 그물처럼 퍼졌다.

천장에서 바닥까지를 모두 뒤덮을 정도로 커다란 검은 그물. 그것이 개왕이 최후의 순간까지 감춰두었던 비장의 수였다. 그 어떤 명검의 칼날이라 해도 튕겨내고, 그 어떤 술법으로도 깰 수 없으며 그곳에 갇힌 자의 자유를 빼앗는, 검은 우리였다.

"이건……."

"머리로 승리를 확신한 순간 방심이 생겨난다고 했소? 그 말을 그대로 돌려주겠소!"

셀로는 순간적으로 펄쩍 뛰어 물러났다. 하지만 검은 우리는 한 번 노린 대상은 끝까지 쫓아가는 실로 흉악한 비장의 수였다.

"검은 기운…… . 이 타이밍에 사용하시다니."

하지만 그 우리는 다음 순간, 셀로가 담담한 투로 말하며 검을 휘두르자 맥없이 찢어져 바닥에 튀었다.

"이럴 수가…… ."

철벽의 갑옷. 그리고 절대적인 위력을 지닌 비장의 수. 그 모든 방책이 철저하게 깨지자 개왕은 망연자실한 표정으로 셀로를 쳐다볼 따름이었다.

"효과 좋군요."

검은 그물은 명백하게 이질적인 기운을 내뿜고 있었다. 그것은 흑무석의 가공품으로 만들어진 특수 무장이었다. 그 대책으로 카구라가 배포한 '백은멸귀' 시리즈. 그 효과는 확실해서 이질적인 기운은 흔적도 남기지 않고 사라져 버렸다.

셀로는 티끌이 되어 사라져 가는 그물의 잔해를 흘끔 쳐다본 후, 손에 든 순백색 장검을 바라보고는 매우 감탄한 듯 중얼거렸다.

그 후, 셀로는 예정대로 개왕을 기절시켜 구속하고는 만일의 경우에 대비해 핼버드는 그대로 회수해서 문을 향해 걸어갔다.

"그렇게 마구 내리쳤는데도 전혀 날이 상하지 않다니."

순백색 장검은 철벽의 갑옷을 수백 번은 가격했다. 하지만 그 날은 전혀 사용하지 않은 것처럼 매끈하기만 했다. 셀로는 일단 칼집에 넣었던 장검을 다시 한 번 뽑아보더니 "이대로 달라고 하면 안 될까요"라는 말을, 상당히 진심 어린 말투로 중얼거렸다.

23

미라와 카구라는 철문을 지나 계단을 뛰어 올라가서 이윽고 다음 층에 도착했다.

직후, 느닷없이 시야가 붉게 물들더니 귀를 찢을 듯한 폭음이 대기를 진동시켰다.

일제포화였다. 중무장을 한 남자가 패하면 미라 일행은 반드시 입구에서 모습을 드러낼 테니, 가느다란 통로와 좁은 입구를 노리는 것은 상식이라 할 수 있으리라.

"이것 참, 꽤나 격렬하게 환영을 하는군그래."

"이게 말로만 들었던 상주전력이라 이거지?"

하지만 미라와 카구라는 아무 일도 없었다는 듯이 자욱한 검은 연기를 떨쳐내며 걸어 나왔다. 그리고 연기가 걷힌 공간을 유유히 둘러보아 그곳에 늘어선 적의 전력을 확인했다.

그 층은 금속제 바닥과 벽으로 둘러싸여 있었다. 한쪽 면의 길이가 넉넉잡아 300미터도 더 되는 공간으로 그곳에 포진한 전력은 그야말로 키메라 클로젠이라는 조직이 얼마나 거대한지를 말해주고도 남음이 있었다. 돔구장보다도 넓은 공간에 스톨워트 돌 ——전투용으로 개조된 마도인형이 완전무장 상태로 시야 가득 늘어서 있었던 것이다. 게다가 선두에는 그 부대를 통솔하여 길을 막아서듯 자리한 그레고리우스의 모습도 있었다.

"아무래도 이 몸이 나설 차례인 것 같구나."

미라는 천은 족히 넘을 적의 병력을 둘러보더니 한 걸음, 두 걸음 앞으로 나서며 희미한 미소를 지었다. 그러고는 때는 지금이라는 듯이,

"이곳은 이 몸에게 맡기고 그대는 먼저 가라!"

——라고 보는 사람이 상쾌해질 정도로 의기양양한 얼굴로 말했다.

한 번쯤 말해보고 싶었던 대사, 동경하던 상황의 상위권에 드는 대표적인 장면이었다. 셀로가 같은 일을 하는 것을 보고 미라도 그렇게 할 타이밍을 살피고 있었던 것이다. 그러던 그때, 아홉 현자 중에서도 자신이 가장 적임이라 할 만한 전장이 눈앞에 나타났다.

눈에는 눈. 상대가 대량의 병력을 동원했다면 '군세'라는 이명을 지닌 덤블프. 아니, 미라가 나서는 것이 제일일 것이다. 수적 폭력이야말로 미라의 진면목이라 할 수 있으니 그야말로 **활약**을 펼칠 절호의 기회였다.

"응, 알겠어."

미라의 생각은 둘째 치고 전술적인 시점에서 그 사실을 잘 알고 있는 카구라는 잠시도 망설이지 않고 전장을 미라에게 맡기고는 피스케를 타고 전장 위를 가로질렀다.

하지만 그것을 쉽사리 놓아줄 상대가 아니었다. 그레고리우스가 위로 손을 치켜듦과 동시에 마도인형들이 카구라를 향해 화염을 뿜었다.

천을 넘는 화선(火線)이 한 곳으로 쇄도하여 충돌하자마자 폭발

해, 홍련빛 불꽃을 튀기고 폭음을 터뜨렸다.

"화력은 제법인 듯하구나."

대기가 진동하고 희미한 열기가 당당히 선 미라의 뺨을 쓸었다.

그렇게 정적이 돌아온 상공.

"뭐야……?"

그곳을 올려다보던 그레고리우스는 놀란 기색으로 말했다. 피스케에 타고 있었을 터인 카구라의 모습이 화염과 함께 사라졌기 때문이다. 마도인형의 공격은 상당한 위력을 지니고 있었지만 아무리 그래도 사람 한 명을 흔적도 없이 불태울 정도는 아니었다. 그 사실을 그 누구보다도 잘 아는 그레고리우스는 한 가지 가능성을 떠올리고는 날카로운 눈빛으로 주변을 둘러보았다.

"그럼 뒷일을 부탁할게~."

그레고리우스의 등 뒤. 미라가 서 있는 입구의 맞은편. 다음 층과 이어진 계단 앞에 그녀의 모습이 있었다.

카구라는 멀쩡한 모습으로 발랄하게 손을 흔들더니 그대로 발걸음을 돌려 계단을 뛰어 올라갔다.

(맡기라고 한 다음에 방해해 오는 적의 공격을 막는 것까지가 약속된 전개이건만……. 굳이 가짜를 보호하려 드는 건 바보 같아 보일 것 같고. 나 원, 여러모로 마음에 안 드는구나.)

피스케를 타고 하늘을 날아간 카구라는 음양술로 만든 가짜였다. 처음부터 그 사실을 알고 있었던 미라는 말없이 손을 흔들어주고는 한숨을 푹 내쉬었다.

"뭐어, 아무튼. 이제 정말 이 몸이 나설 차례로구나."

미라는 주변을 살피며 그레고리우스를 향해 걸어갔다. 그레고리우스 역시 안쪽에 위치한 계단을 보고 혀를 찬 후, 어쩐지 화풀이라도 할 듯한 눈으로 미라를 쳐다보며 한 걸음씩 앞으로 나아갔다.

피아의 거리가 좁혀졌고, 이윽고 술사의 적정 사정권에 들었을 때 두 사람은 걸음을 멈췄다. 그 거리는 약 10미터. 가까이서 본 마도인형의 대군은 상당한 박력을 지니고 있어서, 미라는 일찍이 참전했던 가상의 전장이 떠올랐다.

(신기하기도 하군. 게임이 아닌 현실인데도 마치 그 무렵으로 돌아온 듯한 기분이 드니.)

미라는 눈앞에 펼쳐진 광경을 보고 흥분을 느끼고 있었다. 전의가 고양되고 집중력이 고조되었다. 그런 감각이 몸속에서 솟구치는 것 같았다.

"이 숫자를 보고도 혼자서 이곳에 남다니. 어지간히 자신이 있나 보군. 하지만 이 전력차를 어떻게 메꿀 셈이지? 그 천마나 검은 기사를 소환한 정도로 뒤집을 수 있는 정도가 아닐 텐데."

미라의 실력을 몸소 체험한 그레고리우스는 떠보는 듯한 눈으로 미라를 쳐다보며 그렇게 말했다. 지금은 미라가 혼자서 천을 넘는 병력과 대치하고 있는 상태였다. 소환술사라면 어느 정도는 그 차이를 메꿀 수 있을 것이다. 하지만 정령무구로 완전무장한 마도인형은 그것만으로 일반 병사의 몇 배에 달하는 전력이 되었다. 그런 것이 천 단위로 버티고 서 있는 것이다. 간단히 뒤집을 수 있는 상황이 아니었다.

"뭐어, 그러하지. 수적 차이라는 것은 그리 쉬이 뒤집을 수 없는 것이다. 한둘을 소환한들 이 상황에서는 물량에 밀리고 말 게야."

아무리 미라라 해도 혼자서 이만한 숫자를 상대하면 꽤나 애를 먹을 것이다. 일기당천의 절대적인 힘으로써 수천 수만의 적을 물리치는 영웅은, 그야말로 이야기 속에나 존재한다는 사실을 미라는 알았다. 이 세계에서 쌓은 경험을 통해 그러한 답에 도달했다는 것이 그저 우스울 따름이었지만.

"하지만 이 몸이 가장 자신 있는 것이, 바로 그 물량 공세이기도 하거든."

설령 지금 있는 곳이 이야기 속 같은 세계라 해도 그 인식은 변함이 없었다. 절대적인 수적 폭력. 이를 당해낼 것은 없다. 그렇기에 미라는, 덤블프라는 영웅은 '군세'라는 이명으로 불리게 된 것이다.

"준비는 진작에 되었다. 모처럼의 기회니 소환술의 진정한 힘을 그 눈에 똑똑히 새기도록."

그렇게 말한 미라의 눈동자가 갑자기 다른 색을 띠기 시작했다. 한없이 깊은 녹색, 그리고 아득하도록 맑은 푸른빛이 눈동자에 떠올랐다.

[동술 : 선주안(仙呪眼)]

그것은 자연계에 존재하는 마나를 자신의 것처럼 이용하는 선술사의 오의였다. 미라는 일찍이 소환술사로서의 힘과 선술사로서의 힘을 합침으로써 '군세'를 만들어내는 술법을 확립했었다.

[소환술 : 다크나이트]

미라는 무한히 공급되는 마나를 아낌없이 쏟아 부어, 초보적인 소환술을 발동시켰다. 나타난 마법진은 검은 빛을 머금은 구멍이 되었고, 그 바닥에서 덩치 큰 검은 기사가 밀려 올라왔다. 검은 불꽃을 연상시키는 기운이 그 온몸을 감싼 가운데, 공허한 눈에는 붉은빛 두 개가 깃들어 있었다.

하나…… 둘, 열…… 스물, 백…… 이백. 마법진은 마치 연쇄작용을 일으킨 듯 불어나 다크나이트를 생성시켜 나갔다.

불과 몇 초. 그 짧은 시간 동안 천에 이르는 다크나이트가 미라의 등 뒤에 나타났다.

"이럴 수가……."

절대적인 수적 우위. 그것을 눈 깜짝할 새에 잃은 그레고리우스는 말문이 막힌 채 경악스럽다는 표정으로 눈앞에 펼쳐진 다크나이트의 군세를 바라보고 있었다. 그레고리우스는 미라의 실력을 그럭저럭 파악하고 있다고 생각했다.

얕잡아볼 수 없다. 방심할 수 없다. 그렇기에 이번에 이만한 병력을 한곳에 집중시켜 기다리고 있었던 것이다.

아무리 강하다 해도 상대는 술사. 마나가 바닥나면 그 전력은 현저히 저하될 것이다. 마도인형은 그것을 깎아내기 위한 것이었다.

하지만 미라는 가볍게 그 예상을 뛰어넘고 말았다. 현재 상황으로 미루어 마나 고갈은 기대할 수 없을 것 같다는 사실을 그레고리우스는 깨달았다. 그와 동시에 한 가지 영웅담이 그레고리우스의 머리를 스쳤다. 아홉 현자 덤블프의 장기인 군세에 관한 구절이었다. 영웅담에 의하면, 그 모습은 마치 무리를 이룬 사신 같았다고 한다.

(이건…… 한 발 늦으려나……. 아니, 얼마 안 남았다. 저건 사신이 아니야. 10분만 버티면, 나의 승리다.)

아홉 현자 덤블프는 어디까지나 이야기 속에나 등장하는 인물이다. 그레고리우스는 불길한 망상이 떠오르는 광경을 외면하고, 솟구치는 초조함을 억제하며 조용히 미라를 노려보았다.

"흠, 연습한 대로 완벽하게 되었군."

미라는 흘끔 고개를 돌려 뒤에 늘어선 다크나이트를 둘러보며 만족스러운 투로 중얼거렸다. 키메라 클로젠과의 총력전에 대비해 미라는 어떤 연습을 하고 있었다. 바로 다크나이트가 손에 든 무기를 소환시점에 성검 상크티아로 교체시키는 연습이었다.

오니의 저주가 깃든 무기는 무구정령인 다크나이트에게도 천적이나 다름없었다. 하지만 정령왕의 힘을 지닌 성검 상크티아에는 그 저주에 저항하는 힘이 있었다.

최소한 상대가 사용하는 흑무석 무구를 막는 데는 도움이 될 것이라고 생각한 것이다.

결과적으로 소환된 천 기의 다크나이트가 모두 다 성검을 장비하기에 이르렀다. 그 전력은 과거의 군세조차도 능가할 정도였다.

그렇게 군세와 대군의 눈싸움이 얼마간 계속된 후. 그레고리우스의 선제 공격으로 전투가 시작되었다. 마도병기가 또다시 일제히 불을 뿜은 것이다. 그것은 미라뿐 아니라 군세 전체에 쏟아질 정도의 엄청난 화력이라서, 그곳은 눈 깜짝할 새에 격전지로 돌변했다.

"천을 넘으니 평범한 화선도 상당히 화려해 보이는군."

재빨리 홀리나이트를 소환해서 그 뒤로 몸을 숨긴 미라는 틈새로 얼굴을 내밀어 시야를 가득 메울 듯 쇄도하는 화염을 바라보았다. 화염에 그대로 노출된 다크나이트는 성검으로 그것을 베며 조용히 때를 기다렸다.

드문드문 화염이 끊기기 시작했다. 직후에 미라는 홀리나이트의 등 뒤에서 뛰쳐나와 두 다리를 넓게 벌리고 중심을 낮춰 버티고 섰다.

"반격을 시작해 볼까."

[선술 상전 : 이자요이 풍차]

힘차게 전방으로 내지른 미라의 오른팔에서 폭풍이 요란한 소리를 내며 뿜어져 나왔다. 그것은 순식간에 집속되어 선회하기 시작하더니 소용돌이가 되어, 쏟아져 내리는 화염을 휩쓸며 마도 인형들의 한복판을 관통했다.

"또 이건가!"

맹렬한 소용돌이에 휘말려들 뻔했지만 그레고리우스는 검은 지팡이로 그것을 막고, 견뎌냈다. 자신을 패배로 몰아넣었던 술법인지라 대책을 준비해뒀던 것이리라. 하지만 그 영향은 마도 인형에까지 미치지는 못해서, 백에 가까운 병력이 방금 전 일격으로 고철덩이가 되고 말았다.

그리고 쏟아져 내리던 화염이 잦아드는 것을 확인한 미라는 술법의 반동으로 부상당한 오른팔을 약으로 치료하며 한참을 기다렸던 그 호령을 내렸다.

"돌격이다~!"

동시에 굉음과 땅울림이 울려 퍼지더니 천에 이르는 검은 군세가 한꺼번에 뛰쳐나갔다. 마도인형도 그를 요격하고자 검과 방패를 든 채 달려나왔다.

전장의 중간에서 미라의 군세와 그레고리우스의 병력이 충돌했다. 순간, 폭음이 울리더니 무참하게 찢어진 마도인형이 하늘을 날았다.

"상상했던 것 이상이군……."

성검 상크티아라는 최상의 무기를 휘두르는 다크나이트는 지금까지 보아온 것 이상의 힘을 발휘하여 적병을 처치해 나갔다. 그 모습은 미라가 보아도 굉장해서, 보다 강고해진 군세의 모습에 미라는 흐뭇한 미소를 지었다.

하지만 상대는 정령의 힘으로 강화된 마도인형. 그리고 그 키메라 클로젠이 손을 댄 물건이었다. 고분고분하게 끝나지는 않을 것이다.

순간, 섬광이 터졌다. 그것은 언젠가 보았던 광기의 빛이었다.

(이 인형에 모두 정령폭탄인지 하는 것이 장착되어 있는 겐가……. 심지어 휘말려든 아군에게는 피해가 없고. 흐음~ 무슨 원리인지 모르겠군.)

그 빛을 본 미라는 그 즉시 상황 파악에 나섰다.

폭발 자체의 규모는 전에 보았던 것보다 작아서 반경이 5미터도 되지 않았다. 하지만 정령의 힘이라는 위협적인 힘으로 된 그것에는 다크나이트의 장갑을 날려버릴 만큼의 위력이 있었다. 그럼에도 옆에 있던 다른 마도인형에게는 피해를 주지 않았다.

쓰러져서도 적을 공격한다. 그야말로 인형답고 효율적인 전투 방식이었다.

"흠, 제법이군그래."

그 광경을 둘러보던 미라는 예전에 보았던 전장이 떠올라 입가를 치올렸다. 신기하게도 전장의 분위기는 게임이었던 그 시절이나 지금이나 변함이 없는 것 같았다. 하지만 그러한 감정을 알아채지 못한 채로 미라는 그 열기에 몸을 맡기기 시작했다.

"오호라……. 부대에 따라 다른 것이로군."

미라의 눈은 날카롭게 상황을 분석해 나갔다. 자세히 보니 마도인형은 몇 개의 부대로 나뉘어 있었다. 그리고 서로 다른 부대일 경우에만 폭발에 휘말려든 마도인형이 증발하는 결정적인 장면을 미라는 목격했다.

각 부대가 같은 종류의 정령력을 이용한 폭탄을 내장하고, 그것을 막기 위한 정령무구를 장비하고 있는 것이다. 그렇기에 다른 종류의 정령력이 깃든 다른 부대의 폭탄은 막지 못한다.

근본적인 원리까지 간파한 것은 아니었지만 차이점을 알아챈 미라는 그 즉시 군세를 움직여 적의 대열을 흩트려 놓는 전법을 취했다.

"알아챘나……."

난전이 되어 정령폭탄에 의한 피해가 그레고리우스의 군대에도 확산되기 시작했다. 상황을 확인한 그레고리우스는 작은 소리로 혀를 차고는 회중시계를 보며 "아직인가……"라고 중얼거렸다.

"제2작전을 실행할까."

정령폭탄에 의한 일격이 없으면 개체별 전력이 떨어지는 마도인형은 빠른 속도로 줄어들 것이다. 그 사실을 잘 아는 그레고리우스는 그 즉시 다음 지시를 내렸다.

미라의 작전대로 마도인형의 자폭이 멈췄다. 순수한 육탄전이 되어도 정령무구로 완전무장한 마도인형의 전력은 강력해서 미라의 군세도 다소의 피해를 입었다.

하지만 그것은 말하자면 오차 범위에 포함된 일이었다. 군세가 적을 섬멸시키는 것은 시간문제일 것이다.

하지만 아직 끝나지 않았다. 다시금 그레고리우스가 움직이기 시작한 것이다. 그레고리우스가 지팡이를 내밀자 광대한 공간의 좌우에 위치한 금속 벽이 느닷없이 열리기 시작했다.

"오호, 아직 이만한 병력을 숨겨두고 있었나."

활짝 열린 벽 너머에서 대기 중이던 마도인형이 모두 일어났다. 그 수는 삼천에 도달할 듯했다. 완전무장한 마도인형은 기동하자마자 일제히 달려 나왔다.

그리고 마도인형은 미라를 포위하듯 전개해 밀려들었다. 개체의 능력은 다크나이트가 한 수 위였다. 하지만 숫자가 가볍게 네 배는 차이 났다. 아무리 군세를 잘 다룬다 한들 포위된 상태로 혼자서 그 모든 것을 파악하여 대응하기란 어려운 일이었다.

"그때가 떠오르는구먼."

수적으로 우위에 서면 그것만으로 유리해진다. 하지만 군세라는 이명을 지닌 미라는 그런 점에 있어서도 빈틈이 없었다.

『기도하는 이 없는 월하의 장례. 시체 없는 검의 묘표.

인도자는 하늘에서 내려온, 극채색의 천사.』

미라는 전장 한복판에서 로사리오 소환진을 두 개 늘어놓더니 낭랑하게 말을 자아내기 시작했다.

그 목소리는 널리 퍼져 그레고리우스의 귀로도 들어갔다.

"이건, 영창?! 어떻게든 막아라!"

그레고리우스가 지팡이를 휘두르자 다크나이트와 교전을 벌이던 마도인형들이 일제히 방향을 틀었다.

『영겁윤회를 벗어난 영혼을, 수라로 인도하는 전쟁의 처녀.

검극의 소리는 울려 퍼져 진혼곡을 자아내고, 창공과 이어진 무지개다리를 놓으리.』

동시에 발사된 화염이 미라에게 쏟아졌다. 하지만 그 중 태반은 다크나이트들이 그 즉시 반응하여 성검으로 쳐냈고, 나머지도 미라의 곁에 서 있던 홀리나이트가 타워실드로 막아냈다.

하지만 그레고리우스의 방해 공작은 아직 끝나지 않았다. 마도인형들이 차례로 동료 인형을 미라에게 집어던지기 시작한 것이다.

열 대에 가까운 숫자의 마도인형들이 일직선으로 날아들었다.

그것들은 눈 깜짝할 새에 붕괴되기 시작해, 내장되어 있던 정령 폭탄에 불을 붙였다.

직후, 다크나이트들이 요격하듯 날카롭게 도약하여 마도인형을 붙잡았다. 그리고 미라에게 도달하기 전에 마도인형과 함께 공중으로 뛰어올라, 눈부신 섬광과 폭음을 내며 소멸되었다.

"젠장!"

그레고리우스는 혀를 찼다. 다크나이트와 홀리나이트에 의한 방어는 튼튼해서 미라의 영창을 방해할 수가 없었다. 미라의 실력을 뼈저리게 알게 된 지금이기에 그레고리우스는 영창을 어떻게든 멈추고 싶었다. 하지만 그 모든 시도는 실패로 끝났다.

『밤하늘을 넘어 강림하라, 일곱 빛깔을 두른 선정자들이여.』

[소환술 : 발키리 시스터즈]

마법진은 미라가 자아낸 한 마디 한 마디에 호응하여 무지개빛으로 물들더니 모든 영창이 끝나 한 가지 의미를 이룬 순간, 공간을 연결하는 문이 되었다.

마법진이 유달리 눈부신 빛을 뿜어냈다. 그곳에서 발키리 자매의 장녀인 알피나가 내려섰다. 바람처럼 일렁이는 매끄러운 녹색 긴 머리. 감청색 경갑옷에 건틀릿, 그리고 각반. 얼핏 보아도 특별하다는 것을 알 수 있는 성스러운 기운을 두른 전쟁의 처녀.

그 존재감은 압도적이라서 그레고리우스는 무심결에 숨을 죽였다.

하지만 소환은 거기서 끝나지 않았다. 알피나에 이어 차녀, 삼녀…… 그렇게 계속해서 마법진에서 나타났다.

그리고 마지막 한 명인, 막내 크리스티나가 내려서자 마법진은 역할을 마치고 흩어졌다.

"저희 일곱 자매, 소환에 응해 대령하였습니다."

알피나가 한 걸음 나서자 자매들은 그 뒤에 늘어섰다. 그와 동시에 무릎을 꿇었다. 세세한 부분은 달랐지만 자매들은 모두 같은 무구를 장비하고 있었고, 아름다운 외모에 고귀한 분위기를 풍기고 있었다.

"흠, 오랜만이구나, 알피나. 그리고 다들 건강해 보여 다행이구나."

고결한 전쟁의 처녀들. 그녀들을 거느린 미라. 그 광경은 그야말로 왕과 신하의 모습을 방불케 했다. 그리고 미라가 얼마나 굉장한 존재인지를 말해주고 있었다.

그레고리우스는 그 광경에 넋이 나가 할말을 잃었다. 신의 사도를 거느린 존재가 정말로 사람이란 말인가.

하지만 지금 가장 중요한 것은 그들을 상대로 이길 방법이었다.

발키리 자매의 등장으로 전황은 확연히 그레고리우스에게 불리해졌다. 그럼에도 그레고리우스는 포기할 낌새가 없었다. 그 얼굴에 보이는 것은 그저 놀란 기색뿐이었다. 자신의 승리가 위협받을 일은 없다고 진심으로 확신하고 있는 듯했다.

그 확신의 근거인 무언가를 기다리듯, 손에 든 회중시계를 흘끔 쳐다본 그레고리우스는 "조금 남았다"라고 중얼거리며 씨익 웃었다.

24

미라는 곧장 일곱 자매에게 지시를 내렸다. 그 내용은 군세를 이끌고 적을 소탕하라는 것이었다.

발키리 자매는 일찍이 덤블프의 명령으로 '부대장'의 기능을 습득해두었다. 그 기능의 효과는 아군, 다시 말해서 미라가 소환한 군세에도 유효했다.

"명을 받들겠습니다. 저희 자매가, 이 전장에서 주인님께 승리를 바치겠노라 맹세하겠습니다."

일곱 자매는 공손히 절을 올리더니 곧장 산개하여 눈 깜짝할 새에 다크나이트의 군세를 일곱 개의 부대로 재편성했다. 그리고 주변에서 몰려드는 수천의 마도인형들과 전투를 벌이기 시작했다.

"늘 그랬듯 훌륭한 솜씨야."

과연 대단하다고 해야 할지. 발키리 자매의 지휘 하에 놓인 군세는 미라가 혼자서 다룰 때보다 치밀하게 연계를 취해가며 그 잠재력을 유감없이 발휘하고 있었다.

대장인 미라에 일곱 명의 부대장. 그리고 천 기의 기사. 이것이 바로 '군세'의 진정한 모습이었다.

포위망을 밀어내고 미라의 경고에 따라 정령폭탄이 폭발할 징조가 보이면 자매가 즉시 그 개체를 날려버렸다. 통솔력의 보강으로 더욱 강고해진 군세는 그야말로 정예부대처럼 그레고리우스의 병사들을 차례로 격파해 나갔다.

"자아, 저쪽 싸움은 맡겨두고 이 몸들은 일대일 싸움을 벌여보도록 하자꾸나."

주인의 의향을 헤아린 듯 알피나의 부대가 그레고리우스와의 사이에 있던 마도인형들을 분단해 나갔다. 미라는 탁 트인 길을 걸으며 그레고리우스에게 그렇게 말했다.

"자신의 군이 우세한데도 일대일 전투를 하자고? 정신 나간 계집이군."

숫자로는 아직 그레고리우스가 우세했다. 하지만 발키리 자매가 이끄는 군세의 맹공은 무시무시해서, 정말로 우세한 것이 어느 쪽인지는 척 보아도 금방 알 수 있었다.

"하지만 반가운 소리군. 상대해주마."

그레고리우스는 그렇게 말하더니 후방에 있던 마도인형을 무르고 조용히 검은 지팡이를 겨누었다.

"그냥 그때 못 낸 결판을 내고 싶은 것뿐이다. 이래저래 찜찜해서 말이지."

아무래도 미라는 고대환문에서의 일전에서 보기 좋게 그를 놓쳤던 일을 속에 품어두고 있었던 모양이었다.

"무슨 소리냐, 그게. 정령왕의 힘을 가져오지도 못하고, 무구의 태반을 잃은 나를 조롱하는 거냐?"

그 일전은 중요임무를 실패한 것도 모자라 무구에 이르기까지 많은 손해를 입었던 것을 토대로 객관적으로 보면 그레고리우스의 패배라 할 수 있었다. 하지만 그것을 두고 비겼다는 식으로 말하는 것을 들은 그레고리우스는 어이가 없다는 생각과 분노가 반반 섞인 눈으로 미라를 노려보았다.

그에 반해 미라는 당당하게 그 눈을 마주 노려본 채 대담한 미소를 지으며 하얗고 긴 지팡이를 내밀어 보였다.

"어느 쪽이 서 있고 어느 쪽이 쓰러져 있는가. 그것이 승패를 가르는 척도 아니겠느냐."

"생긴 것 답지 않게 꽤나 호쾌한 사고방식을 지녔군. 제법 마음에 들어."

그런 말을 나눈 직후, 미라와 그레고리우스는 동시에 움직였다.

두 사람 사이를 가로막듯 바위벽이 갑자기 솟구쳤다. 그레고리우스의 사령술, '석벽'이었다. 하지만 그것은 약간 늦어서 '축지'로 질주하는 미라를 가로막지는 못했다.

미라가 눈 깜짝할 새 그레고리우스의 코앞까지 다가갔다. 하지만 지체 없이 발동한 두 번째 '석벽'이 그레고리우스의 모습을 감추었다.

"음?!"

다음 순간, 그 낌새를 알아챈 미라는 거의 반사적으로 위로 도약했다. 직후. 처음에 출현했던 석벽이 맹렬한 속도로 미라의 발치를 지나쳐 전방에 있던 석벽에 충돌하여 박살났다.

"이걸 피하다니."

그레고리우스는 상공을 노려보며 중얼거리더니 또다시 술법을 발동시켜 몇 개나 되는 석벽을 만들어냈다.

날아온 석벽. 그것은 새로운 술법인지, 아니면 다른 꼼수가 숨어있는 것인지. 미라는 처음 보는 공격을 잘 관찰하기 위해 '공활

보'로 거리를 벌렸다.

그레고리우스가 검은 지팡이를 내밀자 난립해 있던 석벽이 두둥실 떠올라, 미라를 향해 빠르게 날아들었다.

"오오, 이것 참 굉장하군!"

아무리 미라가 대단해도 몸은 소녀의 것이었다. 직격을 당하면 상당한 치명상을 입을 것이다. 하지만 역시 최강의 술사인 아홉 현자라 불렸던 존재라 해야 할지. 미라는 무수히 날아드는 석벽의 궤도를 간파하여 하얀 지팡이로 떨쳐냈다. 주변을 에워싸듯 석벽이 쇄도해 오면 부분소환한 타워실드로 막고, 선술과 다크나이트의 흑검으로 모든 것을 박살내 보였다.

"공중에서, 이렇게까지 움직일 수 있다니……."

그레고리우스는 미라의 움직임이며 술법의 발동 타이밍, 그리고 한 번 공세에 나설 때마다 보이는 폭발력에 혀를 내둘렀다.

"보아하니 방금 그게 그 지팡이의 힘인 것 같군그래. 분명 자료에 쓰여 있었지. 마나를 지배하는 특성이 있다고."

산산이 부서진 석벽의 파편과 함께 내려선 미라는 그레고리우스가 손에 든 검은 지팡이를 바라보며 그렇게 말했다. 그러자 그레고리우스의 표정이 눈에 띄게 변했다.

마나를 지배하는 특성. 그것은 연금술사 요한에게서 받은 흑무석의 가공품에 관한 자료에 기재된 특성 중 하나였다.

그 효과는 실체화하여 형상을 이룬 마나를 조작하는 것. 다시 말해서 발동된 술법이라면 피아를 가리지 않고 지배하여 뜻대로 조종할 수 있다는 것이다. 때문에 그 힘은 그야말로 술사의 적이라 할 수 있었다. 적을 향해 행사한 술법이 고스란히 자신에게 돌아오는 셈이니.

하지만 일부 효과를 받지 않는 것도 있었다. 그것은 소환술과 음양술의 식신이었다.

소환술은 마나를 통해 인공정령을 구현화하거나 마나를 통해 문을 만들어, 그곳에서 소환체를 불러내는 술법이다. 마나로 만들어졌다고는 하나 본질은 정령인지라 조종할 수가 없고, 문은 다소 특수한 현상이라 간섭할 수가 없다. 불러낸 소환체도 확고한 존재성을 가지고 있기에 지배할 수 없다.

음양술의 식신도 소환과 비슷해서 각자에게 의지와 존재성이 있기에 효과가 미치지 못했다.

"어째서 특성에 관해 아는 거지?"

"간단한 이유 때문이지. 들었거든, 전문가에게."

어렴풋한 증오심을 담아 그레고리우스가 묻자 미라는 빙긋 입꼬리를 치올려 웃으며 말했다.

"……그래. 언제 어디서 접촉한 것인지는 모르겠지만, 연금술사가 그런 행동을 취한 건 너희들 때문이었나. 그리고 실험장을 습격한 것도."

최고간부인 만큼 그레고리우스는 일련의 사건을 파악하고 있는 듯했다. 더욱 은밀한 곳에 숨겼음에도 요한이 탈출했다는 사실도.

실험장. 그곳이 납치당한 요한이 감금되어 있던 장소였다. 흑무석제 무구의 효과를 확인하기 위해 이용되었던 장소라는 듯했다.

"하지만 안다고 해서 쉽게 공략할 수 있을 것 같나!"

그레고리우스는 그렇게 외치더니 사령술을 발동하여 한꺼번에 열 마리의 골렘을 만들어냈다. 그것을 본 미라는 "호오" 하고 감탄사를 자아냈다.

골렘의 동시 생성. 다섯 마리를 동시에 생성하면 상급이라 할 수 있었고 열 마리를 동시에 생성하면 은의 연탑에도 들어갈 수 있을 정도였다.

"이것 참, 아까운 인재로구만."

적어도 그레고리우스는 정령무구 같은 것이 없어도 사령술만으로 엘리트들과 어깨를 견줄 만한 실력이 있다는 뜻이었다.

하지만 가장 중요한 것은 술법을 세상을 위해 사용할 마음이 있는가 하는 점이었다. 미라는 그레고리우스의 눈동자에 깃든 탁한 빛을 보고는 진심으로 유감이라고 중얼거렸다.

키가 2미터는 될 법한 골렘은 매우 둔중해 보였다. 다리는 짧고, 팔도 짧았다. 하지만 몸통은 거대한 바위 같아서 방어에 전념하기로 하면 상당한 내구성을 발휘할 듯했다.

하지만 그레고리우스는 골렘들을 오로지 공격에만 이용했다.

그레고리우스가 지팡이를 휘두르자 골렘 중 하나가 떠오르더니 마치 포탄처럼 발사되었다.

직후, 주변 일대에 둔탁한 충돌음이 울려 퍼졌다. 골렘의 엄청난 질량에 속도까지 붙은 결과였다. 골렘의 공격에는 그 즉시 타워실드로 방어에 나선 홀리나이트의 자세를 무너뜨릴 만큼의 위력이 있었다.

"날아가 버려라!"

그레고리우스의 공격은 거기서 그치지 않았다. 이어서 네 마리의 골렘을 미라에게 날린 그레고리우스는 지체 없이 마나를 집중시켜 다음 사령술을 기동시켰다.

[추장술 : 적색활화(赤色活火)]

홀리나이트에게 쇄도한 골렘들이 갑자기 고온을 발해 붉게 물들었다. 그리고 잠시 후, 그 몸에서 용암이 분출되었다. 그것은 마치 화산의 분화를 연상케 했는데 화염과 폭음, 그리고 충격파가 일대에 휘몰아치더니 홀리나이트와 주변을 순식간에 가득 메웠다. 그 열기는 엄청나서 재생이 불가능할 정도의 손상을 입은 홀리나이트는 그대로 녹아들 듯 용암 속으로 가라앉았다.

그 광경은 불현 듯 지옥의 입구가 나타난 듯 보였다. 삼켜지면 한 순간도 버텨내지 못할, 죽음의 입구. 정확히 그 한복판에 있던 홀리나이트는 저항할 새도 없이 소멸되었다.

하지만 그 자리에 있었을 터인 또 한 사람. 미라의 모습이 그곳에 없었다.

"젠장, 어디로 갔지?!"

검은 지팡이와 골렘을 통한 지금의 공격은 그레고리우스의 필살기라 해도 과언이 아니었다. 지금까지 수많은 실력자들을 흔적도 없이 없애온 기술이었다.

하지만 그레고리우스는 초조해하고 있었다. 그것은 어떻게 보면 미라라는 소녀의 실력을 믿기 때문이라고 해야 할지도 모른다. 저항하지 않고 용암에 삼켜졌을 것이라는 생각은 추호도 들지 않았기 때문이다.

고통으로 일그러진 얼굴을 보기 전에는, 그 심장에 검을 꽂아넣기 전에는, 승리한 것이 아니리라고 그레고리우스는 확신하고 있었다.

그렇기에 그 모습을 찾았다. 당연히 안부가 걱정되어서가 아니었다. 또 무슨 짓을 해올지 예상도 되지 않았기 때문이다.

(추장술의 효과가 높은 중량급 골렘을 억지로 날려서 둔중함을 보충하다니. 참으로 유쾌한 전법이로구나.)

미라는 대기 중인 나머지 다섯 마리의 골렘 뒤에 있었다. 방어에 주력하던 홀리나이트가 무너진 찰나에 커다란 골렘들이 연달아 밀려들었다. 그리고 곧 시야가 붉게 물들었다.

자신의 소환술에 관해 충분히 숙지하고 있는 미라는 홀리나이트로는 버티지 못하리라는 것을 알아채고 방어가 아니라 회피를 택했다. 그리고 폭풍이 휘몰아치는 가운데 '축지'로 그 자리를 벗어나, 쏟아지는 화염을 피해 골렘의 등 뒤로 숨어든 것이다.

그레고리우스는 주위를 경계하고 있었다. 그 모습을 골렘들의 틈새로 엿본 미라는 그 손을 천천히 골렘의 등에 가져다 대었다.

[선술 천(天) : 연충]

미라의 손에 미라가 집속된 찰나, 몇 중으로 중첩된 충격파가 골렘의 거구를 날려버렸다. 술법의 충격으로 인해 중간에 금이 가고 깨져나가며 날아간 골렘은 그대로 돌덩이가 되어 그레고리우스를 덮쳤다.

"거기냐!"

강렬한 파쇄음을 들은 그레고리우스가 돌아보았다. 하지만 파편들이 벌써 코앞까지 다가와 있었다. 회피와 '석벽', 검은 지팡이에 의한 제어도 제 때 발동시키지 못할 거리였다.

"큭."

그레고리우스는 괴로움에 찬 신음소리를 흘리며 그 즉시 팔을 내밀어 수세로 전환했다.

그 모습을 곁눈질하며 미라는 두 번째, 세 번째 골렘을, 조금 전 공격을 되갚아 주듯 차례로 날려댔다. 그러자 그것은 파편의 파도가 되어 그레고리우스에게 쇄도했다.

"갑옷이 없어도 상당히 튼튼하군그래."

"흥…… . 강도는 떨어져도 못 쓰게 된 그 갑옷을 쓰기 전에 이용했던 물건이다. 이 정도는 아무것도 아니지."

파편의 폭풍을 모두 다 견뎌낸 그레고리우스는 대치중인 미라를 보고 씩, 하고 입꼬리를 치올렸다.

그레고리우스가 걸친 정령무구, 로브는 천으로 되어 있음에도 어지간한 금속 갑옷은 발치에도 못 미칠 정도의 강도를 지니고 있었다. 게다가 충격까지 흡수해 버리는 모양인지, 상당한 질량이 충돌했음에도 불구하고 그레고리우스는 한 발짝도 움직이지 않았다. 모든 파편은 로브와 부딪히는 즉시 힘을 잃고 땅바닥을 나뒹굴었다.

차림새는 홀가분해졌어도 그레고리우스는 여전히 철벽같은 방어력을 자랑하고 있었다. 하지만 그렇다고 물러설 미라가 아니었다. 미라는 하얀 지팡이를 옆구리에 낀 채 그레고리우스를 바라보며 타이밍을 살폈다.

그레고리우스 역시 똑바로 미라만을 본 채 검은 지팡이를 움켜쥐었다. 그리고 느닷없이 그 팔을 쳐올렸다. 그 즉시 주변에 있던 파편이 떠오르더니 미라를 향해 화살처럼 날아갔다.

(깨져서 파편이 된 후에도 조작은 가능하다 이건가.)

농밀한 돌의 비가 가차 없이 미라에게 쏟아졌다. 하지만 그 모든 것을 순간적으로 소환한 홀리나이트가 받아냈다.

그럼에도 그레고리우스의 공격은 그치지 않았다. 자그마치 거대한 골렘 열 마리 분량의 파편이었다. 그 양도 양이거니와 검은 지팡이에 의한 조작으로 엄청나게 빠르게 가속된 그것은 하나하나가 필살이라 형용하기에 걸맞은 위력을 지닌 탄환이 되어 있었다.

심지어 파편은 떨어지면 떠오르고, 깨져도 떠올라, 티끌이 될 때까지 계속해서 쏟아졌다. 이래서는 제 아무리 홀리나이트라 해도 견뎌낼 수 있을 리가 없었고, 서서히 장갑이 깎여나가고 밀려나기 시작했다.

그때, 무언가가 파편에 섞여 날아들어 파손된 홀리나이트와 충돌했다. 새로이 만들어낸 골렘이었다. 강렬한 소리가 울림과 동시에 홀리나이트가 갑자기 공중에 떠올랐다. 검은 지팡이로 조종하는 골렘에게 붙잡힌 것이다.

방패를 빼앗긴 미라에게 파편이 쇄도하는 가운데, 다른 골렘까지 날아들었다.

그래도 미라는 전혀 초조해 하지 않고 대처해 보였다.

그것은 몇 초 만에 이루어진 공방이었다. 다시금 순식간에 소환된 홀리나이트는 쏟아지는 파편을 타워실드로 막으며 힘차게 도약했다. 그리고 검을 쳐올려 골렘을 분쇄했다.

무시무시한 박력과 굉음. 그 존재감에 자신도 모르게 눈길을 빼앗긴 그레고리우스는 문득 밀려든 한기에 몸을 떨며 순간적으로 시선을 아래로 내렸다.

"이 일격은, 막아낼 수 있을까?"

공중에서 요란하게 날뛰는 홀리나이트의 그림자에 숨어 단숨에 달려든 미라가 그레고리우스의 코앞까지 다가와 있었다.

"젠장."

그레고리우스는 방심했다는 듯 혀를 차더니 순간적으로 '석벽'으로 그 돌진을 막았다. 하지만 미라가 손을 대자 벽은 순식간에 무너져, 무용지물이 되었다.

무너져 내린 벽 너머에서. 미라는 하얀 지팡이를 여보란 듯 치켜든 채 도발적인 미소를 지었다.

그레고리우스는 생각했다. 철벽의 갑옷의 특성을 순식간에 간파하고 공략해낸 미라에 관해서. 정령무구의 성능이 있어도 그 일격에 직격당하면 위험할 것이다. 하지만 상대가 코앞까지 닥쳐든 지금, 회피는 불가능하다.

그렇다고 다른 수단이 있는 것도 아니라 그레고리우스는 순간적으로 검은 지팡이를 써서 응전했다.

그 순간, 그는 깨달았다. 그 모든 것은 그렇게 하게끔 유도하기 위한 함정이었음을.

미라의 하얀 지팡이와 그레고리우스의 검은 지팡이가 맞부딪혀 교차되었다. 찰나, 금속이 부러지는 듯한 딱딱하고 날카로운 소리가 울려 퍼졌다.

"설마……. '귀골흑기(鬼骨黑器)'가……."

그레고리우스가 들고 있던 검은 지팡이가 지금, 부러짐과 동시에 검은 티끌이 되어 흩어졌다. 그 사실에 놀란 그레고리우스의 눈이 휘둥그레졌다. 그리고 미라 역시 놀란 투로 "효과 좋구나"라고 중얼거렸다.

"조금 전에 귀골…… 뭐라고 했었지? 그 특수한 능력을 지닌 무기가 있다는 것을 알면서 대책을 준비해오지 않았을 리가 있나."

미라는 마치 자신의 공인 양 가슴을 편 채 자랑스럽게 말했다. 그와 동시에 다음은 어떻게 나올까 하고 거리를 벌린 채 상황을 살필 태세를 취했다.

그 말을 못 들은 것인지, 아니면 흘려들은 것인지, 회중시계를 흘끔 쳐다본 그레고리우스의 얼굴이 갑자기 희색으로 물들었다. 그리고 미라를 경계하면서도 천천히 주변 상황을 살폈다.

한편, 미라와 그레고리우스의 주변에서는 발키리 자매가 이끄는 군세와 마도인형들이 전투를 펼치고 있었다. 일대일인 미라와는 달리 대규모 집단전이 벌어진 전장에서는 양쪽 진영이 마구 뒤섞여 격렬하게 싸우고 있었다.

그런 난전 속에서 한 부대가 지금까지와 다른 움직임을 보이기 시작했다.

"승리를 이 손에! 다들 돌격~!"

크리스티나의 부대였다. 크리스티나는 마도인형과 싸우면서도 흘끔흘끔 미라의 눈치를 살피고 있었다. 그리고 지금 이 순간, 마침 자신이 이끄는 부대가 미라의 측면에 근접한 순간, 미라와 그레고리우스의 전투가 소강상태에 접어든 참에, 때는 지금이라는 듯 포즈를 취하며 호령을 날린 것이다. 그 활약상을 미라에게 보여주기 위해서.

크리스티나가 이끄는 부대는 다크나이트의 실력 덕분에 순조롭게 적의 세력을 깎아내고 있었다. 그리고 미라가 주의했던 대로 정령폭탄에 조심해가며 부대를 다루어, 폭발할 징후가 보이면 솔선해서 처리해 나갔다. 난전이 되어서도 맡은 역할을 완벽하게 완수하는 모습은 과연 발키리 자매라 해야 할 정도로 늠름해 보였다. 뭐, 활약을 할 때마다 의기양양한 얼굴로 미라 쪽을 쳐다본 탓에 효율은 자매들 중 꼴찌였지만.

하지만 크리스티나는 신경 쓰지 않았다. 자신이 꼴찌를 하는 것은 늘 있는 일이기 때문이다. 그보다 크리스티나는 미라에게 자신이 활약하는 모습을 보여주고 싶은 마음이 더 컸다. 마치 운동회 경기에 출전한 어린애처럼. 주인에게 칭찬을 받는 것이 그녀에게는 무엇보다도 명예로운 일이기 때문이다.

크리스티나는 그렇게 계속해서 분투를 펼쳤다. 하지만 신이 나서 부대를 돌격시킨 탓에 섬멸 속도는 올랐지만 측면에 작은 빈틈이 생겨나고 말았다.

그 아주 작은 빈틈을 마도인형이 파고들었다. 그리고 직후, 폭발의 징조가 보였다.

이때 크리스티나는 운 나쁘게도 미라의 눈치를 살피고 있었다.

"아아! 후퇴 후퇴~!"

뒤늦게 알아채고는 허둥지둥 부대를 산개시키며 단숨에 거리를 벌렸다. 그리고 최대한 빨리 정령폭탄을 기동시킨 마도인형을 걷어찼다.

하얀 빛이 부풀어 올라 주변에 파괴를 초래하기는 했으나 크리스티나의 활약으로 본래 소멸될 운명이었던 다크나이트의 손상은 전무했다. 하지만 너무 허둥대다보니 걷어찰 방향을 정할 여유가 없었다.

그 결과, 범위 밖에 있던 다크나이트 두 기가 빛 속으로 사라졌다.

"아아아~! 앤드류~! 페르디난도~!"

대장 크리스티나를 지키는 미남 흑기사(크리스티나의 뇌내 설정)가 적의 교활한 공격의 희생양이 되었다. 그렇게 머릿속에서 현실을 왜곡시킨 크리스티나는 멋대로 붙인 두 사람의 이름을 엉겁결에 외쳤다.

그리고 자신을 감싸고 산화한(현실도피) 두 기사를 명복을 기렸다.

하지만 그것도 잠시뿐. 현실로 돌아온 크리스티나는 등줄기가 싸늘한 느낌이 들어 '아차' 싶어서 쭈뼛거리며 주변을 둘러보았다. 그러자 역시나 언니들이 '뭐하니, 너'라고 묻는 듯한 표정으로 눈총을 날리고 있었다.

　게다가 크리스티나의 비통한 외침을 들었는지 미라까지 그녀를 바라보고 있었다.

　(큰일났다……. 어쩌지?)

　언니들뿐 아니라 미라에게까지 실수하는 모습을 보이고 말았다. 분명 알티나가 특훈 명령을 내리리라 생각하자 기운이 쭉 빠지기는 했지만, 그보다는 미라를 실망시키고 싶지 않다고 생각한 크리스티나는 머리를 풀회전시켰다.

　그리고 1초도 채 되지 않아 명예를 만회할 비책을 생각해냈다. 실수를 저지르기는 했지만 관심을 받고 있는 지금의 상황은 기회이기도 한 것이다.

　지금 여기서 실수를 덮을 정도의 활약을 해보이면 그만이다. 늘 긍정적으로 생각하는 것이 바로 성공하기 위한 열쇠다. 그렇게 자기 자신을 설득한 크리스티나는 투지를 활활 불태우며 마도인형에게 몸을 돌렸다.

　이러는 동안에도 다크나이트와 마도인형의 전투는 계속되고 있었다. 하지만 크리스티나는 마치 무대에 오른 여배우처럼 당당하게 포즈를 취해 보였다.

　"감히 앤드류와 페르디난도를! 오딘 님이 용서해도 내가 용서하지 않을 테다!"

　크리스티나는 자신은 실수 따위 하지 않았다는 양, 모든 것을 마도인형의 탓으로 돌리더니 "두 사람의 복수는 내가 하겠어!"라고 혼자서 열을 올려가며 외쳤다.

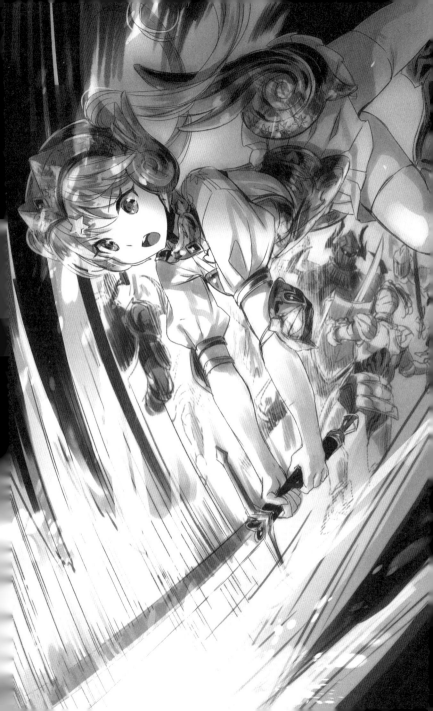

신을 섬기는 발키리가 그런 소리를 해도 되는 걸까. 그런 감상이 미라의 머릿속에 떠올랐지만 당연히 크리스티나가 거기까지 생각했을 리가 없었다. 미라의 눈치만 흘끔흘끔 살피던 크리스티나는 때는 지금이라는 듯 검을 치켜들었다.

"우리 자매의 혈맥에 천지개벽의 순간부터 대대로 전해져 내려온 이 비오의(秘奧義)의 봉인을. 앤드류와 페르디난도를 위해, 지금 이 자리에서 풀겠어!!"

크리스티나가 큰소리로 외치자 그에 호응하듯 검이 빛을 띠기 시작했다. 이어서 크리스티나는 그 검으로 천천히 정면에 진을 그렸다. 빛이 옅은 선을 남기자 약간 엉성한 마법진 같은 것이 떠올랐다.

그러는 동안에도 난전은 계속되었지만 다크나이트의 분투를 펼친 덕에 크리스티나의 당당하기만 한 준비 작업은, 마치 필살기 연출 중처럼 아무런 방해도 받지 않을 수 있었다.

그렇게 일련의 동작을 마친 순간, 크리스티나의 검이 강한 빛을 내뿜었다. 순간, 멀리서 지켜보던 미라의 눈에 기대의 빛이 떠올랐고, 크리스티나는 그것을 놓치지 않았다.

"이 비오의를, 받아라~!"

지금이 하이라이트다. 그렇게 확신한 크리스티나는 외침과 동시에 빛나는 검을 크게 치켜들었다. 그러자 그에 맞춰 크리스티나의 전방에서 싸우고 있던 다크나이트들이 일제히 뒤로 물러났다.

"크리스티나 슬래――시!"

그런 구호와 함께 내려친 검에서 커다란 빛의 칼날이 방출되었다.

대대로 전해져 내려온 비오의에 어째서 크리스티나의 이름이 붙은 것일까. 뭐, 그런 건 둘째 치고 크리스티나 슬래시는 그 엉성한 인상과는 달리 상상을 초월하는 위력을 발휘했다. 크리스티나의 전방에 수백 대는 있었던 마도인형이 모조리 파괴된 것이다.

덜렁대는 성격에 훈련을 빼먹기 위해서라면 노력을 아끼지 않는 게으름뱅이이기는 했지만 엘리트만 모인 자매들의 막내답게, 크리스티나 역시 발키리로서 충분한 재능을 가지고 있었다. 이러니저러니 해도 어지간한 상급자는 꼼짝도 못할 정도의 실력자였던 것이다.

뭐 주의력과 관찰안, 상황파악과 같은 점은 아직 한참 떨어지는 듯 했지만.

"크리스티나. 나중에 얘기 좀 하죠."

타오르는 불꽃처럼 격렬한 전투가 벌어지고 있는 전장에, 등줄기가 얼어붙을 정도로 차가운 알피나의 목소리가 들려왔다.

완벽하게 들어갔다, 최고로 느낌이 좋았다. 미라도 자신을 다시 볼 것이다. 그렇게 생각하고 있던 크리스티나는 그 목소리를 들음과 동시에 온몸을 파르르 떨었다. 그리고 목소리가 들려온 쪽으로, 쭈뼛거리며 시선을 옮겼다.

"으……."

시선이 향한 곳은 정확히 정면이었다. 그렇다. 크리스티나 슬래시를 내지른 궤도 끝이었다.

크리스티나가 목격한 참상은, 멋지게 적을 가르고 나아간 빛의 칼날이 예상보다 먼 곳까지 뻗어나간 탓에 벌어졌다. 요컨대 크리스티나 슬래시는 전방 직선상에서 분투 중이던 알피나 부대의 일부까지 적과 함께 날려버렸던 것이다.

관통력이 지나치게 강한 탓에 엄청난 실수를 저지르고 만 것이다.

알피나는 그렇게 한 마디만 남기더니 말없이 다시 전투를 치르기 시작했다. 기분 탓인지 알피나의 검은 평소보다 날카로웠고 소름 끼치도록 매서웠다.

"이렇게 된 거, 계속 주인님 곁에 있는 수밖에……."

송환되지 않으면 설교도 특훈도 받지 않아도 된다. 크리스티나는 그런 실낱같은 희망을 품었으나, 그것은 이루어지지 않을 바람이었다.

"중간까지는 완벽했는데……."

미라가 지켜보는 가운데, 기술을 날린 것까지는 좋았다. 하지만 그 다음이 문제였다.

그런 곳에 알피나의 부대가 없었다면. 자신이 확인을 덜한 것은 모른 체 하고 그런 생각을 하던 크리스티나는 그 순간, 몸을 파르르 떨었다. 문득 보인 정면의 전장에서 알피나의 공격에 찢겨 나간 마도인형이, 순간적으로 자신의 모습 같았기 때문이다.

이번 특훈은, 사상 최흉(最凶)의 특훈이 될 것 같다. 그 예감만은 적중하리라 생각한 크리스티나는 울상이 되어서 전투를 재개했다.

(필살검이라니, 꽤나 멋지구먼. 실로 좋은 기술이었어. 하지만 좀 지나쳤구나.)

짧은 시간 동안 펼쳐진 크리스티나의 흥망성쇠를 지켜본 후, 플러스 마이너스 제로라는 평가를 내린 미라는 다시 그레고리우스에게로 시선을 돌렸다.

그레고리우스는 크리스티나 한 명에게 수백 대나 되는 마도인형이 파괴되었다는 사실에 분노한 표정을 짓고 있었다.

전투는 이미 후반에 접어들었다. 어느 정도 수가 줄기는 했지만 군세는 아직 건재하다. 그에 반해 마도인형은 이미 절반 이하까지 수가 줄어들어 있었다.

그런 상황에 크리스티나가 대규모 공격을 퍼부었다. 그 모습을 본 그레고리우스는 또 저만한 공격이 오기 전에 해치워야겠다고 생각했는지 무언가를 결단했고 다음 순간, 그 말을 입에 담았다.

『지지 말고, 물러나지 말고, 그 몸을 창으로 바꾸어, 승리를 취해라!』

처음 듣는 단어의 나열이었다. 미라는 자신이 모르는 술법의 영창인가 하고 경계 태세를 취했다. 하지만 그것은 영창이 아니었다.

그것은 마도인형을 향한 명령이자 패스워드였다.

그레고리우스가 그 말을 내뱉은 직후, 마도인형들이 일제히 동작을 멈췄다. 그리고 다음 순간, 섬광과 열기를 수반한 충격파가 주변 일대를 뒤덮었다.

"이런, 음성인증인가!"

내장되어 있던 정령폭탄에 의한 개별 자폭이 발키리 자매의 신속한 판단에 의해 봉인된 상황이라면. 전부 처리하지 못할 숫자를 동시에 자폭시키면 그만이다.

그 효과는 훌륭해서, 얼마 되지 않는 시간 동안 미라의 군세 중 태반이 멸망의 빛에 삼켜졌다.

실로 단순하고도 강력한 전술이었지만 그것은 곧 마도인형들의 전멸을 의미하기도 했다. 그럼에도 그레고리우스는 자폭이라는 수단을 결행했다.

그 의도는 무엇일까.

가장 단순한 답을 추측해 보자면 전멸하기 전에 조금이라도 미라의 전력을 깎아내기 위함일 것이다. 처음에는 네 배에 달했던 숫자가, 정신이 들어 보니 비등해졌다. 요컨대 개별적 전력차가 그만큼 컸다는 뜻이다.

전멸이 시간문제라면 맞찌르는 강행수단을 취하는 것이 최선일 터다.

하지만 미라는 그렇게 생각하지 않았다. 그레고리우스가 틈만 나면 확인하던 시계. 그것을 본 후의 반응. 그리고 지금, 이 타이밍에 내린 동시 자폭 명령. 이것만 보아도 절로 답이 도출되었다.

그렇다. 그레고리우스가 기다렸던 때가 온 것이다.

"주인님. 불온한 낌새가 다가오고 있습니다."

대체 무슨 일이 일어나려는 것일까. 알피나 일행은 잽싸게 미라의 곁으로 모여들어 주변을 경계하기 시작했다. 크리스티나는 거기에 더불어 알피나까지 경계하는 눈치였다.

미라는 동시 자폭을 하리라는 것을 사전에 예상하고 설명해둔 상태였다. 그 덕분에 자매들은 모두 아슬아슬하게 후퇴하는 데 성공했다. 그럼에도 정령의 힘을 이용한 정령폭탄의 위력 탓에 알피나 일행을 보호하는 소환술의 방호막이 약간 손상되었다.

"상황으로 미루어 이번에 나오는 녀석이 비장의 패일 게다. 방심하지 말거라."

"비장의 패라. 알겠습니다."

미라는 주변을 경계하며 알피나 일행의 방호막을 회복시켰다. 알피나는 고개를 끄덕이더니 그 즉시 동생들에게 지시를 내려 경계용 원형진을 구축하여 전방위에서의 공격에 대비했다.

문득, 발소리가 들려왔다. 고개를 돌려보니 그레고리우스가 호리호리한 골렘을 타고 안쪽으로 달려가고 있었다. 그리고 그 방향의 끝. 그레고리우스가 향하고 있는 깊숙한 안쪽에서, '그것'이 철제 바닥을 뚫고 나타났다.

멀리서 보아도 그것이 무엇인지는 금세 알 수 있었다. 폭과 높이가 20미터는 될 법한 거대한 금속제 상자였다. 하지만 평범한 상자가 아니었다. 무척 튼튼해 보이는 쇠창살이 끼워진 거대한 우리였다.

그 우리가 갑작스러운 돌풍과 함께 날아갔다.

"녀석들이 여유로운 태도를 보인 것이, 납득이 되는군……."

몇 번이나 눈을 비비며 응시하던 미라의 눈앞에 나타난 것은, 괴물이라 표현하기에 걸맞은 이형의 존재였다.

"어떠냐, 느껴지나? 이 압도적인 힘의 맥동이!"

까마득히 멀리 있는 이형의 존재의 옆에 선 그레고리우스는 의기양양한 목소리로 외쳤다. 하지만 확실히 저런 괴물을 전력으로 끌어들였으니 자신만만해 할만도 했다.

"오호라. 키메라 클로젠이라는 이름값을 하는구나."

우리 안에 있던 그것은 그야말로 괴물 키마이라(Chimaera)라 부르기에 부족함이 없는 모습을 하고 있었다.

하지만 이야기에 등장하는 키마이라, 그리고 마물로서 이 세계에 서식하고 있는 키마이라에 비해, 눈앞에 있는 그것은 근본적으로 무언가가 달랐다.

사자의 머리에 산양의 몸통, 그리고 독사의 꼬리. 이것이 유명한 키마이라의 특징이었는데, 눈앞에 나타난 그것은 전혀 다른 특징을 지니고 있었다.

바위로 된 사자의 머리, 식물이 무성하게 돋아난 몸통, 불뱀처럼 꿈틀대는 꼬리, 그리고 바람을 두른 뼈로 된 날개. 발톱에는 뇌광(雷光)이 맴돌고 있었고 입에서는 허연 숨결이 흘러나왔다.

"이 힘의 파동……. 정령일까요?"

그 괴물을 본 알피나가 중얼거리자 자매들이 조용히 수런거렸다.

"억지로 하나로 뭉쳐놓은 것 테지. 저 안에, 무시무시하게 많은 수의 정령들이 갇혀있는 것 같구나."

정령왕의 가호에 의한 효과인지, 미라 역시 같은 파동을 그 괴물에게서 느끼고 있었다. 너무도 괴상한 그 겉모습과 달리, 그 중심에서는 낯익은 기척이 소용돌이치고 있었다.

그렇다. 그곳에 깃든 힘은 모두 정령의 힘이었다.

이질적인 것들을 서로 합성시키고, 유래가 다른 것들을 조합한 것. 키메라라는 단어는 대략 그러한 의미를 지니고 있었다. 그 어원이 된 것은 키마이라라는 단어로, 속성과 종류에 무관하게 정령을 하나로 이어 붙인 그 괴물은 그야말로 그 의미를 체현한 듯한 존재였다.

"이것이야말로 우리의 집대성. 너희가 아무리 강하다 해도 대자연의 힘을 내포한 이 정령 키메라를, 인간 따위가 당해낼 수 있을 리 없지!"

그레고리우스가 계속해서 목소리를 높여 자랑스럽게 이야기했다. 그의 말대로 온갖 속성과 현상을 관장하고 지배하는 정령의 힘은 그야말로 자연 자체라 해도 과언이 아니었다. 그런 방대한 힘을 지닌 정령 키메라는 천재지변과 같은 존재라 할 수 있으리라.

"이것과 정면으로 겨루는 일은 사양하고 싶구나."

"네. 확실히 불리할 듯 판단됩니다."

정령 키메라는 미라 일행은 위협적으로 노려보았다. 미라는 그 모습을 바라보며 쓴웃음을 지었다. 그리고 알피나는 한 걸음 앞으로 나서, 미라를 보호하듯 검을 겨누었다.

미라 역시 긴 연구 끝에 정령을 능가하는 힘을 얻었으나 이토록 짙은 농도의 힘을 지닌 괴물과 정면으로 싸우는 것은 무모한 짓임을 깨달았다. 인간의 몸을 능가하는 실력을 지녔다 한들, 결국 인간의 몸으로는 천재지변을 당해낼 수가 없는 것이다.

따라서 미라는 한 가지 답에 도달했다. 눈에는 눈. 천재지변에는 재앙. 일찍이 자연재해와 동급으로 간주되어 공포의 대상이 되었던 그 종족으로. 인간의 몸을 까마득히 초월하는 힘으로 상대하면 그만이다.

"자아, 유린해라!"

그레고리우스의 목소리가 울려 퍼지자 온갖 천재지변을 그 몸에 내포한 괴물이 미친 듯 으르렁거리며 날아올랐다.

"지금부터 영창을 시작하마. 잠시 부탁 좀 하자꾸나."

괴물은 그 거대한 몸에 어울리지 않게 바람과 같은 민첩한 동작으로 닥쳐왔다. 말하자마자 훌쩍 뛰어 뒤로 물러선 미라는 그 즉시 네 개의 소환진을 전개했다.

"알겠습니다. 이 전선을 반드시 사수하겠습니다."

미라가 물러남과 동시에 발키리 자매는 그 자리에서 각자 무기를 겨눈 채 천재지변으로 변한 괴물과 대치했다.

순간, 땅울림과 천둥이 울리더니 화염과 선풍이 휘몰아쳤다. 방대하기 그지없는 정령의 힘은 부조리하리만치 포학해져 알피나 일행에게 쏟아졌다.

알피나는 빛의 검으로 그 이빨을 받아냈다. 이어서 벼락을 두른 발톱을, 바람을 두른 날개를, 화염을 두른 꼬리를 자매들이 몸을 던져 제압했다.

잠시 균형을 이루었지만 그것은 얼마 지나지 않아 무너졌다. 천지를 찢을 듯한 번갯불이 몇 줄기 번뜩이는가 싶더니 귀가 먹먹해질 정도의 굉음이 장중을 지배했다.

까마득한 천공. 신이 사는 땅에 가장 가까운 장소에서 나날이 수련을 쌓아온 발키리 자매. 그녀들도 인간을 초월한 존재이기는 했으나 결국은 신의 분노라 비유되는 그것에는 당해내지 못하고 한 사람, 두 사람 나가떨어지기 시작했다.

하지만 알피나만은 계속해서 정령 키메라를 똑바로 바라본 채 힘껏 검을 휘두르고 있었다.

"역시 녹슬었군요, 당신들. 일찍이 주인님과 함께 싸웠던 적들 중에는 훨씬 강대한 자도 있었잖아요!"

정령 키메라가 휘두르는 이빨과 발톱에 의한 맹공을 받아내고, 때로는 흘려내며 알피나가 외쳤다. 동생들이 나가떨어져 수세로 돌아서기는 했지만 알피나가 내뿜는 기백은 열세에 몰렸다는 것이 느껴지지 않을 정도로 무시무시하기만 했다.

그리고 그러한 기백을 뒷받침하듯 알피나의 검은 멋지게 괴물의 이빨을 박살내 보였다.

"잠깐 발을 헛디딘 것뿐이에요!"

"소리 때문에 살짝 놀란 것뿐이라고!"

대치 중인 적은 자연 그 자체. 거의 본능적인 공포를 내재한 괴물이었다. 하지만 알피나의 질타가 먹혀든 것인지 동생들은 저마다 변명 같은 소리를 중얼거리며 일어나더니, 지금까지와는 다른 분위기를 띠기 시작했다. 그것은 어떠한 의미에서는 알피나의 말을 입증하는 변화이기도 했다. 이제야 녹슬었던 감각이 과거 시절로 돌아간 듯했다.

"이런 건, 알피나 언니에 비하면~!"

그중에서도 특히 크리스티나의 기백은 엄청났다. 조금 전의 실수에 이어 이번 건까지 보태지면 살아서 특훈을 끝내지 못하리라 직감했기 때문이다.

직후, 다시금 괴물이 포학한 바람이 되었다.

두 번째 충돌이 일어났다. 폭풍이 휘몰아치고 뇌명(雷鳴)이 울려 퍼지고 업화가 미쳐 날뛰었다. 발키리 자매들은 자연의 모든 위협을 내포한 그 일격을, 이번에는 훌륭하게 막아냈다.

(용케 버티었구나. 충분하다.)

알피나 일행의 믿음직한 뒷모습을 바라본 채 소용돌이치는 포학의 여파를 온몸으로 느끼며 미라는 영창의 마지막 말을 입에 담았다.

『자아, 천공으로 날아오르라. 사랑하는 나의 자식이여.』

커다란 빛의 고리가 된 마법진이 유달리 밝은 빛을 내뿜더니 드디어 그것이 모습을 드러냈다. 날개를 펼치면 정령 키메라를 상회할 거대한 몸. 성스러운 빛을 머금은 은빛 비늘. 그리고 모든 것을 압도하는 절대자의 기백을 지닌 금빛 용안(龍眼).

황룡. 그것은 일찍이 온 세상이 두려워했던 용의 혈통. 언젠가는 모든 용의 왕이 될 존재. 세계에 현존하는 몇 되지 않는 개체 중 하나인 아이젠파르드가 지금, 이 순간 강림한 것이다.

그것은 본능을 능가하는 압도적인 공포를 두르고 있었다. 정령 키메라라는 괴물도 그것을 보더니 지금까지의 기세를 잃고 순간적으로 후퇴해서 경계를 하듯 아이젠파르드를 노려보았다.

"이럴 수가……. 이런, 말도 안 되는 일이……."

거대한 마법진에서 거대한 용이 출현했다. 그것은 누가 보아도 소환술로 인해 소환된 것임을 알 수 있는 현상이었다.

그렇기에 그레고리우스는 경악하고 전율했다.

그레고리우스는 황룡의 모습을 알지 못했다. 하지만 그럼에도 대치한 순간 알 수 있었다. 그것이 파멸을 초래하는 존재임을.

그리고 술사로서의 실력이 달라도 너무 다르다는 사실을 깨달았다. 그레고리우스도 본래부터 차이가 난다는 사실은 알고 있었다. 하지만 그 차이는 정령무구 등을 비롯한 온갖 무장을 활용하면 보충할 수 있으리라고 생각했던 것이다.

하지만 현실은 잔혹하다는 것을 뼈저리게 깨달을 수밖에 없었다. 그 정도로 그 존재는 압도적이었다.

"아니, 아직이다. 아직 안 끝났어. 호각…… 그래, 비등해졌을 뿐이다!"

정령 키메라는 경계를 하기는 했으나 압도된 것은 아닌지 위협까지 해 보였다. 확실히 소환된 용은 괴물이었지만 이쪽도 괴물이기는 마찬가지였다.

그레고리우스는 그 믿음직스러운 모습을 올려다보며 꺾이기 직전이었던 마음을 추슬러, 자기 자신을 타이르듯 외쳤다.

그리고 자신을 고무시키며 정령 키메라에게 적을 섬멸하라 명령했다.

25

한편, 시간을 조금 거슬러 올라 소환 직후의 미라는 토라진 듯 보이는 아이젠파르드를 보고 쩔쩔매고 있었다.

아이젠파르드라는 존재가 출현하자 경계심을 품은 것인지 정령 키메라가 거리를 벌린 덕에 전투 중임에도 불구하고 다소의 유예시간이 생겼다.

그 사이에 있었던 일이다.

"미안하다. 그 후, 그대의 몸집이 너무 커서 하늘을 날면 소란이 벌어진다고 혼이 나서 말이다……."

현실이 된 이 세계에서 처음으로 아이젠파르드를 소환했을 때. 미라는 앞으로도 자주 부르겠다는 말을 입에 담았다. 하지만 실제로는 황룡처럼 거대한 용이 사람들이 사는 마을 근처에 나타나면 큰 소란이 벌어진다고 크레오스에게 주의를 받았고, 그 이후로는 한 번도 소환한 적이 없었다.

"그 말을, 좀 더 빨리 해주셨으면 했습니다. 어머니가 약속을 잊으신 것은 아닐까 싶어, 너무도 외로웠습니다."

자그마치 한 달 가까이 방치해두었으니 토라질 만도 했다. 미라 역시 아이젠파르드가 그렇게 말하자 괴로운 마음에 풀이 확 죽었다.

"확실히 그대의 말이 맞다. 정말로 미안했다. 그 대신이라고 말하기는 좀 그렇지만, 다음에 그대의 부탁을 뭐든 들어주겠다고 약속하마. 그러니 어떻게, 용서해줄 수 없겠느냐?"

성심성의껏 사죄하고 고개를 숙인 미라는 눈치를 살피듯 흘끔 아이젠파르드를 올려다보았다. 그러자 아이젠파르드의 태도가 싹 바뀌었다.

"뭐든…… 뭐든 말입니까, 어머니?! 그 약속은 꼭 지키셔야 합니다! 또 어기면 어머니를 미…… 미, 미워할 겁니다!"

그것은 명백하게 기뻐하는 태도였다. 하지만 아이젠파르드는 애써 냉정한 척 미라의 제안을 받아들였다.

"음, 꼭 지키마. 꼭 지키겠노라 맹세하마. 소중한 아들에게 미움을 사고 싶지는 않으니 말이다."

미라는 그렇게 말하며 다가가 아이젠파르드에게 살며시 손을 가져다 댔다.

"어머니~!"

아이젠파르드는 커다란 몸을 웅크려 미라에게 뺨을 비볐다. 이렇게 모자의 유대관계는 다시금 광채를 되찾았다.

"옵니다!"

알피나가 그렇게 짧게 말했다. 그레고리우스의 명령을 받음과 동시에 정령 키메라가 움직이기 시작한 것이다. 자연재해에 필적하는 그 위압감은 역시나 대단해서, 순식간에 긴장감이 퍼졌다.

하지만 미라는 그 긴장감을 익숙하다는 듯 웃어넘기며 아이젠파르드에게 지시를 내렸다.

"아들이여, 저 적을 요격해라!"

"네, 어머니!"

미라의 지시를 받은 아이젠파르드가 대답을 한 다음 순간. 그 공간 전체를, 절망적일 정도의 위압감이 지배했다. 그것은 아군인 알피나 일행마저도 등줄기가 오싹해질 정도의 압도적인 전의로, 죽음의 공포조차도 상회하는 기운을 내포하고 있었다.

직후, 아이젠파르드가 그 모든 것을 두른 채 비약했다. 그리고 눈깜짝할 새 비상하여 파괴적인 폭풍이 된 정령 키메라와 충돌했다.

발톱과 발톱이 맞부딪혔다. 아이젠파르드의 검은 발톱과 정령 키메라의 번개를 두른 발톱이 부딪혔다. 그 순간 대기가 진동하더니 묵직한 충격이 주변 일대에 전파되었다.

그것은 경험의 차이인지, 확고한 지식이 있기 때문인지. 부딪힐 때마다 아이젠파르드의 발톱이, 그리고 이빨이 정령 키메라를 꿰뚫기 시작했다.

하지만 자연의 힘을 몸에 지닌 정령 키메라도 가만히 당하지만은 않았다. 방대한 힘으로써 그 몸을 수복시키더니 맞찌를 기세로 속성을 조작하여 아이젠파르드의 방호막에 묵직한 손상을 입혀 나갔다.

재앙 대 천재지변. 그것은 완전히 인간의 상식을 초월한 광경이었다. 공간 그 자체가 흔들리고, 모든 것이 오로지 파괴만을 불러일으켰다. 격전지가 된 바닥과 천장은 갈수록 부서지고 무너져, 초토화되었다.

그 전투의 여파는 이미 인간의 상식을 벗어난 영역으로까지 확대되기 시작했다. 그때였다.

아이젠파르드의 거목과도 같은 꼬리가 정령 키메라의 몸통을 쓸었다. 숲이 박살나는 듯한 소리가 울려 퍼지더니 정령 키메라가 튕겨져 나가듯 날아갔다.

전장이 되고 있는 공간은 광대해서 폭이 300미터가 넘었다. 하지만 정령 키메라는 거의 중심에 있었음에도 그 거리를, 그 거구로, 땅에 닿지도 않고 가로질러 벽에 격돌했다.

"불안정해⋯⋯. 역시 정령왕의 힘 없이 저 막대한 힘을 한데 모으기란 불가능한 건가."

그레고리우스는 정령 키메라의 전투를 지켜보며 푸념을 하듯 그렇게 말하며 표정을 구겼다. 정령왕의 힘. 그것은 아무래도 이 정령 키메라를 완전한 존재로 만들기 위해 필요했던 모양이었다.

"한눈을 팔면 쓰나."

미라의 지시대로 불가침영역이 된 주전장이 먼 곳으로 옮겨졌다. 그 전투가 신경 쓰였는지 그레고리우스는 먼 곳으로 시선을 날리고 있었다. 그리고 미라는 눈 깜짝할 새 그 등 뒤로 돌아들어 하얀 지팡이를 내리쳤다.

순간, 번개가 솟구쳤다. 그레고리우스가 장비한 정령무구의 효과였다. 강력한 정령력이 그레고리우스의 온몸을 보호하고 있었던 것이다.

"큭⋯⋯. 하나부터 열까지 소환술사답지가 않군!"

그레고리우스는 지긋지긋하다는 듯이 미라를 노려보더니 허리에 찬 검을 뽑아 날카롭게 그었다. 그 또한 정령검이었고, 휘두르자마자 화염의 폭풍이 생겨나 미라를 집어삼켰다.

(그때 보았던 것보다 꽤나 위력이 약하군.)

처음 조우했던 그 날, 그레고리우스는 아버지인 그레고르가 만든 검을 토대로 한 화염의 정령검을 지니고 있었다. 갑자기 솟구친 화염을 순간적으로 소환한 홀리나이트로 막아낸 미라는, 지금 그가 사용하고 있는 검이 그때의 것보다 질이 떨어지는 물건임을 알 수 있었다.

"이쪽은 이로써, 결판이 났군그래."

직후, 알피나가 그레고리우스의 손에서 검을 튕겨내고 그대로 그의 목에 칼날을 들이댔다.

정령검에 의해 발생된 화염이 수그러들었다. 홀리나이트의 등 뒤에서 걸어 나온 미라는 똑바로 그레고리우스를 쳐다보며 "더 이상 그대에게는 승산이 없다. 얌전히 투항하는 것이 현명할 게야"라고 말을 이었다.

"…………."

그레고리우스는 대답하지 않고 그저 미라와 발키리 자매, 그리고 멀리 떨어진 전장을 흘끔 쳐다보았다.

아직 정령 키메라 쪽 전투는 결판이 나지 않았다. 하지만 직접 싸웠던 미라와는 무장의 성능만으로는 도저히 따라잡지 못할 정도로, 술사로서의 실력차이가 너무도 심했다. 게다가 백병전에 능한 발키리가 일곱이다. 미라가 말한 바와 같이 이 승부에서 이기기란 불가능할 것이다. 그레고리우스는 그 사실을 통감했다. 그리고 동시에 불완전한 정령 키메라로는 저 용을 이길 수 없으리라고도 생각했다.

(이토록 세계가 넓을 줄이야…….)

그레고리우스는 지금까지 했던 일을 돌이켜 보았다. 키메라 클로젠으로서 활약해왔던 나날을. 그 끝에 손에 넣은 압도적인 힘을.

돌이켜보고서, 쓴웃음을 지었다. 세계를 바꿀 수 있다고 확신했던 힘. 그 집대성이 단 한 명의 소녀 앞에 굴복하려 하고 있다는 사실에.

"알겠다……."

그래서 그는 목에 닿은 칼날을 조용히 내려다보며 두 손을 들었다. 그리고 항복을 의미하는 자세로 큰소리로 한숨을 내쉰 순간, 그레고리우스의 로브가 불타올라 폭발했다.

소규모이기는 했지만 그 폭풍은 알피나를 물러나게 하기에는 충분한 위력이었고 그 덕분에 작은 빈틈이 발생했다.

자폭. 검은 연기가 무럭무럭 솟아오르는 모습 앞에서 가장 먼저 떠오른 단어는 바로 그것이었다.

하지만 하나의 그림자가 그 검은 연기를 가르고 뛰쳐나왔다. 바로 그레구리우스를 등에 태운 말 형태의 골렘이었는데, 그것은 맹렬한 속도로 단숨에 먼 곳까지 그대로 달려 나갔다.

행선지는 정령 키메라와 대각선상에 위치한 출입구였다. 그레고리우스는 패배를 인정하고 도주를 꾀하기로 한 것이다. 하지만 포기한 것은 아니었다. 그 눈에는 아직도 무슨 꿍꿍이가 있는 인물 특유의 빛이 깃들어 있었고, 그것은 거리가 멀어질수록 강해졌다.

"제가 처리하겠습니다."

꽤나 훈련을 한 것인지 말의 형태를 띤 골렘은 어지간한 준마는 엄두도 못 낼 정도의 속도로 질주해 보였다. 그를 향해 빛의 화살을 메긴 것은 발키리 자매들 중 가장 활을 잘 다루는 차녀 엘레치나였다.

시위를 떠난 그 화살은 그야말로 섬광처럼 날아가, 정확히 골렘을 관통하여 일격에 파괴해 보였다.

"젠장, 뭐 이런 말도 안 되는 경우가 다 있어!"

그레고리우스는 달리던 기세 그대로 허공을 날아 박살난 골렘을 바라보며 분통을 터뜨렸다. 약간 파손되거나 결손된 골렘도 핵이 있는 한은 마나를 쏟아 붓기만 하면 얼마든지 수복할 수 있었다. 하지만 엘레치나는 이미 100미터도 더 떨어진 위치에서 몇 센티미터도 되지 않는 골렘의 핵을 정확히 꿰었다. 심지어 핵이 있는 위치는 작성 시에 술사가 마음대로 정할 수 있었는데, 그조차도 쉽사리 간파해낸 것이다. 그것은 완전히 달인을 초월한 영역이라 할 수 있었다.

하지만 그런 곡예 같은 기술을 본 그레고리우스의 얼굴에는 희미한 미소가 걸려 있었다. 그 시선 끝에는 지금까지 있던 장소보다 훨씬 멀리 떨어진 곳에서 싸우고 있는 정령 키메라의 모습이 있었다.

『그 날개를 제물로——!』

한껏 숨을 들이켠 그레고리우스가 외치려 한 순간, 갑자기 그 입이 틀어 막히는 바람에 더 이상 말을 할 수가 없었다.

"미안하다만 여기까지다."

자세히 보니 미라의 손이 입을 막고 있었다. 음성인증에 의한 무언가의 기동. 한 번 그것을 본 미라는 그 징조를 놓치지 않았다. 그리고 한 마디를 입에 담은 직후, 천둥소리가 울렸다.

[선술 지 : 지전일악]

가차 없는 일격을 맞은 그레고리우스는 눈 깜짝할 새 의식을 잃고 말없이 땅바닥에 쓰러졌다.

"이 사람, 뭘 하고 싶었던 걸까?"

막내인 크리스티나가 미라에게서 건네받은 포박포로 그레고리우스를 포박하며 문득 중얼거렸다. 어이없이 실패로 끝난 그레고리우스의 마지막 외침. 크리스티나는 거기에 어떤 의도가 있었는지가 궁금한 모양이었다.

"입 말고 손을 움직이세요."

"네에~……."

하지만 그녀의 말을 알피나의 매서운 한 마디가 뚝 끊었다. 크리스티나는 토라진 양 입술을 삐죽거렸다.

미라는 그런 두 사람을 바라보며 살며시 미소를 지었다.

"분명 날개를 제물, 이라고 말했었지. 아마도 정령 키메라의 날개를 정령폭탄으로 사용하려 한 게 아닐까 싶구나. 그리고 정령 키메라에게서 도망치듯 거리를 벌린 것은 자신이 휘말려들지 않기 위해서였던 듯하고."

전투와는 전혀 상관이 없는 크리스티나의 대사. 하잘 것 없는 대화. 그 모든 것들이 게임이었던 시절에는 결코 실현될 리가 없었던 광경이었다. 그러한 요소 하나하나에 독립적인 의지가 있음을 확인한 미라는 새삼 밀려든 강한 감동을 곱씹고 있었다.

"아하~. 역시 주인님이야!"

"어허, 크리스티나! 주인님한테 말버릇이 그게 뭔가요!"

납득했다는 투로 크리스티나가 웃으며 말하자 알피나가 혼을 냈다. 매우 장난기가 많은 막내와 딱 부러지는 성격의 장녀. 그런 두 사람의 대화를 바라보는 미라의 얼굴에는 더욱 짙은 미소가 걸렸다.

"주인님. 부디 동생의 무례함을 용서하십시오."

미라는 아늑함마저 느끼고 있었지만 그건 미라의 입장일 뿐이었다. 알피나에게 미라는 왕과 같은 존재였다. 현실이 된 지금도 그 충성심은 흔들릴 줄을 모르는 듯했다.

"되었다, 되었어. 그대들 자매의 활약은 언제나 큰 도움이 되고 있으니 말이다. 그 정도는 소소한 일이고말고."

"아아, 주인님. 관대한 말씀에 몸둘 바를 모르겠습니다."

미라의 말을 들은 알피나는 어쩐지 황홀한 듯한 표정으로 더욱 깊숙이 고개를 숙였다. 그리고 문득 주변을 둘러보니 다른 자매들도 실로 기쁜 듯한 미소를 머금은 채 미라를 향해 무릎을 꿇고 있었다. 하지만 크리스티나는 아주 잠시, 장녀인 알피나를 보고 씨익 웃었다. 그것은 미라가 이 정도로 화를 낼 리가 없다는 것을 알고 있었다고 말하는 듯한, 쓸데없는 자신감으로 가득한 표정이었다.

26

"어디, 이제 저쪽만 결판이 나면 되는데……."

미라는 멀리서 싸우고 있는 아이젠파르드와 정령 키메라를 바라보았다. 수백 미터 떨어져 있어도 그곳에서는 충분하고도 남을 정도로 박력 넘치는 전투가 펼쳐지고 있었다. 미라와 발키리 자매는 다소 긴장을 푼 상태였지만 아직 전투는 끝나지 않았던 것이다.

"우와아……. 가기 싫다아……."

크리스티나가 너무도 솔직한 감상을 가장 먼저 입에 담았다. 그리고 당연히 알피나에게 혼났다.

하지만 누구 할 것 없이 속으로는 크리스티나의 말에 찬성하고 있었다. 눈에 비친 그곳에는, 응축된 천재지변과 패왕의 무력이 지배하는 불가침의 영역이 펼쳐져 있었다. 아무리 발키리 자매라 해도 쉬이 걸음이 떨어지지 않을 정도의, 이 세상의 지옥 같은 곳으로 변해 있었던 것이다.

전황만 말하자면 아이젠파르드가 압도적인 우위를 점하고 있었다. 이대로 계속 싸워도 질 일은 없을 것이라 생각될 정도로.

하지만 문제는 그 점에 있었다. 질 일은 없겠지만 이길 것이라고 단언할 수도 없는 상황. 정확히는 언제쯤이나 되어야 이길 수 있을지 모를 상황이라 해야 옳을 것이다.

정령왕의 가호 덕분인지 미라는 알 수 있었다. 정령 키메라가 내포하고 있는 정령력이 심상치 않은 수준이라는 것을.

그 힘은 아이젠파르드가 공격을 할 때마다 줄어들고 있었다. 깊이 팬 상처며 떨어져 나간 부위를 재생하는 데 소비되고 있는 것이리라. 하지만 미라는 알 수 있었다. 그 소비량이 빙산의 일각에 불과하다는 것을.

(차라리 드래곤 브레스를……. 아니, 위험하겠군.)

정령 키메라는 HP의 단위를 잘못 설정한 듯한 무시무시한 내구력을 가지고 있었다. 이대로 계속 싸우면 최소한 꼬박 하루는 걸릴 것이다. 그렇게 간단한 계산을 마친 미라는 아이젠파르드에게 드래곤 브레스를 쏘라고 명령해볼까 생각했다. 하지만 그 자리에서 그 생각을 기각시켰다.

이유는 하나였다. 지나치게 강력하기 때문이다. 확실히 황룡인 아이젠파르드가 드래곤 브레스를 쏘면 일격, 혹은 이격에 정령 키메라를 소멸시킬 수 있을 것이다.

하지만 이 드래곤 브레스에는 한 가지 결점이 있었다. 그것은 게임이었던 시절에는 그다지 문제가 되지 않았던 사안이었다. 하지만 현실이 된 지금, 그것은 치명적인 결점이라 할 수 있었다.

"생매장은 사양하고 싶으니 말이지."

그렇다. 위력이 지나치게 강력한 것이다. 정령 키메라를 소멸시킬 만큼의 드래곤 브레스를 발사하면 이 기지가 붕괴하리라는 것은 불을 보듯 뻔했다. 그렇게 되면 남겨두고 온 셀로는 물론이고 기지를 완전히 제압하기 위해 돌입한 이스즈 연맹의 후속부대까지 전멸할 가능성이 있었다.

(으음…… 나눠서 쓸 수 있으면 좋으련만.)

약화시킨 드래곤 브레스로 힘을 깎아내면 육탄전보다는 훨씬 효율이 높아질 터다. 술법으로 비슷한 일을 할 수 있으니 드래곤 브레스로도 할 수 있지 않을까. 직감적으로 그렇게 생각한 미라는 소환 계약시 생성된 특별한 연결 통로를 통해 아이젠파르드에게 말을 붙였다. 힘을 조절해서 드래곤 브레스를 쏠 수 없겠느냐고.

『위력 조절 말씀이십니까, 어머니. 못할 것은 없습니다.』

그러자 실로 믿음직스럽기 그지없는 답변이 돌아왔다.

『오오, 그러하냐. 그렇다면, 흐음…… 가장 약하게 위력을 조절한 드래곤 브레스로 공격해라!』

『알겠습니다, 어머니!』

우선 어느 정도의 위력으로 줄어드는 지나 보자. 그런 생각으로 드래곤 브레스를 명한 미라는 다음 순간, 얼굴이 새파랗게 질려 할말을 잃었다.

아이젠파르드는 미라의 지시대로 최대한 약하게 위력을 조절해 드래곤 브레스를 발사했다. 그러자 놀랍게도 한 줄기 섬광이 치솟더니 눈 깜짝할 새에 정령 키메라의 몸통 절반이 사라지고 세상의 종말이라도 찾아온 것이 아닐까 싶은 굉음이 울려 퍼진 것이다.

아이젠파르드의 입이 향하고 있는 방향은—— 벽을 비롯해서 그곳에 있는 모든 것이 문자 그대로 소멸되어 있었다. 그리고 잠시 후, 공간 전체에 격렬한 진동이 퍼지더니 무시무시한 폭풍이 일대에 휘몰아쳤다.

미라는 경직된 얼굴로 바람을 타고 하늘을 날았다. 알피나 일행 역시 드래곤 브레스의 여파는 버텨내지 못하고 날아갔다. 하지만 과연 역전의 전쟁의 처녀라고 해야 할지. 모두가 어렵지 않게 착지를 했고, 알피나에 이르러서는 그 즉시 미라를 받아내기까지 했다. 또한 크리스티나가 기계 체조 선수처럼 공중에서 몸틀기와 선회를 한 끝에 착지하는 등, 멋지게 고난도의 기술을 성공시켰지만 그 모습을 본 자는 아무도 없었다.

(이건…… 역시 위험하구나…….)

미라는 더욱 처참해진 전장을 바라보며 쓴웃음을 지었다.

정령 키메라가 내포하고 있는 힘은 보아하니 상당히 소모된 듯했다. 하지만 다시 시도하지는 못하겠다고 미라는 생각했다. 최소 위력의 드래곤 브레스도 기지에 치명상에 가까운 대미지를 입힐 정도였기 때문이다. 한 번 더 쏘면 붕괴를 면할 수 없을 것이다. 예상을 훌쩍 뛰어넘는 위력이었다.

그리고 그런 오산의 요인은 기본적인 드래곤 브레스의 위력이 미라의 기억 속에 있는 것보다 훨씬 향상된 데에 있었다. 아들이 부쩍 성장해 버렸다.

"어떻게 할까요, 주인님."

"조금 전의 일격으로 상당히 힘이 깎여나간 듯하니……. 이대로 가면 한나절이 걸리지 않을 게다. 여기 있는 모든 이가 전투에 나서면 더 빨리 끝날지도 모른다. 허나……."

정령 키메라의 힘은 드래곤 브레스의 일격으로 인해 상당한 양이 날아갔다. 남은 양과 현재의 전력으로 미루어 몇 시간이면 결판이 날 것이다. 하지만 지금 이 순간, 어느 신비한 광경이 미라의 눈에 들어왔다.

(무슨 현상이지……?)

그것은 형태 없는 정령이 대기 중을 방황하는 모습이었다. 눈을 가늘게 뜨고서 응시해 보니 정령 키메라가 상처를 입을 때마다 그곳에서 떨어져 나오는 모양새로 정령들이 흘러내리고 있었다. 드래곤 브레스로 인해 한꺼번에 많은 정령들이 떨어져 나온 탓인지, 미라의 눈에는 그 모습이 갑자기 진하게 보이기 시작했다.

그렇다. 정령 키메라가 잃은 줄 알았던 정령력은 사실 모두 박리된 것뿐이었다.

미라는 갈 곳을 잃은 듯 방황하는 그것에게 연민을 느꼈다. 그리고 구해주고 싶다고도 생각했다.

그때였다. 문득 미라의 내면에서 무언가가 연결된 듯한 감각이 느껴지더니 머릿속에 목소리가 들려왔다.

『나의 권속을 구해주지 않겠나.』

웅대하고도 엄숙한, 그러면서도 다정함으로 가득한 그 목소리를 들은 적이 있었던 미라는 두 말 없이 그렇게 하고 싶다고 대답했다. 그러자 정령왕의 가호가 담긴 문장이 미라의 온몸에 나타나 희미하게 빛나기 시작했다. 동시에 정령들을 구할 방법이 머릿속에 자연스럽게 떠올랐다. 그것은 마치 잊었던 기억이 떠오른 듯한, 신기한 감각이었다.

머릿속에서 직접 그러한 일이 일어나자 미라는 그야말로 판타지 같은 일이라는 생각에 감동하며 "과연" 하고 중얼거리고는 한 걸음 앞으로 나섰다.

"주인님, 그 모습은……?"

"제법 멋지지 않으냐? 아무래도 정령왕이 힘을 빌려줄 모양이다. 하지만 그 조건이 살짝 빡빡하구나. 미안하다만 그대들에게 다소 무리한 부탁을 해야 할 것 같다."

머리끝부터 발끝까지 떠오른 가호의 문양. 모종의 의식을 연상케 하는 그 모습은 실로 이상하다 할만했다. 하지만 그곳에서 흘러나오는 힘의 파동은 너무도 신성해서, 자매들은 놀라기보다는 한 단계 높은 차원에 도달한 주인의 모습을 보고 흥분할 따름이었다.

정령왕에게서 받은 지식에는 허공을 떠돌고 있는 정령뿐 아니라 정령 키메라로 변한 정령들을 구할 방법까지 포함되어 있었다.

그 지식에 따르면 정령 키메라는 자아를 잃은 정령의 집합체로, 과거의 존재를 되찾는 것은 불가능하다고 한다. 하지만 그 영혼을 구제할 방법은 있다는 모양이었다.

그 방법은 소환계약을 맺는 것이었다. 하지만 평범한 소환계약이 아니다. 정령왕의 가호를 통한 계약이다.

모든 정령의 정점이자 기댈 언덕이기도 한 정령왕. 그 힘은 자아를 잃은 정령에게도 유효해서 혼돈에 빠진 지금의 상태라도 안정시킬 수 있다.

정령왕의 가호를 통하면 이 힘이 발동된다. 그렇게 함으로써 시간은 걸리지만 정령 키메라와 방황하는 정령들의 영혼을 구할 수 있다고 한다. 또한 뒤섞여버린 존재는 새로운 정령의 그릇으로서 재탄생시킬 수 있다는 듯했다.

막 태어난 정령은 몹시 약하다고 한다. 하지만 정령왕의 가호를 지닌 미라가 계약을 하면 그 연결고리를 통해 정령왕 본인이 갓 태어난 정령을 비호해줄 수 있게 된다.

정령 키메라가 되어버린 그릇으로부터 정령들의 영혼을 구해낸 후, 그릇 쪽을 해가 없는 존재로 변화시킨다. 이것이 미라에게 맡긴 정령왕의 바람이었다.

문제는 거기에 이르기까지의 과정이었다. 우선은 허공을 떠돌고 있는 정령들을 모아야 한다. 이건 어렵지 않다. 지금도 정령왕의 광채에 이끌려 미라에게로 속속들이 모여들고 있기 때문이다.

그럼 무엇이 문제인가 하면, 당연히 정령 키메라 쪽이었다. 소환계약을 하려면 접근해서 손을 댈 필요가 있었다. 하지만 천재지변 덩어리인 정령 키메라는 아이젠파르드이기에 맞붙어 싸울 수 있는 존재였다. 몸은 평범한 소녀 그 자체인 미라에게 그것은 쉽사리 흉내 낼 수 있는 일이 아니었다.

하지만 정령을 구해내기 위해서라면 미라는 얼마든 그 방법을 고안해낼 수 있었다.

"그렇게 하려 한다. 잘 지원해다오."

"알겠습니다. 저희 자매가 온 힘을 다해 주인님을 지원하겠습니다."

현재 상황과 작전 설명을 마친 미라는 정령 키메라를 향해 걸어 나갔다. 발키리 자매는 그 뒤를 따르며 천천히 좌우로 퍼지기 시작했다.

『아들이여. 준비는 됐느냐?』

『네, 어머니. 언제든 시작할 수 있습니다!』

아이젠파르드에게도 작전을 설명해두었다. 지금도 멀리서 격전을 벌이고 있는 믿음직스러운 아들을 바라보며 미라는 서서히 걷는 속도를 높였고 "그럼, 작전 개시다!"라고 외침과 동시에 바람처럼 달려 나갔다.

동시에 아이젠파르드와 알피나 일행도 행동을 개시했다.

발키리 자매는 손에 검을 든 채 앞장을 서듯 전진했다. 그 맞은편에서는 아이젠파르드가 공격을 멈추고 정령 키메라의 거대한 몸을 온몸으로 억누르고 있었다.

"드디어 시작이로구나."

가까이 갈수록 맹렬한 폭풍이 휘몰아치고 주변의 광경이 변해갔다.

[공명소환 : 실피드]

바람의 정령의 힘을 몸에 둘러 미쳐 날뛰는 바람의 이빨을 무효화한 미라는, 활활 타오르는 불꽃을 선술로 베어내고 내리치는 번개를 부분소환으로 막으며 계속해서 앞으로 나아갔다.

작전을 시작한지로부터 십여 초 후, 전황은 어지럽게 변화해서 정신이 들고 보니 아이젠파르드가 둔중한 소리를 내며 정령 키메라를 땅바닥에 찍어 누르고 있었다.

그 직후, 알피나 일행이 급히 움직였다. 횡렬 일렬로 퍼진 그녀들은 단숨에 정령 키메라에게로 쇄도하여 그 사지와 꼬리, 머리, 그리고 날개에 검을 꽂았다. 자매들의 역할은 아이젠파르드를 보조하는 것으로 만전을 기하기 위한 포진이었다.

"히이익~! 알피나 언니, 이거 힘들어~!"

"아직…… 아직 버틸 수 있어……! 알피나 언니의 훈련에 비하면, 그거에 비하며어어언~!"

자매들은 천재지변의 화신이 된 정령 키메라의 힘을 검으로 억지로 억눌렀다. 하지만 당연히 그 부하는 엄청나서, 크리스티나는 우는 소리를 하며 필사적으로 버티고 있었다. 엘레치나 역시 무엇과 비교를 하고 있는 것인지 괴로움으로 가득한 표정을 지은 채로 있는 힘껏 버텼다.

하지만 그녀들이 아무리 버텨내려 한들 천재지변급의 폭풍 안에서는 시간의 흐름과 비례하는 양의 방호막이 깎여나갔다.

"오래는 못 버틸 것 같군요……."

알피나는 날려가 버릴 듯한 것을 간신히 버텨내며 현재의 상태를 확인하고서 버틸 수 있는 시간은 몇 분 되지 않으리라고 판단했다. 하지만 알피나의 얼굴은 조금도 어둡지 않았다. 미라라면 이 짧은 시간 안에 충분히 해결해 주리라고 믿고 있기 때문이었다.

그런 신뢰에 답하듯 미라는 질주했다. 정령 키메라를 찍어 누르고 있는 아이젠파르드의 날개 아래로.

"어머니, 되밀어내는 힘이 제법 굉장합니다!"

아이젠파르드가 정령 키메라의 힘의 태반을 혼자서 받아내며 그렇게 보고했다. 전투력은 정령 키메라를 능가하지만 붙잡아두려니 더욱 힘이 드는 모양이었다.

"조금만 더 참거라!"

정령 키메라는 황룡과 발키리 자매에게 억압된 상태로도 격렬하게 날뛰었다. 미라는 그렇게 말하며 그 머리에 손을 대고서 '계약의 각인'을 발동시켰다.

방법은 모두 정령왕의 가호가 가르쳐주었다. 미라는 처음임에도 불구하고 익숙한 솜씨로 그 순서에 따라 정령 키메라의 온몸에 정령왕의 힘을 흘려 넣었다.

아이젠파르드의 날개 아래는 주변과는 천지차이로 잠잠해서, 미라는 그 모든 공정을 문제없이 끝낼 수 있었다.

그 효과는 곧바로 나타났다. 울려 퍼지던 천둥소리가 사라지고 폭풍이 잔잔해지고 소용돌이치던 화염은 허공에서 사그라졌다. 그리고 정령 키메라와 미라에게 모여 들었던 방황하는 정령들이 일제히 빛났다. 정령들은 정령궁에서 올려다보았던 별처럼 환한 빛을 내뿜더니 조금씩, 조금씩 하나로 집속되기 시작했다.

이윽고 모든 정령을 내포한 빛은 주먹 크기 정도의 구슬이 되어 안정되었다. 그리고 미라가 내민 손이 빛에 휩싸이더니 양자를…… 아니, 주변 일대를 뒤덮을 정도의 마법진이 전개되었다. 황룡 아이젠파르드의 소환진을 능가할 정도로 커서 미라도 놀라다 못해 어안이 벙벙하다는 표정을 지어 보였다.

다음 순간, 거대한 마법진은 불로, 물로, 바람으로, 흙으로. 정령의 기초라 일컬어지는 여덟 속성으로 변하여 빛의 구슬과 함께 미라의 손바닥으로 흡수되었다.

"흠, 성공이로구나……."

계약은 이루어졌다. 미라는 그렇게 확신함과 동시에 막대한 힘이 몸에서 빠져나가는 것을 느꼈다. 그리고 문득 환영을 보았다. 작은 아이를 안은 정령왕의 환영을.

『나의 권속을 구해주어 진심으로 고맙다. 이번 일의 답례는 언제고 반드시 하지.』

『신경 쓸 것 없네. 이 몸이 하고 싶었기에 한 일이니.』

미라가 그렇게 답하자 뇌리에 떠오른 정령왕의 환영은 서글퍼 보이는, 그러면서도 자애로 가득한 눈으로 미소를 지어 보였다.

"훌륭하십니다, 주인님."

"역시 굉장하십니다, 어머니."

주변을 둘러보니 고요해진 공간이 펼쳐져 있었다. 알피나 일행은 어느샌가 미라의 앞에 정렬하여 무릎을 꿇고 있었다. 아이젠파르드로 말하자면 어쩐지 분부를 지키고 나서 상을 주기를 충견처럼 들뜬 듯한 표정으로 미라의 옆에 바싹 다가와 있었다.

"그대들이 협력해준 덕분에 성공했다. 정말 잘 해주었다. 실로 듬직하더구나."

"아아, 주인님!"

알피나가 미라의 말에 감격의 눈물을 흘렸다. 다른 자매들도 알피나 만큼은 아니었지만 자랑스러운 표정으로 미소를 짓고 있었다.

"어머니~!"

그리고 아이젠파르드는 그 칭찬을 허락으로 받아들였는지 인화의 술법을 써서 청년의 모습으로 변하자마자 미라를 끌어안고 있는 대로 응석을 부리기 시작했다.

"호오, 이번에는 옷을 입고 있구나. 장하다, 장해."

이번 작전의 가장 큰 공로자는 틀림없이 아이젠파르드였다. 게다가 꽤 오랫동안 기다리게 한 일도 있어서 미라는 아무런 저항도 하지 않고 아들의 응석을 받아주며 그 머리를 살며시 쓰다듬어주었다. 알게 모르게 이렇게 되리라 예상하고 있었던 미라는 인간으로 둔갑한 아이젠파르드가 로브를 걸치고 있다는 사실에 새삼 안심했다.

그 정면에서 알피나는 미라에게 응석을 부리는 아이젠파르드를, 어렴풋한 선망이 담긴 눈으로 바라보고 있었다.

27

기나긴 계단을 단숨에 뛰어오른 카구라는 드디어 바위산의 정
상에 도착했다. 정확히 말하자면 그 내부에 위치한 작은 공간에.
하지만 어디까지나 미라가 남은 장소에 비해 작다는 것이지, 방
으로 분류를 하고 보면 그럭저럭 넓은 장소였다.

그 넓이, 그리고 구조로 미루어 이 장소는 왕의 알현실을 이미
지하여 만든 것임을 알 수 있었다. 방의 중간에 완만하고 폭이 넓
은 계단이 놓여 있었다. 그리고 그 끝에 그것이 존재했다.

"당신이 이곳 보스지?"

카구라는 그자를 똑바로 바라본 채 신중하게 걸음을 옮겼다.

방 안쪽에는 거대한 돌을 그대로 도려낸 듯 투박한 옥좌가 있
었고, 그곳에 누군가가 앉아있었다. 검은 안개에 뒤덮여 있어 잘
보이지는 않았지만, 그자는 명백하게 이질적인 기운을 내뿜고 있
었다.

그러자 문득 그 그림자가 일렁였다.

"그러하다. 본인은 이곳의 지배자인 오니히메(鬼姬)니라. 해서
그대는 누구냐? 외부인이지? 이곳에 외부인을 들이다니, 참으로
쓸모없는 자들이로고."

짜증이 났다기보다는 실망한 듯한. 실망했다기보다는 무관심
한 듯한, 어쩐지 천진한 인상을 풍기는 소녀의 목소리가 울려 퍼
졌다.

가까이 갈수록 검은 안개 너머에 자리한 모습이 또렷해졌다. 방의 중간을 넘어섰을 즈음, 카구라는 걸음을 멈췄다. 그리고 살며시 얼굴을 찌푸렸다.

　키메라 클로젠의 수령. 자신을 오니히메라 소개한 그자는 매우 어린 소녀의 모습을 하고 있었기 때문이다.

　"나는 카구라. 정령들의 편에 있는 사람이야."

　카구라는 그렇게 답하며 소녀를 바라본 채 생각했다.

　(저 안개…… 어디서 나오고 있는 거지? 옷 속? 그런 것치고는, 이상해. 오니 한 마리만큼의 흑무석이 있어도 저만큼 짙은 안개가 발생하지는 않을 텐데. 그럼, 저건…….)

　결전의 날이 오기까지 카구라는 연금술사 알바티누스와 요한의 협력을 얻어 흑무석에 관해 철저하게 연구했다. 특성이며 그 대처법은 모두 카구라의 머릿속에 들어있었다. 때문에 눈앞에 있는 광경이 이상하게만 보였다.

　검은 안개는 오니의 저주가 구현화된 것이다. 흑무석은 그 촉매다. 그러니 안개의 농도는 촉매의 양과 비례할 터였다.

　"그 넌더리나는 정령들의 편이라니, 속고 있다는 사실도 모르는, 태평한 자로고."

　마치 비웃음 같은 미소를 머금고 있는 소녀는 흑무석은커녕 그 가공품조차 가지고 있지 않은 듯했다.

　검은 안개를 두른 소녀, 오니히메는 안개에 뒤지지 않을 정도로 검은 단발머리를 지녔고 눈은 피처럼 붉었으며 이마에는 두 개의 검은 뿔이 돋아나 있고 피부는 도자기처럼 하얬다. 그리고 일본식 복장과 비슷한 형상의 현란한 옷을 제외하면 아무것도 걸치고 있지 않았다. 사람과 다르다는 것을 한눈에 알 수 있는 그 모습은, 그야말로 인형 같아 보였지만 인형처럼 보이기에 오니히메는 완성된 아름다움을 지니고 있었다.

"속고 있어? 무슨 뜻이야?"

정령에게 속고 있다. 그렇게 해석할 수 있는 오니히메의 말에 카구라는 화가 나서 날카로운 눈빛으로 상대를 노려보았다.

(어떻게 된 거지? 플레이어를 볼 때랑은 느낌이 다른데, 이름도 능력도 보이지 않다니…….)

카구라는 분노한 상태로도 주의 깊게 오니히메를 **조사하고 있었다.** 하지만 몇 가지 표시가 눈에 보임에도 불구하고 상세한 내용은 전혀 해독할 수가 없었다. 설령 상대가 한 수 위라 해도 이름 정도는 알 수 있어야 했다. 그러한 정보들을 모두 알 수 없는 것은 카구라도 처음 겪는 일이었다.

(우선 방심은 못 할 것 같네.)

하지만 오니히메가 플레이어 출신자가 아니라는 사실은 확실할 것이다. 플레이어 출신자가 상대였다면 애초에 아무런 표시도 뜨지 않았을 테니. 요컨대 상대는 미지의 존재라 할 수 있었다. 그래서 카구라는 재빨리 마음을 추스르고 빈틈없는 경계 태세를 취했다.

"말 그대로의 의미니라. 정령들은 사람과 함께 살아갈 것이라 지껄이면서 실은 그 목숨, 그 운명까지도 틀어쥐고 있다. 그를 알아채지 못하다니, 참으로 태평하기도 하구나."

깔보는 듯한 눈으로 카구라를 바라보던 오니히메는 그 눈에 요사스러운 빛을 머금은 채 희미한 미소를 지으며 말을 이었다.

자연을 관장하는 정령들은 환경을 정비하는 것을 제1목표로 하고 있다. 따라서 언젠가, 인간이 늘어 자연을 개척하려 할 때, 정령은 인간을 해악으로 간주하고 제거하려 들 것이라고. 또한 정령들은 그것이 가능할 정도의 전력을 가지고 있으며 인간과 가까이 지내며 유사시에 도움이 될 만한 정보를 축적하고 있는 것이라고 오니히메는 말했다.

"알겠느냐, 인간 계집이여. 그대들 인간은 지금, 정령이 살려두고 있을 뿐인 왜소한 존재에 불과하다는 사실을. 그래도 좋은 것이냐? 정령들이 변덕이라도 부리면 언제 사라질지 모를 처지로 지내는 것이?"

오니히메는 천천히, 마치 아이를 타이르듯 말을 이으며 살며시 눈을 가늘게 뜨더니 입꼬리를 치올리며 속삭였다.

"본인과 함께 한다면, 정령들을 능가하는 힘을 주마."

순간, 오니히메의 눈동자 속에 깃든 차가운 빛이 부풀어 올랐다. 그러자 놀랍게도 빈틈없는 경계 태세를 취하고 있던 카구라의 두 손이 축 늘어지더니 무방비한 상태가 되고 말았다.

"후후후. 결국은 사람의 아이로구나."

오니히메는 그런 카구라를 바라보며 유쾌하다는 듯 입가를 일그러뜨려 웃었다.

오니히메의 눈에는 마(魔)가 깃들어 있었다. 그리고 마안이 된 그 눈은 사람을 말로 미치게 하고, 아주 사소한 의심을 최대한으로 부풀리는 힘을 지니고 있었다. 오니히메가 나열한 말로 인해 아주 작은 의심이라도 생기면 꼼짝없이 술법에 걸리도록 되어 있는 것이다. 최고위의 최면계열 술법에 버금갈 정도로 강력한 마안이었다.

"자아, 본인과 함께 정령들을 구축(驅逐)하자."

오니히메는 자비롭고도 다정한 표정을 지은 채 살며시 손을 뻗어 보였다. 그와 동시에 오니히메를 감싸고 있던 검은 안개가 엷어졌다. 카구라는 그 말에 홀린 듯 천천히 다가갔다.

그리고 드디어 가까운 거리에서 오니히메와 대면한 카구라는, 오니히메가 내민 손을 맞잡았다.

그 직후.

"아니, 거절하겠어!"

카구라는 오니히메의 손을 콱 움켜쥐고서 그대로 몸을 돌려 있는 힘껏 오니히메를 던져버렸다. 그렇다. 카구라에게는 오니히메의 마안이 통하지 않았던 것이다. 그리고 통할 리도 없었다. 늘 품속에 품고 있는 바꿔치기 식부로도 벗어날 수 있었지만, 무엇보다도 이스즈 연맹의 수령으로서 오랫동안 함께 해온 정령들에 대한 신뢰가 오니히메의 마안을 이겨낸 것이다.

"그대, 어째서 통하지 않는 것이냐!"

오니히메는 허공을 날며 놀랍다는 표정을 지은 채 외쳤다. 하지만 카구라는 그 말에는 답하지 않고 오니히메를 자칭한 소녀가 바로 키메라 클로젠의 수령. 요컨대 적이라고 확신하고는 망설임 없이 술법을 발동시켰다.

[식부술 주작 : 공법삼식(攻法三式) **적**(赤)**]**

갑자기 피스케가 크기가 3미터는 될 듯한 거대한 새가 되어 불타오르더니 포탄처럼 오니히메와 격돌했다. 압도적인 열을 내뿜는 화염덩어리였다.

바닥에 떨어져 무방비해진 오니히메는 충돌 직전에 검은 안개를 몸에 둘렀다. 그리고 화염이 오니히메가 두른 검은 안개에 접촉한 순간, 둔탁한 충격음이 울림과 동시에 파열을 일으켜 방 전체가 붉게 물들었다.

"공주(역주 – 일본어로 '히메'는 '공주'를 뜻함)라는 게 아주 허풍은 아닌가 보네. 차원이 다른 것 같아."

카구라가 발동시킨 술법은 폭발을 수반한 것이 아니라 화염을 두른 주작이 수없이 돌격을 반복하는, 그런 술법이었다. 하지만 흩날리는 불꽃 속을 자세히 보니 피스케는 힘을 잃은 상태였다. 그 핵이라 할 수 있는 식부가 불똥에 섞여 팔랑팔랑 떨어지는 모습을 확인한 카구라는 최소한 술법을 상쇄할 만큼의 힘이 오니히메에게 있음을 확신했다.

"이 년, 왜소한 사람의 아이 주제에⋯⋯. 그렇다면, 좋다. 문답은 끝이다. 어느 한쪽이 죽을 때까지 사력을 다해 보자꾸나!"

말 떨어지기 무섭게 오니히메가 하늘을 날았다. 검은 안개가 꼬리처럼 뒤를 따르더니 갑자기 진로를 바꾸어 상공에서 카구라를 향해 떨어졌다.

사람의 머리통만한 크기가 된 검은덩어리는 바닥에 부딪히더니 묵직한 소리를 내며 그 자리를 움푹 도려냈다. 날아드는 수십 개의 안개덩어리에는 하나같이 바위를 깨뜨릴 만큼의 위력을 지니고 있는 듯했다.

"오니히메…… 그리고 검은 안개라."

안개 구슬이 차례로 쏟아져 내렸다. 카구라는 그것을 재빨리 피해, 사정권 밖을 향해 질주했다. 하지만 그 정도로 도망칠 수는 없는 모양인지, 안개의 비는 그 즉시 궤도를 수정하여 카구라에게 쇄도했다.

직후, 카구라는 오른팔을 크게 휘둘렀다. 그 손에 쥐어진 하얀 석장(錫杖)이 찌릉, 하는 소리를 내자 검은 안개가 남김없이 흩어지기 시작했다.

"역시 그렇구나. 당신 자신이 저주 그 자체라 이거구나."

카구라는 어쩐지 싸늘한, 그러면서도 연민이 어린 눈으로 허공에 서 있는 오니히메를 올려다보았다.

카구라 전용으로 제작된 '백은멸귀'의 석장. 그 힘이 발동했다는 것은 검은 안개가 흑무석이 내뿜는 안개와 같은 것임을 말해주고 있었다.

안개. 요컨대 저주를 뭉쳐 직접 공격을 하는 것은 흑무석이나 그것을 이용한 가공품으로는 결코 할 수 없는 일이었다. 그리고 오니히메의 주변을 감돌고 있는 안개의 양과 밀도는 흑무석이 지닌 그것을 한참 웃돌고 있어서, 기술로 어떻게 할 수 있는 차원이 아닐 듯했다.

"호오, 본인의 정체를 간파해 내다니. 그대, 보통내기가 아니로구나."

"아니, 당신 같은 존재가 음양술사의 상식에 속하는 것뿐이야."

저주의 응축. 그리고 구현화. 카구라는 그 현상을 알았다. 몇 번이나 본 적이 있었다.

그것은 쌓이고 쌓인 원한이 원령이 되는 것과 매우 비슷한 현상으로, 그러한 일과 음양술사는 매우 인연이 깊었다. 그래서 카구라는 알아챌 수 있었다. 아니, 간파할 수 있었다. 오니히메라는 존재가 오니의 저주의 집합체. 저주의 화신이라는 사실을.

"그 몸을 그릇으로 쓰고 있는 거구나. 누구의 몸인지는 모르겠지만 약간 상처를 내도 대범하게 봐줬으면 좋겠네."

돌과 상자, 거울과 인형 등 여러 가지 형태를 띠기는 하지만 저주와 원념이 구현화 하는 데는 그와 밀접한 관계를 지닌 그릇이 필요하다.

그 소녀는 대체 누구일까. 답은 아직 알 수 없었지만 그 사실은 카구라의 마음속에 담겨 있던 살의를 약간 수그러들게 했다.

하지만 그렇다고 봐줄 생각은 없는 모양이었다. 카구라가 세 장의 식부로 연거푸 술법을 행사하자 무수히 많은 화염탄과 물방울, 그리고 돌멩이가 쉴 새 없이 오니히메를 향해 날아들었다.

하지만 다음 순간, 검은 안개가 그녀를 보호하듯 퍼져 나갔다. 그것은 눈 깜짝할 새에 카구라의 술법을 무력화하더니 잠시 후, 그 모든 것을 그대로 반사해 보였다.

(헤에~. 과연. 이게 자료에 적혀 있던 술법을 반사하는 특성이구나. 이런 식이구나.)

일제포격이 거침없이 날아들었다. 카구라는 그것을 순간적으로 펼친 결계로 막으며 조용히 사전지식과 자신이 목격한 현상을 대조해 나갔다. 착실하게 몰아세워, 확실하게 처리한다. 그것이 카구라의 전투방식이었다.

그러던 도중, 반사된 탄막에 이어 검은 안개의 덩어리가 카구라의 결계를 완전히 박살냈다. 눈 깜짝할 새 결계 안까지 침입해 온 그 덩어리를 석장으로 떨쳐낸 카구라는 근본부터 완전히 파괴되어 소멸되어 가는 결계를 가만히 쳐다보았다.

(방금 전 건 술법의 근원인 마나를 붕괴시키는 효과, 일까? 그렇다면 술법으로 방어하는 건 불가능하다는 뜻이려나.)

"그럼, 이건 어때?"

다섯 장의 식부를 꺼내든 카구라는 단숨에 마나를 집중시켜 술법을 구축하여 음양술 중에서도 최상의 술법인 **[식신초래 : 기린]**을 행사했다.

술법이 발동함과 동시에 다섯 장의 식부가 파란색, 붉은색, 노란색, 흰색, 검은색으로 바뀌어 허공에 오망성을 형성하고 빛을 내뿜더니 그것이 현현했다.

전설의 영수, 기린. 식부를 핵으로 형성된 그 몸은 4미터를 넘을 듯 커다랗고, 용처럼 생긴 머리와 소의 것 같은 꼬리, 다리는 말 같고 머리에는 웅장해 보이는 뿔이 두 개 돋아나 있었다. 얼굴 주변은 노란색 털, 등은 오색 털로 뒤덮여 있었고 그 외의 부분은 금속 같은 광택을 지닌 비늘로 덮여 있었다.

그야말로 전설에 등장하는 것과 같은 성스러운 모습을 지닌 기린, 린베에는 당당한 자태로 오니히메와 대치했다.

"호호오, 참으로 잘 생긴 녀석이로고. 하지만 아쉽구나. 현세에 진짜 육신을 가지고 태어났다면 본인의 위협이 되었을 진데."

미소를 지은 채 공중에서 아래를 내려다보던 오니히메는 그렇게 말하며 안개 덩어리 하나를 내쏘았다. 린베에는 눈 깜짝할 새 육박한 그것을 직전에서 뛰어넘어 세차게 그대로 공중제비를 돌며 발굽에서 번개 구슬을 발사했다.

"좋은 움직임이로고. 하나 아직 멀었다."

오니히메의 주변을 맴돌던 안개가 번개 구슬을 막아내자 번개가 친 듯한 섬광과 천둥소리가 울려 퍼지더니 어쩐지 금속 같은 냄새가 희미하게 풍겨왔다.

낙뢰에 버금가는 린베에의 번개 구슬을 받아내고도 검은 안개는 건재해서, 여전히 오니히메를 지키듯 감싸고 있었다.

(반사하지 않았어? 아니, 못 한 걸까?)

검은 안개에 부딪힌 번개 구슬은 조금 전에 행사했던 술법처럼 반사되지 않고 그 자리에서 작렬했다. 속성에 따라 다른 것인지, 아니면 식신이 내쏜 힘이라 반사하지 못한 것인지. 그것을 확인하기 위해 카구라는 또다시 움직였다.

"으음……. 발버둥이 심하구나."

카구라와 린베에의 파상공격이 이어졌다. 카구라는 하얀 석장으로 안개를 떨쳐내고 술법을 내쏘았고, 린베에는 종횡무진으로 뛰어다니며 안개를 피해 번개 구슬을 발사했다.

오니히메는 다방면에서 끊임없이 이어진 맹공을 막아내며 귀찮다는 투로 그렇게 중얼거리더니 문득 큭큭, 하고 웃기 시작했다. 그리고 느닷없이 눈을 부릅뜨더니 험악한 투로 "이번에는, 본인의 차례다!"라고 외쳤다.

급격한 변화에 카구라는 멈춰서서 신중하게 오니히메의 모습을 살피며 경계했다.

"우선은 눈에 거슬리는 가짜부터다!"

오니히메는 그렇게 말함과 동시에 그 두 손바닥을 린베에를 향해 내밀었다. 그러자 놀랍게도 힘차게, 가볍게 질주하던 린베에의 다리가 갑자기 멈추더니 달리던 속도를 유지한 채 땅바닥에 곤두박질쳤다.

"뭐야, 방금 그거?!"

카구라가 놀란 것도 잠시 뿐이었다. 기동력을 잃은 린베에는 검은 안개에 뒤덮여 눈 깜짝할 새 식부로 돌아가고 말았다.

(꼭 다리를 붙잡힌 것 같았지? 술법이랑은, 뭔가가 달라. 그렇다면 고유마법……? 저주의 화신의 고유마법이라 한들, 결국은 저주일 것 같은데…….)

린베에의 다리가 움직이지 않게 된 순간, 감각공유로 그 상태를 확인하던 카구라는 그 힘이 고유마법의 일종이 아닐까 추측해보았다.

고유마법. 그것은 사람이 다루는 술법과는 다른, 사람 이외의 존재가 다루는 특수한 힘의 총칭으로 종족의 숫자만큼 존재한다 할 정도로 다양했다. 따라서 그 모든 것을 아는 자는 없었고, 그 때문에 일부 사람들의 관심을 심히 자극하는 연구대상이기도 했다.

"자아, 이로써 그대의 술법은 봉인된 것과 마찬가지니라."

오니히메는 으스스하게 입꼬리를 치올린 채 낭랑하게 말하더니 문득 두 손을 활짝 펼쳤다. 그러자 초점이 맞지 않는 허상처럼 두 손이 서서히 흔들리더니 둘, 셋으로 늘기 시작했다.

(검은 안개로 된 손? ……아니, 뭔가 달라. 저건…….)

검은 안개 앞에서 결계는 종잇장이나 마찬가지인 데다 술법조차 반사된다. 그리고 식신은 신비한 힘에 붙잡히면 안개의 먹잇감이 된다. 오니히메의 말대로 봉인된 것이나 다름이 없었다. 하지만 카구라는 그런 것쯤 아무것도 아니라는 투로 오니히메의 주변에서 감돌고 있는 안개 속에 떠오른 무수히 많은 손을 쳐다본채 생각했다.

"본인의 법력을, 실컷 맛보거라!"

술사에게 술법이 통하지 않는다는 것은 절망적인 상황일 터였다. 하지만 전혀 동요하지 않고 조용히 경계자세를 취하고 있는 카구라의 모습을 보고 있자니 짜증이 치밀었는지, 오니히메는 분노를 훤히 드러내며 두 손을 내리쳤다.

다음 순간, 수십 개나 되는 검은 손이 카구라에게 날아들었다.

"법력? 그래, 이게 법력이라 이거지?!"

오니히메가 다루는 의문의 힘. 고유마법의 명칭은 '법력'이라는 모양이었다. 카구라는 그 자리에서 잽싸게 뒤로 뛰어 물러나며 오니히메의 말에 옅은 미소를 지었다. 그리고 닥쳐오는 검은 손을 하얀 석장으로 내리쳤다.

하지만 그 순간, 격렬한 충격과 함께 석장이 휙 튕겨나갔다.

(뭔가 응축된 힘의 덩어리 같네. 맞으면 아프겠어.)

카구라는 그 즉시 땅을 박차고 뛰어올라 허공에 떠오른 석장을 낚아채서는 계속해서 쫓아오는 검은 손 몇 개를 술법으로 격추시키고, 결계로 막아내 보였다.

(응, 역시 마나를 반사하거나 붕괴시킬 수 있는 건 저 안개뿐인 모양이네.)

카구라가 그렇게 하나씩 확인을 해나가던 찰나. 느닷없이 결계가 깨지더니 검은 손이 다시 카구라를 노리고 움직이기 시작했다.

카구라는 잽싸게 후퇴하며 결계를 펼쳤다. 하지만 그것은 물고기 떼처럼 쫓아오는 검은 손에 닿은 순간 깨져 나갔다. 그것을 본 카구라는 한 가지 답을 얻었다.

(대충 예상은 했었지만 안개로 된 손도 섞여 있구나.)

법력으로 만들어진 검은 손. 그 사이에 검은 안개로 된 손이 섞여있다. 법력으로 된 손은 술법으로 떨궈낼 수 있지만 안개로 된 손에 맞으면 반사되고 만다. 안개로 된 손은 석장으로 없앨 수 있지만 법력으로 된 손에 맞으면 튕겨져 나가고 만다. 단순하지만 상당히 성가신 상황이었다.

하지만 카구라는 전혀 동요하지 않았다. 그녀는 거리를 벌리며 꿈틀대는 손의 무리를 바라본 후, 식부를 석장의 끄트머리에 붙였다.

"물리적 공격이 안 통하면, 술법으로 때리면 그만이야!"

카구라는 진지한 표정으로 그렇게 말하더니 몸을 돌려 검은 손을 향해 달려나가, 불꽃을 두른 석장을 호쾌하게 휘둘렀다. 그러자 놀랍게도 그 궤적에 있던 검은 손이 그야말로 안개처럼 사라졌다.

"효과 좋네!"

백은멸귀의 힘과 술법의 효력이 합쳐져, 법력으로 된 손과 안개로 된 손을 모조리 없애 나갔다.

"예상 외로 잘 버티는구나. 허나 본인에게 법력을 쓰게 한 것을 후회하게 될 것이야!"

공중에서 카구라가 분투를 펼치는 모습을 보던 오니히메는 일이 뜻대로 되지 않는 것이 답답한지 더더욱 짜증을 내며 다시 두 손을 활짝 펼친 채 카구라를 노려보았다.

"두 번은 사양하겠어."

또다시 법력을 사용할 셈임을 알아챈 카구라는 그 즉시 머리 위로 식부를 던졌다. 그것은 눈 깜짝할 새에 피스케로 변하더니 높이 비상했다. 그리고 지체 없이 거대한 화염구를 발생시켜, 그것을 준비동작 중인 오니히메에게 내쏘았다.

그 화염구는 초격이었던 '공법삼식 적'의 위력을 상회하는 업화를 흩뿌리며 오니히메를 휘감았다. 대기가 달구어져 주변이 타닥타닥 소리를 내며 타들어갔다. 하지만 그것도 잠시 뿐이었다.

"어찌된 것이냐? 이 정도로는 본인을 불태울 수 없을 것이다."

오니히메의 목소리가 울려 퍼짐과 동시에 검은 선이 수없이 뻗어 나오더니 화염이 갈라졌다. 자세히 보니 그만한 화염에 휩싸였음에도 불구하고 검은 안개로 뒤덮인 오니히메에게는 생채기 하나 나지 않았다. 부상을 입기는커녕 그 등 뒤에 떠오른 기분 나쁘도록 검은 그림자는, 법력을 통한 공격이 착실하게 준비되고 있음을 말해주고 있었다.

하지만 카구라가 주목한 것은 그것이 아니었다.

역시 식신의 공격은 반사하지 못하는 듯하다. 그렇게 확신한 카구라는 다음 순간 "그럼, 이렇게 해야겠네"라고 중얼거리더니 상공에 위치한 피스케와 위치를 바꾸어 활활 타오르는 하얀 석장을 내려쳤다.

그것은 완전히 시야 밖에서의, 머리 위에서의 기습이었다. 그 일격은 회피를 허락하지 않고 검은 그림자와 안개를 꿰뚫고 오니히메의 머리를 가차 없이 가격했다.

순간, 석장이 요란한 방울 같은 소리를 내어 오니히메의 비명 소리를 지워버렸다.

그리고 멋지게 일격을 먹인 카구라는 가볍게 착지하여 곧장 오니히메에게로 시선을 날려 그 상태를 확인했다.

"크윽……. 참으로 건방진 계집이로고……."

공중에서의 일격을 당한 오니히메는 입에서 한 줄기의 붉은 피를 흘리며 그 두 눈을 꺼림칙하게 부릅뜬 채 카구라를 노려보았다. 석장으로 인해 사라진 탓인지 그 몸을 감싸고 있던 안개는 조금 전보다 상당히 옅어져 있었고, 법력으로 만들고 있었던 그림자도 지금은 보이지 않았다.

(본체의 방어력은 별것 아닌 것 같네.)

힘이 깎여나가고 부상을 입은 오니히메의 모습은 어쩐지 허세를 부리는 아이 같은 인상을 주었다. 상황 확인을 마친 카구라는 직후에 거리를 벌리기 위해 크게 도약했다. 그러자 오니히메는 그 움직임 사이의 빈틈을 노리고 "안 놓친다!"라고 외치며 안개 덩어리를 날렸다.

그때였다. 커다란 업화가 또다시 오니히메에게 작렬했다. 이번에는 시야 밖에 있던 피스케가 일격을 날린 것이다. 카구라는 닥쳐오는 안개 덩어리를 석장으로 떨쳐내며 타오르는 불꽃을 가만히 쳐다보았다.

이윽고 불길이 잦아들자 그 속에 있던 오니히메의 모습이 드러났다. 안개가 옅어진 탓에 화염이 오니히메에게 도달했는지, 옷의 군데군데에 탄 흔적이 남아있는 것이 보였다.

(안개가 없으면 충분히 통하겠어.)

검은 안개로 인해 완전히 무효화되었던 술법도 본체에만 도달하면 유효타가 될 수 있을 듯했다. 상황을 통해 그렇게 판단한 카구라는 한 가지 결론을 도출해 냈다.

"아하. 정령한테만 특히 강한 거구나."

지금까지의 관찰을 통해 대략적인 성능을 파악한 카구라는 오니히메의 힘을 그렇게 평가했다.

정령의 힘뿐 아니라 술법도 무효화하는 등, 다양한 효과를 지닌 오니의 저주. 그 힘은 키메라 클로젠의 기반이 되어 많은 적들을 물리쳐 왔다. 하지만 아무리 만능으로 보이는 능력이라도 결점은 있다. 그리고 그것은 대개 중대한 약점을 내포하고 있기 마련이다.

"이 몸을 우롱하는 것이냐……. 용서 못 한다! 그 영혼, 한 조각도 남기지 않고 부수어주마!"

카구라가 중얼거린 말을 들은 오니히메는 그야말로 한냐(일본의 가면 악극인 노가쿠에 사용되는 가면 중 하나. 보통 질투와 분노가 깃든 여성의 얼굴, 귀신 등으로 묘사됨)와 같은 얼굴로 외치며 옷에서 불탄 부분을 찢어 버렸다. 훤히 드러난 하얀 피부에는 화상을 입은 듯한 흔적도 여럿 보여, 피스케의 화염이 확실하게 유효했음을 증명해주고 있었다.

하지만 오니히메가 검은 그림자로 뒤덮인 손으로 그곳을 한 번 쓰다듬자 화상은 말끔하게 사라지고 무서우리만치 매끄러운 피부로 돌아갔다.

(회복도 가능한 거야? 그럼 단숨에 끝내야하려나.)

무슨 짓을 하려는 것인지 오니히메는 검게 물든 온몸에서 검은 안개를 분출하기 시작했다. 하지만 한도가 있는지 광범위하게 퍼지면 퍼질수록 안개는 옅은 잿빛으로 변해갔다. 하지만 시야가 차단되는 것은 상황상 좋지 않았다.

오니히메의 낌새가 이상하다는 것을 알아챈 카구라는 망설임 없이 달려나갔다. 안개가 그 앞을 가로막듯 벽을 이루면 하얀 석장으로 없애고, 주변을 에워싸면 정면만 뚫어 중심부에 자리한 안개 덩어리의 코앞까지 다가갔다.

카구라는 망설임 없이 그 덩어리에 석장을 찔러 넣었다.

"아니야."

카구라는 재빨리 석장을 뽑고는 끈질기게 쫓아오는 검은 안개로 된 뱀을 베어내며 다시 거리를 벌렸다.

"조금만 더 하면 붙잡을 수 있었을 터인데. 감이 좋은 계집이로고."

어디선가 오니히메의 목소리가 들려왔다.

자세히 보니 흩어지고 있는 안개의 덩어리 속에, 띠를 이룬 검은 그림자가 무수히 꿈틀대고 있었다. 법력으로 자아낸 띠였다. 그 색은 지금까지 보았던 어떠한 검은색보다 검었고, 석장에 두른 술법의 힘으로는 없앨 수 없을 정도로 강고했다. 확인해 보니 석장에 붙였던 식부가 너덜너덜해져 있었다.

"드디어 제 실력을 발휘했다 이거지? 방금 전 건 위험했어."

광범위에 걸쳐 퍼졌던 안개가 급격히 한곳으로 모여들었다. 그 행선지를 눈으로 쫓자, 한참 안쪽까지 이동해 있던 오니히메의 모습이 보였다.

시야를 제한하여 이동과 함정을 모두 은폐한다. 기본적이지만 효율적인 전법이었다. 카구라는 담담한 말투로 중얼거린 후, 석장에 새로운 식부를 붙이고서 전투 자세를 취했다.

"그 지팡이, 아무래도 특별한 물건인 듯 하다만, 다음에는 부러뜨려주마."

오니히메가 그렇게 말하자, 모여든 안개의 농도가 비약적으로 높아져 서서히 형태를 이루기 시작했다. 거기에 함정으로 썼던 법력으로 된 띠며 오니히메에게서 스며 나오던 그림자까지 섞여 들어 몇 초 후, 어둠보다도 검은 칠흑빛 대검이 되었다.

"큰소리를 칠 만한 것 같기는 하네."

생성 과정으로 미루어 그 대검은 검은 안개와 법력의 혼합물로 추측되었다. 하지만 그 검이 두른 기운은 명백하게 지금까지 느껴지던 것과는 차원이 달라서, 술법의 힘을 부여한 백은멸귀로도 없앨 수 있을지 예상하기가 어려웠다.

"본인이 이걸 사용하게 한 것은, 그대가 처음이다. 훌륭하다 칭찬해주마. 상으로 그 몸, 그릇으로써 잘 활용해주겠노라고 약속하마."

직격하면 즉사를 면치 못할 거다. 그런 생각이 카구라의 표정에 드러나자 오니히메는 대담하게 미소를 지어 보였다.

"그릇……? 뭐야, 그 귀여운 몸에서 나로 옮겨 타겠다고?"

누구인지 모를 소녀의 몸을 가로챈 원령이 바로 오니히메의 정체였다. 그런 그녀가 그릇으로 활용하겠다고 했으니 그렇게 생각하는 것이 당연하리라.

"후후…… 그런 뜻이 아니니라——."

하지만 오니히메가 이어서 입에 담은 답은, 그렇지 않았다. 그리고 그것은 생각했던 것 보다 훨씬 심각하고 무시무시한 내용을 담고 있었다.

오니히메는 말했다. 사람의 몸은 신기하게도 오니족의 영혼과 상성이 좋다고. 또한 사람은 오니족보다 번식력이 강하고 숫자도 많다. 그렇기에 사람의 몸을 그릇으로 삼는 것이 이 세계에 오니족을 부활시키는 가장 간단하고 좋은 방법이라는 듯했다.

"정령들을 모두 처리한 후, 본인의 일족에게 새로운 육체를 부여하여 이 세계를 다시 우리의 손에 넣을 것이야. 정령들을 이용해서 만든 저 도시의 인간들이 그 초석이 될 것이다. 본인의 아이들의 영혼은, 이미 준비가 되었다. 남은 일은 배치해두었던 정령들의 힘을 폭주시켜, 지상에 빈껍데기들을 양산하는 것뿐이지."

거기까지 말한 오니히메는 유쾌하다는 듯 입가를 일그러뜨려 미소를 지었다.

"그래, 그게 당신들…… 아니, 당신의 목적이라 이거지?"

키메라 클로젠의 보스. 오니히메의 최종 목적. 그것은 정령에게 복수를 하는 것이 아니었다. 일찍이 정령에 의해 멸망당했던 오니족을 부흥시키는 것이었다.

정령들이 멸망하고 자연계를 파괴할 뿐인 오니족이 만연한 세계에는 미래가 없을 것이다. 오니히메의 바람은 결코 성취되어서는 안 된다. 거기에 종지부를 찍기 위해 카구라는 대검 앞에서 날카로운 눈으로 오니히메를 노려보았다.

"하지만 유감이네. 이쪽도 준비가 다 됐어."

카구라는 그렇게 말하더니 석장을 던져 버리고 식부를 한 장 꺼내, 막대한 마나를 쏟아 부었다. 그 식부는 엷은 빛을 내뿜어, 지금까지 펼쳤던 술법과는 확연히 차원이 다른 것임을 예고했다.

"무슨 짓을 할 생각인지는 모르겠다만, 이 검 앞에서 술법이 통할 것 같으냐!"

오니히메가 손을 치켜든 순간, 검은 검이 화살처럼 날아갔다.

술법에 대한 내성이 강한 검은 안개를 두른 채로 오니히메는, 그 특성이 최대로 담긴 검을 날렸다. 최상급이라 한들 술법인 이상은 그것을 구축하는 마나가 검은 안개의 힘으로 인해 붕괴되면 그 즉시 무력해질 것이다.

"기념할 만한 첫 번째 그릇이 될 그대는 본인의 측근으로 두어주마."

날아오른 대검은 오니히메의 손의 움직임에 따라 자유자재로 궤도를 바꾸며 닥쳐들었다. 그 자리에서 잽싸게 뛰어 물러난 카구라는 식부를 손에 든 채 추적해오는 검은 검으로부터 달아나듯 계속해서 도약했다.

"이거 예상했던 것보다 박력이 있네."

굉음을 내며 종횡무진으로 날아다니는 검은 대검은 그 도신에 닿은 모든 것을 박살내어 티끌로 만들며 집요하게 카구라를 노렸다. 피스케가 엄호사격을 했지만 전혀 효과가 없었다. 카구라가 회피를 할 때마다, 검이 어딘가에 충돌할 때마다 그 거리가 좁혀졌다.

카구라는 5미터는 될 검은 대검을 유심히 확인해 가며 주변을 살펴보았다. 새삼 먼 곳으로 시선을 날려보니 오니히메와 카구라의 거리는 공방을 벌일 때마다 멀어지고 있었다.

그리고 공중을 날고 있는 피스케는 그 몸을 참새 정도의 크기까지 축소시켜 카구라와는 반대로 상공에서 오니히메에게 접근하고 있었다.

검은 대검의 착탄과 카구라의 회피. 그것이 계속해서 몇 차례 이루어졌을 때, 드디어 피스케가 오니히메의 머리 위에 도착했다.

검은 대검이 바닥을 후벼 팜과 동시에 불꽃이 치솟고 폭음이 울렸다. 직전에 카구라가 피스케와 위치를 바꾼 것이다. 그 순간을 틈타 오니히메의 머리 위에 나타난 카구라는 아무 소리도 내지 않고 마나가 깃든 식부를 내밀었다.

그때였다. 활활 타오르는 불꽃을 바라보던 오니히메가 흉흉하도록 기쁨으로 가득한 미소를 지은 채 머리 위에 있는 카구라에게로 고개를 돌렸다.

"본인이 못 알아챌 줄 알았더냐?!"

오니히메가 붉은 눈을 부릅뜨고서 두 손을 치켜들자 무수히 많은 검은 안개의 덩어리와 검은 손이 카구라에게 날아들었다. 중력에 이끌려 낙하하는 카구라에게 그것을 피할 수단은 없었다.

없을 터였다.

"그럴리가!"

카구라는 그렇게 대답하더니 식부에 실었던 술법을 발동시켰다. 순간, 호쾌한 바람이 휘몰아치더니, 검은 안개와 손에 붙잡히기 직전이었던 카구라의 몸이 높은 곳으로 밀려 올라갔다.

"뭣이?!"

그 광경은 어쩐지 희롱을 하는 듯 보이기도 했다. 그리고 카구라와 대답, 행동이 이해가 되지 않아 오니히메가 살며시 표정을 찌푸린 그 직후. 그것은 검은 안개의 방어를 뚫고 가차 없이 오니히메의 머리를 후려쳤다.

"당신들이 좋아하는 정령무기라도 장착하고 있었으면 이건 막을 수 있었을 텐데 말이야."

오니히메는 소리 없는 비명을 지르며 땅바닥을 나뒹굴었다. 카구라는 그 모습을 똑바로 쳐다보며 훌쩍 지상으로 내려서서, 그것을── 오니히메에게 직격한 석장을 주워 들었다.

식신의 기술을 응용한 음양술사의 기술. 식부와 식부를 붙인 물체를 자유로이 조종하는 '미타마 싣기'. 그것을 사용해 하얀 석장을 조종해서 오니히메에게 뜻밖의 일격을 먹이는 데 성공한 것이다.

하지만 카구라의 공격은 여기서 끝이 아니었다.

"이건, 멀티 컬러의 몫이야!"

카구라는 한 장의 식부를 꺼내며 단숨에 질주하여 비틀대고 있는 오니히메에게 급접근하더니 그 복부에 호쾌하게 주먹을 박아 넣었다.

말로 형용할 수 없는, 오열 섞인 비명이 오니히메의 입에서 흘러나왔다.

"이건, 리샤의 몫!"

카구라는 아직 멈추지 않았다. 날카로운 목소리로 질타하며 쳐올린 카구라의 손이 오니히메의 뺨을 격렬하게 때렸다. 파열음에 가까운 애처로운 소리와 함께 우물거리는 듯한, 약하디 약한 소녀의 목소리가 새어 오는가 싶더니 오니히메는 공중을 날아 땅바닥에 철퍽 엎어졌다.

자세히 보니 오니히메의 새하얀 뺨은 새빨갛게 부은 데다 한 장의 식부가 붙어있었다.

"이건, 모든 정령들의 몫이야."

카구라는 팔다리를 파르르 떨며 몸부림을 치는 오니히메를 쳐다본 채, 끝으로 차가운 목소리로 그렇게 말하고는 식부가 붙은 석장을 겨누었다.

희미하게 공기가 진동함과 동시에 식신에서 본래의 모습으로 돌아가 바닥에 흩어져 있던 식부가 '미타마 신기'로 인해 두둥실 떠올라 날아 들어서는 오니히메를 둘러쌌다. 그 숫자는 여섯. 그것들은 다음 순간, 카구라의 마나의 호응하여 식신을 현현시키는 핵이 되었다.

[식신초래 : 칠성노화(七星老花)]

카구라의 술법이 발동한 순간, 유달리 밝게 빛나던 식부가 여섯 가지 색의 빛구슬로 바뀌었다. 그리고 그 빛구슬은 오각추 형태의 결계를 형성하여 눈 깜짝할 새 오니히메를 가두었다.

그 안에서 법력을 써서 몸을 치유하여 일어난 오니히메는 검은 안개를 발생시켜서 결계를 비집어 열고자 몸부림을 쳤다. 하지만 상당히 큰 타격을 입었는지 움직임에는 힘이 없고 검은 안개는 주변을 방황할 뿐이었다.

그것은 얼핏 보면 결계로 만든 우리 같았다.

하지만 아니었다.

『파군일성, 본모습을 드러내라. 이는 파사(破邪)의 검일지니.』

그것은 우리가 아니었다. 주역을 장식하기 위한 무대였다. 그렇다. '칠성노화'는 또 하나의 과정을 거쳐 칠성이 되는 것이다.

카구라가 손에 든 석장이 맥동하듯 빛나기 시작했다. 거기에 붙은 식부가 일곱 색의 빛을 내뿜어 천천히 석장을 감싸기 시작했다.

이윽고 지팡이는 칠성의 검이 되어 카구라의 손 안에서 그 힘을 격렬하게 순환시켰다.

"각오해."

카구라는 검을 상단으로 겨누며 온갖 감회를 담아 그렇게 말하더니 두 손으로 움켜쥔 칠성검을 결계에 박아 넣었다.

그것은 마치 맑은 하늘에 흩날리는 벚꽃잎 같았다. 칠성검이 결계를 벤 순간, 그곳에 빛의 기둥이 치솟는가 싶더니 느닷없이 소용돌이를 일으켜 방대한 양의 빛의 입자를 퍼뜨렸다.

28

정령 키메라를 쓰러뜨린 미라는 아이젠파르드의 요구대로 응석을 받아준 후, 순조롭게 본거지를 제압 중인 제2진, 셀로와 합류했다. 그리고 제2진에게 포박포로 둘둘 말아둔 그레고리우스를 맡기고는 셀로와 함께 안쪽으로 향했다.

그리고 최심부. 미라와 셀로가 그곳에서 본 것은 알몸 상태의 소녀와 그녀를 부축하고 있는 카구라의 모습이었다.

"승부는 난 모양이로군."

주변을 둘러보니 방 안에는 격전의 흔적들이 즐비했다. 모두 다 새로 난 것들이라 불과 방금 전까지 얼마나 격렬한 전투가 벌어지고 있었는지가 선명하게 보이는 듯했다. 미라는 격전의 여운을 느끼며 카구라의 곁에 서서 그 품에 안긴 소녀를 내려다보았다.

하얀 피부, 가녀린 팔다리. 강인함이라고는 눈곱만큼도 느껴지지 않는 생김새를 하고 있었지만 그녀에게는 분명 전투의 흔적이 남아있었다.

"뭐어, 일단은. 절반 정도."

"음? 절반이라?"

이 소녀가 바로 키메라 클로젠의 보스였으리라 판단한 미라는 어쩐지 의미심장한 카구라의 답변에 눈살을 찌푸렸다. 그리고 무슨 뜻인지를 물었다.

"쫓아내는 데는 성공했지만, 그 뒤처리가 좀……."

카구라는 한숨 섞인 투로 그렇게 대답하며 조금 안쪽으로 시선을 보냈다. 따라서 시선을 돌려보니 그곳에는 마름모꼴의 검은 조각이 널브러져 있었다.

"흑무석, 과는 다른 듯하군그래. 꽤나 짙어……."

"그러게 말이에요. 매우 불길한 기운이 느껴지는군요."

보기만 해도 오한이 들었다. 미라와 셀로는 멀리서 그것을 바라본 채 생각한 바를 입에 담았다.

둘째손가락보다 조금 긴, 새까만 그 조각은 흑무석처럼 안개를 띠고 있기는 했지만 지금까지 보아온 그것과는 비교도 되지 않을 정도로 불길한 기운을 품고 있었다.

"저건 있지, 이 아이의 머리에 붙어있던 뿔이야."

카구라는 경계하는 두 사람에게 그렇게 말하고는 또다시 땅이 꺼져라 한숨을 내쉬었다.

카구라의 말에 의하면 소녀는 그냥 조종당했던 것뿐이라고 한다. 키메라 클로젠의 보스의 정체는 저주가 무수히 중첩되어 생겨난 원령으로, 소녀는 그것에 빙의된 것뿐이라는 모양이었다.

그리고 그 원령은, 카구라가 자신의 대표적이라 할 수 있는 기술로 소녀의 몸에서 쫓아냈다는 듯했다.

그 대표적 기술이라는 것은 음양술의 오의인 '칠성노화 파군'이었다. 그것은 무구의 성능을 극한까지 끌어올려 수십 배까지 증폭시키는 효과를 지녔다. 약한 화염 속성의 검이라 해도 이 술법을 이용하면 마검의 비기에 필적하는 위력의 일격을 내지를 수 있었다. 카구라는 이 술법을 사용해 백은멸귀의 힘을 최대로 증폭시켜 저주에서 태어난 원령을 정화한 것이다.

그 결과, 원령은 말끔하게 소멸했지만 소녀의 머리에 돋아있던 두 개의 검은 뿔이 뚝 떨어지는가 싶더니, 바닥에 떨어지자마자 하나로 붙어버렸다고 한다.

"뭐라고 해야 좋을지……. 아마도 저게 결정화된 오니의 저주일 거야. 제어하고 있던 원령이 사라져서 휴면상태가 되어 이 아이에게서 떨어진 거라고나 할까?"

크기는 작아도 소름이 돋을 정도의 존재감을 내뿜는, 마름모꼴의 검은 조각. 그것에 관해서는 카구라도 아는 바가 별로 없는지 서서히 말에서 자신감이 사라져 갔다. 하지만 한 가지 확실한 것은, 이대로 둘 수는 없다는 사실이다.

"오니의 저주라. 그렇다면 내버려둬서는 안 되겠군."

조각을 바라본 채 미라는 어쩌면 좋을까, 하고 끙끙거리기 시작했다. 그러자 그 옆에서 셀로가 한 걸음, 두 걸음 앞으로 나섰다.

"정령을 좀먹는 성질을 지닌 데다. 악용되지 않으리라는 보장도 없으니 처분해 버리고 싶은데 말이죠……."

말 떨어지기 무섭게 셀로는 허리에 차고 있던 하얀 검, '백은멸귀'를 뽑아 조각을 내리쳤다.

"역시 지금까지 상대했던 것과는 수준이 다르군요."

날카롭게 내려친 셀로의 검은 조각이 두른 검은 안개에 닿자마자 우뚝 멈추고 말았다. 하지만 셀로는 주변을 감도는 기운을 통해 파괴하지 못하리라는 것을 이미 알았던 모양이었다. 조각이 검을 막은 직후의 반응을 관찰하듯 노려보며 셀로는 천천히 검을 집어넣었다.

"그래서 문제란 거야. 나도 아까 '파군'을 한 방 더 써봤는데, 꿈쩍도 않더라고."

그렇게 말하며 카구라가 시선을 보낸 곳에는 확 찌그러진 석장이 놓여 있었다. 무기의 성능을 최대로 끌어올리는 음양술의 오의 '파군'은 당연하다고 해야 할지, 무기에 끼치는 부가도 막대했다.

하지만 그렇게까지 했음에도 이 작은 검은 조각을 파괴하지 못했다고 한다.

"흠······. 그렇다면 이번에는 이 몸이 시험해볼까."

어쩌면 좋을까, 하고 카구라가 세 번째 한숨을 내쉰 순간, 문득 미라가 그렇게 말했다.

"할아······ 미라. 그거, 뭐야?"

조각을 향해 걸어가는 미라의 모습을 본 카구라는 놀란 듯한 투로 물었다. 미라 쪽으로 고개를 돌린 셀로 역시 눈이 휘둥그레져서 "이건······"이라고 말했다. 그럴 만도 했다. 지금, 미라의 온몸에는 정령왕의 가호로 인한 문양이 맥동하듯 떠올라 빛나고 있었기 때문이다.

"정령왕에 관한 이야기는 전에 했더랬지? 이건 그때 받았던 가호 문양인데 말이다. 조금 전에 그대가 검을 휘두른 순간부터 이러더구나. 아무래도 오니의 힘에 반응하고 있는 모양이야."

그렇게 말하며 다가가 검은 조각 옆에서 멈춰선 미라는, 매우 익숙한 동작으로 '성검 상크티아'를 소환했다.

"정령왕께서 그랬지. 정령왕의 힘과 이 성검의 진정한 힘을 합치면 오니의 저주를 소멸시킬 수 있을 것이라고."

그 몸 구석구석까지 새겨진 문양을 바라보고 있자니, 그곳을 통해 전해져오는 정령왕의 힘이 또렷하게 느껴졌다. 그리고 그것이 무엇을 의미하는지를 알아챈 미라는 성검의 칼날로 검은 조각을 겨누었다.

"오니의 저주의 결정이라고 했다만, 반은 정답인 것 같군그래. 참으로 신기한 일이다만, 이 가호를 통해 정령왕의 지식이 흘러들고 있어. 아무래도 이건 오니의 힘 그 자체라는 모양이다."

"힘 그 자체? 저주랑 어떻게 다른데?"

미라의 말에 카구라가 고개를 갸웃했다. 하지만 정작 그 말을 입에 담은 미라 자신도 갑자기 흘러든 지식이 정리가 되지 않은 모양인지 "이 몸한테 그리 물은들……" 하고 어쩐지 남의 일이라는 듯 얼버무렸다.

"무어, 어찌되었건 지금은 내가 나설 차례라 이거구나."

미라는 성검을 치켜들고서 가호를 통해 흘러드는 힘의 감각에 집중했다. 그 힘을 어떻게 사용해야 할지도 대강 알 것 같았다.

성검도 정령왕의 가호 문양에 호응하듯 빛을 내뿜기 시작했다. 그것은 마치 등대처럼 어둠을 가르는 강력한 힘으로써 보는 이에게 안도감을 가져다주는, 인도의 빛 같았다.

미라가 성검을 내리쳤다. 아무런 기술도 쓰지 않고, 그저 자연스럽게 위에서 아래로 내려친 것뿐이다. 하지만 그 궤도는 달인의 검처럼 번뜩이며 검은 조각에 빨려들었다.

순간, 눈부신 빛이 작렬했다. 아무런 소리도 내지 않고, 충격도 없이, 그저 주변에 있던 모든 것이 하얗게 물들었다.

너무도 밝은 빛에 카구라 일행은 눈을 감았다. 하지만 그것도 잠시뿐. 정신이 들어보니 빛을 잦아드는 상태였고, 미라의 몸에 떠올라 있던 문양도, 성검도 마치 자신의 역할을 마쳤다는 듯 사라지고 있었다.

그리고 검은 조각 역시 티끌 하나 남기지 않고 소멸한 상태였다.

"성공한 거야?"

만약의 경우에 대비하기 위해 카구라는 소녀를 살며시 바닥에 눕히고서 검은 조각이 떨어져 있던 장소로 달려갔다. 가까이서 살펴보니 그곳에서 느껴지던 불길한 기운 역시 느껴지지 않았다.

"확실한 손맛이 느껴지기도 했거니와 보다시피 가호 문양도 사라졌다. 아무래도 잘 풀린 모양이구나."

아직 익숙해졌다고 하기에는 어폐가 있었지만, 미라는 정령왕의 가호가 느끼게 해주는 감각들을 어느 정도 파악한 상태였다. 그리고 그 감각이 말해주었다. 원흉…… 오니의 힘이 완전히 소멸했음을. 그렇기에 미라는 확신을 가지고 그렇게 답하며 미소를 지어 보였다.

"그럼, 방금 전 걸로 정말 끝난 거구나……."

"그래. 정말 애 썼다."

"……응."

미라의 말. 그리고 태도에 안심한 카구라는 마치 팽팽해져 있던 줄이 끊어진 듯 표정을 누그러뜨리더니 문득 먼 곳을 쳐다보는 듯한 눈을 한 채 서 있었다. 그 모습에서는 마치 전장에 피어난 꽃과 같은 덧없는 분위기와 미래에 움틀 새싹과 같은 생명력이 동시에 느껴졌다.

29

키메라 클로젠과의 결판이 난 후. 미라와 카구라, 셀로까지 세 사람은 최심부에 도달한 제압부대에게 뒷일을 맡기고 한 발 먼저 지상으로 나왔다. 그곳은 키메라 클로젠의 본거지 위. 커다란 바위산의 정상이었다.

역시나, 라고 해야 할지 최심부를 구석구석 조사해 보니 탈출용 출구가 숨겨져 있었다. 없으면 공격을 받았을 때 독안에 든 쥐 신세가 될 테니 키메라 클로젠의 방침상 오히려 당연한 일이라 할 수 있었다.

"그래, 알겠어. 수고했어. 푹 쉬어."

각 부대와 연락을 취하던 카구라는 마지막 부대의 보고를 받은 후 그렇게 말하고는 통신을 끊었다.

"어땠느냐. 문제가 있는 곳은 없더냐?"

"응. 부상자는 제법 나온 것 같지만 사망자는 없어. 우리의 완전승리야!"

보고를 받을 때의 카구라는 몹시 불안한 표정을 짓고 있었지만 지금은 더할 나위 없이 밝은 미소를 짓고 있었다. 미라 일행은 국지적으로 전투를 벌였을 뿐이었지만 전체적으로 보면 이번 싸움은 거의 전쟁에 가까웠다. 그만한 규모로 싸움을 벌였음에도 사망자가 나오지 않은 것은 기적에 가까웠다.

하지만 그 계산에 키메라 클로젠은 포함되어 있지 않았다. 카구라는 굳이 말하지 않았지만 상당한 수에 이를 것이다. 하지만 그렇게까지 하지 않았다면 이렇게까지 완벽한 승리를 거두지는 못했을 것이다. 그것이 전쟁의 상식이었다.

곧 날이 밝을 것이다. 희미하게 희어지기 시작한 별하늘 아래서 카구라는 의도적인 것인지 우연인지 그러한 점은 그다지 언급하지 않고 각 부대로부터 올라온 보고 내용을 짤막하게 말하기 시작했다.

우선 에메라 일행과 제1진은 무사히 제어기지를 제압한 후, 그곳 지하에 붙잡혀 있던 정령 백 명을 무사히 보호했다는 모양이었다. 흑무석을 가공해서 만들어진 감옥이었지만 백은멸귀를 손에 든 에메라가 매우 흥분해서 파괴했다는 모양이었다.

정령들은 심하게 약해져 있었지만 생명에 지장은 없었다. 지금은 이 전투를 위해 따라온 이스즈 연맹측의 정령들이 정령력을 나누어주며 보살펴주고 있다는 듯했다.

그렇다. 이번 전투에는 정령도 참전했었다. 키메라 클로젠측의 대 정령무구를 사람이 막아내고 정령이 온힘을 다해 엄호하는 식이었다. 평범한 화살은 정령의 바람에 튕겨져 나가고, 평범한 술법은 정령마법 앞에서 아무런 힘도 발휘하지 못했으며, 적이 흑무석으로 된 무기를 집어들면 인간 병사가 그 앞을 막아섰다.

사망자가 나오지 않은 것은 그러한 노력이 모두 합쳐져 이루어낸 결과였다.

"흠, 어느 정도는 구해낼 수 있었나. 노력한 보람이 있었구나."
"그러게 말입니다. 새삼 저도 이 세계에 꽤나 공헌을 했다는 실감이 드는군요."

주된 목적은 정령을 해하는 키메라 클로젠이라는 악을 박멸시키는 것이었지만, 그 과정에서 희생되기 직전인 정령들을 구할 수 있었다. 이는 반가운 보고였다. 미라는 가만히 미소를 지었고, 셀로는 코트 옷깃에 자수로 새겨진 심홍색 방울에 손을 댄 채 마치 기도를 하듯 눈을 감았다.

"참참, 전갈 쪽도 잘 해냈대."

이어서 카구라가 입에 담은 것은 전갈과 뱀에게서 들어온 보고의 내용이었다.

일자가 바뀜과 동시에 시작된 결전은 멜빌 상회를 실각시키기 위한 작전도 개시되었음을 의미했다.

전갈과 뱀은 월경법제관과 교회의 성당기사들을 데리고 멜빌 상회의 창고로 돌입. 법의 이름 아래 강제 수사를 개시했다. 한밤 중에 느닷없이 월경법제관이 찾아오자 몹시 당황한 자들을 포박함과 동시에 흑무석제 무구가 보관되어 있다는 사실도 확인했다.

증거를 압수한 후 그대로 멜빌 상회를 포위해서, 잠에 취해 상황을 제대로 파악하지 못한 상태의 회장 엘비스 멜빌을 세계의 적, 키메라 클로젠에 가담한 용의로 구속. 자재와 자산을 일시적으로 압수했다.

멜빌 상회의 관계자들에게는 출두 및 도망 금지 명령이 내려졌고, 관련 시설은 모두 봉쇄. 수시로 소환조사를 할 예정이라고 한다.

확실한 증거에 훗날 이루어질 요한의 증인 소환에 의한 증언으로 멜빌 상회는 해체를 면할 수 없을 것이라는 모양이다. 그리고 그 재산 등은 모두 국가로 환수된다는 듯하다. 요컨대 이번 건으로 차기 공왕(公王)의 자리에 앉을 것이 확실시 된 이바테스 상회의 것이 되는 것이다.

"고소하네."

멜빌 상회의 멸망은 거의 확정된 일이었다. 카구라는 키메라 클로젠에 가담한 모든 자들을 향해 그렇게 차갑게 말하고는 작은 목소리로 "꼴좋다"라고 중얼거렸다.

"그나저나, 이만큼 큰일이 있었으니 얼마간 나라가 소란스럽겠군. 괜찮을는지 원."

로즈라인 공국의 필두 상회가 세계의 대죄인들에게 협력하고 있었다는 사실. 그 사실은 필시 나라에 파란을 초래할 것이다. 이 일과 무관한 국민들에게도 모종의 영향이 나타날 것이다. 미라는 그것이 걱정이었다.

"저희 길드에서 조금씩 인원을 파견할 예정이기는 하지만, 좌우간 노력하는 수밖에 없지 않겠습니까. 키메라가 완전히 뿌리를 내렸다면 이번 일 이상으로 나라가 소란스러워졌을 테니까요. 필요한 아픔이라고 해야 할까요……. 그런 것까지 신경 쓰다가는 아무것도 못 하지 않을까 싶군요. 정의의 사도가 될 필요는 없습니다. 의사처럼 행동하기만 하면 돼요. 조금 아프겠지만 좋아질 테니 참으십시오, 라고 말하면서요."

몇 번이나 경험을 했기 때문인지. 몇 번이나 그러한 장면을 보아왔기 때문인지. 셀로는 다소 씁쓸하다는 듯이, 하지만 실로 당당한 태도로 그렇게 웃어 넘겼다. 자신들은, 정의의 사도 같은 것이 아니라고. 정의를 강요하는 것이 아니라, 그저 가슴에 품은 신념을 관철할 뿐이라고. 그 결과 사람들에게 도움이 되면 그것이 곧 자신의 행복일 것이라고.

그것이 오랜 세월에 걸쳐 도달한 셀로의 이념이었다.

"뭐어, 그렇군. 좋은 미래가 펼쳐지기를 기도하는 수밖에."

"……그러게. 사람들이 노력하길 바라자."

미라와 카구라는 그렇게 말하고는 바위산 틈새에서 쏟아져 들어온 햇빛에 눈을 찡그리며 살며시 미소 지었다. 기분 탓인지 고개를 내민 아침 해는 지금까지 본 것과는 다른 빛을 띤 듯해서, 모든 이들에게 새로운 하루가 시작되리라는 예감을 안겨주었다.

"……아, 최면 푸는 걸 깜박했네!"

심기일전. 동이 트는 것을 보고 그런 단어를 뇌까리던 중. 갑자기 카구라가 소리를 쳤다. 무슨 일이냐고 물어보니 아무래도 본거지에 침입할 때 최면상태로 만들었던 공무원들이 여태 그 상태라는 모양이었다.

"아~ 그러고 보니 부적을 붙였더랬지."

본거지와 통하는 비밀통로로 가는 입구는 어느 국영 시설 안에 있었다. 때문에 당연히 경비원 등도 있었고, 당직자들도 몇 명 시설에 남아있었다.

미라를 비롯한 세 사람이라면 들키지 않고 잠입할 수 있었다. 하지만 이번에는 본거지를 완전히 제압하기 위한 대부대가 미라 일행의 뒤를 따라 돌입할 예정이었다. 그 때문에 원만하게 일을 처리할 필요가 있어서, 카구라는 침입과 동시에 시설 내에 있던 모든 인원을 최면상태로 만들어 뒀던 것이다.

심지어 그것은 아홉 현자인 카구라가 걸어둔 술법이었다. 풀 수 있는 사람은 본인밖에 없었다. 따라서 이대로 두면 아침에 출근한 시설 직원에게 최면상태로 만든 당직자들이 발견되어 큰 소동이 벌어질 것이다. ……라는 것이 현재의 상황이라는 모양이었다.

"그런고로 후딱 다녀올게. 두 사람은 이대로 별동대 쪽에 합류해. 앞으로의 방침 같은 건 저쪽에 설명해뒀으니까, 그쪽 일도 잘 부탁해!"

말 떨어지기 무섭게 피스케에 올라탄 카구라는 "아, 그리고 도와줘서 고마워~!"라는 말을 남기고는 세인트 폴리를 향해 날아갔다.

"나 원, 끝에 와서 산통을 다 깨다니……."

"그러게 말입니다. 하지만 저 정도로 느슨한 분위기가 딱 좋은 걸지도 모르겠군요."

정령들을 해하는 세계의 적, 키메라 클로젠을 괴멸시키는 역사에 남을 만한 위업을 이루어냈건만 끝에 와서 분위기가 엉망이 되었다.

"저 녀석이 얽히면 늘 이 모양이지."

미라가 쓴웃음을 지은 채 그렇게 중얼거리자 셀로는 미소를 띤 채 "저는 이런 게 썩 싫지 않네요"라고 답했다.

"그런데 미라 씨."

카구라는 눈 깜짝할 새에 시야에서 사라지고 말았다. 그 모습을 배웅하던 셀로가 문득 말을 붙였다.

"음? 무어냐?"

어쩐지 그리움마저 느껴지는 상황에 미라는 미소를 머금은 채 돌아보았다.

"방금 전 발언은 아홉 현자인 카구라 씨와 오래 알고 지낸 사이라는 식으로 들리는데요."

그런 미라에게 셀로는 미소를 지은 채로 충고 같은 말을 입에 담았다.

그 말이 대체 무슨 뜻일까. 미라는 얼마쯤 가만히 생각하다가 그제야 자신이 실언을 했음을 깨닫고는 표정이 굳어졌다. 그리고 쭈뼛거리며 셀로를 올려다 본 미라는 다시 조금 망설이다가 "이미, 다 안다는, 표정이구나……"라고 중얼거리고는 절망한 듯 고개를 푹 숙였다.

"뭐라고 해야 할지. 미라 씨 정도의 실력을 가지고 있으면 그것만으로 상당히 범위를 좁힐 수 있으니까요. 숨길 생각이시라면 좀 더 조심하시는 편이 좋을 거예요. 뭐, 간파할 수 있는 건 플레이어 출신자들뿐일 테니 그 점만 주의하면 문제없겠지만요."

플레이어 출신자들은 상대를 **조사**함으로써 그자가 **동향**인지 어떤지 판단할 수 있다. 그리고 당연하다고 해야 할지, 외형을 변경할 수 있는 '화장 도구 상자'에 관해서도 안다. 게다가 아홉 현자는 플레이어들 사이에서도 매우 유명한 존재다. 확실히 이만큼 판단재료가 있으면 미라의 정체를 추측해내는 것도 불가능하지는 않을 듯했다.

"음…… . 충고해주어 고맙구나."

겉모습뿐 아니라 성별까지 바뀐다. 그것은 어떻게 보면 궁극의 변장이라 할 수 있었지만 그렇게 할 수 있다는 사실을 알고 있으면 그 효과는 반감될 수밖에 없다. 원래부터 눈에 띄는 인물이었다면 더더욱 그러할 것이다. 듣고 보니 그렇군, 하고 새삼 납득하던 미라는 "해서, 언제부터 알아챘던 게냐……?"라고 부루퉁해져서 물었다. 그러자 셀로는 약간 미안하다는 듯한 표정을 짓더니 "뭐어, 처음 만났을 때부터 가능성은 있겠다 싶었죠"라고 대답했다.

"뭣이라…… . 요컨대 그 무렵부터 어렴풋이 알아채고 있었다는 겐가. 빠르기도 하군그래…… . 차라리 단언해 주었으면 좋았을 것을…… ."

처음 셀로와 만났을 때. 그 대화 도중에 셀로는 미라에게 혹시 덤블프가 아니냐는 질문을 했었다. 미라는 그 당시의 일을 어렴풋이 떠올리고는 쓴웃음을 지었다.

"확증은 없었으니까요. 게다가 숨기는 듯한 눈치이시기에. 그래서 가능하다면 믿음을 얻어서 본인의 입으로 직접 듣고 싶었죠."

비밀을 파헤치는 것이 아니라 비밀을 공유할 수 있는 친구가 되고 싶다. 아무래도 그것이 셀로의 사고방식인 모양이었다.

"성격도 참 복잡하구나."

미라는 그렇게 말하며 웃더니 셀로에게로 몸을 돌려 어흠, 하고 헛기침을 한 번 하고는 당당하게 가슴을 폈다.

"현자의 제자 미라라는 것은 어디까지나 가면일 뿐. 사실은 이 몸이 바로 아홉 현자 덤블프였다~!"

그렇게 큰소리로 선언한 미라는 어쩐지 될 대로 되라는 듯 포즈를 취해 보였다.

"네. 가르쳐주셔서 감사합니다. 이 사실은 마음속에 묻어두겠다고 약속하죠. 하지만, 평범하게 가르쳐주셔도 괜찮았을 것 같은데요…….."

"이렇게라도 안 하면 창피해 못 견딜 것 같지 뭐냐…….."

덤블프는 '화장 도구 상자'를 사용해서 미라라는 미소녀를 만들어냈다. 그것을 진지한 얼굴로 말하는 것과, 우스갯소리를 하듯 말하는 것. 과연 어느 쪽이 받을 타격이 작았을까. 그 답을 아는 자는 분명 아무도 없을 것이다.

"어디, 우선은 카구라의 말대로 저쪽과 합류해야겠구나."

미라는 새삼 그렇게 말하고서 주변 일대에 펼쳐진 바위산을 둘러보았다. 그리고 얼마 후, 단말로 맵을 띄워 현재 지점과 목적지를 확인했다.

"저쪽이로군. 그럼 가보실까."

순식간에 페가수스를 소환한 미라는 그 등에 올라타며 "그대는 여기 타거라" 하고 뒤를 가리켰다.

"…….네. 잘 부탁드립니다."

셀로는 고개를 끄덕이며 대답하더니 주변을 둘러보고서 약간 몸을 떤 후, 페가수스에 살며시 손을 댄 채 미라의 뒤에 기승했다.

미라가 신호를 하자 페가수스는 날개를 퍼덕이며 하늘로 날아올랐다. 동시에 셀로의 팔이 미라의 허리를 꼭 끌어안았다.

"설마 높은 곳이 무서운 게냐?"

셀로의 팔은 약간 떨리고 있었다. 그것을 느낀 미라는 조심스럽게 물었다.

"좋아하지는, 않죠."

쓴웃음을 지은 채 그렇게 대답한 셀로는 하염없이 하늘만 올려다보고 있었다.

"오호라. 그래, 그렇단 말이지."

생각지 못한 약점을 발견했다. 자신에게 딱 달라붙은 셀로의 모습을 본 미라는 빙긋 미소를 지은 채 페가수스를 몰았다. 그 모습은 얼핏 보기에 천마를 모는 왕자와 공주 같았지만, 왕자는 벌벌 떨고 있고 공주는 지나치게 당당한 탓에 그림으로 남기기에는 썩 폼이 나지 않았다.

바위산이 늘어선 상공을 날기를 십여 분. 아침 햇살을 쬐며 맞는 바람이 실로 기분 좋았다. 조금만 더 가면 목적지가 보일 것이다. 바로 그때, 미라는 소소한 위화감을 알아챘다.

"문득 든 생각이다만, 카구라가 어째서 피스케를 타고 간 겐지 모르겠군. 올라타고 같이 가면 지금처럼 맞바람의 영향으로 피스케가 최고속도를 내지 못할 터인데. 급한 일이라면 피스케를 먼저 보내고서 위치를 바꾸는 편이 빨랐을 것 같다만."

급히 돌아갈 필요가 있었던 것이라면 미라가 말한 방법대로 하는 것이 가장 빨랐을 것이다. 대륙 중앙에서 서쪽 끝에 위치한 도시까지 여섯 시간이면 도착할 수 있는 피스케의 최고속도는 시속 300킬로미터 남짓이었다. 현재 지점에서 세인트 폴리까지는 10분도 채 되지 않아 도착했으리라.

하지만 카구라는 굳이 피스케를 타고 갔다. 카구라가 그 효율의 차이를 알아채지 못했을 리가 없는지라 미라는 고개를 갸웃할 따름이었다. 하지만 셀로는 혼자서 납득이 된다는 듯한 표정으로 한없이 펼쳐진 하늘을 올려다본 채 "분명 잠시 혼자 있고 싶으셨던 거겠지요"라고 중얼거렸다.

세인트 폴리가 멀리 보이는 바위산 지대의 상공. 피스케에 올라탄 카구라는 제어기지 제압부대의 대장, 미자르와 연락을 취하고 있었다.

"저기, 미자르 씨. 리샤는, 있었어?"

리샤. 그것은 카구라가 이 세계에 온 직후에 상황이 이해되지 않아 허둥대던 때에 다정하게 손을 내밀어주었던 풍정령의 이름이었다. 그리고 카구라가 이스즈 연맹을 결성하게 된 요인이기도 했다.

키메라 클로젠에게서 리샤를 구해내는 것. 그것이 카구라에게는 가장 중요한 목적이었다.

『없었다. 붙잡혀 있던 정령들에게도 물어보았지만…… 유감스럽게도 모른다더군.』

제어기지의 지하에는 사로잡힌 정령들이 붙잡혀 있던 우리가 있었다. 어쩌면 리샤가 거기에 있을지도 모른다. 하지만 미자르는 쓸쓸한 말투로 그 가능성을 부정했다.

그는 카구라의 목적을 알았다. 그래서 붙잡혀있던 정령들을 발견했을 때, 가장 먼저 미샤에 관해 묻고 조사했다. 그리고 미자르는 안타까운 결말을 알게 되었다…….

"그래……. 그러면, 다른 장소는? 정령들이 갇혀있는 다른 장소는 알아냈어?"

『아니……. 기지에 있던 모든 키메라 멤버를 추궁해 보았지만, 이곳 말고는 없다더군. 정령을 붙잡아둘 수 있는 우리 자체가 꽤나 특수한 것이라 영맥이 가까운 곳에 있는 이곳이 아니면 기능하지 않는다는 모양이다.』

대자연의 힘을 내포한 정령들을 붙잡아둘 수 있는 우리는 특수하기에 많은 곳에 설치할 수가 없었다. 그 때문에 붙잡아온 정령은 모두 제어기지 지하에 위치한 우리로 운반되었다. 붙잡힌 정령이 이곳에 없다면, 그 자는 이미…….

『하지만, 그게. 어쩌면 중간에 도망을, 쳤을, 지도 모르지……. 어딘가 먼 곳에 몸을 숨기고 있을 가능성도 있고…….』

미자르는 필사적으로 위로의 말을 입에 담았지만 그 목소리는 점점 수그러들었고, 끝내는 작은 헛웃음소리와 함께 그치고 말았다. 자신이 말해놓고도 그럴 리가 없다는 생각이 들어 후회가 밀려들었기 때문이다.

지금까지 싸워온 키메라 클로젠이라는 조직은, 붙잡았던 자를 놓치는 실수를 단 한 번도 저지른 적이 없었다. 그토록 그들의 수법은 완벽했다. 그렇기에 최근까지 그 꼬리조차 잡지 못했던 것이다. 그렇기에 격려를 위한 말은, 더욱 큰 절망감만을 낳았다.

"응…… 그렇지? 고마워, 미자르 씨. 그러면, 미라랑 셀로 씨가 그쪽으로 가고 있을 테니까, 다음 작전도 잘 부탁해."

『그래, 성대하게 등장해주지.』

다시 평소처럼 밝아진 카구라의 목소리가 들려왔다. 그것은 누가 들어도 알 수 있을 정도로 뻔한 허세였지만 미자르는 애써 힘껏 대답해 보였다.

"늦어서, 미안해."

연락을 마친 카구라는 아침 햇살이 쏟아지는 세인트 폴리를 바라보며 나직하게 중얼거렸다. 그리고 그 말을 계기로, 카구라의 눈에 눈물이 괴더니 하염없이 뺨을 타고 흘렀다.

후회의 눈물인지, 참회의 눈물인지. 단 하룻밤을 함께 보낸 친구, 리샤와 멀티컬러를 그리며 카구라는 울었다. 뺨을 붉게 물들인 채, 마치 어린애처럼 소리치며.

아무도 없는 하늘 위. 비애로 가득한 울음소리가 까마득한 하늘에 하염없이 울려 퍼졌다.

계승된 바람

제어기지 습격으로 시작된 전투. 그것은 날이 밝을 즈음, 이스즈 연맹의 완전 승리라는 형태로 종결되었다.

주전장이 되었던 자리에 참전했던 자들이 모여드는 가운데. 메이메이는 그보다 북쪽에 위치한 또 하나의 주전장인, 그라드와 젤이 사투를 벌였던 장소에 있었다.

주변 곳곳에 격전의 흔적이 새겨져 있었다. 메이메이는 그것들을 하나씩 확인해 나가다 끝으로 그 종착점인 지점을 발견했다. 그곳에 있는 것은 불타고 남은 옷과 피로 물든 단검, 그리고 망가진 안경뿐이었다. 조금 떨어진 장소에는 망가진 크로스보우와 도신이 부러진 칼자루가 뒹굴고 있었다. 그것은 그라드가 소중하게 여겼던 검이라는 것을 메이메이는 알아보았다.

살며시 다가가 칼자루를 주워든 메이메이는 그 칼날을 찾았다.

부러진 칼날은 근처에 떨어져 있었다. 검은 재를 뒤집어쓴 채 땅바닥에 놓여 있는 로브 옆에.

"그래, 맞찌른 거냐."

불타고 남은 로브. 그 안에서 연기를 뿜고 있는 재가 바로 그라드가 쫓던 원수였음을 메이메이는 깨달았다. 그리고 그라드가 돌아오지 않은 것으로 미루어 양쪽 모두 사력을 다해 싸우다 재가 된 것이리라고, 메이메이는 판단했다.

"승부, 못했다해. 거짓말쟁이다이거."

메이메이는 불타고 남은 그라드의 긴 옷 옆에 웅크려 앉아, 그곳에 있던 안경을 본 채 뺨을 부풀리며 말했다. 그러고서 천천히, 누군가와 대화를 하듯 말하기 시작했다. 거대 전투병기와의 전투와 오는 도중에 보고 온 이스즈 연맹의 활약상에 관해.

"──라고 얘기하더라해. 정령들을 괴롭히는 나쁜 사람들은, 이제 없다이거. 그러니, 안심해도 된다해."

키메라 클로젠의 최고간부들과의 격전과 격파. 그리고 우두머리인 오니히메의 소멸. 이스즈 연맹에 속한 자들이 나누던 대화를 통해 메이메이는 대략적인 상황을 유추해 냈다.

그렇게 보고를 마친 메이메이는 벌떡 일어나 또 하나의 로브를 향해 걸어나갔다. 불타고 남은, 젤의 로브를 향해.

"반응은, 여기서 느껴지는 것 같다이거."

묵주를 내민 채 반응을 살피던 메이메이는 그 로브에 잔류해 있던 정령, 아르티네아의 힘을 해방시켰다. 묵주가 희미하게 진동함과 동시에 옅은 빛이 일더니 머지않아 로브가 잿더미로 변했다.

옅은 빛을 배웅한 후, 메이메이는 다시 그라드의 잔해 앞에 섰다. 그리고 다정한 목소리로 말을 붙였다.

"이건, 당신의 바람과 함께, 내가 맡아두겠다해."

그라드가 소중히 여겼던 묵주. 정령의 힘과 영혼을 해방시키는 힘을 지닌 그것을 손에 든 채 메이메이는 말했다.

키메라 클로젠이 멸망하기는 했지만 키메라 클로젠이 만들어낸 도구는 각지에 남아있다. 그리고 그것들에는 희생된 정령들의 힘과 영혼이 여전히 봉인되어 있다.

그라드는 복수 후, 가능하다면 그 모두를 해방해주고 싶다고 했다. 묵주와 거기에 담긴 그라드의 바람을 계승하기로 결심한 메이메이는 문득 하늘을 올려다보며 쾌활하게 웃었다.

"고맙다이거. 밥, 맛있었다해~!"

메이메이는 만난 그 날부터 오늘까지, 매일 세 끼 식사를 그라드에게 얻어먹었다. 자신을 여러모로 돌보아준 그라드를 향해 그렇게 큰소리로 외친 메이메이는 곧장 묵주가 가리키는 방향을 향해 달려 나갔다.

희생된 정령들을 해방시키는 것. 터무니없이 수고스러운 일이기는 할 테지만 메이메이라면 분명 이 역시 수행이라며 힘차게 달려, 언젠가는 달성하고 말 것이다.

후기

그런고로 후기입니다. 후기라면 역시 감사한 마음을 전하는 일을 빼놓을 수 없겠죠.

우선 가장 먼저 이 책을 구입해주신 독자 여러분. 감사합니다! 오늘도 맛있는 밥을 먹고 살 수 있는 것은 전적으로 독자님들 덕분입니다. 내일, 모레도 이런 날이 계속되기를 바랄 따름입니다.

이어서 관계해주신 분들께 감사인사를 드리고 싶습니다. 실로 많은 분들의 도움으로 책 한 권이 완성되었습니다. 늘 생각하는 바입니다만 이는 정말로 굉장한 일이 아닐까 싶습니다.

그리고 늘 근사한 일러스트를 그려주시는 후지초코 선생님께도 다대한 감사말씀을 드리고 싶습니다. 아, 이번 권도 그렇지만 표지 일러스트와 삽화에 이르기까지, 매번 구도가 매우 공격적인데 거기에는 다 이유가 있습니다. 제가 아니라 편집자인 I씨가 지정하셨기 때문입니다.

나 참, 후지초코 선생님에게 이렇게 섹시한 일러스트를 그려달라고 지정하다니…… 나 참, 이거 기가 막혀서 원. (옳지, 잘한다!)

……어흠. 그럼 다음은 스에미츠 지카 선생님. 만화판 『현자의 제자를 자칭하는 현자』를 담당해주고 계십니다. 정말 감사합니다. 저도 다음권이 나오기를 학수고대하고 있습니다.

아, 만화판 말씀입니다만, 이번 8권과 만화판 2권이 동시에 발매되게 되었습니다. 그쪽도 모쪼록 잘 부탁드립니다.

자아, 8권이 되어서야 드디어 길고 길었던 키메라 클로젠과의 싸움이 매듭지어졌군요. 저도 집필하면서 이거 좀 기네, 라는 생각을 하곤 했습니다만, 이래저래 모두 다 필요한 에피소드였던지라 뺄 수가 없었습니다! 게다가 새 에피소드까지 추가했습니다!

끝까지 어울려주셔서, 정말로 감사합니다! 이번 사건의 여러 부분이 향후 전개에 영향을 미칠 가능성이…… 있을지도…… 모릅니다. 그에 관해서는 부디 향후의 전개를 지켜봐 주시면 감사하겠습니다.

그런데…… 드라마CD 제2탄을 들으신 분들은 위화감이 드는 부분이 있으셨을 겁니다. 그렇습니다. 아이젠파르드의 등장 장면입니다.

오랜만에 소환한 탓에 토라진 아이젠파르드. 이 부분은 드라마 CD에도 있었죠.

그런데도 이 장면을 그대로 둔 것은, 나름의 사정이 있었기 때문입니다.

드라마CD를 고려해 이 부분의 전개를 바꿀까도 했습니다. 활약할 기회가 왔다며 기뻐하는 아이젠파르드, 같은 식으로.

하지만 그렇게 되면 드라마CD를 듣지 않은 분들의 눈에는 한참동안이나 방치해두었던 것을 별로 신경 쓰지 않는다는 식으로 보이지 않을까, 하는 생각이 들었습니다.

어머니를 사랑하는 아이젠파르드가 그럴 리가 없지요. 약속했으면서 좀처럼 소환해주지 않는 어머니. 당연히 토라질 수밖에요.

만약 아이젠파르드가 좀 더 관대한 성격이었다면 "오랜만입니다 어머니~" 하고 어떤 식으로든 해석할 수 있는 등장 장면으로 수정했을 겁니다. 하지만 그건 좀 아닌 것 같아 서적판의 진행을 준수해서 이번처럼 집필하기로 했습니다.

드라마CD 제2탄을 들으셨을 경우,

그 날 이후 소환될 때마다 의욕이 넘치는 아이젠파르드. 너무 많이 부수지는 않을까 걱정하는 미라.

크리스티나의 모습을 발견한 아이젠파르드가 그 날은 즐거웠지요, 하고 말을 붙이면.

그 날 많은 소환체 동료들과 격전을 벌였었다고 보고했던 크리스티나의 얼굴은 굳어지고.

알피나가 어떻게 된 일이냐고 묻자 솔직하게 답하는 아이젠파르드.

미라와 함께 놀았던 것뿐이라는 사실이 들통 나, 허위 보고를 했다는 이유로 훈련이 일주일 동안 배로 늘어 고개를 푹 숙이는 크리스티나.

그런 식으로 전개되었다고, 그 부분을 머릿속에서 변환해 주시면 감사하겠습니다.

아, 그러고 보니 화제를 바꾸자면, 제가 6월경부터 다이어트를 시작했습니다. 이 후기를 적는 시점에서 무려 벨트 구멍을 하나 줄일 정도의 성과를 올렸습니다!

비결은 바로 콩입니다. 저녁은 튀긴 두부. 출출해지면 간식으로는 냉두부. 위산 분비가 신경 쓰이면 두유. 그리고 삶은 달걀과 치즈 등도 사이사이에 먹고 있습니다.

또한 2주 이상 식단 조절을 계속하면 몸이 서바이벌 모드에 돌입해서 살이 잘 안 빠진다는 모양입니다.

그런 사태를 예방하기 위해서 일주일에 한 번 정도 식사 제한을 하지 않는 날을 두고 있습니다. 삼겹살 불고기 덮밥입니다! 뭐, 그런 걸 먹고는 있지만 그래도 어찌어찌 순조롭게 살이 빠지고 있습니다.

뭐어, 본래부터 상당히 체중이 많이 나갔다는 이유도 있겠지만요…….

아무튼 그 덕에 스트레스도 그렇게 심하지 않습니다. 굳이 말하자면 다이어트와는 상관이 없을 듯한 부분에서 스트레스를 받고 있는데, 바로 위산과다 증상이 있어서 초콜릿을 먹을 수 없는 점이라고나 할까요……. 초콜릿을 정말 좋아하다 보니 그게 너무 괴롭습니다.

목표는 70킬로그램대!

아, 특전으로 소소한 후일담(?) 비스무리한 에피소드를 준비해 두었으니 괜찮으시다면 부디 읽어주십시오.

그럼 다음 권에서 또 만나 뵙겠습니다!

*한국 편집부 추가 – 드라마 CD 2는 다음에 찾아뵙겠습니다.

KENJA NO DESHI WO NANORU KENJA
©2017 by Hirotsugu ryusen
First published in Japan in 2017 by Hirotsugu ryusen.
Korean translation rights reserved by Somy Media, Inc.
Under the license from Micro Magazine Co., Ltd., Tokyo JAPAN

현자의 제자를 자칭하는 현자 8

2017년 12월 15일 1판 1쇄 발행
2021년 10월 30일 1판 5쇄 발행

저　　　자	류센 히로츠구
일 러 스 트	후지 초코
옮 긴 이	정대식
발 행 인	유재옥
본 부 장	조병권
담 당 편 집	정영길
편 집 1팀	이준환 박소연
편 집 2팀	정영길 조찬희 박차우 조현진
편 집 3팀	오준영 곽혜민 이해빈
미　　　술	김보라 서정원
라 이 츠 담 당	한주원 이다정
디 지 털	박상섭 이성호 최서윤
발 행 처	㈜소미미디어
제 작 처	코리아피앤피
등　　　록	제2015-000008호
주　　　소	서울시 마포구 토정로222, 403호(신수동, 한국출판콘텐츠센터)
판　　　매	㈜소미미디어
마 케 팅	한민지 최정연
물　　　류	허석용
전　　　화	편집부 (070)4164-3962, 3963 기획실 (02)567-3388
	판매 및 마케팅 (070)4165-6888, Fax (02)322-7665

ISBN 979-11-6190-251-7 04830
ISBN 979-11-5710-460-4 (세트)